Dagny Christinger

Piège

REMERCIEMENTS

Publié avec l'aide de l'Etat de Vaud
(service des Affaires culturelles).

Rolf KESSELRING

PIÈGE

Roman

Éditions de l'Aire

Du même auteur

La 4ème Classe - Éditions P-M Favre
Putain d'amour - Éditions P-M Favre
Martiens d'avril Éditions des Égraz - réédition P-M. Favre
Ça commence dans le ventre de sa mère - Éd. P-M Favre
La Lettre à Matthieu Bernard Campiche, éditeur
Les Chiens de Dieu - Ed. LIDE SA - Dessins Licéras,
Destination Lhassa - Dessins Carine
Allez Tapie Éditions de Magrie
Le Banquet des Jordils - Dessins Witzig - Éd. Berger
Béranger Saunière ou le Grand Secret - Éditions Crédel
Cagliostro, alchimiste & Rose + Croix - Ed. Crédel
Nostradamus, médecin & astrologue - Ed. Crédel
L'Énigme du livre qui rend fou - Éditions Crédel
La Divination par les grains de beauté - Éditions Crédel
Paracelse, médecin vagabond - Éditions Crédel

15, rue de l'Union
CH-1800 Vevey

À Danièle et André Malby
À Talismane, aussi...
Ils savent pourquoi.

Septembre 1936

— Que le Diable te prenne !...

Au-dessus des chênes torturés par les vents venus des Pyrénées, dans un ciel obscur, une lune blême jetait une lumière tranchante comme une lame sur l'homme et sur le cadavre qui gisait à ses pieds.

— Qu'il t'aime d'amour, putain !...

L'homme se baissa et saisit le corps à pleines mains. D'une brusque poussée, il le fit rouler dans la fosse. Le cadavre bascula lentement, puis s'engloutit dans le trou dont les bords se dessinaient francs et nets sous l'or gelé de la lumière lunaire.

D'un revers de la manche de sa chemise maculée de sang et de terre, il s'essuya le front, grommelant des paroles indistinctes, seul au milieu de la nuit sur cette colline où l'instinct l'avait poussé.

Le corps de la femme, au fond de la tombe, n'était plus qu'une forme vague. L'homme se pencha, retenant sa respiration. Il essayait de contrôler les battements de son cœur. Il regardait fixement l'intérieur de la fosse à ses pieds, comme s'il voulait s'assurer, encore une fois, de la présence de sa victime. Peu à peu, il discerna la chevelure noire qui luisait faiblement et voilait à demi le visage de la morte. Soudain, scrutant la forme immobile, il vit apparaître deux petites taches blanches phosphorescentes. Il eut un mouvement de recul. Deux yeux grands ouverts le fixaient du fond de ce trou obscur.

Effrayé, il recula, frémissant de tout son être :

— Tu peux bien me regarder maintenant, garce, c'est trop tard !...

Il avala sa salive. Sa gorge lui faisait mal.

— Je suis vivant, moi !

Il parlait à haute voix. La colline était déserte.

Il s'essouffla encore :

— Oui, vivant ! Je peux encore aimer, moi ! Aimer comme je t'ai aimée !... Toi, tu es morte, maintenant ! Va rejoindre ton maître, ce démon qui te conseillait si bien !

Un sanglot déborda de ses lèvres sèches. Il passa sa langue dessus, mouillant avec application les commissures. L'homme leva un bras vers le ciel pour le menacer. Il le laissa aussitôt retomber en un geste d'impuissance. Il aspira une bouffée d'air nocturne, puis se baissa pour saisir la pelle qui gisait sur le sol, au milieu des touffes d'herbes qui craquaient et crissaient à cause de la sécheresse. L'été catalan avait été terrible. Le soleil avait tout brûlé, la terre comme la cervelle des hommes.

Il entreprit de reboucher le trou. L'effort qu'il fit chassa la terreur qui l'avait saisi. Il travaillait avec cette application qu'il avait toujours eue en s'occupant du domaine de Can Cargol. La dernière pelletée jetée sur le tumulus, l'homme s'arrêta, à bout de souffle. Le tas de terre et de caillasses fraîchement remué formait un rectangle irrégulier, une boursouflure plus sombre au milieu des broussailles et des herbes décolorées, calcinées par le soleil. Les deux mains crispées sur le manche de son outil, il évalua son travail. Il chercha un moyen pour mieux dissimuler la tombe.

— Personne ne doit savoir où je t'ai mise...

Il se parlait à lui-même, méticuleux, lucide.

Lâchant l'outil, il parcourut quelques mètres d'un pas pesant. Avec des grognements, il entreprit de faire rouler une souche de chêne lavée par les orages d'hiver. Il la bascula sur le monticule de terre. Afin de parachever sa besogne, il arracha des brassées d'herbes sèches et les répandit, les répartissant le plus naturellement possible. Essoufflé, il recula d'un pas, observa une seconde son ouvrage. Le tronc et les herbes formaient un amas qui suggérait un débroussaillage. Nul, désormais, ne pourrait se douter que, sous ce talus anodin, se cachait l'endroit où était enfoui le cadavre de sa femme. D'ailleurs, il était certain que l'on ne chercherait jamais sur la colline.

Épuisé, il se redressa, prit son outil et, d'une démarche lourde, faisant rouler les pierres sous ses semelles, le dos voûté, il entreprit de redescendre vers la massia dont le sombre volume se dessinait à travers le feuillage des arbres et des buissons.

Vaguement illuminée par la lune, l'énorme masse de pierre ressemblait à un navire échoué au milieu de l'océan de cette terrible nuit. Dans sa tête, résonnaient encore les hurlements de Rosita...

Lorsqu'il arriva près des bâtiments, une forme le frôla. C'était Titan, le chien jaune, venu l'accueillir en remuant vaguement la queue. La bête connaissait le bruit de son pas, le rythme de sa respiration. Elle l'avait flairé de loin et, silencieuse, l'avait attendu près des ruines de la Maison des Pèlerins, une ancienne construction en ruine qui jouxtait la chapelle et faisait face au grand corps de la bâtisse principale. Avec la petite ferme qui avait, du temps de son père, abrité les ouvriers agricoles, le rectangle d'une place en terre battue était ainsi formé.

Le chien le frôla encore une fois.

Bizarrement, cette nuit-là, l'animal, un vagabond-né qui passait des semaines en excursions chasseresses, n'avait pas quitté les abords de l'habitation, comme s'il avait senti que quelque chose se passait, comme si les effluves du drame qui se nouait l'avaient attiré.

— Va-t'en !

D'un coup de pied l'homme repoussa l'animal.

Tête basse, arrière-train arrondi, sans une plainte, la bête s'était évanouie dans la nuit, éclair jaune et fuyant, silhouette efflanquée, baptisée de clarté lunaire. Elle disparut comme elle était apparue.

L'homme jeta un coup d'œil autour de lui, comme pour s'assurer que personne ne l'observait. La place était déserte. Un vent léger faisait frissonner les feuilles des micocouliers. Près de la chapelle, bordant le chemin qui descendait de la route, trois grands ifs ondulaient avec lenteur, pointant leurs doigts accusateurs vers le ciel.

De l'épaule, l'homme repoussa le grand portail de bois lavé par les orages d'été et les gelées hivernales. Il se glissa dans la cour intérieure, puis repoussa le lourd battant derrière lui.

La massia et les communs attenants dessinaient un carré et devenaient une forteresse isolée du monde dès que l'épais portail était refermé. Le mur formait une enceinte de plusieurs mètres de haut. Il était couvert d'une végétation folle qui masquait la rudesse des pierres cimentées par les générations qui, depuis la nuit des temps, s'étaient succédées en ces lieux.

Le lourd vantail avait longuement grincé en pivotant sur ses gonds rouillés en se refermant dans le dos de l'homme.

Celui-ci respira à pleine poitrine, plusieurs fois, comme si l'oxygène lui manquait, comme s'il voulait évacuer toute cette horreur.

L'odeur des pois de senteur, incongrue, presque irréelle, le frappa soudain. Il reçut cette gifle odorante en pleine face. Plusieurs fois, il aspira avec force. Il chassait ainsi l'odeur du sang qui emplissait encore sa gorge et ses poumons.

La cour, entre l'immense bâtiment principal et les communs qui lui servaient d'ateliers et de remises, était déserte.

La lune dessinait avec une précision chirurgicale les contours des objets qui gisaient dans cet espace entre les murailles. Il y avait là des roues de carrioles, des poutres rongées par le temps et les vers, des pierres entassées, des outils cassés, désemparés. Ce fatras hétéroclite encombrait et diminuait la surface de terre battue. Tout paraissait calme.

Le chien jaune fila le long du mur, tache claire, presque lumineuse. Surpris, l'homme feula. C'était un étrange bruit qui avait jailli de sa gorge. Une sorte de toux sourde et sifflante. Le portail refermé, l'homme se sentit hors d'atteinte, protégé, comme si, en franchissant l'enceinte de Can Cargol, il s'isolait du reste du monde.

Soudain, flagrante, sa mémoire ressurgit. Juste au moment où, après quelques pas rapides, il franchit la porte basse donnant accès au couloir voûté du rez-de-chaussée. Ses semelles raclèrent le pavé inégal. Elles résonnèrent d'une manière lugubre.

Un remugle puissant l'enveloppa. Instinctivement, comme tous les soirs lorsqu'il s'apprêtait à monter jusqu'à la grande salle commune, au premier étage, il s'arrêta, se pencha en avant, et prêta l'oreille.

Les animaux, chevaux, moutons et vaches, parqués dans l'écurie qui se trouvait sur sa droite, enterrée sous la bâtisse, exsudaient une odeur forte et ammoniaquée, augmentée par la moiteur de la nuit. Il sut, rien qu'en écoutant le bruit de leur respiration, qu'ils étaient calmes.

Au coucher du soleil, ils étaient revenus d'eux-mêmes à l'étable, comme chaque nuit, pour se mettre à l'abri des mouches et des moustiques qui, par myriades, s'ils étaient restés sur la colline, les eussent assaillis pour les tourmenter et leur sucer le sang.

Presque apaisé, l'homme se dirigea en tâtonnant vers l'escalier qui menait à l'habitation. Il commença à gravir les marches inégales après avoir déposé la pelle contre le mur. Il montait avec lenteur, il hésitait. Maintenant que ses mains étaient libres, il se sentait nu, désarmé, maladroit.

Lorsqu'il pénétra dans la salle haute, une lampe à pétrole brillait encore, accrochée au mur près de la grande cheminée où le feu couvait toujours, rongeant les derniers tisons qui avaient servi à faire cuire la soupe du soir. De minuscules flammèches bleues dansaient et grésillaient à l'intérieur de l'énorme hotte pleine d'ombres fumeuses. Le plafond, noyé d'obscurité, paraissait si haut que la chétive lumière de la lampe à pétrole s'y perdait en léchant, fugace, folâtre, les hauts murs chaulés.

Au beau milieu de la pièce, la grande table barrait le passage. Sur le plateau gisait, renversée, une cruche à vin. Une flaque sombre, dessinée par le liquide qui s'était répandu, s'étalait en ramifiant. Elle dessinait une arborescence qui luisait faiblement. Des écuelles brisées jonchaient le sol. Un désordre indescriptible régnait dans toute la pièce.

L'homme s'arrêta sur le seuil, Ses yeux évaluèrent le spectacle... D'un seul coup, les images brutales de ce qui s'était passé durant les heures précédentes envahirent son esprit. Elles incendièrent son cerveau, lui coupant le souffle. Il fit quelques pas, titubant comme s'il ne savait où poser les pieds, puis s'assit lourdement sur un escabeau, près de la table. Des larmes montèrent à ses paupières. Acides. Corrosives.

— Je l'ai tuée !...

Ses cordes vocales modulaient ces quelques mots sur un mode grave et continu, presque incantatoire. Il répéta :

— Je l'ai tuée !...

Ses yeux se posèrent sur ses mains qu'il tenait bien à plat, posées sur ses genoux, légèrement crispées sur la toile rugueuse de son pantalon. Il les regarda comme si elles ne lui appartenaient pas, comme si elles venaient de se créer dans l'espace qu'atteignait la lumière parcimonieuse de la lampe. Elles étaient couvertes de sang séché. Celui-ci formait des traces écailleuses d'un brun foncé qui sinuaient entre ses doigts et remontaient sur ses avant-bras pour se perdre sous le tissu de la manche retroussée de sa chemise.

Une large traînée maculait tout son avant-bras gauche, comme un coup de gros pinceau.

Il frissonna malgré la touffeur.

La lampe vacilla. D'épaisses volutes de fumée noire s'envolèrent vers le plafond obscur.

Hagard, l'homme baissa la tête, portant son regard devenu vague sur le devant de sa chemise. Le sang, en séchant, l'avait cuirassée. Le tissu, blanc à l'origine, était devenu une carapace sombre, luisante, et encore poisseuse par endroits.

L'horreur qu'il venait de vivre et que son esprit tentait de refouler, toute la douleur vécue pendant des mois, lui revinrent à l'esprit comme une déferlante brutale. D'un seul coup, il se dressa, les yeux fous. Sa bouche ouverte laissa jaillir une plainte bizarre qui enflait et s'amplifiait. C'était comme un cri rentré, un hurlement intérieur. Ce râle ne venait pas de sa gorge. Il jaillissait de l'intérieur même de son corps, du plus profond de lui-même.

Pris d'une fébrilité soudaine, il louvoya entre les meubles retournés et brisés, agitant les bras comme si la froide lucidité qui l'avait tenu debout et calme, depuis le moment où sa femme s'était effondrée sous les coups de couteau jusqu'à l'instant de son retour de la colline, l'avait définitivement quitté. L'épouvante et le chagrin entraient en lui d'un seul coup.

La lueur de la lampe, à bout de carburant, s'amenuisait. L'ombre dévorait peu à peu l'espace encore éclairé. Une odeur de sang, de fumée et de sueur, flottait dans la pièce. Plus rien ne bougeait dans l'immense bâtisse. Seule la plainte de l'homme déchirait sans fin le silence.

— Aaaah!...

Tel un possédé, l'homme vibrait de tout son corps en laissant échapper son sinistre râle.

Un éclair de métal attira son regard. À ses pieds, gisait le couteau. Sur le carrelage usé, la longue lame recouverte de sang dessinait une courbe obsédante, mortelle.

Sans vraiment savoir pourquoi, l'homme se baissa. Il saisit le manche de l'ustensile. S'approchant du mur qui lui faisait face, il appuya le tranchant de métal contre la surface blanche. La croûte de chaux vive l'attirait irrésistiblement. Avec la pointe encore couverte du sang de sa femme, il traça des lignes hésitantes, gravant d'étranges signes dans la couche tendre. Le métal affûté creusait la matière immaculée et accrochait des parcelles de sang coagulé qui maculaient de brun le creux des sillons.

Son hurlement intérieur s'estompa sous l'effort.

Il traçait de grandes lettres maladroites, les yeux fous, possédé par une étrange transe expiatoire. Il agissait comme s'il voulait exorciser les affreuses images que formait sans cesse son cerveau. Rien se semblait pouvoir freiner cette frénésie. Les fragments de sang séché s'incrustaient, matière sombre, à l'intérieur des rainures.

Un regain de lumière, sorte de bouquet final, jaillissant des derniers tisons qui subsistaient dans l'âtre, illumina soudain la scène. Quelques secondes s'écoulèrent avant que l'homme, épuisé, ne laissât tomber le couteau sur le sol, parmi les débris qui jonchaient le carrelage.

Sur le mur, creusés dans l'épaisseur de la chaux, se détachaient quelques mots :

PERDO, PERDO
MASSA PÈNA

Chapitre 1

Il avait arrêté sa voiture sous les frondaisons. Le véhicule immobilisé sous les basses branches d'un pin parasol providentiel, il ferma les yeux et respira plus lentement, le front appuyé contre le dos de ses mains encore crispées sur le volant.

Il était épuisé. Sa tête résonnait encore du bruit lancinant du moteur et du chuintement des pneus sur l'asphalte. Cela avait duré des heures. Un voyage sans fin. Une fuite devant lui-même. Il soupira, puis se renversa contre le dossier de son siège avant d'ouvrir à nouveau les yeux et de regarder autour de lui.

À travers le pare-brise, il découvrit un petit chemin qui filait en pente douce entre les arbustes secs, desséchés par le soleil. Plus loin, celui-ci disparaissait, avalé par un virage. Le feuillage vert foncé d'un bouquet de chênes méditerranéens, rabougris et tordus, masquait le reste du paysage.

La fatigue l'avait obligé à quitter la route et à s'arrêter dans cette allée déserte et bordée d'arbres et de broussailles enchevêtrés.

Les yeux brûlés de lumière, la cervelle engourdie par les heures passées au volant, il se demanda s'il rêvait. Ce paysage blanchi de lumière lui paraissait tellement irréel. Depuis quand avait-il quitté Paris ? Il ne parvenait à se le rappeler. Il avait roulé sans but, droit devant lui, fou de chagrin. Un sanglot, spasme irrépressible, obstrua soudain sa gorge. Lame de fond sournoise, l'émotion revint le submerger, lui coupant le souffle. Il tenta de lutter, contrôlant sa respiration et les battements de son cœur. Ses mains tremblaient. Elles semblaient ne plus lui appartenir, étrangères à ce corps qui s'écrasait contre le dossier. Dans l'habitacle, la température montait. Elle devenait insupportable.

Dehors le soleil était incandescent. Sa lumière déferlait, vibrante d'une fureur éclatante, tellement vive que le ciel virait au bleu sombre. Dans sa poitrine, son cœur rythmait sourdement les secondes, brisant le charme lénifiant qui s'abattait sur lui dans cet espace étouffant qu'était devenu l'engin. Il était encore sous le coup de cette nuit démente. Il avait vécu ces dernières heures comme un mauvais rêve. Les tensions accumulées depuis des semaines l'avaient transformé en un véritable automate. Sans qu'il s'en rendît compte, il avait, depuis longtemps, dépassé ses limites physiques, allant bien au-delà de l'épuisement.

Durant toute cette équipée désespérée, il avait cherché en lui les restes de cette énergie qui lui avait permis de réaliser ce qui avait été, jusque-là, sa vie : devenir un grand chef, un cuisinier reconnu par ses pairs et par le public.

Depuis son enfance, son existence avait été structurée comme une revanche sur le mauvais sort. À cause de cette jeunesse passée à attendre, dans ces institutions impersonnelles, ces foyers tristes. Orphelin de tout, il avait vécu sans tendresse, sans amour. Cela l'avait armé. C'était bien la seule chose positive qu'il en avait retirée. Volonté forgée, il avait voulu être ce qu'il était devenu. À n'importe quel prix.

Ce soir-là, lorsqu'il était arrivé à l'appartement du Quai des Grands Augustins et qu'il avait constaté l'absence de Gillian, une déchirure s'était faite en lui, immédiate, douloureuse. Il avait réalisé à quel point, en croyant réussir sa vie, il avait tout masqué, tout raté. D'un seul coup, il avait pris conscience de sa réalité. Depuis des mois, il avait imaginé une vie pleine de certitudes et il se rendait compte, à ce moment précis, que même son mariage avait fait partie de cette construction artificielle et mensongère, de cette formidable illusion.

D'un seul coup, comme quand il était enfant, et qu'il regardait, le soir, la rue illuminée pleine de passants, au travers des carreaux de son orphelinat, il s'était senti isolé, rejeté sur l'autre rive d'une vie qui passait devant lui comme un fleuve infranchissable.

Une bouffée d'angoisse noua ses entrailles...

L'absence de Gillian l'avait glacé. Le sentiment de cette insupportable solitude, récurente comme une marée sournoise, l'avait tout à coup étreint. Il avait perdu tout contrôle. Sans réfléchir, il avait dévalé les escaliers, franchi la porte de l'immeuble et sauté dans sa voiture.

Prisonnier de cette subite folie, il avait entamé la tournée des boîtes et des bars dans lesquels il savait qu'il aurait peut-être une chance de la retrouver.

Lorsqu'elle se sentait seule – il le savait – elle y passait ses soirées. Elle tentait de renouer avec son passé, recherchant la compagnie d'anciens amis. Bien qu'il n'apprécie pas ce comportement, jamais il n'en avait parlé avec elle. Il avait toujours pensé qu'elle en avait besoin et ne se rendait pas compte à quel point elle le blessait en agissant ainsi. Elle sortait beaucoup trop à son goût. Tout allait de plus en plus mal entre eux depuis que son travail l'accaparait. Gillian, qui ne voulait pas d'enfant, refusait de le comprendre. Elle préférait rêver au temps où elle était encore connue et adulée dans ce petit monde des stylistes, des photographes de mode, et des journalistes, tous ces gens qu'elle fréquentait avant sa rencontre avec Félix.

Peu à peu, sans que ni l'un ni l'autre ne s'en rendent compte, une déchirure imperceptible, faite de malentendus, de faux rapports, de choses inavouées, non dites, s'était créée entre eux. Ils en avaient conscience, mais n'avaient rien tenté pour lutter contre cette insidieuse fissure.

Ils n'avaient pas réussi à découvrir le secret de cette complicité nécessaire à tous les couples. La passion première, qu'ils crurent, tous deux, être de l'amour, s'était diluée dans les ressentiments et les silences qui s'ensuivirent.

Désormais, tout les séparait.

Gillian était née dans une famille de médecins hollandais. Éducation libre et pleine de tendresse, confort au quotidien, insouciance d'une jeunesse privilégiée, elle s'était épanouie dans une sorte d'égoïsme inconscient et banal.

Lui n'avait eu droit qu'à l'Assistance Publique.

Ils venaient de deux mondes situés à des années-lumière l'un de l'autre. Seuls sa rage de vivre, son acharnement, et une phénoménale passion pour l'art culinaire et son côté alchimique, lui avaient permis de bousculer son destin.

Ils s'étaient rencontrés par hasard. Au cours d'une soirée... Lui commençait à être connu. Elle l'était, totalement, et l'avait impressionné par sa beauté resplendissante, par cet éclat, cette aura flamboyante qu'elle projetait autour d'elle. Il avait été séduit, aussi, par cette distance apparente qu'elle mettait entre elle et les autres, comme si elle vivait à une altitude différente, derrière une vitre, une protection. Il avait attiré son attention à cause de cette énergie, de cette concentration puissante, qu'il mettait dans tous ses regards, dans toutes ses paroles, tous ses gestes. Elle ne pouvait savoir qu'il masquait ainsi toutes ses angoisses, toutes ses peurs, face au monde, face aux autres, face à lui-même.

Soudain, une émotion intense lui serra soudain la poitrine. Ses lèvres laissèrent sourdre une plainte brève. Il secoua la tête pour chasser les fantômes que ressuscitait sa mémoire. Il étouffait et décida de sortir de la voiture et de marcher. Il fallait qu'il bouge, qu'il respire. À l'intérieur de l'habitacle, la chaleur était devenue intolérable.

Il fit quelques pas. La campagne, chauffée à blanc, grésillait et vibrait. Une fine poussière pulvérulente recouvrait le feuillage des buissons, leur donnant une apparence irréelle. Un bref instant, il eut l'impression de marcher dans un rêve. Brusquement, il se sentit nauséeux. Les notions de distance et de temps lui avaient échappé. En roulant toute la nuit, il avait perdu ses repères. Malgré la végétation qui bordait le chemin creux dans lequel il s'était arrêté et qui l'abritait, le soleil surchauffait l'atmosphère. À chaque respiration, l'air lui brûlait la gorge. Il ferma à demi les yeux. Il avait la sensation d'avancer au milieu d'un brasier. « Je suis mort et je suis en enfer », pensa-t-il. Il se souvenait qu'il avait conduit, ne s'arrêtant que pour faire le plein et se désaltérer, la tête engourdie par la jalousie et l'amertume. Le reste lui échappait. Il avait fui Paris désespéré, rendu fou par le chagrin et cet ignoble sentiment de jalousie...

Il s'était engagé sur cette autoroute la tête pleine de fureur, l'esprit ravagé par une douleur atroce. Il avait conduit jusque très tard dans la nuit avec le visage de Gillian incrusté sur le pare-brise, devant lui ...

Au matin, le soleil levant qui l'aveuglait lui avait fait reprendre conscience.

Une fatigue immense l'avait alors envahi

Il pleuvait sur Paris, cette nuit-là. Une petite pluie fine et perforante. Le ciel, au-dessus de la capitale, roulait des paquets de nuages qui se chevauchaient en vagues océanes.

Le bar du Grand Albert fermait ses porte lorsqu'il y arriva. Trois ou quatre clients, ombres hésitantes accrochées à un dernier verre, essayaient de convaincre un barman ensommeillé de poursuivre avec eux un songe triste et noyé d'alcool. Gillian n'était pas là. C'était le dernier endroit qu'il avait voulu inspecter dans sa folle quête nocturne.

À ce moment précis, il sut qu'elle ne rentrerait pas de la nuit. Cette pensée le poignarda. Il eut soudain très mal. Lentement, il revint jusqu'à sa voiture.

L'esprit plein de fièvre, il n'avait pu s'empêcher d'imaginer cet autre qu'il pressentait. Gillian le trompait ! Cette évidence s'imposait à lui... Si elle n'était dans aucun des bars ou des boîtes qu'elle fréquentait soir après soir, nuit après nuit, à la recherche de sa célébrité perdue, il devenait évident qu'elle passait la nuit avec un autre. Un autre...

Torche douloureuse, la jalousie avait alors enflammé sa cervelle dévastée...

Il était remonté dans son véhicule et sans bien savoir ce qu'il faisait, machinalement, s'était mis à rouler dans Paris. Longtemps, il avait roulé au hasard avant de se retrouver devant l'immeuble du Quai des Grands Augustins. Il avait arrêté son moteur juste devant le petit café dans lequel, de nombreuses fois, il était allé, avec elle, boire un verre d'un grand cru, finement décanté. Elle adorait ça... Petits plaisirs complices. Comme lui, elle appréciait le bon vin et les petits bistrots parisiens... Lorsqu'ils buvaient, dès le deuxième verre, elle se mettait à rire, faisant éclater ce somptueux sourire perlé d'émail lumineux, rejetant la tête en arrière, et faisant cascader cette flamboyante chevelure qui était sa fierté et tout le secret de sa séduction.

À chaque fois, lorsqu'il la voyait si gaie, si détendue, il ressentait une fantastique émotion. Dans ces moments particuliers, sa passion pour elle s'exacerbait. Il se sentait plein d'un désir puissant qui le rendait, soudain, plus sûr de lui. Jamais, pourtant, il n'avait pu empêcher qu'un trouble sentiment, insidieux, serpente en lui et le mette en état de méfiance. Alors, il ne parvenait plus à contrôler cette pulsion maligne et délétère. Ensuite survenait, à chaque fois, une colère sourde. Sournoisement, cette sensation obscure prenait possession de lui et assombrissait son regard. Il avait tellement peur de la perdre. Malgré lui, il agissait comme si elle était sa propriété que le monde entier allait investir. Les sentiments qu'il ressentait à l'égard de Gillian devenaient très troubles. Il ne se rendait pas compte des bizarreries que provoquait, à chaque fois, ce comportement. La seule excuse qu'il s'était trouvé pour expliquer cela, c'était qu'il n'avait jamais appris à aimer, que, dans les endroits où il avait passé son enfance et sa jeunesse, personne ne lui avait jamais fait découvrir ni les mots ni les gestes, ou même les attitudes normales de l'amour.

Les rares fois où, lucide, il y pensait, son esprit rejetait immédiatement toute analyse, tout raisonnement, comme s'il voulait leur échapper. Il aimait sa femme avec passion, mais avait gardé de son enfance des pudeurs et des inquiétudes inexplicables qui le pétrifiaient. Pour le petit garçon qu'il avait été, et pour l'homme qu'il était devenu, les rapports amoureux étaient toujours extraordinaires, presque étrangers, comme s'il découvrait une autre culture, un autre univers. À chaque fois que cette émotion le surprenait, il se sentait mal dans sa peau, malhabile, et ridicule aussi. Il se retranchait alors dans un silence douloureux, dans une absence inquiétante. Il se glaçait comme si une banquise prenait son cœur. Il avait tellement peur de se livrer et que l'on remarque ce qu'il pensait être une faiblesse.

La pluie insistait. Rideau triste qui voilait cette fin de nuit, elle faisait reluire la chaussée et les pierres taillées des parapets qui bordaient les quais.

Tassé derrière son volant, immobile dans le véhicule, il ne savait que faire. Sa jalousie dévorante lui interdisait de monter jusqu'à l'appartement. Il craignait de se retrouver face à face avec Gillian, de vérifier ainsi l'hypothèse douloureuse que façonnait son cerveau tourmenté depuis toutes ces heures passées à courir inutilement dans Paris.

Luttant contre l'angoisse, il se força à songer à cette vie passée à vouloir réussir, à se tuer au travail derrière ses fourneaux, dirigeant sa brigade comme une troupe au combat, jouant de sa soif de reconnaissance et de cette sensualité voluptueuse qui venait du plus profond de lui-même, composant une cuisine de rêve où il laissait libre cours à ce goût inné des mariages des saveurs, à cette spontanéité passionnée, qui le firent très vite reconnaître comme un chef hors du commun, comme un très grand cuisinier. À partir de ce moment, il sut qu'il avait accompli le rêve de son existence. Ses pairs le considéraient comme un des meilleurs d'entre eux. C'était plus important pour lui que toutes les étoiles et toutes les toques conquises au cours de ces années de labeur acharné.

Plus tard, il y avait eu les interviews dans les journaux spécialisés, les passages sur les différentes chaînes de télévision. Tout cela avait fait de lui une vedette. Son nom était devenu synonyme du bien-manger à la française. Sa toque s'était muée en couronne…

Cette réussite, il l'avait souvent rêvée derrière les hauts murs de l'Assistance Publique, alors qu'il n'était encore qu'un enfant.

Gillian, sa femme, qui était un modèle en vogue à cette époque, guidée par des amis, était venue manger dans son restaurant. Puis elle était revenue. Peu à peu, elle l'avait provoqué. Cette femme splendide, qui montrait tellement d'intérêt à son endroit, l'avait surpris. Puis, avec une pointe d'orgueil, il avait fait les quelques pas qui les séparaient encore. Elle l'avait accompagné durant toute cette ascension, partageant son succès. À partir de là, ils se virent tous les soirs et passèrent ensemble tout le temps que leur laissaient leur métiers respectifs. Un soir, il avait décidé de faire sa demande. Hésitant, maladroit, il l'avait fait au sortir d'une réception chez un ministre. L'euphorie provoquée par la soirée l'avait aidé à vaincre sa timidité. Gillian l'avait écouté sans dire un mot, puis elle l'avait obligé à stopper sa voiture au beau milieu de la Place de la Concorde, à une heure du matin, et l'avait longuement embrassé en murmurant un « oui » vibrant d'émotion.

Un mois plus tard, ils étaient mariés.

Le repas de noce avait été somptueux, préparé et façonné par tout ce que la profession comptait de grands noms.

Cela s'était passé aux environs de Paris, dans une petite auberge discrète réquisitionnée pour l'occasion.

Depuis, huit années s'étaient écoulées...

Le rouge aveuglant des feux arrière du taxi le tira de sa rêverie triste. Au travers du pare-brise brouillé par la pluie, il reconnut la silhouette de Gillian, lorsque celle-ci sortit du véhicule. Immédiatement, sans se retourner, elle se dirigea vers la porte de l'immeuble.

Au-dessus des toits, les premières lueurs de l'aube hésitaient, jetant une pâle lumière sur la scène.

Félix l'avait vu composer le code de la porte d'entrée. Sans bouger de derrière son volant, il l'avait observée comme s'il avait eu peur de gâcher par un geste maladroit cet instant magique où elle réapparaissait après l'avoir fuit... trompé sans doute.

Forme fuyante dans sa robe de tissu blanc qui moussait comme une écume impalpable, elle avait, d'un rapide mouvement de hanche, repoussé le lourd battant et disparu dans le couloir. Penché sur son volant, Félix fixait, avec une sorte d'avidité, les fenêtres de leur appartement, au troisième étage de l'immeuble. Mentalement, il imaginait tous ses gestes. Il pénétra avec elle dans l'ascenseur. Sur le palier, elle fouilla dans son sac à main, piétinant devant la porte peinte en noir laqué, cherchant comme toujours cette clé qu'elle ne trouvait jamais. Il hésita avec elle avant de pousser le battant. Il stationna un bref instant dans l'ombre du petit vestibule. Elle écouta s'arrêtant dans l'obscurité. Visiblement, elle cherchait à percevoir un bruit, une respiration, qui lui indiqueraient s'il était rentré. Devant le silence, elle haussa les épaules et parcourut, d'un pas autoritaire et nerveux, le long couloir avant de déboucher dans le salon dont les fenêtres donnaient sur la façade.

Félix le sut en voyant les lampes s'allumer derrière les voilages. Il suivait parfaitement tous ses mouvements. Elle hésitait, ne sachant pas encore qu'elle était seule et qu'il n'était pas encore rentré. Les deux mains accrochées à son volant, il fixait l'immeuble comme s'il avait voulu transpercer les murs. Une douleur insoutenable tenaillait sa poitrine, lui arrachant de minuscules gémissements d'impuissance rageuse...

Soudain, les deux autres fenêtres s'éclairèrent. Gillian venait de pénétrer dans la chambre à coucher ; cette pièce dans laquelle il l'avait si souvent aimée...

Gillian venait de constater que l'appartement était désert. Félix vivait la scène comme s'il était présent, à ses côtés. Sur son visage lisse et angélique, devait s'inscrire la surprise de trouver le lit inoccupé.

Il la connaissait bien. Durant toute cette nuit, elle avait dû songer à des scénarios et des mensonges. Elle avait même pensé à lui faire une scène, il en était certain. L'attaque étant toujours une bonne défense...

Pour beaucoup moins que ça, il y avait quelques semaines, lors d'une soirée où elle était soi-disant allée seule au cinéma, Félix avait perdu tout contrôle. Lorsqu'elle était revenue, à deux heures du matin, il avait crié, menacé. Elle l'avait agressé en retour...

Il avait regretté. Elle s'était enfermée dans le silence.

Depuis quelque temps, comme si elle jouait avec sa jalousie, Gillian faisait tout pour le mettre hors de lui. Elle s'absentait tout le temps sans lui dire où elle allait, ce qu'elle faisait. Et, lorsqu'elle était avec lui, elle devenait distante, glaciale, absente. Il ne le supportait plus. Il avait l'impression de devenir fou.

D'abord, il avait mis tout cela sur le compte du peu de temps qu'il lui consacrait, sachant bien qu'il était pris par son travail. Puis, peu à peu, une sourde défiance – qu'il avait d'abord mise sur le compte de son instinct de mâle frustré – l'avait submergé. Ce sentiment sournois le tourmentait sans relâche. Il avait fini par détester aller jusqu'à son restaurant. Ce qui l'avait passionné durant de longues années maintenant l'écœurait. Il n'avait plus aucun plaisir à entrer dans sa cuisine. Il devenait de plus en plus irritable avec sa brigade. Il enrageait d'être obligé, soir après soir, devoir y rester, puis, comme un rituel devenu oppressant, de se montrer en salle, ce qu'il appelait « sa tournée ». Il ne supportait plus ces compliments cent fois rabâchés ni ces sourires et ces poignées de mains à répétition. Il avait l'impression de se prostituer. Il pensait à elle et se demandait ce qu'elle faisait pendant qu'il était obligé de rester là, des soirées entière. Cela le mettait en rage. Il commençait à se haïr.

Les scènes étaient, alors, devenues quotidiennes. Il n'y avait plus guère que les nuits où, rentrant du restaurant sur le coup de deux heures du matin, il la trouvait endormie. Presque heureux, rassuré, il se glissait auprès d'elle, respirait avec avidité son parfum sans oser la caresser de peur de la réveiller et d'essuyer un refus. Il restait très longtemps éveillé à simplement la regarder avant de, finalement, céder au sommeil. Il aurait bien voulu oser un geste, mais n'y parvenait plus. Un charme néfaste les séparait désormais.

Cette situation le rendait fou. Il ne pouvait plus chasser de son esprit la vision de Gillian qui le trompait. Il dirigeait sa cuisine sans conviction. Il n'arrivait plus à retrouver le goût et la passion de son métier. Il maudissait cette profession qui l'empêchait d'être constamment avec elle...

Fugace, une silhouette passa devant une des fenêtres du salon. Son cœur s'accéléra. Il fixa avec une avidité maladive le rectangle lumineux.

Pris d'une pulsion subite, il s'agita sur son siège. Il aurait fallu qu'il sorte de cette voiture et se précipite vers la porte de l'immeuble. Il mit une main sur la poignée de la portière, et, presque aussitôt, il la laissa retomber. Un découragement fatal s'abattit sur lui. C'était un sentiment mêlé, fait de fatigue, de dégoût et d'impuissance. Cela le clouait sur place, amorphe. Cela provenait du fond de lui-même. Il ne parvenait pas à surmonter cet abattement qu'il connaissait bien pour l'avoir ressenti maintes fois dans son enfance, lorsqu'on le forçait à se soumettre. Fatalisme généré par l'isolement et le manque d'affection, malgré lui, il devenait minéral. Comme toujours, il aurait voulu pleurer, crier, hurler, gesticuler, mais rien ne sortait de lui. Il restait là, inerte, vaincu par cette déchirure profonde qu'il sentait en lui et qui le torturait.

Cloué sur le siège de la voiture, il laissait son esprit couler dans une eau sombre et glacée. Une petite phrase tournait encore dans sa tête, obsédante. Gillian l'avait prononcée l'autre soir, alors qu'il l'accusait d'avoir une liaison. « Tu as un amant, je le sais, je le sens », avait-il crié ! Un sourire gelé, plaqué sur les lèvres, elle avait simplement rétorqué : « Si tu continues, c'est ce exactement ce qui va arriver... » Il avait senti, à ce moment précis, que leurs destins se disloquaient, que ce qu'ils vivraient, à l'avenir, n'aurait, plus rien de commun. Il savait qu'il parlait déjà à une d'étrangère. Même si de tout son être, il refusait de se l'avouer, d'assumer cette réalité, il avait conscience qu'il venait de la perdre. Définitivement.

Là-haut, la silhouette, derrière le rideau, était immobile. Félix, suffocant de désespoir, guettait le moindre de ses mouvements. Il espérait encore. Elle semblait observer distraitement la rue à travers la vitre. Soudain, elle lui parut de plus en plus lointaine, comme si sa vue se brouillait, comme si elle se diluait dans la brume aquatique qui les séparait.

Un sanglot obstrua sa gorge. À demi conscient, grelottant de fièvre, il tourna la clé de contact. Le moteur ronfla. Il désengagea le véhicule de la file de ceux qui se trouvaient garés le long du trottoir et, faisant rugir le moteur, se mit à rouler sur le quai désert...

Tout devint confus...

Chapitre 2

Ce chemin caillouteux, devant lui, l'attirait, l'appelait... Instinctivement, il s'était déplacé vers le talus à sa gauche. Il cherchait l'ombre des arbres et des broussailles enchevêtrés.

Autour de lui, la campagne toute entière bruissait et crissait. Des myriades d'insectes, réfugiés dans les buissons et sous les herbes jaunies pour se protéger des averses incendiaires du soleil, faisaient vibrer leurs élytres. Dans son crâne tout s'emmêlait. Pensées confuses qui virevoltaient, bribes de souvenirs qui fulguraient, l'assaillaient et l'empêchaient de réfléchir. Un goût amer avait envahi sa bouche. La tête fracassée, il arpentait une géographie intérieure à la limite de la folie, au bord d'un abîme.

Il se tordit les pieds, chaussés de mocassins trop légers, sur la caillasse du chemin creux... Ce fut seulement à ce moment-là qu'il se demanda où il se trouvait. Tout se passait comme s'il se réveillait d'un long cauchemar. Brusquement, il se sentit sale, fatigué. Il respira. Plusieurs fois. À pleins poumons. La marche lui faisait du bien, malgré la fournaise. Il avançait, laissant sa voiture loin derrière lui. La douleur, dans sa poitrine, commençait à s'atténuer. Le fantôme de Gillian peu à peu s'estompait.

Il aspira encore l'air brûlant. À part la fatigue qui lui raidissait le dos et lui brûlait les yeux, il avait le sentiment de renaître peu à peu. Des senteurs torsadées, thym et romarin emmêlés. Même surchauffé, cet oxygène lui faisait du bien. Petit à petit, il retrouvait l'acuité de sa vision.

Il se sentit mieux. Plus calme. Plus lucide.

Tout en marchant droit devant lui, les images de cette fuite démente jaillissaient de sa mémoire enfiévrée et occupaient tout son cerveau.

Il se revoyait agrippé au volant de sa voiture, sortant de Paris, filant sur le périphérique, à l'heure où les routiers formaient des files, grosses chenilles sombres qui serpentaient sur le bitume. Les réverbères scintillaient encore de leur lumière froide, irréelle, lorsqu'il s'était engagé sur l'autoroute. C'était à l'heure où le soleil franchissait la barre brumeuse de l'horizon qu'il avait entamé cette longue course. Pourquoi avait-il pris cette direction plutôt qu'une autre ? Il ne put se l'expliquer. Il avait conduit toute la journée vers le sud. Il se souvenait qu'il avait obliqué à droite près d'Orange et qu'il s'était arrêté sur une aire de repos. Avait-il dormi ? Il n'en était pas certain, mais le soleil déclinait déjà lorsqu'il avait repris conscience. La nuit était tombée lorsqu'il s'était remis en route. Le ruban d'asphalte filait à perte de vue devant lui. Rageur, il avait enfoncé la pédale de l'accélérateur. Péage après péage, il avait atteint la frontière espagnole. Sur le pare-brise de sa voiture, l'image de Gillian persistait encore lorsqu'il était arrivé au Perthus. Les guérites de verre, de chaque côté de la ligne de démarcation symbolisant la frontière entre les deux pays, étaient désertes. Sans en être tout à fait conscient, il s'était retrouvé en Espagne. Quelques kilomètres plus loin, il avait quitté l'autoroute.

En traversant Figueras, il était passé près du musée Dali. Il se souvint, alors, qu'il y avait emmené Gillian lors d'une de leurs rares escapades. Ils s'étaient arrêtés au Motel Empurdan pour déjeuner. Depuis très longtemps, il connaissait la réputation de cette maison qui avait servi de refuge quotidien au grand philosophe catalan Josep Prat.

Instinctivement, il avait pris à droite au premier carrefour, en direction d'Olot et Ripoll. Il ne supportait plus de voir des gens. Les rues très animées de la petite cité catalane lui avaient paru surpeuplées. Il lui fallait de l'air, de l'espace. Il étouffait encore.

Une route, qui sinuait en pleine nature, l'avait conduit là, dans cette campagne perdue en pleine Garrotxa. La fatigue l'avait obligé à s'arrêter dans ce chemin ourlé de broussailles épaisses.

Passant sa main doigts écartés dans ses cheveux, il regarda sa montre pour la première fois. Une seconde, il songea à l'inquiétude qu'avait dû causer sa disparition... Pas chez Gillian !

Elle avait sans doute imaginé qu'il avait dormi dans le petit studio situé au-dessus du restaurant, et qu'il avait gardé depuis ses débuts. Son personnel par contre, avait dû paniquer en constatant son absence. Mais il connaissait ses collaborateurs, ils l'avaient, à coup sûr, cherché toute la journée, puis avaient paré au plus pressé pour que la machine puisse tourner malgré tout.

Il ne put s'empêcher de se sentir un peu coupable. C'était la première fois, depuis toutes ces années, qu'il n'était pas présent dans sa cuisine... À cette pensée, mêlé à son angoisse, il ressentit un plaisir étrange, un curieux sentiment de liberté, comme si, en disparaissant, il avait rejeté un poids qui l'oppressait. Malgré le chagrin qu'il ressentait encore d'une manière sourde, et cette fatigue qui lui sciait les jambes, il esquissa un vague sourire :

— Je n'y retournerai pas !...

Il avait parlé à haute voix. Avec étonnement, il constata que sa voix avait retenti d'une manière étrange. Déformée, elle avait résonné comme une plainte rauque dans cet habitacle étouffant, plein d'une chaleur qui l'accablait et faisait jaillir la sueur le long de son dos, plaquant le tissu de la chemise contre sa peau.

— ... Jamais !

Comme pour se délivrer d'un poids insupportable, il avait crié afin de donner une dimension dans l'espace à cette certitude nouvelle qui venait d'émerger dans un recoin de son cerveau. Ses lèvres n'avaient, pourtant, émis que des sons éraillés, douloureux.

Gillian avait été cette part de hasard qu'il attendait depuis toujours comme un dû, comme une revanche sur son enfance. Lorsqu'il l'avait connue, une sorte de séisme avait transformé son existence. Il s'était jeté à corps perdu dans le travail, croyant la séduire mieux, forçant ainsi son respect, son amour. Pour elle, il avait tenté de perfectionner son art. Jamais il n'avait imaginé qu'il l'avait simplement conquise par ses maladresses, par ses silences.

En l'épousant, presque immédiatement, il avait ressenti un malaise qui s'était amplifié en vivant avec elle. Lors de ce voyage aux Caraïbes, par exemple, il avait perçu une distance qui, déjà, naissait entre eux, comme s'ils n'arrivaient pas, ni l'un ni l'autre, à mettre en commun leurs deux solitudes.

Par la suite ce sentiment trouble, cette fracture infime et pourtant réelle, s'étaient atténués. Il avait chassé de son esprit cette détestable impression qu'il ne pouvait expliquer. Il avait voulu l'aimer et vivre cette passion, sans réfléchir, sans dessein, sans calcul...

Jamais, durant les premières années de leur union, il n'avait fait autre chose que de construire pour elle... C'était du moins ce qu'il s'était dit.

Au début, il en avait été certain, elle avait paru heureuse de cette folie lucide qui l'habitait et le mettait en constante activité. Elle avait semblé apprécier qu'il lui dédie sa réussite. Et même si elle ne paraissait pas vraiment participer, même s'il sentait qu'elle s'échappait, il pensait, avec simplicité, que c'était parce qu'elle regrettait son métier et qu'elle s'ennuyait.

Avant leur mariage, elle avait vécu entre deux avions, deux séances de photos, deux engagements. Ils ne se voyaient, alors, qu'à des moments sauvés, presque en catimini, comme des amants voleurs de temps et de bonheur. Pour l'avoir toute à lui, il lui avait demandé de s'arrêter, de rester à Paris et de vivre avec lui cette aventure qu'il avait commencé sans elle... Elle avait hésité, puis il y avait eu l'espoir de cet enfant...

Un matin, elle lui avait annoncé qu'elle était enceinte. À cet instant précis, il crut avoir gagné. L'avoir gagnée, elle. Trois mois d'attente fébrile et joyeuse avaient suivis.

Félix s'était échappé de sa cuisine aussi souvent qu'il l'avait pu. Il avait vécu pour elle et pour cet enfant qu'il espérait de toutes les fibres de son corps. Lui qui n'avait pas connu ses parents, lui l'enfant de l'Assistance Publique, il allait connaître la joie de voir naître un enfant du ventre de la femme qu'il aimait, un enfant qui le prolongerait et auquel il pourrait donner toute cette force et toute cette tendresse qu'il refoulait depuis tant d'années. À partir de ce moment-là, il avait pensé devenir un autre homme. Il s'était remis à travailler avec passion.

Un soir, alors qu'il venait d'achever son travail en cuisine, que la salle était bondée et qu'il s'apprêtait à faire ce qu'il appelait son « tour de piste », le téléphone avait sonné.

Une voix impersonnelle lui expliqua que le docteur Mauve, un client enthousiaste et gourmand, devenu ami et médecin du couple depuis quelques mois, le faisait demander d'urgence. Il s'était précipité à l'appartement. Il l'avait trouvé vide.

Un mot hâtivement griffonné par Gillian l'avertissait qu'on l'avait emmenée en ambulance. Comme un fou il s'était précipité...

À l'hôpital, après une attente angoissante, il avait vu le médecin, le visage fermé, venir à lui et lui expliquer qu'il ne pourrait voir Gillian que le lendemain, car elle était en salle d'opération. L'enfant était perdu. Un accident stupide...

Félix avait compris à cet instant que plus jamais rien ne serait comme auparavant. Comme toujours dans le malheur et la douleur, il s'était replié sur lui-même.

Dans les jours qui suivirent, il masqua son chagrin et s'acharna sur son travail.

Lorsque Gillian revint de la clinique, il l'accueillit avec toute la tendresse dont il se sentait encore capable. Il tenta de lui faire oublier cet accident.

Gillian se montrait très fatiguée. Sur ordre du praticien, elle devait se reposer. Cela dura. Elle ne sortait plus de l'appartement du Quai des Grands Augustins. Félix lui démontra beaucoup d'attention, la couvrant d'attention et de cadeaux. Pourtant, quelque chose s'était brisé en lui comme chez elle. Définitivement. Sans qu'il puisse empêcher son esprit de le formuler, il la mettait vaguement en accusation. Il tenta de se battre contre ce sentiment insidieux. Sans succès.

Peu à peu, elle changeait ...

Écorché vif, il captait chez elle quelque chose de désespéré, d'effrayant. Elle était devenue plus distante, plus absente. Mais il ne voulait pas voir ni comprendre. Encore une fois, comme s'il fuyait sa réalité, tête baissée, il se lança à corps perdu dans le travail.

Il venait d'arriver à un tournant du chemin de terre. Il s'arrêta entre deux petits chênes et découvrit, quelques centaines de mètres plus loin, un groupe de toits dominés par le mur clocher d'une minuscule église. Cette dernière était flanquée de trois ifs qui pointaient, sévères, leurs doigts effilés vers le ciel et donnaient à tout le paysage un faux air de campagne toscane.

Il s'arrêta. En arrière-plan de l'église construite en pierres grises, il discernait le corps d'une immense et curieuse bâtisse couverte d'une masse de feuillage d'un vert profond, presque obscur. L'impression de paix et d'étrangeté de ce lieu, insoupçonnable depuis la route, lui procura une émotion subtile. Une impression de déjà vu très intime. La curiosité le poussa vers cet étrange hameau.

Plusieurs fois, il se retourna pour regarder du côté de sa voiture garée dans le petit chemin, mais les frondaisons et un monticule situés après un virage à angle droit, la cachèrent complétement.

Il se sentait irrésistiblement attiré par ce groupe de bâtiments anciens qui paraissaient déserts. Le chemin faisait un grand S avant de longer le mur de pierres sèches qui le séparait d'un jardinet entourant cette singulière église. Il se tordit les pieds sur les pierres qui affleuraient sous la croûte de terre ravinée par des orages récents. L'air sentait la poussière et les herbes sauvages. Il ne parvenait pas, malgré tout son savoir-faire, à discerner, dans la densité des fragrances qu'il humait, les essences de celles-ci. Le mélange était trop riche, trop puissant.

Il aspira à pleins poumons. Les senteurs, chez lui, possédaient la même curieuse propriété que les saveurs. D'ordinaire, presque d'instinct, il tentait de les reconnaître, les isolant une à une pour les combiner ensuite, comme il le faisait dans sa cuisine quand il composait ces plats qui lui avaient valu sa renommée.

Chapitre 3

La minuscule église lui parut plus haute, plus massive, et la pierre de ses murs plus sombre. Elle semblait plus hermétique aussi. Son aspect avait même quelque chose de définitivement rébarbatif.

Il contourna le muret qui entourait la construction et se retrouva sur une place de terre battue, face à l'entrée. Une porte de bois délavé par les intempéries barrait le passage aux intrus. Elle était bardée de croisillons de métal forgé et de clous énormes qui lui donnaient une allure d'entrée de forteresse.

Félix poussa le portail déglingué qui ouvrait sur un jardinet à l'abandon dans lequel poussaient, au milieu des touffes d'herbes et de chardons, les trois cyprès qu'il avait observés de loin. Visiblement, personne n'était venu depuis très longtemps. La végétation était revenue à l'état sauvage.

Un dallage de calcaire marquait le chemin pour atteindre les deux marches de pierre qui donnaient accès à la porte de l'église. Pour s'approcher, il dut écarter du pied les ronces et les plantes folles, afin de se frayer un passage. De l'épaule, il essaya d'ébranler le panneau de bois massif qui résista. Il était verrouillé. Félix regarda de plus près. Il s'aperçut que la seule chose qui paraissait entretenue était l'énorme serrure de métal bruni et patiné par le temps. En faisant cette constatation, il se dit que quelqu'un devait venir régulièrement dans cette église et que si l'édifice et ses alentours étaient à l'abandon, la porte, elle, avait été ouverte et cette fermeture, complètement oxydée, avait servi. Et récemment, en plus !

Félix poussa un soupir. Il détestait les portes fermées. Il n'avait jamais supporté de ne pas savoir ce qui se cachait derrière une grille, un mur ou une simple ligne d'arbres bloquant son horizon. Il fallait toujours qu'il ouvre les portes, qu'il franchisse les barrières, qu'il aille voir derrière les murs. C'était plus fort que lui.

Sans doute à cause de ce trait de caractère, il n'arrivait pas à analyser et, peut-être, à comprendre ce qui s'était passé en lui, la nuit précédente, à Paris, lorsqu'il avait vu Gillian arriver au petit jour. Il s'étonnait lui-même de ne pas être monté jusqu'à l'appartement pour lui demander des explications. Fuyant la réalité, une fois de plus, il essaya de ne plus y penser. À cause de cela, il ne parvenait pas à s'expliquer les raisons de cette équipée démente en forme de fuite qui avait fini par l'amener jusqu'ici.

Il secoua la tête. Il voulait chasser de son esprit ces questions auxquelles il ne pouvait ni ne voulait y répondre avec lucidité.

Se retournant, en plein soleil, il observa plus attentivement les alentours. Trois corps de bâtiments distincts les uns des autres cernaient ce petit espace dégagé qui formait une sorte de place centrale entre les constructions. Il détailla avec attention la construction basse à sa droite. À première vue, il s'agissait d'une petite ferme assez délabrée. Elle paraissait habitée, pourtant, mais rien ne bougeait derrière les ouvertures béantes et obscures. Une paire de sabots de bois et des ustensiles posés sur un banc de pierre, à droite de la porte, démontraient à l'évidence que, probablement, quelqu'un vivait là.

Il haussa les épaules et se détourna, se disant que les habitants, s'ils existaient, devaient avoir leur raison pour ne pas se montrer. Sur sa gauche, juste à côté de l'église, un monceau de pierres éboulées, couvert par l'ombre d'un marronnier au feuillage d'un vert éclatant, signalait la présence d'une ancienne maison aujourd'hui ruinée.

La masse énorme et sombre qui l'avait intrigué lorsqu'il était encore sur le petit chemin descendant de la colline, l'attirait irrésistiblement. Cet amas lui parut encore plus vaste de près que de loin. Visiblement, il s'agissait de la principale construction de ce hameau perdu. Elle le dominait de sa masse imposante. Tout paraissait à l'abandon. Des ronces géantes avaient totalement colonisé les murs jusqu'au toit, deux étages plus haut. De larges plaies béantes dans un lac de tuiles rougeâtres, qui recouvraient le toit, racontaient la déchéance de cet énorme bâtisse. Une impression curieuse, presque magnétique, se dégageait de cet ensemble impressionant.

Félix, fasciné, demeura longtemps sur la place à regarder sans savoir ce qui l'attirait dans la contemplation de cette montagne de pierre. Était-ce cette sensation de force, de puissance, qui transpirait de ces murs, ou, peut-être, la perception diffuse d'un très longue histoire, cachée dans les replis de ces pans de murailles, qui l'hypnotisait ainsi ? Il ne le savait pas... Il se contentait de contempler cet enchevêtrement immense... Face à ce vaisseau de pierre, il ressentait une étrange certitude. Celle d'avoir parcouru tout le temps de sa vie et tous les évènements qui avaient parsemé celle-ci, afin de se retrouver, là, devant ces murs à demi écroulés, dévorés par cette végétation exubérante, comme si, pour lui, cette maison du bout du monde représentait ce qu'il avait inconsciemment cherché depuis toujours.

Il murmura : « C'est ici !... »

Ce fut à cet instant qu'il remarqua des poules et des canards qui, écrasés de chaleur, se terraient dans la poussière devant la ferme basse, à l'abri d'une sorte de treille rustique faite de branches mal équaries et tortes, fichées en terre ou s'appuyant contre le mur de la fermette. Au premier regard qu'il avait jeté sur cet endroit, il n'avait pas remarqué l'embrasure d'une porte barrée par une claie de bois qui montait à mi-hauteur et s'ouvrait dans la façade couverte de rosiers et de vigne vierge. Il pensa à nouveau que sa première impression était la bonne. Quelqu'un devait forcément habiter cet endroit et ces animaux domestiques qui somnolaient dans la poussière ocre, à la frontière entre ombre et lumière, en témoignaient.

À droite de la porte, une petite fenêtre étroite, presque invisible sous le feuillage, attira son attention. Il crut y discerner une tache plus claire derrière les étroits carreaux, peut-être un visage.

Il hésita sur la conduite à tenir. Si quelqu'un l'observait sans se découvrir, sans se manifester, et ceci depuis qu'il était arrivé, cela voulait dire qu'il n'était pas forcément le bienvenu. Ce constat le mit mal à l'aise. Il décida que, puisque l'observateur inconnu ne tentait pas d'entrer en contact avec lui, il valait mieux ne pas brusquer les choses, attendre que l'individu se manifeste et décide de se montrer au grand jour.

Il détourna la tête comme s'il n'avait rien remarqué, redescendit les deux marches du perron de l'église, puis repassa le portail délabré après avoir traversé le jardinet en quelques enjambées.

Apparemment indifférent, il fit quelques pas sur la place et, ostensiblement, tourna le dos à celui qui l'épiait, pour se placer face à la grande ruine. Malgré lui, il ne put s'empêcher, de temps à autre, de jeter des regards furtifs et discrets en direction de la fermette. Il se disait que ceux qui y résidaient, des paysans sans doute, allaient sortir et lui demander ce qu'il faisait là. Devant le silence et l'inertie de ceux-ci, il se décida. Il avança en direction de l'énorme bâtisse. Il était pourtant certain d'avoir entrevu la forme d'un visage, derrière cette fenêtre, mais affecta de l'ignorer, démontrant ainsi, en agissant avec naturel, qu'il n'avait aucune réelle mauvaise intention.

Après avoir parcouru quelques mètres, il s'arrêta à nouveau. Durant quelques instants, il demeura planté en plein soleil, attendant une éventuelle manifestation de cette présence qu'il sentait proche. Rien ne bougea... Le soleil était brûlant, la chaleur insupportable. Il commençait à respirer avec difficulté. Brusquement, la fatigue revint, brutale, lui coupant bras et jambes, emprisonnant son esprit dans un brouillard étouffant. Il aurait pu, s'il en avait eu la force, se diriger vers cette porte basse, cogner au montant et demander s'il y avait quelqu'un. Ainsi, il aurait fait cesser cette désagréable impression que lui procurait la sensation de se savoir espionné... Il hésita, puis, vaincu par un abattement né de la fatigue et de la chaleur conjugués, il se détourna, sentant toujours dans son dos ces yeux qui le détaillaient. Comme s'il s'agissait d'un jeu, il adopta une attitude qu'il voulait sereine, même s'il ne pouvait empêcher une légère angoisse, sournoise, de lui raidir la nuque. À pas comptés, il s'approcha de l'imposante bâtisse qui disparaissait sous un enchevêtrement de ronces géantes.

Une porte cochère, forée dans un mur d'enceinte qui croulait sous des gerbes de pois de senteur, lui offrit un passage. Écartant les branches et les lianes qui formaient un rideau, il s'y engagea. En quelques enjambées, il se retrouva dans une cour intérieure fermée de toute part, insoupçonnable depuis l'extérieur. Une sorte de soulagement survint lorsqu'il constata que, ce faisant, il s'était, ainsi, mis hors de vue de ce mystérieux observateur.

Les hauts murs de pierre, dont des pans émergeaient de l'inextricable végétation, lui apprirent que cet étrange et gigantesque éboulis avait probablement été une ancienne massia ou bastide fortifiée.

À sa gauche, une petite construction à un étage était accotée au dos du mur d'enceinte dans lequel s'ouvrait le portail par lequel il venait d'entrer dans cet espace clos. Le sol de cette cour intérieure était encombré d'objets et de débris de toutes sortes. Une herbe rase et sèche recouvrait les endroits qui demeuraient libres. Dans le fond, un mur à demi-écroulé, lui aussi, s'ouvrait sur une sorte de large avenue de verdure en fouillis, bordée d'arbres courts et noueux. Cette curieuse allée s'enfonçait très loin dans le terrain, large voie intérieure donnant accès à une esplanade cachée, secrète. Tout au fond, il discerna une sorte d'immense plateau d'herbe rase légèrement surélevé par rapport aux constructions. L'insolite avenue de pleine terre qui s'ouvrait entre les buissons semblait y conduire en le contournant et dessinait, dans les herbes folles et les buissons, une allée en forme de spirale.

Le corps principal de l'imposante massia s'étirait à sa droite fermant le quadrilatère de cette cour intérieure en s'appuyant, elle aussi, à l'enceinte extérieure. Tout paraissait délabré. L'endroit devait être inhabité et abandonné depuis très longtemps.

Les ronces proliféraient. Elles avaient pris possession des murs et s'étaient infiltrées par toutes les ouvertures, toutes les brèches, toutes les fissures.

Au ras du sol, obstruée par une trame végétale constellée de fleurs rouge-sang, il discerna une ouverture qui devait être, sans aucun doute, l'entrée principale de cette mystérieuse maison.

Attiré par ce trou d'ombre, Félix s'y dirigea. Il transpirait et les vertiges, dus à la fatigue et à la trop forte chaleur, le faisaient tituber.

Sans vraiment réfléchir, poussé par une sorte d'instinct, il décida de se glisser par cette ouverture dont le haut était arrondi par un arc roman.

La fraîcheur et l'obscurité le surprirent. Il s'arrêta, clignant des paupières, aveuglé par ce brusque passage de la pleine lumière à l'ombre profonde. Des points lumineux fusèrent comme des feux d'artifice devant ses yeux brûlés par le soleil. À tâtons, il chercha l'appui du montant de pierre afin de surmonter le malaise qui le faisait vaciller. Il haletait, oppressé, au bord de l'étourdissement.

Il serra les paupières puis les rouvrit. Plusieurs fois. Peu à peu, ses prunelles s'habituèrent à la demi obscurité. Malgré la pénombre, il put discerner à nouveau le contour des choses qui l'environnaient.

Il se trouvait dans un grand couloir voûté dont le sol était pavé avec de gros galets de rivière. Ce passage fuyait sur sa droite en direction d'une porte cochère qui, d'après la disposition des lieux, donnait directement sur la petite place entre l'église et la fermette. Un éboulis en obstruait l'ouverture, et c'était sans doute la raison pour laquelle il ne l'avait pas décelée de prime abord depuis l'extérieur.

De l'autre côté, juste sous une des arches, un escalier prenait son élan vers un étage noyé d'ombre. En face de lui, une autre ouverture donnait accès à une salle de plain-pied. Un peu de lumière, lame brutale et mordorée qui tranchait dans l'obscurité ambiante, se déversait par une meurtrière qui, tout au fond, lézardait le mur arrière de la maison. Il s'avança jusqu'au seuil, puis recula, surpris. Une odeur insoutenable venait d'envahir ses narines. Cillant pour tenter de voir, retenant sa respiration pour échapper à cette puanteur, il découvrit un vaste espace au sol pavé de pierres rondes tout comme le couloir.

Cet endroit avait dû servir d'étable. Une longue mangeoire de bois, noirci par le temps et le contact des animaux, courait tout au long d'une des parois. De place en place, des lambeaux de corde, qui avaient probablement servi à attacher les bêtes, y pendaient encore. Une épaisse couche de paille pourrissait sur le sol. L'odeur était tellement tenace, qu'il recula.

Poussé par une curiosité plus forte que la fatigue qui faisait trembler ses jambes, il se retourna et se dirigea vers l'escalier. Il mit le pied sur la première marche. La rampe tournait à droite. Au sommet de la volée d'escaliers, une porte massive pendait sur des gonds descellés. Enjambant des amas de détritus, Félix se glissa dans l'ouverture. Il déboucha dans une pièce aux proportions extraordinaires.

Aux temps où cette maison abritait encore des humains, ce lieu devait être une cuisine et une salle commune. Là, plus encore que depuis l'extérieur, il sentit la force quasi magnétique qui émanait de cette construction hors du commun. La hauteur des plafonds, les dimensions de cette première pièce, tout indiquait que cette bâtisse avait été construite pour faire exister et survivre, génération après génération, d'autres destins que celui de simples paysans catalans. « Tout est encore en place, comme si les habitants avaient fui en laissant tout derrière eux » constata-t-il...

Une table immense occupait une grande partie de l'espace. Des bancs massifs la flanquaient de chaque côté. Des paniers, des corbeilles, des ustensiles de cuisine et des outils étaient encore accrochés sur les murs. Foulant la poussière qui couvrait les dalles de terre cuite qui formaient le carrelage du sol, il s'avança et découvrit une cheminée énorme, gueule béante sous un manteau fait d'un tronc de chêne à peine équarri et patiné par le temps et les feux quotidiens.

Au centre de ce foyer, cernés par des blocs de pierres calcinées, noyés de cendres sédimentées, des récipients noircis augmentaient l'impression d'abandon. De chaque côté de cet amas, des chenets de fer forgé faisaient songer à des puissants brasiers d'hiver qui avaient certainement consumé des troncs entiers. Des rais de lumière tombaient du toit. Ils passaient par des trous dans les tuiles et créaient une averse de lumière qui jouait avec les formes et les contours, faisant naître un univers fantomatique, irréel. Malgré l'apparent abandon de l'endroit, tout respirait le calme, une sorte de paix menaçante emmitouflée de poussière.

Inexplicablement, depuis qu'il avait pénétré dans la maison, Félix se sentait mieux, plus tranquille. Il respirait plus librement.

Un peu plus tard, il explora l'unique étage. Il découvrit de nombreuses chambres qui s'ouvraient toutes, par de petites portes basses, sur un vaste couloir central. Il eut l'impression de se trouver dans un monastère ou une sorte d'auberge. Brusquement, il sentit que la fatigue l'amenait à nouveau à limite de l'évanouissement. Il fit un effort sur lui-même et redescendit rapidement. De la salle commune, il passa à une autre pièce qu'il avait repérée auparavant. C'était une salle voûtée dont le plafond, peint d'un bleu cyanosé, donnait l'impression d'avoir servi, naguère, de chapelle ou de salle pour des cérémonies. Il y régnait une fraîcheur bienfaisante. Contre le mur du fond, juste en dessous de deux niches, il remarqua un grand lit.

À cet instant précis, il sentit qu'il n'en pouvait plus. Son corps, désormais, refusait de continuer. Dans sa tête, tout s'embrouillait. Il fallait qu'il dorme. Malgré la poussière, il se laissa basculer sur cette couche providentielle. Le bois grinça sous son poids.

Chapitre 4

Il ouvrit les yeux, tous les sens en éveil. Une sensation de danger l'avait alerté, le projetant hors du sommeil sans rêve dans lequel il avait sombré.
D'un coup de rein, il se redressa. Ses yeux firent le tour de la pièce. Il dut faire un terrible effort pour se souvenir de l'endroit dans lequel il se trouvait.

Durant une fraction de seconde, il se crut à Paris, assis dans sa voiture, guettant Gillian. Il revécut le tumulte intérieur, la douleur rentrée... Il chassa ces visions.

Sans raison aucune, il songea soudain à son équipe, là-bas, dans la capitale. Tous devaient être aux quatre cents coups, depuis sa disparition. On devait le chercher partout... Peut-être même avait-on appelé les flics... Il haussa les épaules et referma les paupières, puis se laissa retomber en arrière sur la couche poussiéreuse en poussant un soupir. Il revoyait son arrivée dans cette ruine étrange. Il repensa à cette curiosité extraordinaire, aiguisée sans raison apparente par la découverte de ce groupe de constructions qui faisaient face à cette minuscule et insolite église. Son cerveau lui restitua les images troublées de sa première exploration de cette immense ruine. Il se souvint de son arrivée titubante dans cette pièce et de ce large lit de fer où, épuisé, il s'était laissé choir à bout de forces.

Il s'assit au bord de cette couche improvisée. Il se sentait reposé. Il jeta un regard circulaire avec toujours, en toile de fond, la sensation troublante d'une présence toute proche. Apparemment, rien n'avait bougé. Les quelques meubles couverts de toiles d'araignée et de poussière, étaient aux mêmes endroits. D'autres images, souvenirs paradoxaux, survinrent qui brouillèrent l'ordre de ses pensées. Son cerveau fonctionnait d'une manière étrange. Tout se déroulait comme s'il ne pouvait plus rien contrôler. Sa mémoire s'affola. Le visage de Gillian revint s'incrusta, obsédant. La seule différence, cette fois, provenait du fait qu'elle semblait fantômale, fuyante, imprécise, comme si son esprit refusait de la recréer totalement. Peu à peu, elle se dilua avant de s'évanouir tout à fait. Il lui sembla même que la douleur dans sa tête et dans sa poitrine s'atténuait.

Un mouvement furtif juste devant lui, à l'endroit où les volets clos bardés de végétation sauvage laissaient passer de multiples traits de lumière, attira soudain son attention. Il ne réalisa pas tout de suite ce que ses yeux discernaient pourtant peu à peu. C'était une ombre parmi toutes celles que créait le contre-jour. Une sorte de densité supplémentaire qui, petit à petit, prenait la forme d'un homme.

Une décharge nerveuse le fit tressaillir. Il venait de constater que là, à quelques mètres de lui, se tenait un homme immobile et silencieux qui le regardait. Une peur panique s'insinua brusquement dans son esprit, déversant une coulée de glace dans ses veines. Il bondit sur ses pieds. Sur la défensive...

— Qui est là ? cria-t-il.

Un silence angoissant succéda à son interpellation. Il se leva, fit deux pas puis s'arrêta... Il ne savait quelle attitude adopter.

— *Fuera !...*

L'homme n'avait pas crié, il avait simplement murmuré d'une voix sans timbre. Cependant, Félix comprit le sens de l'ordre donné par l'inconnu. « Dehors !... »

Il tenta une explication maladroite tout en surveillant la silhouette immobile :

— Je... J'étais fatigué et je me suis endormi, là...

Du doigt, sans quitter l'ombre des yeux, il indiquait le lit où il avait dormi.

— Je vais partir, ajouta-t-il, rassurant...

L'homme ne broncha pas. Malgré tous ses efforts, Félix n'arrivait pas à discerner son visage. Pour ce qu'il pouvait en voir dans cette pénombre, il estima que le type n'était pas de très grande taille mais il semblait râblé et costaud. Il paraissait menaçant, mais ne faisait pas un geste.

— ... Est-ce que cette maison vous appartient ? tenta-t-il, circonspect.

Sa voix sonnait bizarrement dans cette pièce empoussiérée. Il eut l'impression que ces paroles demeuraient suspendues dans l'atmosphère, engluées dans cette chaleur étouffante qui régnait autour d'eux. Elles ne parvenaient pas, semblait-il, à franchir la distance qui le séparait de l'homme. Il insista :

—... Je ne voulais pas déranger... J'ai beaucoup roulé. Depuis Paris, la France, vous comprenez... Paris ! Je viens de Paris. Je m'étais arrêté pour marcher un peu et...

Il se tut. Il venait de réaliser que l'homme ne devait pas le comprendre. Peut-être qu'il ne parlait que le catalan ou l'espagnol. C'était, sans doute la raison, pour laquelle il demeurait silencieux. Mal à l'aise, Félix essayait désespérément de rassembler quelques mots d'espagnol, tout en souhaitant que l'autre l'entende.

— *Soy Francés,* essaya-t-il, hésitant...

L'homme demeura de pierre.

Félix sentit un profond malaise l'envahir à nouveau. Il se demanda pourquoi il ressentait une telle sensation de culpabilité.

— Je veux dire que je ne parle que le français, bredouilla-t-il en abandonnant sa piètre tentative en espagnol. Vous me comprenez ?...

L'ombre, irréelle dans la lumière qui filtrait par les interstices des volets, ne remuait toujours pas. Il se dégageait de cette silhouette trapue et massive une impression de force hostile, d'énergie hargneuse, haineuse presque. Il se demanda pourquoi cet homme lui communiquait cette sensation, puis il se souvint que, depuis Napoléon, les Français n'avaient pas très bonne réputation de ce côté-ci des Pyrénées. Il s'agissait d'une vieille détestation fondée sur l'incompréhension mutuelle de ces peuples qui vivaient, sans se connaître, de chaque côté de la barrière naturelle des montagnes, d'un ostracisme né des péripéties de l'Histoire.

— *Fuera !* Vite !... *Guardia civil vienen !...*

La voix de l'homme avait tranché comme une lame dans le silence. Félix sursauta. Cette fois, l'intonation était brutale et remplie d'une agressivité dense, palpable.

— Mais je ne faisais rien de mal ! plaida-t-il... J'ai seulement dormi un peu. Je ne suis pas un vagabond, je suis...

Soudain, l'ombre se mit à tanguer, comme si l'homme se mettait à danser d'un pied sur l'autre.

— *Fuera, hombre ! Fuera !*

C'était définitif ! Le ton de la voix ne laissait pas de place à la protestation. « Peut-être est-il le propriétaire ? », se demanda Félix. « Il doit être furieux que je sois entré dans cette ruine sans, au préalable, demander son autorisation ». Il se détourna pour désigner le lit sur lequel il s'était couché :

— Je vous promets que je n'ai rien pris ni rien dérangé... Je me suis juste couché là. J'étais vraiment très fatigué...

Lorsque ses yeux revinrent à l'endroit où se tenait l'homme quelques instants auparavant, celui-ci avait disparu. Il s'était littéralement volatilisé.

Au travers des volets fendus, des zébrures lumineuses éclaboussaient les murs et le carrelage. Rien ne laissait supposer qu'un homme s'était tenu là, dans les quelques secondes qui avaient précédé.

Félix aspira à pleins poumons. L'air surchauffé sentait le renfermé. La brusque disparition de l'inconnu l'avait soulagé, comme si une mystérieuse pression s'était évaporée. Il essaya de reprendre ses esprits, impressionné malgré tout par la magie du lieu et l'étrangeté de ce bref contact. Il tenta de raisonner et tira une conclusion évidente : cette apparition rogue et fuyante ne pouvait être que le paysan qui habitait la maison voisine. Celui-ci, depuis son habitation, l'avait vu pénétrer dans la ruine et, ne le voyant plus ressortir, avait fini par venir voir ce que pouvait bien faire cet étranger qui s'attardait ainsi à l'intérieur. Il l'avait découvert sur le lit, endormi... Félix admit que son attitude avait pu paraître curieuse à un fermier solitaire, perdu dans cette campagne catalane. Quant à cette menace de voir arriver la Guardia Civil, il n'y croyait guère. Il préféra imaginer que l'homme avait menacé, comme il est coutume de le faire en pareilles circonstances. Il misait sur la méfiance naturelle de tous les paysans du monde face à l'autorité. Personne n'aime voir débarquer sur son territoire des intrus et encore moins la maréchaussée. Il décida de ne pas se presser et de repasser dans l'autre salle.

Il dut courber l'échine pour passer sous ce linteau calculé pour des gens de plus petite taille. De retour dans la grande pièce commune, il redressa la tête. Il put constater que le désordre, qu'il avait observé en arrivant, était réel.

Les marques de ses pas, imprimés dans la couche de poussière sur le carrelage, attirèrent son regard. Un instant, il chercha les traces de l'homme entrevu quelques secondes auparavant, mais ne les vit pas. Il n'y avait que les siennes ! Un bref instant, il douta de ses yeux et crut avoir rêvé la présence de cet homme dans la pénombre, puis, en regardant plus attentivement, il remarqua que des traces, plus petites, débordaient légèrement des siennes. L'homme avait mis ses chaussures exactement aux endroits où ses propres semelles avaient effacé la fine couche pulvérulente. C'était exactement comme si cet étrange paysan avait voulu masquer son passage. Ce constat, et la bizarrerie de cette attitude, l'inquiétèrent vaguement. Il fit un effort, pour ne pas se laisser gagner à nouveau par une impression négative. Il jeta un coup d'œil circulaire afin d'essayer chasser se son cerveau cette sensation extrêmement désagréable.

Les jets de lumière, qui se déversaient par les trous dans le plafond crevé, découvraient les dimensions considérables de cette salle. Le soleil devait être en train de glisser vers le couchant. Par une plaie plus béante que les autres passait une cascade dorée qui balayait le mur chaulé, juste à côté de la grande cheminée. Cette luminosité rasante révéla tous les détails en creux ou bosses, incrustés dans la paroi recouverte de chaux. Les yeux de Félix furent subitement attirés par des signes gravés et qui paraissaient ressortir de l'intérieur du revêtement. Intrigué, il s'approcha. Il toucha l'endroit du bout des doigts en suivant le tracé. Il en était certain, maintenant, une main avait gravé, avec un objet pointu, quelques lettres sur la muraille. Les parcelles d'une peinture brunâtre accentuaient encore le relief de ces marques. Si les rayons obliques du soleil couchant, passant par le trou dans la toiture, n'avaient pas précisément éclairé cette partie de la paroi, Félix n'aurait certainement pas remarqué cette calligraphie insolite.

Il s'approcha, curieux, et passa encore une fois le bout de son index sur la première lettre. Il déchiffra un P, probablement creusé à l'aide d'une pointe de couteau ou celle d'un burin très affûté. L'enduit brun, qui ourlait le sillon par endroits, semblait s'être légèrement effacé avec le temps. Très vite, il découvrit la totalité du message. Il s'agissait de deux lignes superposées. En dehors du premier mot, le reste de l'inscription ne se voyait effectivement, que grâce à la lumière rasante. Félix déchiffra lettre après lettre. C'était du catalan, mais il en saisissait le sens: « Pardon, pardon, trop de chagrin. » Soudain Félix comprit que ce qu'il avait pris pour une peinture de couleur brune était, sans doute, des traces de sang. Son imagination s'enflamma. Celui qui avait écrit cette incantation sur ce mur s'était probablement servi d'une lame ou d'un outil ensanglantés ! Peut-être le couteau avec lequel il avait commis un crime !...

La fin du message, plus difficile à déchiffrer, apparaissait sans coloration, juste des traits en creux dans l'enduit, comme si la lame s'était peu à peu nettoyée alors que celui qui avait écrit cela terminait son énigmatique inscription.

Félix frissonna...

Brusquement, cette ruine qui lui avait parue pleine de charme était devenue un endroit inquiétant. Il lui sembla que l'atmosphère avait changé. Ce qu'il venait de décrypter sur cette paroi, paraissait avoir imprégné l'air ambiant d'une charge angoissante. Tout ce qu'il voyait, autour de lui, ce désordre indescriptible, ces débris innombrables, n'était peut-être pas l'œuvre du temps et d'un brusque départ, mais plutôt le décor ultime d'un drame terrifiant.

Vaguement inquiet, Félix recula vers l'escalier. Il se demanda à quelle époque avait pu avoir lieu cette scène. De prime abord, rien dans ce qui l'entourait ne pouvait le renseigner. Les meubles ou, plutôt ce qui en restait, pouvaient aussi bien provenir de plusieurs siècles en arrière, qu'avoir encore été utilisés à une époque relativement récente.

Il ferma les yeux, serrant les paupières. Il se sentait soudainement oppressé. Il avait besoin de réfléchir. Malgré lui, son esprit formait des images. Il imaginait une scène d'une violence terrifiante. Dans sa cervelle, venue de nulle part, retentissait une longue plainte, comme si une victime l'appelait à son secours. Il porta les mains à ses oreilles en un geste dérisoire afin de les couvrir pour ne plus entendre.

Il cria, lui aussi.

Lorsqu'il se força à rouvrir les yeux, le bruit, dans sa tête, avait cessé. Un calme pesant régnait dans la pièce. Il se sentait vaguement effrayé. Le pire était qu'il ne savait pas ce qui avait pu provoquer cette angoisse. Malgré tout, une profonde anxiété le tenaillait. Il dut faire un effort pour ne pas fuir cet endroit comme un enfant épouvanté. Quelque chose d'indéfinissable le retenait. Il décida de bouger pour se débarrasser des restes de cette émotion, que son cerveau fatigué avait provoquée. Reprenant ses esprits, il se força à se diriger le plus calmement possible vers l'escalier.

Il déboucha dans la cour. La lumière du soleil couchant faisait vibrer l'atmosphère. Il s'emplit les poumons, aspirant l'air comme s'il avait vécu en apnée totale les dernières minutes passées dans la ruine.

La lumière dense et dorée du crépuscule, en lui éclairant le visage, lui redonna un peu de courage. Il jeta un coup d'œil rapide autour de lui en se demandant comment, dans un endroit transpirant autant de paix et de sérénité, il avait pu se laisser aller à un pareil sentiment de panique.

Il décida de retourner à sa voiture et de chercher, dans les environs, une auberge ou un hôtel où il pourrait se restaurer et, surtout, dormir. « Après, se dit-il, il sera temps de penser à l'avenir. » Lorsqu'il franchit le mur d'enceinte dans l'autre sens, il retrouva la petite place enserrée entre l'immense ruine, dont il venait de sortir, l'église rébarbative avec ces pierres grises et la fermette à un étage.

Un homme – sans doute celui qui l'avait réveillé tout à l'heure – était assis sur les marches de l'entrée de la maisonnette. Autour de lui, les poules et les canards couraient en donnant de la voix et du bec.

Après ce qu'il venait de vivre et la découverte de cet inquiétant message gravé sur la muraille, cette scène paisible lui parut surréaliste.

L'homme gardait un béret noir enfoncé bas sur le front au ras des sourcils. Cela lui donnait un air entêté, presque mauvais. Ses yeux, noyés de rides, paraissaient petits, fixes et brillants. Impavide et toujours muet, il regardait Félix sans qu'un seul muscle ne contracte son visage. Se forçant à une démarche naturelle, Félix passa à sa hauteur, se frayant du pied un passage dans la turbulente ménagerie.

— Vous voyez, je m'en vais...

Sans trop savoir pourquoi, il avait éprouvé le besoin de parler, de dire ces quelques mots afin de justifier sa retraite. Tout se passait comme s'il s'était créé, entre l'homme et lui-même des liens insolites, les règles d'un jeu subtil. En arrivant près de l'église, il eut subitement envie de se retourner pour regarder ce que faisait le paysan... Il n'osa pas.

À grandes enjambées, il remonta le chemin de terre par lequel il était arrivé, et poussa un soupir de soulagement en apercevant le toit et le capot de sa voiture.

5 juin 1936

— Va-t'en !

L'homme n'avait pas crié, mais le ton de sa voix était tel qu'il indiqua à l'animal que l'ordre était sans appel. Le chien jaune fila, croupe basse, vers cet endroit qu'il affectionnait, au fond de la cour, sous la vieille charrette démantibulée qui lui servait de niche.

D'un pas lourd, sans se retourner, l'homme pénétra dans la grande massia.

La chaleur, qui l'avait accablé durant toute cette journée passée à débroussailler la source sur la colline, l'accompagnait comme une aura de feu. Il pénétra dans le couloir du rez-de-chaussée de la massia. En passant, il effleura du doigt le montant de pierre dans lequel était creusé le signe spiralé de l'escargot, la marque du domaine de Can Cargol.

Il s'arrêta devant l'étable, soupira, puis y pénétra, jetant un coup d'œil circulaire. Il prit une brassée d'herbe et la répartit dans la mangeoire des deux vaches et des dix moutons, qui étaient, avec la vieille jument héritée de son père, toute sa richesse.

Comme toujours au crépuscule, à l'heure où la chaleur pèse lourdement sur les êtres et les choses, les animaux étaient revenus d'eux-mêmes chercher un peu de fraîcheur dans cette pénombre propice, fuyant les innombrables insectes qui les assaillaient. Il avait hésité à traire les vaches tout de suite. Trop usé par le travail de la journée, il décida qu'il reviendrait plus tard. Il vit que la litière n'était pas changée, mais cela aussi lui parut dérisoire : il était trop fatigué pour s'irriter. Rosita aurait dû le faire... S'occuper des bêtes faisait partie des tâches qui lui revenaient. Il sortit de l'étable. Depuis le matin, le moment où il avait libéré les animaux, elle n'avait visiblement pas mis les pieds dans cette étable. La colère monta en lui. Elle enflait, froide et sournoise.

Vaguement écœuré, il se dirigea vers l'escalier, espérant trouver la jeune femme dans la grande cuisine. Comme tous les soirs, il allait être obligé de lui faire les reproches nécessaires sans laisser éclater sa rage, sans pouvoir réellement s'exprimer.

Depuis plusieurs semaines, Rosita ne participait plus à la vie de Can Cargol. Chaque jour, il constatait qu'elle avait décidé de se murer dans une attitude négative, un refus de la vie commune. Dans la maison, le désordre et la saleté s'étaient installés. Elle ne s'occupait même plus des animaux alors que lui, jour après jour, s'échinait au travail dans les champs arides et pierreux, qui composaient le domaine de Can Cargol.

Cette situation perdurait. Cela s'était produit petit à petit, comme si un poison subtil l'avait envahie. Rosita était devenue lointaine, pleine d'une froideur terrifiante. Il ne la comprenait plus. Elle paraissait se désintéresser de lui, des animaux, de la vie commune, et même de Can Cargol. Elle passait des heures à rêver, couchée sur leur lit ou assise au soleil devant la maison, indifférente à ce qui se passait autour d'elle. Il avait eu l'impression que c'était une manière de le fuir, de le nier, d'effacer la réalité...

Tout cela avait commencé quelques mois à peine après leur mariage.

Au début, ne comprenant pas pourquoi elle se conduisait ainsi, il lui avait fait des reproches.

Elle l'avait écouté. Sans réagir, sans mot dire…

Énervé, il avait crié, tempêté. Elle était restée de marbre. Plus tard, elle s'était enfermée dans un silence total, mettant une distance supplémentaire entre eux. Tout s'était passé, comme si elle se retranchait dans un monde auquel il n'avait pas accès.

Il se mit à souffrir.

Ce soir-là, lorsqu'il franchit le seuil après avoir gravi la volée de marches, il dut cligner des yeux pour les habituer à la pénombre qui régnait dans l'immense salle commune. La pièce était vide. Il se sentit soudain extrêmement fatigué, harassé. Il eut l'impression que ses jambes ne lui appartenaient plus, qu'elles allaient lui manquer et, qu'à tout moment, à bout de force, il pouvait s'écrouler sur le carrelage comme une marionnette de chiffons.

Sur la table, en face de lui, une cruche de vin attira son attention. Il laissa tomber sur le sol le sac de toile qu'il serrait dans sa main et qui avait servi à transporter son frugal repas du milieu du jour, du pain, des oignons et un morceau de fromage. Il empoigna le récipient et but au goulot, renversant la tête en arrière. Le vin coula dans sa gorge, et lui procura une sensation de bien-être qui balaya, d'un coup, le poids de la fatigue. Rasséréné, il reposa le cruchon sur le plateau de bois et torcha ses lèvres d'un rapide revers de main. Un instant, il écouta, penché en avant.

Tout était silencieux dans la grande habitation. Can Cargol paraissait retenir son souffle.

Afin de rompre ce silence qui le mettait mal à l'aise, il toussa. Les sons qui jaillirent de sa gorge résonnèrent dans la pièce. Quelques secondes filèrent sans que rien ne se passe. Impatient et inquiet, il appela :

— Rosita !

Sa voix lui parut plus forte et plus éraillée que d'ordinaire. Il passa longuement sa langue sur ses lèvres desséchées afin de les humecter.

— Rosita ! recommença-t-il sans conviction, presque à voix basse, comme s'il se sentait un peu coupable de vouloir la déranger.

Encore une fois, il n'y eut pas de réponse

Ses yeux errèrent un instant sur la table, devant lui. Le fromage de brebis et la grande miche de pain qu'il avait entamés, le matin même à l'aube, étaient toujours au même endroit. Il maugréa. Elle n'avait rien rangé depuis le moment où il était parti sur la colline afin de purger la source avant les grosses chaleurs de l'été. Depuis qu'il avait épousé Rosita, il avait toujours mis ce manque d'entrain au travail sur le compte de la jeunesse de sa femme, mais plus le temps passait moins il supportait de voir s'accumuler le désordre et la saleté dans toute la massia. Même le foyer, dans la grande cheminée, sous le trépied qui supportait la marmite en fonte qu'on leur avait offerte le jour de leurs noces, n'avait pas été allumé. Il se souvint de ce que disait sa mère lorsqu'il était adolescent : « Une maison sans feu ardent est une maison où règne le malheur ! » Il secoua la tête, dépité, malheureux. Il avait faim et elle n'avait pas préparé de repas comme elle aurait dû normalement le faire. La colère ressurgit, soudaine, puissante.

— Rosita !

Il avait hurlé, le corps vibrant de cette indignation qui, maintenant, le submergeait.

À peine retrouva-t-il un peu de calme, qu'il écouta plein d'espoir, la tête penchée en avant, tendu, anxieux, retenant sa respiration...

Encore une fois, il n'y eut, pour toute réponse, que ce silence insurpportable, presque assourdissant ...

Une fureur sourde, née des soupçons qui le tourmentaient, creusa son ventre. Il aspira de l'air à pleins poumons pour se donner du courage et pénétra dans la vaste chambre voûtée qui leur servait de chambre à coucher et qui jouxtait la pièce commune. Les volets de la porte-fenêtre, donnant sur la terrasse, étaient mi-clos et plongeaient la pièce dans une pénombre inquiétante. Il regarda dans le fond en plissant les paupières pour mieux distinguer. Le lit se dressait, austère, appuyé contre la muraille du fond. Il était encadré par deux niches creusées dans la paroi. Rosita avait meublé la première d'une image pieuse et d'un cierge entourés d'un chapelet et la seconde d'une pièce de tissu bariolé et d'un bouquet de fleurs séchées. Énervé, il parcourut la distance qui le séparait du lit à grandes enjambées, faisant sonner ses semelles cloutées sur le carrelage, comme si le fait de produire en marchant ce bruit qui pulvérisait ce silence de mort le rassurait.

Il regarda la couche conjugale. Elle était vide. Les draps étaient chiffonnés, emmêlés. Les coussins gardaient les empreintes de leurs deux têtes. Une vague de désespoir et d'impuissance l'envahit comme une coulée de glace se déversant dans ses veines.

À voir ce lit désert, l'émotion le tortura à nouveau. Dents serrées, il murmura encore le prénom de sa femme, comme s'il suppliait le destin. Il redoutait de découvrir quelque chose que son cerveau formulait vaguement mais qu'il ne voulait à aucun prix imaginer. Il répéta : « Rosita ». Presque avec naïveté, il l'évoquait, refusant les images atroces qu'il sentait naître dans sa tête. « Rosita... », recommença-t-il à voix basse, de plus en plus malheureux. Malgré lui, il implorait. Désemparé, luttant contre la colère qui le gagnait, il tenta de réfléchir, repoussant la souffrance au fond de lui-même. Il essaya de la « voir », de la « ressentir », mais en vain. Depuis de longues nuits, elle se dérobait et, rien qu'en regardant la couche, les oreillers placés très loin l'un de l'autre, il prit conscience de la troublante distance qu'elle plaçait volontairement entre eux. Il se sentit seul. Terriblement seul...

— Rosita...

Le son de sa voix le surprit lorsqu'il résonna entre les murs de cette chambre vide. Naïvement, il avait eu l'espoir de la trouver, là, alanguie par la chaleur de cette fin d'après-midi. En constatant son absence, qu'il ne pouvait empêcher ces terribles images d'envahir son cerveau. C'était un vide qu'il ressentait comme une trahison, comme une humiliation insupportable. À nouveau, le chagrin et la jalousie le possédèrent tout entier. Il se mit à vibrer de rage. Comme un automate, le dos raide et douloureux, il se détourna. Ses yeux firent le tour de la pièce vide. Il cherchait encore.

— Rosita, insista-t-il d'une voix plaintive......

Son regard effleura le grand coffre de bois ciré, glissa sur les deux chaises paillées aux dossiers droits, puis courut jusqu'à la large porte-fenêtre qui donnait sur la terrasse où, il y avait peu, elle faisait sécher le linge les jours de lessive.

Les grands volets de bois, à demi tirés, laissaient passer de minces filets de lumière. Le soleil était déjà bas sur l'horizon. Bientôt il allait faire nuit. Encore une fois, comme une litanie douloureuse, il murmura le nom de sa femme avant de repasser le seuil de la chambre. Dans sa tête s'entrechoquaient des sentiments divers. Une frustration insurmontable, née de la jalousie viscérale qui le tenaillait, provoquait en lui une déchirure féroce. Il était à bout. Cela faisait trop longtemps, maintenant, qu'elle le repoussait sans qu'il comprenne pourquoi, sans qu'il parvienne à briser ce cercle d'indifférence qu'elle avait peu à peu dessiné entre eux. Et, en plus, elle disparaissait sans lui dire où elle allait. Il y avait là de quoi l'abattre... Malgré la paralysie qui gagnait ses jambes et ses reins endoloris par le labeur de la journée, il se força à marcher. Il revint lentement dans la salle commune. « Où pouvait-elle être à pareille heure ? » Cette question tournait dans son cerveau obscurci par le désespoir.

Il s'approcha de la table et se laissa choir sur un des escabots de chêne qui l'escortait. Machinalement, il attrapa encore une fois la cruche de vin par le col et renversa la tête en arrière. Le liquide lui procura une sensation de fraîcheur, de mieux être, qui étouffa le feu qui incendiait son corps.

Par les petites fenêtres situées près du four à pain et qui donnaient sur la façade arrière de Can Cargol, il aperçut le soleil qui glissait derrière les cimes des petits chênes noués qui bordaient une ravine, et délimitaient naturellement la propriété.

Dans la grande pièce, autour de lui, régnait le même silence que tout à l'heure. Il était à peine entamé par le bruit de sa respiration haletante.

Dans l'étable en dessous, les animaux ne faisaient plus aucun bruit. Son regard hésita quelques secondes sur la ligne orangée du ciel crépusculaire qu'il entrevoyait par-delà les arbres au feuillage sombre, presque noir, puis revint se poser sur la table, devant lui. Un éclair bref attira son attention. Un reflet métallique qui l'hypnotisa soudain. Le grand couteau qui servait à trancher le pain gisait sur la table. La lame dessinait un long et fin triangle métallique.

L'homme fixa la grande lame qui fulgurait dans un ultime trait de lumière rasante. Il retint sa respiration et resta longtemps à fixer le fuseau de métal.

Soudain, le tirant de sa morose contemplation, son attention fut attirée par un bruit sourd et régulier. Il réalisa qu'il entendait ce battement presque mécanique, depuis quelques instants déjà et qu'il n'y avait pas, jusque-là, véritablement prêté garde. Intrigué, il chercha l'origine de ce rythme étrange… Il regarda en direction de l'escalier qui menait à l'étage. L'étroite entrée était obscure. Il savait qu'après les trois premières marches, la rampe tournait et disparaissait derrière cette paroi qui la dissimulait.

Inquiet, il tendit l'oreille. Le bruit lui parvint plus net, plus réel. Il venait de cette direction. Par association d'idées, il songea à la curieuse découverte qu'il avait faite, quelques mois auparavant, en chaulant les murs de la salle voisine.

Pour des raisons inconnues de lui, les bâtisseurs de cette antique demeure avaient truffé les murailles de la massia de conduits qui reliaient les pièces les unes aux autres, du rez-de-chaussée au premier étage. Il s'agissait d'étroites canalisations dont il eut du mal à deviner l'utilité. Il avait mis à jour la première en grattant l'ancien revêtement dans la chambre à coucher qui s'effritait sous l'effet de l'humidité hivernale. Ce trou dans le mur, visiblement fait de main d'homme, sans utilité apparente, l'avait intrigué. Du coup il avait sondé d'autres parois et avait fini par trouver plusieurs orifices semblables dans les autres pièces.

En collant son oreille contre celui qu'il avait dégagé en premier, il avait, depuis la chambre à coucher, nettement entendu Rosita qui chantonnait dans la cuisine. Les sons qu'elle émettait s'entendaient aussi distinctement que si elle s'était trouvée à côté de lui. En approchant son nez, il avait même pu humer l'odeur de l'ail et de la viande de mouton qu'elle était en train de faire mijoter.

Souvent, après cette curieuse trouvaille, il s'était demandé à quoi ces canaux secrets, qui paraissaient communiquer entre eux, avaient pu servir.

Plus tard, avec un peu de plâtre, il les avait tous rebouchés. À ce moment-là, il ne savait pas pourquoi, il avait gardé sa découverte pour lui et n'en avait soufflé mot à personne, même pas à Rosita.

Après une accalmie de quelques minutes, le bruit revint, constant, régulier, plus audible, plus présent.

L'homme regarda encore une fois les trois marches qui conduisaient à la cage de l'escalier qui menait à l'étage. Il leva les yeux vers le plafond en se demandant quel était l'animal, palombe, loir, ou oiseau nocturne, qui pouvait produire ce bruit inhabituel. Il n'allait presque jamais dans cette partie de la maison. Le premier étage ne servait plus depuis la mort de ses parents, depuis que le domaine avait été divisé entre ses deux frères, sa sœur, lui-même, et que l'exploitation ainsi amoindrie n'employait plus tous ces ouvriers et toutes ces femmes, familles à demeure, comme au temps de son père. Maintenant, tout l'étage était laissé à l'abandon. Il ne servait plus guère qu'à y faire sécher les légumes et les fruits dans les chambres désormais inutiles, qui se répartissaient de chaque côté du large couloir voûté qui transperçait de part en part la grande bâtisse.

*

* *

Mû par une impulsion soudaine, sans en être véritablement conscient, il posa sa main sur le manche du couteau et le prit. Comme un automate, avec une démarche lente et mécanique, il se dirigea vers l'escalier.

Il gravit avec lenteur les trois premières marches. Arrivé sur le premier palier, il s'arrêta et jeta un coup d'œil, à sa droite, sur la volée de degrés qui s'évanouissait dans l'obscurité. Il dut patienter quelques secondes afin que ses yeux s'habituent à cette pénombre, puis, de la pointe du couteau, il commença à sonder le revêtement rendu plus friable par le temps. La lame buta sur les pierres cachées sous la couche tendre. Il piqua encore, déplaçant la pointe d'un côté l'autre. Il cherchait l'endroit précis.

Soudain, malgré le manque de clarté, il remarqua une légère dépression dans l'épaisseur de la chaux. Il pointa le couteau et appuya avec force. La couche superficielle céda immédiatement, tombant sur le sol en fine poussière. Une cavité en forme de bouche ourlée, comme volontairement arrondie et polie pour imiter grossièrement des lèvres de pierre, apparut dans le mur. Une forte odeur d'humidité et de moisissure frappa ses narines. Penchant la tête, il colla son oreille contre l'orifice. Les sons qui l'avaient intrigués devinrent plus distincts. Stupéfait, il entendit des gémissements et des bruits de respirations haletantes.

Il hésita à les reconnaître…

Son esprit refusait encore d'admettre la nature de ces plaintes. Il écoutait, tétanisé par la curiosité et l'angoisse. Tout à coup, un cri très bref, comme une plainte vite étouffée, ponctua les gémissements rythmés.

Fasciné, pétrifié, il restait là, l'oreille collée contre la pierre, soudé à la matière minérale...

Brusquement, il sursauta.

Avec une netteté surprenante, des paroles jaillirent du mur, comme si les personnes qui les prononçaient se trouvaient à ses côtés...

Il reconnut la voix de Rosita !

La colère revint, puissante, implacable.

Malgré un refus de tout son esprit, il avait reconnu ce râle de plaisir qui avait succédé aux chuchotements, rythmés par des battements plus sourds. Il ne pouvait plus avoir de doute : il s'agissait de sa femme qui geignait ainsi, et cette plainte, il la connaissait bien. Il la reconnaissait de toutes les fibres de son corps. Il ne pouvait plus douter. Rosita se cachait quelque part dans l'immense maison ! Elle se cachait parce qu'elle n'était pas seule !...

Il recula, titubant comme s'il venait de recevoir un coup de poing en pleine figure. Ses doigts se crispèrent sur le couteau. Sans lui laisser le moindre répit, des paroles qui jaillissaient du mur le giflèrent à nouveau :

— Il fait presque nuit, Rosita ! Il va bientôt rentrer des champs...

Cette voix inconnue, une voix d'homme, lui parvenait, blessante, humiliante, tellement proche... Il recula encore et regarda le mur avec horreur.

— Reste encore un peu, insista la voix de Rosita...

L'homme fixait l'orifice avec dégoût. Tout se brouillait dans sa tête. Une fureur qu'il mûrissait depuis longtemps, lui échauffa le sang. Le dépit et la rage envahirent son cerveau comme une fièvre dévorante et mortelle. Il se tourna vers la cage d'escalier et, sans plus réfléchir, mû par la colère, il entreprit de gravir les marches.

Lorsqu'il atteignit l'étage, il jeta un coup d'œil dans le couloir. Les fenêtres arrondies, crevant les façades aux deux bouts du large couloir, distribuaient encore une vague clarté qui ajoutait à l'atmosphère pesante, irrespirable, qu'il ressentait depuis qu'il avait identifié la voix de Rosita qui jaillissait de la muraille.

Il s'arrêta un instant et observa chacune des portes des anciennes chambres de la massia. Il était tendu à l'extrême. Des yeux, il cherchait la direction à prendre. Il écoutait, le torse en avant, les doigts serrés sur le manche du couteau qu'il n'avait pas lâché.

Un silence étrange régnait maintenant dans le couloir. Sur une toile, jetée à même le carrelage, séchaient les haricots, les premiers de l'année. Il les avait récoltés la semaine précédente.

Il se dirigea vers la première porte sur sa gauche. Il colla son oreille contre le panneau de bois. Immédiatement, il identifia le murmure et les froissements qu'il percevait à travers le vantail.

Rosita ! Elle était derrière cette porte !

Il lui suffisait de pousser ce battant de bois pour s'en assurer, mais, bizarrement, il demeura immobile. Cela dura quelques secondes. Puis, pris soudain d'une détermination rageuse, il appuya sur la clenche et, repoussant le panneau de chêne, fit irruption dans la pièce plongée dans une pénombre poussiéreuse.

Un hurlement de frayeur, poussé par sa femme, résonna dans toute la maison. La chambre n'était pas grande. Dans le fond, il vit que les paquets de toile à sac qu'il avait rangés là et dont il se servait pour faire sécher des légumes et des fruits, avaient été déplacés et disposés pour en faire une couche de fortune. Sur celle-ci, il distingua deux corps. Surpris, ils étaient à demi redressés dans une posture curieuse. Rosita était à moitié nue. Les jambes largement écartées, elle laissait voir, impudique, la toison brune qui recouvrait la blessure suintante de son sexe. Elle le fixait, la bouche ouverte sur un cri arrêté. Sa poitrine débordait par l'échancrure relâchée de sa blouse de toile blanche en désordre. À côté d'elle, la chemise écartée et le pantalon baissé à mi-jambes, se tenait un homme jeune au visage grimaçant de stupeur et d'angoisse. L'homme reconnut un jeune Gitan qu'il avait vu traîner près de la route, quelques jours auparavant. Son regard glissa malgré lui sur le bas-ventre de l'étranger et il ne put s'empêcher de regarder ce sexe luisant d'humidité qui dardait encore. Insolent.

Un son sortit soudain de sa gorge. C'était un râle qui jaillissait du fond de ses entrailles.

Tétanisé par le spectacle des deux amants surpris, l'homme, immobile, restait planté dans l'encadrement de la porte. Il bouchait le passage. Il les fixait l'un et l'autre, alternativement, comme s'il ne pouvait encore admettre son infortune. Ses lèvres tressautaient. Elles laissaient passer un étrange sanglot contenu qui modulait une interminable plainte saccadée, un gémissement de bête blessée à mort.

Voyant qu'il ne faisait aucun mouvement, le Gitan ramena lentement ses jambes sous lui et tira sur la ceinture de son pantalon pour le remonter.

Puis, toujours avec la même lenteur prudente, il s'accroupit sur la couche improvisée. Dans cette position, ramassé sur lui-même, guettant tous les mouvement de l'homme, il ressemblait à un animal sauvage pris au piège. Ses yeux brillaient d'inquiétude.

Tout à coup, comme s'il perdait l'équilibre, l'homme quitta sa position dans l'encadrement de la porte. Il fit un pas dans la direction des deux amants. Instinctivement, le jeune Gitan, qui attendait une occasion, bondit en courbant la tête et le dos. Rapide et fuyant, il contourna l'arrivant et se faufila. L'homme sentit contre son bras la musculature du torse du fuyard. Comme un somnambule, il esquissa un geste vague pour le saisir au passage, mais le Gitan lui échappa. L'homme ne se retourna même pas. Simplement, il écouta les pas du jeune homme qui résonnaient, bruit décroissant, sur le carrelage du couloir, puis dans l'escalier.

Quelques secondes passèrent. Le silence revint, compact. L'homme ne bougeait toujours pas. Il fixait intensément sa femme allongée sur les paquets de toile. Il ne pouvait détacher son regard de ce corps dénudé. Soudain et inattendu, un trouble violent le se mettait à dévorer son esprit. Curieusement, sans qu'il puisse s'en empêcher, comme si un instinct enfoui très profondément en lui surgissait, il la regarda avec une intensité équivoque. Dans sa tête, l'humiliation, le chagrin, toujours présents, se mêlaient à une brusque et puissante bouffée de désir. Intuitivement, la femme comprit ce qui se passait dans le cerveau de l'homme. La peur, qui l'avait paralysée jusqu'alors, se dilua. Elle esquissa un sourire hésitant et voluptueux. Elle passa sa langue entre ses dents, la laissant traîner sur ses lèvres, ne le lâchant pas des yeux. Elle agissait avec une sensualité extraordinaire, épiant dans l'attitude de l'homme le plus in-fime changement, le plus imperceptible signe démontrant l'état de ses pensées. Sans qu'elle sût pourquoi, son esprit troublé formula l'image du jeune amant qui venait de fuir. Elle imagina, en s'effrayant de cette audace, qu'il était encore dans la pièce, avec eux. Aussitôt, elle plissa ses paupières et prit une posture lascive, provocante. Son ventre était en feu. Le fait d'imaginer ces deux hommes qui la désiraient successivement la liquéfia...

Lorsqu'elle rouvrit les yeux, elle vit que son mari titubait devant elle comme s'il était ivre. Il balançait le poids de son corps d'un pied sur l'autre. Soudain, alors qu'elle ne s'y attendait pas, il murmura :

— Rosita...

Dans un souffle, comme un dévot, il prononçait son nom avec une ferveur inhabituelle. Le désir lui écorchait les reins. La tête lui tournait. Son sexe, sous le pantalon de toile, était devenu turgescent et palpitait comme un animal à l'affût. Un bref instant, il se sentit sali et diminué, humilié. Il eut la sensation de n'être plus que la proie consentante de cette envie fauve, puissante, irraisonnée, qui l'envahissait et le tenaillait. Ses doigts lâchèrent le manche du couteau qui tomba sur le carrelage avec un cliquetis métallique qui résonna jusque dans le couloir. Malheureux, honteux, fiévreux, il s'approcha avec lenteur de la litière sur laquelle gisait le corps pantelant de sa femme.

Elle sut, dès qu'il eût desserré les doigts sur le manche du couteau, dès qu'elle perçut le claquement du métal sur le sol, qu'elle était sauve, qu'elle n'avait plus rien à craindre. Elle se laissa aller en arrière, écartant les cuisses à se faire mal. Avec une impudeur extrême, elle s'offrait à celui qu'elle sentait désormais à sa merci. Il se coucha sur elle, lentement, les yeux dans les siens. Il haletait comme un animal. Souffrant d'une douleur inconnue et fatale, il s'abîmait dans une onde de désir intense et équivoque. Au contact de la chair de la femme, il s'abandonna à cette jouissance troublante qui le possédait totalement. Jamais, avant cette seconde, il ne s'était senti aussi faible, aussi lâche et sans force. Les mains de Rosita avaient prestement dégrafé la ceinture de son pantalon avant qu'il ne pèse sur elle. Au contact de la chair de son épouse contre la sienne, il ferma les yeux. L'image du jeune Gitan faisant les mêmes gestes, quelques instants avant lui, se glissant lui aussi en elle, écartant les lèvres trempées du sexe de sa femme du bout de son membre, fouissant dans cette douceur liquide avec la même folie en tête, avec le même désir brûlant, lui déchira l'âme. Curieusement, cette vision provoqua un regain d'énergie fait d'un dégoût profond et d'un trouble violent mêlés. D'un coup de rein désespéré, il s'enfonça dans ce ventre brûlant. L'impression d'une glissade vertigineuse le fit frémir. Apparemment impassible, Rosita le fixait avec intensité, se délectant des signes de cette souffrance et de ce désir fou que son visage, en surplomb du sien, laissait apparaître. Elle roula un peu des hanches pour qu'il la pénètre au plus profond, au plus secret. Puis, tout doucement, comme une houle montante, comme le vent de tempête qui se lève, elle caressa les flancs de l'homme à travers ses habits, comme si elle voulait le flatter. Puis elle passa ses jambes autour de ses reins. Elle l'obligeait ainsi à suivre son propre rythme, son propre plaisir. Ses paupières s'abaissèrent et voilèrent ses prunelles qui luisaient d'un plaisir malsain. Peu à peu, elle augmenta la cadence, ondulant des hanches et des reins, soulevant le corps de l'homme avec une force surprenante. Celui-ci commençait à émettre un râle bref et spasmodique, annonciateur de la montée irrépressible de sa jouissance... Il éclata en elle comme un feu d'artifice. Il crut que son membre explosait dans ce ventre incendié. L'onde de plaisir lui arracha une plainte sourde, définitive comme un dernier soupir. Immédiatement, il se relâcha. Une fatigue intense s'abattit sur lui. Son corps se relâcha. La femme ne bougea pas, muette et lucide malgré les ondes de plaisir qui la traversaient de part en part. Elle laissait l'homme l'écraser de son poids, à l'empêcher de respirer. Cette pesanteur ajoutait à ce plaisir qui n'en finissait pas et la ravageait toute entière par vagues successives, interminables. Elle huma avec volupté l'odeur de la sueur de l'homme mêlée à celle du sperme, qui lui parvint comme une note de fond soyeuse et grave. Cela aussi alimenta ce plaisir qui serpentait encore en elle. Les yeux grands ouverts, elle fixait les poutres du toit entre lesquelles apparaissaient, malgré la nuit tombée et l'obscurité qui régnait maintenant dans la pièce, les motifs géométriques et multicolores des tuiles peintes sur la face intérieure. Elle haletait. Comme si cela n'allait plus jamais cesser. Le plaisir allait et venait, rampait en elle à l'infini, saccageant son esprit. Il avait surgi, puissant, rond et éclatant, au moment où elle avait senti, dans son ventre, la brûlure du puissant jet de semence qu'avait lâché son mari en jouissant avec soudaineté. La crispation spamosdique du membre de l'homme provoqua la répétition se son orgasme et lui fit perdre connaissance durant quelques secondes, avant qu'elle ne reprenne ses sens tout aussi rapidement. Et ce sexe, qui s'amollissait dans le sien avec une lenteur exaspérante, la maintenait dans un état d'excitation fantastique qui, comme une houle heureuse, la baignait toute entière. Mêlée à ce plaisir qui n'en finissait pas, une étrange sensation de liberté, de force et de pouvoir, l'envahissait peu à peu. Dans sa tête se pressaient des images qui la troublaient plus encore. Avec une impudeur qui la surprenait, elle imaginait le sexe du jeune gitan encore fiché dans son ventre ou dans sa bouche, alors qu'elle goûtait à la volupté d'avoir, en elle, le sexe de son mari. Cette pensée fit chavirer encore une fois son esprit. Par deux fois, son corps se raidit sous la brève montée d'un plaisir soudain qui revenait comme un orage bienfaisant. Elle avait l'étrange sentiment d'être une autre. Tout se passait comme si un être inconnu, caché en elle, apparaissait tout à coup et prenait possession de sa chair, de ses sens.

Tout contre elle, la tête enfouie dans ses cheveux, la bouche plaquée contre la peau de son épaule, l'homme respirait avec force, apaisé. Il aspirait bruyamment l'air poussiéreux de la toile de la couche saccagée. Il humait l'odeur de sa femme augmentée d'une fragrance inconnue, plus rude, plus âpre, qui le troublait violemment sans qu'il comprenne pourquoi... Un éclair déchira le voile de fatigue qui enveloppait son esprit. Il respirait l'odeur de l'autre !...

Mû par un réflexe mâle, son cerveau formait des images qu'il tenta de chasser sans y parvenir. Malgré lui, il imaginait cet homme jeune et beau qui pénétrait Rosita. Une douleur féroce le fit gémir comme sous le coup d'une émotion trop forte. Son esprit formulait en faisceaux ces visions qui le terrifiaient et le provoquaient, fabriquant dans sa tête des sentiments opposés qu'il n'avait jamais imaginés. Un dégoût profond lui tordit l'estomac. Il hoqueta, bavant sur l'épaule de la femme. Son cerveau en feu ne lui laissait aucun répit. La nausée à peine calmée, il songea de nouveau à cette tièdeur liquide dans laquelle il s'était délicieusement noyé en pénétrant Rosita. Se torturant avec plaisir, il imagina que cette douceur extrême était faite des sécrétions mélangées de sa femme et de cet inconnu qui avait violé cette chair juste avant lui. Une seconde, il eut l'impression qu'il allait vomir. Cependant, malgré ce haut-le-cœur atroce, il sentit son membre se raidir à nouveau. Le désir revenait en même temps que la jalousie l'étouffait. Serrant les dents, retenant une plainte prête à jaillir de lui, comme un possédé, il revécut en pensée cet instant où il avait découvert sa femme dénudée, pantelante, collée à cet homme jeune qui dardait d'un membre encore vivant de ce plaisir volé. Cette vision lui tourna la tête. Son sexe avait pris la consistance et la dureté de la pierre. Cela le fit souffrir. Sans qu'il puisse rien contrôler, comme si sa volonté et sa fureur étaient anéanties par le trouble qu'engendraient ces visions ambiguës, ses reins recommencèrent à onduler. Il releva le torse en poussant sur ses avant-bras, les mains crispées sur la toile rèche. Il emplissait à nouveau tout le ventre de la femme. À chaque coup de boutoir qu'il donnait, il criait comme un animal blessé, honteux de ce désir incontrôlé, heureux de cette possession brutale renouvelée. Lorsque que la brève jouissance survint et le terrassa encore une fois, il roula sur le côté, la gorge grondante et la poitrine en feu. La femme avait hurlé en même temps que lui, jouissant elle aussi de ce plaisir brutal et rapide.

Lorsqu'il bascula, elle tenta vainement de le retenir en elle, tout entière enfouie dans cet étrange plaisir haineux qui la ravageait. Elle en voulait à l'homme de l'abandonner aussi rapidement, elle se sentait frustrée par cette étreinte trop brève, par l'abandon qu'elle ressentait dans son ventre. Elle se mordit la lèvre inférieure pour ne pas hurler de rage et d'impuissance. Elle regretta son jeune amant et, dans le même instant, désira les deux hommes à la fois. De toute son imagination, de toute sa chair.

La nuit était totalement tombée, noyant d'ombre la pièce où ils gisaient tous les deux, silencieux, anéantis, pantelants. L'homme avait glissé sur le flanc, à côté d'elle. Le ventre de la femme brûlait encore d'un feu qu'elle ne parvenait plus à éteindre. Dans sa tête fusaient de brèves et provocantes visions. Elle sentait que les semences mêlées des deux hommes s'écoulaient d'elle, ruisselant entre ses fesses, à l'intérieur de ses cuisses. Cette humidité qui sourdait d'elle lui procurait un trouble encore inconnu. Elle avait l'impression que ces liquides jaillissaient en vagues pleines, qu'elle allait inonder tout le grabat et que cela ne s'arrêterait jamais. Elle était devenue une source, un ruisseau, une rivière...

Avec d'infinies précautions, elle se redressa et tourna la tête pour observer l'homme étendu près d'elle. Il dormait. Complètement abandonné.

Elle se redressa, retenant sa respiration, rajusta sur ses épaules sa chemise de coton à demi déchirée. Machinalement, elle resserra les cordons de l'encolure, se leva, puis se dirigea vers la porte. La faible lueur qui venait de la petite fenêtre éclairait vaguement le sol. Un éclair attira son regard. Elle baissa les yeux et devina le couteau sur le carrelage.

D'un geste rapide, sorte de génuflexion à peine esquissée, elle ramassa l'ustensile et se dirigea vers le couloir. L'homme demeurait inerte. Elle s'arrêta un instant pour écouter sa respiration, puis se détourna...

Elle se dirigea vers l'escalier. À tâtons, s'appuyant contre le mur pour se guider, crispant ses doigts sur le manche de bois du couteau, laissant battre sa longue jupe de cotonnade autour de ses hanches, elle descendit, marche après marche, avec lenteur.

De l'air s'engouffra le long de ses jambes, refroidissant les humeurs qui dégoulinaient le long de ses cuisses. Elle frissonna. Par deux fois, elle vacilla sous le flux soudain d'un plaisir revenu. Elle avait été surprise par une curieuse et trop brève jouissance. Ses jambes avaient légèrement molli. Un instant, elle crut qu'elle allait chuter. Elle lutta contre cette faiblesse. La simple caresse glacée de l'air se glissant sous le tissu venait, à nouveau, de déclencher un plaisir extraordinaire. Elle aurait voulu que cela dure et continue très longtemps...

Lorsqu'elle arriva dans la salle commune, elle secoua la tête pour chasser les images lascives qui la poursuivaient, entêtantes. Elle jeta un regard autour d'elle, essayant de reprendre la mesure de la réalité. Comme elle distinguait mal les meubles dans l'obscurité presque complète, elle se dirigea vers la table, au jugé, y déposa le couteau avant de la contourner et de tâtonner pour mettre la main sur la chandelle et le briquet qu'elle savait posés, là, sur le plan de bois. Elle dut s'y reprendre à plusieurs fois avant que la mèche s'enflamme enfin, créant un halo suffisant pour que le décor ressurgisse de l'ombre. Elle souleva le lumignon et se dirigea vers l'âtre. Elle posa la bougie sur la poutre formant le manteau bas de la cheminée. S'accroupis-sant, elle ramassa un fagot de sarments de vigne qu'elle jeta sur le tas de cendres, avant de le fouailler au moyen d'un tisonnier de fer, cherchant la braise encore vive qui allait bouter le feu aux ramilles sèches et craquantes.

Une première flamme jaillit droite, jaune et claire, faisant éclater la fine écorce brune, puis, d'un seul coup, le fagot entier prit feu, éclaboussant la salle d'une lumière brutale. Dès qu'elle jugea le feu suffisamment dévorant, elle saisit de grosses bûches sur un tas proche et les glissa entre la marmite, noire de suie, et le fagot incendié, avant de se retourner.

Elle sursauta. L'homme était là. Silencieux. À quelques mètres d'elle. Elle ne l'avait pas entendu venir. Il se tenait derrière elle, immobile, le dos légèrement voûté, la dévorant des yeux, fiévreux, les lèvres serrées, le front plissé. Il tenait, dans son poing serré, le couteau qu'il avait ramassé sur la table, en passant, mais elle ne le remarqua pas...

En découvrant la silhouette de l'homme, un trouble étrange la saisit à nouveau. Sûre d'elle, poussée par une force qui lui venait de son ventre en ébullition, elle s'avança vers lui en roulant des hanches, remontant sur ses jambes, avec des gestes lents et mesurés, le tissu de sa jupe, découvrant peu à peu ses cuisses luisantes de sécrétions à peine séchées, les écartant d'une façon suggestive… Avec une sorte d'avidité démesurée et inconsciente, elle chercha, dans le regard de l'homme, cette étincelle qui allait forcément surgir et qui le noierait encore une fois dans cet océan d'abandon né de la force du désir qu'elle savait, désormais, pouvoir provoquer en lui.

Elle avait le ventre nu lorsque le premier coup de couteau l'atteignit, perforant sa peau au-dessus de la toison.

La lame glissa avec facilité dans la chair. Du sang gicla, puis se mit à ruisseler. Elle cria comme si un formidable et soudain orgasme, brutal et définitif, la surprenait et la faisait défaillir encore une fois…

Chapitre 5

— Tu es mon ami, non !? Tu es aussi mon avocat ! Alors, je te le répète : je ne reviendrai pas à Paris !

Assis sur le bord du lit, Félix ponctuait chacune de ses paroles de coups de poings rageurs contre la paroi, comme pour mieux se convaincre de ce qu'il disait. Depuis presque une heure, il affirmait à Jean-Paul Silberstein, son avocat, qu'il ne voulait pas rentrer à Paris et reprendre sa vie d'avant et que rien ne le ferait changer d'avis.

— ... Mais te rends-tu compte des obligations qui sont les tiennes, reprit la voix lointaine perdue dans les grésillements de la ligne... Pour l'instant, nous avons, Gillian et moi, réussi à convaincre les journalistes de ne pas publier une ligne sur ta...

Il hésita comme s'il cherchait le mot juste...

— ...sur ta disparition. Mais, je te le répète, nous n'allons pas pouvoir les retenir longtemps !

Félix soupira. Il n'avait aucun mal à imaginer la meute des journalistes connus ou pas, amis ou non, qui, depuis quelques jours, devaient faire le siège de son restaurant et de son domicile. Le fait d'apprendre que Gillian était inquiète lui procura une satisfaction un peu amère. Il insista :

— Je m'en fous ! Tu m'entends ? Je te dis que je m'en fous complétement !...

Un silence meublé par une série de petits bruits étouffés succéda à son éclat. Il imagina que Jean-Paul mettait la main sur le combiné pour converser en aparté avec quelqu'un qui, probablement, écoutait la conversation sur haut-parleur. Il se dit qu'il ne pouvait s'agir que de Gillian… Il plissa les lèvres. Maintenant, il était sûr de lui. Depuis peu, il se sentait mieux. Une grosse dizaine de jours venait de s'écouler depuis son arrivée et, après son escapade dans la grande massia, il avait trouvé à se loger dans la petite cité médiévale de Besalu, à quelques kilomètres de là.

— Oh ! Jean-Paul ! reprit-il amusé, faussement coléreux. Tu m'écoutes ? Avec qui discutes-tu ?…

À l'autre bout de la ligne, Jean-Paul parut gêné. Sa voix parvint à Félix lointaine et embarrassée :

— Mais je ne parle à personne, je t'assure...

— Ne me mens pas, Jean-Paul ! Ne me prends pas pour un con, sinon je coupe la communication et je ne te rappelle plus jamais !

Il y eut un nouveau silence de quelques secondes. Seul un crépitement désagréable sur la ligne lui indiquait que la communication n'était pas coupée. Il les imagina, dans le petit bureau, au-dessus du restaurant, en train de discuter nerveusement de la meilleure manière de gérer son refus de rentrer et de reprendre sa place et ses activités. Cette vision ramena un sourire sur son visage. Il n'était pas mécontent de sentir l'affolement que son départ provoquait chez eux. Profitant de ce temps mort, il regardait par la fenêtre de sa chambre d'hôtel.

Les hautes façades des vieux immeubles sans grâce ni élégance cernaient la petite place située au centre de la petite cité moyenâgeuse. Place de la Liberté, il avait lu, sur une plaque apposée au-dessus des arcades, à l'emplacement du magasin qui faisait office de tabac-épicerie-maison de la presse, le nom de ce rectangle pavé où se tenait, tous les samedis, un marché multicolore et très animé… Amusé, semblable à un enfant créant une comptine, il répéta plusieurs fois : « J'habite Place de la Liberté ! » Plusieurs fois, il le répéta, juste pour le plaisir de l'entendre.

— Mais, au moins dis-moi où tu es, quémanda son interlocuteur. La voix nasillait dans l'écouteur.

Félix se mit à rire, franchement. Il le sentait à la fois curieux et inquiet. La question de Jean-Paul répondait à un besoin, il en était conscient, mais, et ceci malgré l'amitié qui les liait depuis leurs années de régiment, en Allemagne, son insistance à vouloir situer l'endroit où Félix s'était réfugié commençait à devenir suspecte. Une intuition vague lui proposa, soudain, un scénario pervers. Stupéfait lui-même de cette pensée, il chassa l'idée monstrueuse qui venait de lui effleurer l'esprit. Gillian et Jean-Paul ? Non. Il ne pouvait imaginer cela... Il préfèra se dire qu'il commençait à devenir légèrement paranoïaque.

— Ça, mon vieux, ne t'excite pas. Il est trop tôt pour que je te le dise, reprit-il d'une voix ironique. Pour le moment, contente-toi de savoir que je vais bien, que je ne veux absolument pas revenir ni reprendre la vie commune avec Gillian... Tu es mon avocat, n'est-ce pas ? Débrouille-toi pour m'arranger ça au mieux des mes intérêts...

Jean-Paul s'énerva. Perdant toute mesure, il se mit à rugir à l'autre bout du fil :

— Tu es devenu complètement dingue ! Dingue, je te dis ! Tu oublies que je suis aussi l'avocat et l'ami de ta femme, espèce de salaud ! Tu me mets dans une situation plus que merdique...

Sans qu'il puisse se l'expliquer, la nervosité de Jean-Paul – qui ne lui ressemblait pas – inexplicablement le réjouissait. Au travers des petits carreaux de la fenêtre, au-dessus des toits, il apercevait des bandes d'hirondelles qui exécutaient d'étranges figures aériennes extrêmement compliquées. Elles inscrivaient dans le ciel, entre les arbres et les façades, des signes mystérieux, sortes de petits messages tarabiscotés et heureux. Amusé, il regardait ce spectacle qui lui redonnait le goût de vivre.

Il revint à la conversation :

— Situation merdique, dis-tu ?!... Mais je te signale que les situations merdiques sont du pain béni pour les avocats, non ? C'est votre job le plus juteux, non ? Le merdique, c'est votre vie, votre gagne-pain, votre grande chance... Souviens-toi ! Tu me l'as assez répété dans le temps. Alors, tu sais ce qu'il te reste à faire avec ma situation merdique !

Tout à coup, Félix en eut assez. Cette conversation ne l'amusait plus. Il savait que Nuria, désormais propriétaire de la grande maison ruinée et du domaine qui l'entourait, allait arriver comme chaque soir depuis une semaine. Dans quelques minutes, il allait descendre et s'installer sur la terrasse du bar attenant à l'hôtel. Celle-ci dominait le Fluvia, la rivière qui bordait le bourg médiéval. Il regarderait le soleil qui, en se couchant, bouterait le feu aux pierres du Pont Vell, une fortification qui datait du Moyen Age. Celui-ci prendrait alors une allure fantomatique, irréelle, et il attendrait patiemment la jeune femme, admirant le spectacle et sirotant un whisky.

Nuria, l'héritière de Can Cargol, il l'avait découverte le lendemain du jour de son excursion dans cette ruine étrange. Il avait passé la nuit dans ce petit hôtel repéré dès son arrivée au centre de Besalu, ce bourg voisin de la grande ruine, et qui affichait l'enseigne de la « Curia Reale ».

Dès le premier soir, il avait posé des questions à la patronne de l'hôtel et au personnel du bar voisin dans lequel se pressait toute la jeunesse de Besalu. De cette manière, il avait appris que cet endroit s'appelait ainsi parce que, dans le temps, l'édifice était la maison de l'alcade local, qui représentait l'autorité du roi. Ces murs avaient servi de résidence à l'autorité royale, mais aussi de greniers et d'entrepôts. Elle lui indiqua que les pièces basses et voûtées, qui donnaient directement dans le bar par une entrée grillagée, avaient longtemps servi de prison. La propriétaire, prolixe, et qui parlait parfaitement le français, n'hésita pas à lui donner des détails sur la ville et ses environs. Avec l'air de ne pas y toucher, il l'avait questionnée sur la région. Mis en confiance, il lui avait raconté comment, à son arrivée, il avait découvert, par hasard, cette énorme ruine, là-bas, dans la campagne. À peine avait-il décrit l'endroit que la femme hocha la tête d'une manière entendue, hésita un peu avant de s'écrier : « Il ne peut s'agir que la massia et du domaine de Can Cargol ! La maison du malheur… »

Il avait remarqué qu'elle avait hésité avant de prononcer le nom de cette propriété. Cette hésitation avait surpris Félix. À partir de là, il la pressa de questions sur cette étrange ruine. Elle se fit un peu prier, puis elle lui apprit que tout le domaine était en vente depuis des lustres. Elle affirma que, d'après les vieux de la région, cette situation durait depuis le temps de la guerre civile. Et bien qu'elle ait été mise en vente depuis, jamais un acheteur ne s'était présenté. Avec beaucoup de réticence, baissant la voix, elle avait ajouté qu'il se racontait qu'une malédiction s'attachait à cet endroit et que c'était la raison pour laquelle personne ne se portait acquéreur de ce domaine qui passait pour maudit. Au cours des ans, Can Cargol, complètement abandonné s'était peu à peu délabré. Depuis ce temps, personne de la famille des propriétaires, non plus, n'avait voulu vivre là-bas. On racontait qu'un drame terrible y avait eu lieu, mais on ne savait plus très bien quoi… Un crime peut-être ?… Tout ce qu'on se rappelait, c'était qu'à l'époque le maître des lieux avait subitement disparu et sa jeune femme aussi. Les mauvaises langues avaient alors prétendu qu'il l'avait assassinée, puis enterrée dans la campagne, quelque part autour de la maison, avant de s'enfuir à l'étranger.

La conversation s'était poursuivie toute la soirée dans la petite salle du restaurant où il était revenu après avoir pris possession de la chambre que son hôtesse lui avait attribuée au premier étage.

Au cours de cette veillée improvisée, il avait appris que la seule descendante de la famille, celle qui avait hérité du domaine, était une jeune fille nommée Nuria, qu'elle vivait à Besalu. On lui précisa qu'elle était un peu étrange et sauvage, peut-être folle…

Dès le lendemain au réveil, après avoir expédié un petit-déjeuner frugal, café noir et pain beurré, Félix avait fait le tour de la petite ville, s'arrêtant dans chacun des bars qu'il avait rencontrés, il questionnait à propos de cette femme qui possédait, par héritage, tout ce fameux domaine, soi-disant maudit, qu'on appelait Can Cargol.

Très rapidement, toute la petite ville fut au courant de la présence de ce Français bizarre qui posait des quantités de questions sur cette grande ruine dont tout le monde, ici, connaissait l'histoire.

Il se demandait pourquoi cet amas de pierres le fascinait autant. Il était devenue une sorte d'obsession. Lorsqu'il fermait les yeux, il le voyait, il le sentait, il avait l'impression qu'il l'appelait. Plusieurs fois, au cours des ces journées passées à se promener et à boire aux terrasses des cafés, il tenta de se débarrasser de cette étrange attirance, mais les images de ces pierres ruinées, de cette campagne calcinée, revenaient l'obséder. Cent fois, il se demanda pourquoi, maintenant qu'il était reposé, il ne quittait pas cette région ? À plusieurs reprises, il décida même de le faire… En vain. Dès qu'il prenait la décision de partir, une sorte de fatigue survenait et le terrassait. Il sentait ses forces décliner et le quitter. Il mettait plusieurs heures à recouvrer un peu d'énergie. À certains moments, il eut même le sentiment d'être pris dans un piège. Tout comme si la maison, là-bas, le retenait malgré lui. Alors, vaincu par cette extraordinaire fascination, il décidait de rester encore. La seule chose dont il était certain, c'était qu'il ne voulait pas retourner à Paris. Pour lui, c'était devenu une évidence sans qu'il puisse s'en expliquer les raisons.

Depuis qu'il était en Catalogne, il découvrait une existence qu'il n'avait jamais imaginée. Les journées passaient sans contrainte, sans règle, sans horaire, sans Gillian et, surtout, sans ce sentiment de jalousie pour le tourmenter. Pour la première fois de sa vie, il se sentait bien, en paix, et totalement libre.

Le quatrième jour après son arrivée à Besalu, le téléphone avait sonné. Il s'était demandé qui pouvait l'appeler : il n'avait communiqué son adresse à personne ! Méfiant, il avait décroché et entendu une voix de femme avec un fort accent catalan qui lui demandait s'il était bien le « monsieur français » qui s'intéressait au domaine de Can Cargol.

Son cœur s'était mis à battre plus rapidement. Il acquiesça, se présenta, puis confirma son intérêt pour la grande bâtisse en ruine, bien qu'il n'ait encore rien de précis en tête, à ce propos.

La femme resta longtemps silencieuse, avant de lui dire qu'elle voulait le rencontrer. Excité, Félix lui demanda de fixer un rendez-vous à sa convenance. Elle lui proposa de se trouver sur la terrasse de la Curia Reale, en fin d'après-midi. Immédiatement, il accepta.

Il consulta sa montre. Il allait être l'heure de ce premier rendez-vous fixé par l'inconnue. À l'instant même où il se demandait si elle serait à exacte, il aperçut une jeune femme aux cheveux très noirs, petite, mince et vêtue d'une robe bleue coupée dans de la cotonnade imprimée.

Elle était apparue sur le seuil de la porte du bar et s'était arrêtée, comme si elle hésitait et s'apprêtait à tourner les talons.

Le serveur, qui s'empressait derrière elle, fit un geste pour désigner la table de Félix. La jeune femme hésita encore, puis, d'une démarche légère qui faisait voler les pans de sa robe autour de ses jambes, se dirigea vers lui.

À son approche, Félix se leva. Elle lui tendit la main, le regardant bien en face, et dit simplement :

— Je suis Nuria Valls. C'est moi qui possède la massia et le domaine de Can Cargol.

Elle avait parlé en français, presque sans accent, la prononciation tout juste troublée par des sons de gorge légèrement gutturaux qui trahissaient son origine ibérique. Elle paraissait beaucoup plus jeune qu'il l'avait imaginée en lui parlant au téléphone. Plus jeune, plus fraîche, et véritablement plus jolie...

Vaguement troublé, il l'avait détaillée. Elle possédait un charme certain avec cette chevelure noire qui tombait sur ses épaules, ses yeux qui scintillaient et plongeaient droit dans les siens. Un instant, il crut discerner une lueur insolite dans ses prunelles. Bien que cela fût fugace, il songea malgré lui à un éclair de démence ou de colère contenue. Il se souvint de ce qu'on lui avait dit sur cette fille... Instinctivement, il avait baissé les paupières pour échapper à la sensation pénible d'être ausculté au plus profond de lui-même. Ce regard sombre et inquisiteur le troublait plus qu'il ne l'aurait voulu.

Cette fille était l'antithèse de Gillian. Elle l'attirait d'une manière magnétique et, dans le même temps, le mettait légèrement mal à l'aise. La robe dont elle était vêtue, col rond au ras du cou, fermée sur toute sa longueur par des petits boutons à pression et qui descendait jusqu'à couvrir ses genoux, lui donnait un faux-air sévère d'institutrice de province.

— On m'a dit que la massia vous intéressait ?...

Félix avait acquiescé. Sans qu'il sache pourquoi, il eut l'impression de prendre un engagement. Il sentit qu'il faisait, en ce moment précis, le choix définitif et instinctif d'une vie nouvelle.

— Etes-vous sérieux ?

Cette jeune femme avait un air tellement concentré qu'il ressentit sa question comme un appel. Il se surprit à se demander s'il ne devenait pas subitement fou. Il n'y avait que quelques jours qu'il avait quitté Paris et Gillian, meurtri, jaloux, et, déjà il avait le sentiment de tout oublier et de formuler inconsciemment le rêve d'une autre existence.

Il essaya de se dire qu'il avait encore du chagrin, mais il dut constater que ce n'était pas vrai et, qu'inexplicablement, il se sentait, soudain, libre de tout sentiment. « Suis-je sans souvenir, sans scrupule ? » « Ai-je déjà tout effacé de ma mémoire, en si peu de temps ?... » Il tenta d'évoquer Gillian, mais son esprit se ferma. Il n'arrivait plus à former l'image de sa femme. Comme une fumée emportée par le vent, elle s'effilochait, se diluait...

— Merde !... Réponds-moi !... Je sais que tu es là !

Jean-Paul, au comble de l'énervement, s'égosillait dans le récepteur.

— Je suis là ! Ne t'énerve pas...

Maintenant, plus que tout à l'heure, il avait hâte d'en finir. Il n'avait plus envie de parler. Il voulait simplement que Jean-Paul mette cette situation à plat. Il avait besoin d'argent. Il lui répéta qu'il laisserait l'appartement du Quai des Grands Augustins à Gillian. Il ne manquerait pas d'acheteurs pour reprendre son restaurant à bon prix.

— En ce qui concerne Gillian, nasillait l'avocat, je pense que je peux arranger la situation... Mais tu la connais mieux que moi : elle va le prendre très mal. Tu la traites comme une......

— ... Je la traite pour ce qu'elle est véritablement, coupa Félix, désabusé.

Les hirondelles jaillissaient en gerbe dans le ciel comme le bouquet final d'un feu d'artifice. Il se demanda comment elles faisaient pour ne pas s'écraser contre les façades qui cernaient la place...

La conversation traînait. Il avait hâte de retrouver Nuria et de pouvoir simplement la regarder pendant qu'elle parlerait, comme à chacune de leurs rencontres devenues, désormais, presque quotidiennes.

— ...Et le restaurant ? Tu y as pensé !? Je passe sur le bordel que cela va foutre dans la presse, si tu maintiens ta décision, mais encore faudra-t-il arriver à le vendre et ça, ce ne sera pas de la tarte. Tout le renom et le succès de cet établissement reposent sur ta réputation, sur ta présence... Tu m'entends ?

Sa réputation ? Félix n'en avait plus rien à faire. Il était à des milliers de kilomètres de tout ça. Vu d'ici, plus rien ne semblait avoir la même importance. Il se sentait un autre homme vivant une autre histoire.

— ... Bien sûr, crépita la voix de Jean-Paul, de plus en plus lointaine, on pourrait contacter ceux de la profession... Je ne sais pas, moi, qui tu voudras ! Une chaîne de restos ou d'hôtels, enfin ceux qui ont du fric... Ou mieux, on pourrait voir les Japonais ! Ils sont tellement voraces et prêts à sauter sur la moindre occasion... Et les Américains, eux aussi, pourraient s'intéresser à ce rachat, non ?...

Félix ne l'écoutait plus. Il regardait sa montre posée sur la minuscule table de nuit en chêne ciré. Elle indiquait dix-huit heures. L'heure du rendez-vous avec la jeune Catalane approchait. Il fallait qu'il se prépare.

Soudain, impatient, presque fébrile, il annonça :

— Je vais raccrocher...

— Quoi ? Que dis-tu ? s'énerva l'autre. Attends, mon vieux !... Tu ne peux pas me laisser choir comme ça, j'ai encore des choses à te...

Félix fixait le cadran de sa montre. « Un cadeau de Gillian », pensa-t-il. Un bref instant, il se remémora ce premier anniversaire de mariage. C'était la fin de cette première année de vie commune durant laquelle elle s'était montrée si amoureuse, apparemment heureuse avec lui, mais rien ne se créa dans son esprit. Bizarrement, cette évocation ne soulevait plus en lui qu'une vague émotion, comme s'il tentait de se souvenir d'une très ancienne histoire, déjà presque oubliée. Il eut même du mal à essayer de former l'image de Gillian dans sa tête.

— Bon je coupe, décida-t-il.

— Non ! Attends ! Il faut que tu me dises encore si tu es d'accord pour...

Félix avait déjà éloigné le combiné de son oreille. Il considéra le cornet de plastique gris qu'il tenait à la main comme s’il regardait un objet un peu ridicule. Doucement, il le reposa sur son socle, faisant du coup cesser le bruit agaçant de la voix lointaine de Jean-Paul. Le silence revint. Il poussa un long soupir.

Dehors, sur la Place de la Liberté, les hirondelles virevoltaient de plus belle, maculant le ciel d'une curieuse et éphémère écriture...

Chapitre 6

Le bar était bondé. Une foule de jeunes gens qui parlaient et riaient fort. Des clips vidéo défilaient sur un écran haut perché dans un arceau de la voûte en pierres de taille.

Félix dut se frayer un chemin jusque vers la petite porte en verre qui donnait accès à la terrasse. Celle-ci surplombait la rivière, à l'arrière du bâtiment. C'était une large esplanade dallée, sur laquelle poussaient des arbres qui offraient naturellement de l'ombre aux consommateurs. Cet espace s'arrêtait au bord d'une sorte de falaise abrupte. Il s'agissait des soubassements des murailles d'enceinte de la ville médiévale qui tombaient à pic jusqu'à la rivière baptisée Fulvia, ruban miroitant qui paressait entre les berges.

À cette saison, l'eau était rare et le Fulvia n'était en fait qu'un petit cours d'eau sinueux, divisé en bras multiples qui s'épanchaient dans un grand lit de pierrailles. Vers l'aval, en perspective, se dressait le Pont Vell, ouvrage fortifié qui l'enjambait d'une rive à l'autre et supportait, en son milieu, une imposante tour crénelée. Félix regarda autour de lui. Quelques touristes hollandais sirotaient des limonades et photographiaient à tour de bras la vieille passerelle de pierres. Il regarda sa montre. « Encore un quart d'heure », se dit-il en levant les yeux pour chercher une table libre sous le feuillage ombreux. Tout à coup, il sursauta. Il la vit. Elle était là, légèrement en retrait des gens, assise solitaire à une table isolée. Elle paraissait attendre.

Il s'en voulut de ne pas l'avoir remarquée immédiatement « Elle est en avance, ce soir », estima-t-il, vaguement inquiet de ce changement dans ce qui était, déjà, devenu une habitude.

En la découvrant, solitaire au milieu de cette foule bigarrée, vêtue de son habituelle robe de coton bleue à fleurs blanches, il se sentit soudain plein d'énergie et son cœur se mit à battre plus rapidement. Il se surprit à se demander ce qui causait, en lui, cet émoi inattendu. Il n'y avait pourtant que quelques jours qu'il était arrivé dans cette région et qu'il avait fait la connaissance de Nuria.

Dans sa tête, devait normalement subsister un monstrueux chagrin, une tourmente ravageuse, qui avait brouillé tous les repères d'une existence trop bien ajustée, vécue comme une partition, qu'en virtuose il aurait trop bien jouée. Jouée !... Le mot titilla son esprit. Il sentait que cette portion de sa vie était maintenant « jouée », donc achevée. Ne lui restait, désormais, que la possibilité d'exister d'une autre manière, dans une autre histoire. À parti de cet instant, tout ce qu'il avait vécu durant toutes ces années ne devait plus compter que pour une part infime dans sa mémoire. Et il n'avait fallu que quelques jours pour que cette alchimie opère et transmute son esprit. Sa soif de revanche et sa passion pour la cuisine s'étaient diluées sous les acides conjugués de la jalousie et de la désillusion... Pourtant, tout au fond de lui, comme une flamme vacillante qui peu à peu retrouvait de la force, il désirait ardemment que le rêve d'une vie neuve recommence.

Depuis sa visite hasardeuse dans cette ruine, l'autre jour, tout avait changé. Il était certain que la grande maison délabrée y était pour beaucoup. Tout se passait comme si elle lui demandait de rester, comme si elle lui proposait, ce qu'il avait cherché durant toute sa vie, depuis son enfance : un havre, la paix, la sérénité, l'amour peut-être...

Au début il n'en avait pas eu véritablement conscience, mais, de plus en plus, il découvrait qu'il était devenu un autre. Des changements inattendus et profonds s'étaient opérés en lui. Il avait la sensation qu'il devenait le jouet de son propre destin. Sans doute que cette maison portait en elle un terrible secret, mais elle possédait aussi un charme puissant. Et puis, il y avait eu Nuria.

Depuis qu'il l'avait rencontrée, elle occupait toutes ses pensées. À la seconde où il l'avait vue pour la première fois, il avait su qu'il ne partirait plus de cette région, et que cette jeune femme jouerait un rôle dans cette nouvelle existence...

Et maintenant, elle était là. Elle l'attendait sous les micocouliers ombreux, le dos bien droit sur sa chaise, seule, lumineuse, vibrante, sur cette terrasse envahie de touristes bruyants.

Il se mit à marcher vers elle. Lentement. Il voulait prolonger et savourer cet instant de voluptueuse fébrilité qu'il ressentait en la regardant pendant qu'il traversait la terrasse, louvoyant entre les tables.

— Je vous attendais.

Le timbre un peu voilé de la voix de la jeune fille lui procura un plaisir nouveau. À chaque fois qu'ils se rencontraient, dès qu'elle ouvrait la bouche, il ressentait le même trouble, le même émoi. Il aimait cet accent, légèrement rugueux qui donnait un relief inattendu et savoureux à la moindre de ses paroles.

— Je suis en retard, s'excusa-t-il. Un coup de téléphone m'a retenu...

Elle se tenait, le dos cambré, les jambes serrées, les pans de sa robe rabattus sur ses genoux, laissant filer vers le sol deux jambes nerveuses qui s'achevaient par des chevilles d'une finesse extraordinaire. Ses pieds étaient chaussés de sandalettes de cuir blanc qui soulignaient la couleur ambrée et mate de la peau.

— Ce n'est pas vous qui êtes en retard. J'avais de l'avance, corrigea-t-elle, un pli volontaire amincissant ses lèvres. Mais, si vous êtes trop occupé, je peux revenir demain...

— Non !

Il avait crié.

— ...Je veux dire, reprit-il, embarrassé. Je veux dire que ce n'est pas la peine. Il s'agissait juste d'un coup de téléphone qui a duré un peu plus longtemps que je ne l'aurais voulu...

Il lui sembla qu'elle se détendait. Un sourire vague ourla sa bouche, laissant voir l'émail immaculé d'une dentition régulière qui lui donnait l'air d'un petit animal carnassier.

— Êtes-vous marié ?

La question le surprit. Il se troubla :

— C'est-à-dire que...

Elle le regardait avec une sorte de curiosité intense, comme si elle était en train de le jauger. Pour masquer son trouble, il empoigna le dossier d'une chaise et s'assit en face d'elle, faisant signe au garçon qui s'approcha immédiatement, heureux d'échapper aux récriminations d'une bande de touristes recuits de soleil et enturbannés de bonnets publicitaires, qui l'avaient pris en otage.

— Whisky, *por favor...*

Ce répit lui permit de mettre de l'ordre dans ses pensées. À voix basse, il avoua :

— Oui, je suis marié, acheva-t-il.

Elle tendit le bras et, d'un geste nerveux, attrapa, le verre d'eau glacée qui était sur la table devant elle. Sans le regarder, muette, elle y trempa ses lèvres et avala une gorgée.

— Marié ? murmura-t-elle comme pour elle-même...

Bien qu'elle paraisse indifférente à cette information, Félix remarqua cependant qu'elle frissonnait légèrement. Il ressentit le besoin d'expliquer :

— Oui, je suis marié, là-bas, à Paris... Mais je viens de la quitter. C'était trop... trop...

Il n'acheva pas son explication, mal à l'aise, se demandant pourquoi il tenait tant à préciser qu'il était séparé de sa femme. Il détourna les yeux, portant son regard sur le cours paresseux du Fulvia. Il était à la limite de se confier, de tout dire à cette fille qui le troublait. Mais comment raconter les semaines et les mois qu'il venait de vivre, comment confier à une femme presque inconnue cette formidable désillusion qui l'avait crucifié devant son domicile ? Comment dire cette fraction de seconde où la vanité, l'absurdité et la vacuité de toute une vie lui étaient apparues ? Comment expliquer qu'il s'était enfui, un beau matin, sans savoir où il irait ? Comment lui faire comprendre que, maintenant qu'il se trouvait devant elle, une formidable envie de tout oublier, de tout recommencer, le prenait sans qu'il puisse véritablement comprendre ce qui se passait en lui ?

— Trop quoi ?...

Comme une enfant provocante et naïve, elle insistait. Il haussa les épaules :

— C'était trop... trop difficile à supporter ! Mais parlons plutôt de vous et de la maison, voulez-vous ?

— Oui, je veux bien vous parler de Can Cargol, mais avant, je voudrais savoir...

Sa phrase resta en suspend. Elle venait de surprendre dans les yeux de Félix une curieuse lueur qu'elle ne comprenait pas mais qui ressemblait à de l'angoisse. Elle se pencha vers lui et, dans un geste innocent, elle posa une main sur son genou. Ce geste familier, inattendu, osé presque, le surprit. De sentir ses doigts sur le tissu de son pantalon, provoqua un choc. Il retint son souffle.

— C'est étrange, personne n'a jamais voulu que je raconte l'histoire de Can Cargol. Personne.

Elle retira sa main, se renversa contre le dossier de sa chaise, les yeux perdus dans un lointain vague. Elle aspira de l'air plusieurs fois de suite comme une athlète qui s'apprête à faire un effort, puis posa ses mains bien à plat sur les accoudoirs de son siège dans une posture qui le fît irrésistiblement penser à un tableau qu'il ne parvenait plus à situer dans sa mémoire.

— … Ils en ont peur !

Cette dernière phrase, elle la prononça à voix très basse, comme si elle allait lui confier un terrible secret.

— Vous êtes le premier qui n'en a pas peur, je le sens... Je veux parler de Can Cargol, bien sûr.

Elle murmurait les yeux fixes, le regard tourné vers l'intérieur. Félix décroisa les jambes et se pencha vers elle pour mieux entendre. Son parfum, vif et piquant, l'atteignit aussitôt. La tête lui tourna.

— C'est une maison très ancienne. Mon grand-père disait que, dans l'Antiquité déjà, les Romains avaient édifié un castrum à cet endroit...

Sa voix n'était plus qu'un léger souffle.

— On a trouvé des parchemins cachés dans les murs ! souffla-t-elle, comme si elle lui disait un secret.

Tout en l'écoutant, Félix se revit au moment où il pénétrait dans l'immense ruine. Il se souvenait avec précision de tout ce que ses yeux avaient enregistré dès le moment où il avait mis les pieds à l'intérieur de cette gigantesque carcasse de pierre. Les odeurs, les impressions, remontèrent de sa mémoire avec une insistance et une présence extraordinaires. Devant ses yeux, se recréa la mystérieuse phrase gravée dans la couche plâtre recouvrant le mur, près de la grande chemi-née : « *Perdo, Perdo, massa pena* » Sans s'en rendre compte il avait murmuré ces quelques mots. Il tenta d'expliquer à la jeune qui, maintenant, le regardait avec une intensité étrange :

— J'ai lu un étrange message gravé sur un mur…

Il regretta ces quelques mots. Pourquoi avait-il éprouvé le besoin de les dire ?

Nuria avait tressailli lorsqu'il avait évoqué le message et, dans le même instant, elle avait paru éprouver une sorte d'abattement. Cela dura quelques secondes à peine. Durant ce laps de temps, elle parut perdue dans un songe éveillé. Il observa qu'elle serrait les lèvres très fort, comme si elle souffrait. Ses doigts s'étaient crispés. Sa poitrine se soulevait au rythme saccadé d'une respiration désordonnée. Visiblement, elle était en proie à une forte émotion.

— Qu'avez-vous dit !?

Elle avait crié, le buste soudain projeté en avant, un pli amer au coin de la bouche, les yeux remplis d'une soudaine colère. Elle le fixait avec dans les prunelles un curieux éclair un peu fou, presque violent.

Éberlué, craignant d'avoir commis un impair en citant l'étrange message gravé dans la paroi de Can Cargol, lamentable, il bredouilla :

— Je... Je dis qu'il m'a semblé voir, mais je n'en suis pas certain, un message gravé sur un des murs de la maison, là-bas, à Can Cargol...

Vaguement inquiet, il se tut. Son bras souligna ses propos d'un geste vague en direction de l'est. Bondissant sur ses pieds, elle se dressa devant lui, les yeux brillant d'une colère aussi subite qu'incompréhensible. Surpris, il décida de se lever, lui aussi. Elle serrait les poings, son visage s'était fermé. Elle murmura comme pour elle même, mais en français : « Pardon, pardon... trop de chagrin... Voilà ce que vous avez lu. C'est le message du malheur et du désespoir que vous avez découvert là-bas ! »

Elle paraissait en proie à une émotion trop forte. Félix ne savait quelle attitude adopter. Cette brusque violence, qu'il ne comprenait pas, le bouleversait. Il tenta de s'excuser.

— Je ne voulais pas...

Elle ne le laissa pas achever. Le contournant comme on évite une pierre sur un chemin, elle s'enfuit à toutes jambes. Il la vit traverser la terrasse, vive comme un animal qui fuit le chasseur. Le tissu de sa robe formait une corolle dansante autour de ses jambes. En une seconde, sous les regards hébétés des touristes qui ne comprenaient rien à ce qui se passait, elle disparut. Stupéfait, Félix se dressa sur ses jambes, manquant de renverser la table et les verres qui se trouvaient dessus. Il cria :

— Ne partez pas, Nuria ! Je ne voulais vraiment pas vous blesser...

Elle ne l'écoutait plus. Comme une folle, elle s'engouffra par la petite porte vitrée du bar et disparut.

Il resta debout, pétrifié, subissant les regards curieux de ceux qui avaient assisté à la scène. Il ne parvenait pas à comprendre ce qui avait pu déclencher cette soudaine fuite. Lorsqu'il se laissa retomber sur sa chaise, il se sentit vidé de toute son énergie.

D'un geste machinal, il s'empara de son verre et but goulûment le reste de liquide glacé.

Dans le ciel qui s'obscurcissait d'un lent crépuscule, s'imprégnant de surprenantes teintes violacées, les hirondelles, ironiques, inscrivaient encore, à tire-d'aile, leur élégant et très mystérieux message.

Avril 1936

Il épiait sa femme qui venait de sortir de l'enceinte de la massia. Elle ne l'avait pas remarqué.

Masqué par l'ombre du mur écroulé de la Maison des Pèlerins qui jouxtait la chapelle, il demeurait parfaitement immobile, et se fondait dans le décor.

Elle tenait un panier d'une main et soulevait sa jupe de l'autre. Bondissante, elle avait gravi les marches qui conduisaient à la porte de la chapelle avec légèreté. Pour lui, qui ne croyait ni à Dieu ni à Diable, c'était toujours une surprise de constater cette étrange dévotion que manifestait Rosita depuis son installation à Can Cargol, et qui faisait que, chaque jour, elle pénétrait dans cette église dans laquelle il ne mettait plus les pieds depuis longtemps.

Tous les soirs, à l'heure de l'angélus, au moment où le soleil commençait à basculer vers la ligne d'horizon, Rosita se rendait à la chapelle. Celle-ci ne servait plus guère qu'au curé de Crespia, un village voisin, une fois l'an, pour dire la messe le jour des Innocents. Au début, il s'était dit qu'elle allait prier... Une fois dans l'édifice, elle y demeurait une bonne heure avant de réapparaître. Cette récente et curieuse habitude avait fini par aiguiser sa curiosité. Lorsqu'il lui avait posé la question, elle avait répondu qu'elle allait prier la Sainte Vierge pour qu'ils puissent avoir d'autres enfants.

Cette réponse l'avait à peu près satisfait. Elle savait que c'était son rêve le plus cher. Il n'avait plus osé en parler. D'ailleurs il n'avait pas la parole facile. Il était comme sont la plupart des gens de la Garrotxa : peu loquaces, et souvent taciturnes.

Elle avait beaucoup changé depuis leur mariage. Cela faisait quelque temps qu'ils ne se parlaient presque plus. Ils vivaient en s'ignorant chaque jour un peu plus. Lui en souffrait, mais était incapable de faire le moindre geste pour tenter de renouer avec elle une relation normale, peut-être affectueuse. Elle avait transformé ses désillusions en silence. Elle le traitait comme une présence obligée, une sorte d'objet inévitable et encombrant, dont elle ne pouvait se séparer pour des raisons obscures, mais auquel elle vouait, désormais, une indifférence quasi totale.

Ce soir-là, il resta quelques secondes encore dans l'ombre complice du mur, déchiré par l'envie de s'approcher de la porte et de l'entrebâiller afin de regarder à l'intérieur de la petite église, mais la hantise qu'elle s'en aperçoive et qu'elle se mette à hurler et à l'injurier, comme elle le faisait lors ces scènes brutales et soudaines qui étaient devenues de plus en plus fréquentes, le retint.

Il ne parvenait plus à supporter cette fracture qui s'était installée entre eux ni ces silences qui duraient des journées entières. Toute cette incompréhensible violence ruinait son esprit et le blessait profondément, douloureusement. Il ne parvenait pas à comprendre pourquoi, dès qu'il tentait de l'approcher, elle se mettait à l'insulter avec des mots terribles qui le poussaient au désespoir absolu.

Le soleil avait presque disparu derrière la cime des grands arbres. Sa main se crispa sur les pierres du mur en ruine contre lequel il s'appuyait. Dans sa tête, des images se formaient et disparaissaient comme des nuages chassés par le vent. L'attitude de refus de sa femme le torturait tellement qu'il ne parvenait plus à travailler. Cette inquiétude l'avait poussé à abandonner son labeur pour revenir des champs et l'espionner. Depuis, il le faisait de plus en plus souvent.

Lorsque, là-haut sur la colline, il sentait le doute troubler son esprit et s'insinuer en lui, il ne pouvait s'empêcher d'être attiré par la massia comme par un puissant aimant. Alors, il abandonnait bêtes et outils et prenait, en pleine journée, le chemin de la massia, faisant de larges détours pour ne pas se faire voir et dans l'espoir de la surprendre. Il avait honte de se conduire ainsi, mais ne parvenait plus à contrôler ces pulsions jalouses. Il voulait savoir pourquoi elle se refusait à lui, la nuit, pourquoi elle ne lui parlait plus, pourquoi, enfin, elle était devenue tellement indifférente.

Cette situation durait depuis des mois.

Tout avait commencé à la naissance de leur enfant, un petit garçon qu'ils avaient prénommé Josep.

À cette époque-là, déjà, il avait remarqué qu'elle se désintéressait de lui et de la massia. Elle ne se levait plus le matin, et ne lui préparait plus les repas. Elle passait des après-midi entiers à dormir. À dormir ?...

Au début, il avait hésité à lui faire des reproches. Il pensait que cette attitude était une conséquence des fatigues dûes aux difficultés qu'elle avait connues lors de l'accouchement. Souvent, il avait tenté d'aborder le sujet avec une sincérité maladroite. Avec beaucoup de précautions, il s'était même engagé, un soir, dans une tentative de discussion. En vain. Elle l'avait à peine écouté.

Quelquefois, devant la crasse qui s'était installée partout dans la grande massia, la colère le prenait. Dans ces moments-là, il perdait son sang-froid, ordonnait, exigeait, criait. Il voulait l'obliger. Quelquefois, lorsqu'il insistait, elle faisait mine d'obéir pour le calmer, mais, très vite, cette incompréhensible paresse la reprenait. Au début, étaient survenus les excuses, les mensonges. Elle se disait malade, indisposée, fatiguée. Toute excuse, même la plus futile, était bonne pour se justifier. Plus le temps s'était écoulé, plus la situation avait empiré. Depuis l'accouchement, elle n'était décidemment plus la même. Maintenant, elle ne se donnait même plus la peine de l'écouter ni de lui parler. Elle n'en faisait qu'à sa tête et lui avait l'impression de ne plus exister. Petit à petit, cette situation le rendait fou.

Il se souvenait que tout avait vraiment commencé lorsqu'elle avait, avec une violence et une brutalité inouïe, refusé son enfant.

Mettre le nouveau-né en nourrice avait été la seule solution. La mort dans l'âme, il avait confié le petit Josep à sa sœur, Maria, qui avait épousé un marchand de vin et qui habitait la cité de Besalu toute proche. Grâce à son négociant de mari, cette dernière menait une existence prospère et, pour obliger son frère, avait accepté cette demande de faite dans l'urgence.

Il s'était occupé lui-même de cette démarche auprès de cette sœur qu'il voyait assez peu. Rosita avait refusé de l'accompagner.

À sa sœur, en guise d'explication, il avait prétendu que sa femme était trop malade pour s'occuper du nourrisson. Maria n'avait pas posé de questions. Elle avait pris l'enfant en charge. Soulagé et malheureux, il était revenu à Can Cargol avec le sentiment d'avoir laissé derrière lui une partie de sa chair, un morceaux de lui même.

Dès ce moment, Rosita se conduisit comme si elle n'avait jamais eu de fils. Elle devint de plus en plus évanescente, de plus en plus absente. Elle se désintéressa de lui et même de Can Cargol, comme si elle poursuivait un rêve éperdu et secret.

Il souffrait de cette attitude incompréhensible.

Il avait mal, aussi, de ne pas avoir son fils près de lui. Il se taisait. Muré dans sa douleur.

Chaque dimanche, à l'aube, il mettait son costume noir, une chemise blanche et un lacet autour du col. Il se coiffait du chapeau de feutre sombre que lui avait laissé son père et partait, à pied, en direction de la petite cité médiévale. Il allait voir son fils. Fidèlement. Ces excursions dominicales étaient le cadeau qu'il s'accordait chaque semaine et qui l'aidait à supporter cette vie saccagée qui le minait. Quand il arrivait dans la petite boutique de son beau-frère, il s'asseyait dans la grande cuisine et passait des heures à regarder son enfant qui dormait dans son berceau de bois ou gazouillait dans la panière d'osier suspendue aux poutres du plafond, et qui lui servait de balancelle improvisée. Une idée de Maria... Celle-ci, qui sentait le mal-être qui tourmentait son frère, parlait beaucoup. Il feignait de l'écouter. Distraitement, il hochait la tête par intermittence, comme s'il approuvait ses propos qu'il n'écoutait pourtant pas. Toujours, il refusait le vin et la nourriture qu'on lui proposait. À chaque visite, il déclinait leur invitation à partager le repas du milieu de la journée. Il prétendait que Rosita l'attendait et qu'elle avait préparé son déjeuner. Ensuite, il s'en allait très vite afin de masquer son émotion. Il mentait et cela le rendait encore plus malheureux.

Ces heures passées avec son fils étaient sa seule distraction, son seul répit au milieu de l'enfer dans lequel il vivait désormais.

En fin de matinée, il revenait à la massia, juste avant que la chaleur du début d'après-midi ne devienne insupportable. Jamais Rosita ne l'accompagnait. Jamais, non plus, lorsqu'il arrivait, elle ne posait de questions à propos de l'enfant, tout comme s'il n'avait pas été le sien.

Depuis qu'elle avait laissé à Maria le soin de le nourrir et de s'en occuper, elle se désintéressait totalement de son fils. Souvent, il avait tenté d'en parler avec elle, mais, à chaque fois, elle s'était dérobée, Lors de ces tentatives, elle ne lui laissait jamais le temps de surmonter son manque d'élocution, sa timidité native. Elle le rabrouait brutalement ou s'enfuyait. Il finissait toujours par se taire et par s'enfermer dans un silence douloureux. Une profonde tristesse s'était installée dans son esprit. Cette désespérance larvée allait et venait, en lui, comme une marée empoisonnée. Quelquefois survenaient des tempêtes. Imprévisibles.

Il fixait la porte de la chapelle comme s'il allait, par magie, pouvoir transpercer du regard les grosses planches de chêne et « voir », enfin, ce qu'elle pouvait bien faire à l'intérieur de cet édifice. Il l'imaginait agenouillée, mains jointes, dans une attitude de ferveur et de soumission à laquelle il n'avait plus droit. Le désir inassouvi et l'humiliation le rongeaient. Durant toute son existence, des femmes il n'avait jamais connu que la douceur des bras de sa mère, et toujours en secret, lorsque, par extraordinaire, en l'absence de tout témoin, elle l'étreignait. Cela avait toujours été des moments volés. Son père, lui, avait été, durant tout le temps où il l'avait connu, plus silencieux qu'une tombe et plus rigide qu'un tronc de chêne.

Debout derrière ce vantail qui le séparait d'elle, il se rappelait toutes les appréhensions et toutes les incertitudes qui l'avaient saisi le jour où il avait pris Rosita dans ses bras. Il avait eu peur de ne pas savoir. Naturellement maladroit, il avait eu le sentiment d'explorer un continent inconnu fait de douceur et d'émotion qu'il soupçonnait, mais que personne ne lui avait jamais appris à arpenter. Quand pour la première fois, il avait enfin pu tenir ce corps de femme contre lui, il avait failli s'enfuir. Ce jour-là, il avait fait une fantastique découverte. Il avait enfin compris ce que signifiaient la tendresse et l'amour. Ce furent les seuls instants heureux auxquels il avait goûté durant les trente première années de son existence.

Cette étreinte du premier jour, il s'en souvenait avec précision. Cela s'était passé lors de ce bal où Rosita avait dansé avec lui. Il se souvenait en frissonnant de cette sensation fantastique qui l'avait alors envahi. Par la suite, il y avait eu les rares rendez-vous où il avait osé la prendre dans ses bras et l'embrasser. Là encore, une tendre folie l'avait possédé.Finalement, lorsqu'elle était arrivée à la massia, le jour de leur mariage, il avait vécu un véritable rêve. Les quelques semaines avant qu'elle ne soit enceinte avaient été, pour lui, une période de joie. Ensuite, il y avait eu l'attente de l'enfant. La fissure s'était faite insidieusement. Un soir, sans qu'il sache pourquoi, Rosita s'était dérobée pour la première fois. Sans raison apparente, elle avait refusé qu'il la touche. Elle avait prétendu que c'était mauvais pour l'enfant à venir. Il avait accepté ce rejet malgré la frustration qu'il avait, alors, profondément ressentie.

Le temps avait passé sans qu'elle change. Constamment, elle se disait malade. Au début de cette période, il s'était inquiété. Il avait refoulé son désir et son besoin de tendresse. Malgré les réticences de Rosita, une sale petite angoisse fichée dans le cœur, il avait souvent tenté de s'approcher d'elle. Elle l'avait constamment repoussé.

Comme il n'était pas dans sa nature d'exprimer ce qu'il ressentait, il s'était, peu à peu, replié sur lui-même. Se nourrissant de ce qu'il trouvait, il partait à l'aube et travaillait jusqu'à l'anéantissement physique afin de ne pas penser, de ne plus souffrir.

Lors des soirées devenues trop longues, durant lesquelles il restait seul dans la grande salle commune, il s'était mis à boire. Le vin l'aidait à supporter cette incompréhensible situation. Il crut qu'il souffrait moins, qu'il supportait mieux. Lorsqu'il se couchait près d'elle, dans leur grand lit, il ressentait douloureusement cette frontière invisible qu'elle avait dressée entre eux. La fatigue et le vin l'assommaient assez pour que cela ne le tourmente pas trop longtemps. Le plus souvent, à peine allongé, il s'endormait d'un sommeil profond comme un abîme. La frustration le rongeait. Il devint soupçonneux et jaloux. Il était humilié et blessé. Plus le désir le torturait, plus le ressentiment se développait et gagnait sur tous les autres sentiments, plus son caractère changeait et devenait ombrageux. En plein travail, saisi d'une fièvre mauvaise et soudaine, il lâchait son outil, abandonnait son ouvrage pour courir comme un dément jusqu'aux abords de la grande massia. Lorsqu'il y arrivait, il se cachait et passait des heures à observer les allées et venues de Rosita. Il se sentait honteux de cette méfiance qui le brûlait comme une flamme sombre. Tout se passait comme s'il se salissait, s'avilissait, quand il se conduisait de la sorte. C'était plus fort que lui, il ne pouvait plus contrôler ces pulsions malignes qui le forçaient à agir de cette manière.

Soudain, il n'y tint plus. Sans plus se cacher, il s'avança en direction de la porte de l'église...

Dès qu'il quitta l'ombre propice du mur en ruine, le soleil pesa sur ses épaules. La bouche sèche, le regard fou, les gestes saccadés, il s'avança vers les marches de granit et les escalada à grandes enjambées.

Il s'arrêta devant le battant et colla son front contre le bois devenu rugueux. Il hésitait. Il avait peur de découvrir une vérité qui lui ferait mal. Sa main accrocha l'anneau de fer qui servait de clenche, mais ne le souleva pas. Il posa son oreille contre le battant pour écouter. Il retint son souffle. Il lui sembla entendre plusieurs voix. Il tenta de se rassurer : « Elle prie à haute voix », murmura-t-il, peu convaincu... Soudain, poignardé par la jalousie, il crut discerner, en plus du murmure de Rosita, la voix d'un homme. Son esprit se déchira.

Il souleva l'anneau vers le haut et, avec son épaule, poussa violemment le battant. Celui-ci pivota avec plus de facilité qu'il ne l'avait imaginé, ce qui le fit trébucher. Il faillit tomber sur les dalles de pierre, à l'intérieur de l'édifice. Reprenant son équilibre, il se retrouva, bras ballants, jambes écartées, dans l'entrée inondée de lumière, clignant des yeux pour distinguer dans la pénombre ambiante la silhouette de Rosita.

Dans le fond de la chapelle, sous le crucifix de bois

vaguement auréolé par la clarté déversée venue des deux minces fenêtres en forme de meurtrières, l'autel de pierre était couvert de fleurs fanées. L'impression de pénétrer dans un lieu abandonné de Dieu le frappa. Il redécouvrait l'intérieur de la chapelle. Il n'était plus entré dans celle-ci depuis le jour où, enfant, poussé par la curiosité, il y avait été surpris par son père qui l'avait corrigé en lui ordonnant de ne plus jamais y remettre les pieds. Il se souvenait encore des paroles blasphématoires, prononcées alors par ce père si dur et si froid, accusant Dieu et les curés de lui avoir « volé » une partie de sa terre et de son patrimoine.

Sur l'instant, il n'avait pas compris les raisons de cette colère. Par la suite, alors qu'il était devenu un adolescent et que la relation avec le père avait été plus égale, moins terrifiée, jamais il n'avait osé le questionner sur les raisons qui l'avaient poussé à renier sa croyance et à haïr tellement les prêtres et cette église. Il avait soupçonné quelque terrible secret attaché à la famille et au domaine de Can Cargol, et s'était contenté de ne jamais remettre, avant cette journée, les pieds dans cet édifice.

La chapelle paraissait déserte, pourtant – il en était sûr – quelque chose ou quelqu'un bougeait dans le clair obscur de la nef. Les yeux de l'homme glissèrent de l'autel aux bancs de bois sombre qui bordaient l'allée centrale. Il chercha ce qui avait éveillé son attention, s'étonnant de ne pas apercevoir la silhouette de Rosita. Il scruta plus intensément la pénombre quand, soudain, il remarqua, au pied de la première rangée de bancs, le panier que sa femme tenait à la main lorsqu'elle était entrée dans l'édifice.

Il s'avança, ne quittant pas l'objet de l'œil. Il se demandait où elle avait bien pu disparaître dans un lieu aussi restreint, clos de toutes parts.

De petits bruits indistincts frappèrent à nouveau son oreille. C'était comme des chuchotements et des froissements de tissu. Il fit les quelques pas qui le séparaient encore de l'espace compris entre l'autel de pierre et les premières rangées. Les dossiers de bois plein masquaient l'espace des intervalles entre eux ainsi que le dallage de pierre, et ce ne fut qu'en arrivant à la hauteur des dossiers de la dernière rangée, qu'il découvrit un spectacle tout à fait extraordinaire et auquel il ne s'attendait pas.

Rosita se tenait à plat ventre sur le sol, face contre terre, bras en croix. Elle ressemblait à ces novices écrasées par leur propre foi, lorsqu'elles prononcent leurs vœux. Il remarqua le grand désordre des vêtements de sa femme et, instinctivement, nota qu'elle paraissait en proie à une grande agitation. Des frissons agitaient tout son corps. Il tenta de réfléchir, mais dans sa tête, régnait une totale confusion.

À la voir, pareille à une morte, couchée sur le sol, le visage contre les dalles, les jambes nues apparaissant sous la robe légèrement remontée, la surprise l'avait pétrifié. Il tenta de se rassurer. « Elle prie », murmura-t-il en écoutant l'étrange murmure qui sourdait d'elle.

Imperceptiblement, le débit de la litanie que psalmodiait Rosita se tarit et, d'un seul coup, elle se mit à genoux, fit un rapide signe de croix, puis se releva.

En le voyant si proche, curieusement, elle ne manifesta aucune surprise. Elle le fixa, les yeux dans les yeux, comme si elle le bravait. Une lueur venimeuse flambait dans ses prunelles. Cela le fit frémir. Surpris et inquiet, il ne sut que se taire.

Ce fut elle qui l'apostropha :

— Que viens-tu faire ici ? Tu m'espionnes, hein !

Elle ne questionnait pas, elle affirmait ! Sans attendre une réponse, elle poursuivit :

— ... Je ne peux même plus venir prier tranquillement maintenant, sans que tu viennes m'épier ?

La voix et le regard de sa femme, leur violence palpable, le culpabilisaient. Il esquissa un mouvement vague, écartant les mains de chaque côté de son corps dans un geste grotesque d'impuissance et d'excuse.

Agressive, elle l'injuria :

— Tu me dégoûtes ! Tu es un porc !...

C'était la première fois qu'elle prononçait des mots aussi durs, aussi cruels. Dans la tête de l'homme, tout se mélangeait. Il s'en voulait de l'avoir dérangée durant ses dévotions. Les mots méprisants qu'elle lui crachait au visage le faisaient terriblement souffrir, et, en même temps, incongru, il sentait le désir lui crisper les reins. Il aurait voulu la prendre dans ses bras et l'étreindre, là, devant l'autel, sous le crucifix. Il aurait voulu la posséder en la forçant, dans cette église, sous le regard de Dieu...

Elle criait de plus en plus fort. Il se demanda si elle devenait folle. Elle l'outrageait et trépignait devant lui. Il baissa la tête. Durant une seconde, il crut qu'elle allait le frapper. Il recula. Prêt à subir, encore une fois, une de ses fureurs inexplicables. Brusquement, il vit que son regard le dépassait, filait par dessus son épaule en direction de la porte de l'église, exactement comme si elle regardait quelque chose qui se situait plus loin, derrière lui. Tout aussi soudainement qu'elle s'était mise à hurler, elle se tut et retrouva son calme... Alerté par ce comportement bizarre, il se retourna. Ses yeux découvrirent un torrent de lumière qui pénétrait, oblique, par la porte ouverte et qui inondait l'entrée de la chapelle. Ébloui, il ne vit personne...

Le silence était tel, maintenant, qu'il se surprit à tendre l'oreille. Vaguement, il eut le sentiment d'entendre des pas, comme le bruit d'une course rapide, à l'extérieur de l'église... Ce fut si bref, si fugace, qu'il se rassura en se disant que son imagination lui jouait des tours. Le frôlement des habits de Rosita, qui le contournait, le ramena à la réalité. Elle se dirigeait vers la sortie, son panier à la main, les hanches roulant sous la jupe de cotonnade. Frappée de face par le flot de soleil venu de l'extérieur, elle apparaissait comme une ombre auréolée de feu et d'or qui s'éloignait et se consumait peu à peu dans le brasier incandescent de l'après-midi. L'homme resta seul. Il respirait avec difficulté.

Sans force, il tomba à genoux sur la pierre rugueuse du sol de la chapelle face à l'entrée, tournant le dos à Dieu. Un sanglot, trop longtemps retenu, creva dans sa gorge obstruée par le chagrin.

Chapitre 7

Depuis deux jours, des orages terrifiants transformaient les rues du *Conjunto medieval* de Besalu en torrents d'eau boueuse. Même les pavés de la place avaient pratiquement disparu sous le ruissellement qui dévalait des toits. Les habitants de la ville se terraient chez eux, attendant que le ciel se calme. Toute cette pluie n'arrivait pourtant pas à rafraîchir l'atmosphère. Félix se sentait mal. Pas vraiment malade, mais abattu, sans ressort. Depuis la fuite incompréhensible de Nuria, sur la terrasse, il lui semblait que le regain de vie et d'énergie qui l'avaient habité pendant quelques jours l'avait à nouveau quitté. Il n'était plus sorti de sa chambre et se faisait même apporter des repas auxquels, d'ailleurs, il ne touchait pratiquement pas. Il n'avait plus d'appétit. Un vide intérieur inattendu aspirait ce goût de vivre et d'entreprendre qu'il croyait avoir retrouvé.

Par la fenêtre, à travers les pans de pluie, il pouvait apercevoir un ciel gris, presque noir, qui roulait, au ras des toits, des nuées gonflées d'eau. Une lumière chiche et jaunâtre pénétrait, parcimonieuse, par les petits carreaux. C'était une clarté sinistre d'interminable crépuscule qui parvenait à peine, en plein midi, à éclairer la chambre.

Pour la première fois depuis son arrivée, il lui semblait découvrir vraiment le décor qui l'entourait. Jusque-là, il n'y avait pas vraiment prêté attention. Il découvrait le gris pisseux des façades qui cernaient la place. Il mesurait l'infinie tristesse de cette ville de bout du monde.

En écartant les bras, il parvenait à prendre la mesure de la couche sur laquelle il gisait comme un moribond. La vieille armoire catalane était d'un bois tellement foncé qu'il n'arrivait même plus à distinguer les moulures.

Son regard erra sur le papier peint. Soudain, les motifs abstraits lui parurent d'une laideur à provoquer la nausée. Il se demanda soudain ce qui le retenait ici ? Le souvenir des lumières et de l'animation des rues de Paris, provoquaient en lui, des successions d'images qui se poursuivaient et se chevauchaient comme un film très accéléré. Il se sentit très seul. Il eut envie de tout plaquer et de repartir...

Il mit un moment à réaliser que les coups qu'il entendait provenaient de la porte de sa chambre. Comme il ne bougeait pas, les chocs redoublèrent. La personne qui frappait semblait s'impatienter.

Il fit un effort pour se redresser et se lever. Il se sentait terriblement fatigué, totalement découragé...

Lorsqu'il ouvrit le battant, il eut un sursaut de stupéfaction. C'était Nuria. Elle attendait dans le couloir mal éclairé. Son visage esquissait une tache claire dans la pénombre. Elle montrait une expression de gravité qui lui donnait un air vraiment sérieux. Il tenta de masquer sa surprise. Elle ouvrit la bouche avant qu'il ne l'interroge :

— Je suis venue...

Il la dévisageait sans rien dire, sans bouger. Il hésitait sur la conduite à tenir. Il ne s'attendait pas à la voir, ainsi, sur le seuil de sa chambre.

Depuis qu'elle s'était enfuie, cinq jours s'étaient écoulés sans la moindre nouvelle d'elle. Au début il l'avait cherchée. Elle semblait avoir disparu. Dépité, il avait abandonné ses recherches et s'était réfugié dans sa chambre. Tout à coup il réalisa que, depuis quarante-huit heures, il ne s'était ni lavé ni rasé. En plus, il était presque nu. Maillot de corps et caleçon douteux, lui firent honte. Il ne savait quelle attitude adopter. Sa gorge était nouée. Il se contentait de la regarder sans bouger.

Elle s'impatienta :

— Faites-moi entrer, s'il vous plaît.

Machinalement, il recula, s'effaçant pour la laisser passer dans l'espace étroit entre le lit et le panneau de la porte.

Elle fit trois pas dans la pièce, puis s'arrêta. Elle regarda autour d'elle. Visiblement, elle cherchait un endroit pour s'asseoir. L'unique chaise disparaissait sous les vêtements jetés en vrac sur le placet et le dossier.

D'un mouvement d'épaule sinueux, elle se débarrassa du pardessus trempé qui l'avait protégée de la pluie et qui dégoulinait sur le carrelage, puis, d'autorité, elle s'assit sur le lit. Elle leva les yeux sur lui et l'observa avec gravité, alors qu'il restait debout, la main sur la poignée de la porte qu'il oubliait de refermer.

— Tu devrais fermer la porte, reprit la fille d'une voix retenue. Dans une petite ville comme Besalu, ce n'est pas très bien vu qu'une femme entre dans une chambre occupée par un homme. Surtout s'il s'agit d'une chambre d'hôtel...

Comme un automate, Félix repoussa le battant. Ne sachant que faire, il demeura planté entre le lit et le mur, les bras ballants, le cerveau engourdi. Ses pieds, nus sur le carrelage rouge foncé, formaient un contraste un peu grotesque sur la teinte des carreaux.

Il aperçut son reflet dans le miroir, au-dessus de la petite table. Il se sentit ridicule. Son regard revint sur Nuria qui ne bougeait toujours pas, assise au pied du lit, le dos contre le bois du montant, les jambes serrées sous sa robe rabattue. Elle avait posé ses deux mains bien à plat sur ses cuisses. Félix remarqua ses sandalettes. Elles étaient dans un état pitoyable. L'eau et la boue les avaient complètement imprégnées. Le cuir, trop fin, boursouflait. Ses jambes dégoulinaient. Ses cheveux noirs et bouclés gouttaient en fins ruisselets qui couraient le long de son cou jusque sur sa gorge. Seuls ses yeux paraissaient vivants. Noirs et brillants, ils le fixaient et dégageaient une étrange force, celle-là même qui le subjuguait depuis leur première rencontre.

— Assieds-toi, au lieu de rester debout ! commanda-t-elle d'une voix autoritaire en le tutoyant pour la première fois.

Du plat de la main, elle tapotait le drap chiffonné d'un petit geste volontaire et impatient. Il obtempéra, essayant de ne pas penser à sa tenue ridicule.

Assis près d'elle, les pieds nus à plat sur le carrelage, il se sentait mal à l'aise. Il eut honte de sa peau livide et de son ventre qui s'arrondissait légèrement et faisait des plis sous le maillot de corps. Tentant de se redresser, il bomba le torse pour atténuer ces signes de relâchement, mais, vite découragé, il relâcha l'air qu'il emprisonnait dans ses poumons.

Il sentait qu'il fallait qu'il dise quelque chose, mais il ne parvenait pas à ouvrir la bouche. Sa tête était vide. Il était simplement content de la voir et mesurait à quel point cette tristesse et cet abandon, qui l'avaient cloué dans sa chambre depuis quelques jours, provenaient de son absence. Maintenant qu'elle était là, à côté de lui, la vie revenait dans son esprit et dans tout son corps.

Tout à coup, elle ouvrit la bouche et commanda :

— Embrasse-moi !

Sa voix était nette et précise. Elle ne demandait pas, elle exigeait.

Désarçonné, il hésita.

— Tu n'as pas envie de m'embrasser ? Mes lèvres te dégoûtent ?

L'expression visible sur son visage avait pris une densité qu'il ne lui avait jamais vue auparavant. Son manque d'empressement la bouleversait.

Elle se savait jolie et désirable, mais comme souvent chez les jeunes femmes, cette apparente assurance dissimulait un doute immense et une fragilité à fleur de peau. Elle ne comprenait pas pourquoi il ne se décidait pas à la prendre dans ses bras.

De plus en plus mal à l'aise, Félix bougea légèrement afin de se donner une contenance. Son épaule frôla celle de la fille. Ce fut comme un choc électrique. Un long frisson parcourut tout son corps. Mû par une attirance magnétique, il tourna la tête vers elle et leurs lèvres s'effleurèrent. Son haleine et l'odeur de sa peau mouillée, lui emplirent les narines et provoquèrent ses sens. Elle était si consentante, qu'une force nouvelle le ressuscita instantanément. Il s'enflamma comme une torche. Du bout des doigts, presqu'en hésitant, il caressa sa nuque et les glissa sous la cascade de cheveux humides. S'enhardissant, il l'attira vers lui. Elle glissa contre son épaule.

Au contact de sa bouche, un désir puissant monta de son ventre. Comme si elle n'avait attendu que ça, elle pivota et répondit à son baiser en pointant une langue maladroite entre ses lèvres.

Unis dans un même élan, par un même désir, leurs deux corps vibraient de la même fièvre. Lentement, elle se laissa glisser en arrière, ses deux bras noués autour des épaules de Félix. Entraîné, ce dernier bascula et se retrouva en surplomb de ce visage au masque devenu douloureux.

Elle l'embrassait avec une sorte de fureur, gardant les yeux ouverts, l'épiant sans lâcher sa bouche. Le torse de Félix écrasait sa poitrine, et il sentait la souplesse de ses seins sous l'étoffe. Il frissonna longuement. Il réalisait qu'il y avait longtemps qu'il n'avait ressenti un contact de cette sorte.

Sa langue, maintenant, s'accordait à celle de Nuria. Il pénétrait sa bouche, au plus profond. Il voulait sa gorge. Le désir lui laboura les reins lorsqu'il sentit qu'elle écartait les jambes pour faciliter un contact plus direct, plus intime. Le cerveau en ébullition, il laissa sa main courir sur la taille de la fille puis, d'un seul coup retroussa le tissu qui plaquait à sa peau et empoigna à pleines mains la chair de la cuisse qu'il venait de dénuder. Elle répondit à son geste en s'offrant de tout son élan. Passant sa jambe libre sur ses reins, s'ouvrant comme une fleur, elle cambra la taille, rejeta la tête en arrière, une lueur vertigineuse dans le regard. Elle ne le voyait plus, elle n'était plus que du désir pur. Elle le voulait totalement en elle. Animale.

Ils firent l'amour longtemps, avec brutalité, basculant du lit, se poursuivant dans un corps à corps passionné. Ils rampèrent sur le sol, soudés l'un à l'autre, lui la perforant au plus secret, elle le recevant puis le fuyant pour se laisser reprendre en un mouvement de flux et de reflux primordial, instinctif.

Lorsque, brisés, ils s'arrêtèrent enfin, la nuit était totale. Le faible éclairage public qui venait de la place, jetait de petites flammèches de lumière jaune sur leurs corps enlacés à même le carrelage, et semblaient les caresser doucement, presque à leur insu.

Durant tout le temps qu'il l'avait prise avec une vigueur dont il ne se serait pas cru capable, elle n'avait pas gémi ni crié. Cette lutte silencieuse l'avait excité au plus haut degré. Un instant, il s'était demandé si elle était frigide. Ce qui l'avait surpris, c'était que, durant toute cette passe d'armes passionnée, elle avait gardé une expression volontaire de gamine têtue et appliquée. Il aurait voulu voir son visage se défaire dans le plaisir. Il aurait aimé qu'elle prenne ce masque douloureux et secret que revêtent les traits d'une femme au moment de la jouissance. Pour se donner de l'assurance, pour se persuader de sa puissance ressuscitée, il aurait voulu l'entendre gémir. En dehors de légères crispations de la bouche, d'une respiration saccadée, elle n'avait laissé voir aucun signe d'abandon et elle avait gardé les yeux grands ouverts. Il savait pourtant qu'elle avait pris du plaisir. Plusieurs fois. Il l'avait senti. Mais, même durant celui-ci, elle n'avait pas laissé échapper le moindre son, le plus infime râle ou la plainte la plus fine...

Ils s'étaient aimés dans un silence effrayant, comme deux désespérés nouant leurs destins et leurs chairs pour exister, pour survivre...

Épuisé, la tête vide, fiché en elle, Félix ne bougeait pas. Il ne voulait surtout pas rompre le charme. Il désirait que cet instant dure à l'infini. Ce fut elle qui, soudain, se dégagea d'un coup de rein brutal.

— Viens, remettons-nous sur le lit, ordonna-t-elle en se relevant.

Volontaire, elle le tira par une main pour l'obliger à se redresser et à la suivre.

— ... Maintenant, je veux dormir avec toi, ajouta-t-elle, avec au front un pli d'entêtement.

Comme il renâclait, presque assoupi, elle l'obligea. Finalement, se laissant faire, il roula sur le côté. La fraîcheur du carrelage contre sa peau le tira de sa torpeur. Il protesta, puis se redressa et la suivit sur le lit. Elle se coula dans les draps en lui faisant une place.

Lorsqu'il fut installé, elle se lova contre lui, posant sa tête dans le creux de son épaule, passant une jambe sur son bas-ventre, appuyant sur son sexe amolli avec l'intérieur de sa cuisse, le caressant dans le même mouvement. Le désir, à peine enfoui au fond de son cerveau, ressurgit. Son sexe se redressa. Sa respiration s'accéléra. Il voulut se tourner vers elle, mais elle l'en empêcha en se glissant sur lui. Avec son ventre, elle maintint sa pression, ne le laissant prendre aucune initiative. De son bras libre, elle entoura son torse et, plaquée contre lui, elle appuya sa vulve sur sa hanche en remuant légèrement.

— Je t'aime...

Elle murmurait d'une voix très basse. Elle répétait ces mots comme une litanie. Il sentait son souffle qui effleurait la toison sur sa poitrine. Félix ne réalisait pas encore tout à fait ce qui venait de se passer. Il avait du mal à comprendre cette fille qui lui avait paru tellement retenue, si secrète dans leurs premiers contacts. Il était à la fois sous le charme de ce caractère imprévisible de cette sensualité à fleur de peau, et en même temps il avait l'impression qu'elle le voulait le dominer, qu'elle ne lui laissait prendre aucune initiative. Tout cela le déroutait...

Perdu dans ses pensées, il laissa sa main jouer avec la pointe durcie d'un sein. Sans réelle conviction. Il tentait de réfléchir à cette situation nouvelle et d'en mesurer les conséquences. Comme une comptine, les mots qu'elle prononçait avec une douceur surprenante, l'atteignaient, l'enveloppaient, le submergeaient. Malgré lui, il ferma les yeux, laissant flotter ses pensées sans réagir, totalement immergé dans un bien-être lénifiant.

– Je t'aime... je t'aime... chantonnait-elle comme une gamine comblée.

Il avait l'impression de renaître.

Félix réfléchissait. Cette fille l'attirait, l'intriguait. Par moment, elle se conduisait comme une femme qui sait exactement ce qu'elle veut, calculatrice presque. Puis – comme à cet instant précis – il avait la sensation de se trouver en présence d'une gamine un peu naïve et sans dessein, qui se livrait complètement à lui. Elle le déroutait et le fascinait en même temps.

Un instant, il tenta d'imaginer Gillian, comme pour tester sa mémoire, pour mesurer la distance entre ce chagrin, qui le consumait encore peu de temps auparavant, et cette émotion neuve et passionnée que dispensait, autour d'elle, cette surprenante Nuria.

Son évocation ne suscita aucun sursaut dans son esprit. Il s'étonna que le visage, le corps de Gillian, lui apparaissent aussi lointains, aussi diffus. Tout se passait comme si, désormais, elle faisait partie d'un autre monde, d'une autre histoire.

Ce fut avec un certain soulagement qu'il constata son détachement. Imaginer Gillian, alors qu'il était allongé dans ce lit, avec cette fille sensuelle contre son corps, lui semblait extraordinairement obscène. Un instant, il s'en voulut d'être ainsi. Il chassa cette ombre coupable de son esprit. Il se sentait neuf. Il avait la sensation d'avoir fait l'amour pour la toute première fois de sa vie.

Tout à coup, la jeune femme se redressa sur un coude et approcha son visage du sien. Elle se mit à parler avec un débit très rapide :

— Tu sais, Can Cargol, la massia, les champs et les bois... Tu m'as demandé de t'en parler... Et l'autre jour, lorsque tu m'as dit que tu avais lu quelque chose sur le mur, la première fois que tu y es allé, je n'ai pas supporté et je me suis enfuie...

Les mots que prononçait Nuria parvenaient à son oreille comme un murmure ténu mais distinct. Elle parlait avec douceur, pourtant, il y avait une gravité insolite, comme un tourment caché dans le ton de sa voix. Malgré lui, il retint sa respiration.

— ... Je me suis enfuie, parce que j'étais très en colère contre toi et tes questions ! Mais, j'ai réfléchi. Maintenant, je vais te dire le secret de Can Cargol... Mon père s'appelait Josep. Je ne l'ai pas connu. On m'a raconté qu'à ma naissance ma mère est morte en couches et que mon père, lui, s'est enfui à l'étranger. Peut-être n'a-t-il pas supporté tout ça, tout ce chagrin... Depuis, il n'a jamais donné signe de vie. Un oncle et une tante de mon père m'ont recueillie après cette disparition. J'étais comme une orpheline...

Elle déversait ces confidences d'une voix devenue égale dans un chuchotis qui ruisselait et sortait d'elle comme une source. Elle se libérait d'une chose enfouie, retenue, depuis trop d'années.

— ...Cette maison est tout ce qui me reste de mon père. Je n'ai jamais pu aller y vivre. On m'en aurait empêchée ! Maintenant ce n'est plus pareil. Personne ne peut plus me dire ce que je dois faire !...

Elle reprit son souffle, les yeux rivés aux siens :

— Can Cargol était déjà une ruine lorsque j'étais encore adolescente...

Félix l'écoutait, immobile et attentif. Les cheveux de Nuria s'étaient répandus sur son visage. Leur odeur emplissait ses narines. Son corps se serrait contre le sien, comme si elle voulait ne faire qu'un avec lui.

— ... Ce sont les gens du village et de la région qui se sont mis à raconter des choses sur Can Cargol, des choses horribles qui me faisaient peur !... J'en rêvais la nuit ! Un jour, je me suis enfuie de chez ma tante et j'y suis allée. J'ai visité toute la massia, comme tu l'as fait, toi-même. Comme toi, j'ai lu le terrible message gravé sur le mur et...

Elle se tut comme si les mots qu'elle avait déchiffrés, elle aussi, sur cette paroi, l'effrayaient encore. Inexplicablement.

— ... Lorsque je suis revenue, j'ai posé des questions à tout le monde, mais personne n'a voulu me dire ce qui était arrivé, personne n'a accepté de me raconter pourquoi cette maison avait été abandonnée depuis tant d'années, et pourquoi, mon grand-père avait subitement disparu et n'était jamais réapparu.

Elle soupira et se serra plus fort contre Félix.

— ... C'est un vieux, qu'ici tout le monde rejette et fuit comme s'il avait la peste, qui me l'a finalement expliquée, l'histoire de Can Cargol... Cet homme est bizarre. On l'appelle El Cec, l'Aveugle. Il vit de la charité publique. Les gens prétendent qu'il est fou. Ils le croient un peu sorcier et capable de jeter des sorts. À Besalu, tout le monde en a peur. Moi, j'ai toujours été gentille avec lui, alors il m'aime bien et me parle. C'est lui qui m'a raconté ce que les autres refusaient de me dire depuis toujours....

À travers les carreaux, Félix regardait, sans les voir, les lueurs fantomatiques des lampadaires qui éclairaient la place, devant l'hôtel. Le déluge s'était enfin calmé. Des étoiles brillaient entre les nuages.

— ... D'après El Cec, cela remonte au temps de la guerre civile... À ce moment-là, mon grand-père vivait encore à

Can Cargol avec sa femme Rosita. Il paraît qu'elle était très belle. Ils eurent un fils. C'était mon père... On dit que mon grand-père aurait voulu d'autres enfants, mais que c'était ma grand-mère qui n'en voulait plus. Elle avait même refusé de s'occuper de mon père. Mon grand-père désespéré, avait mis celui-ci en nourrice chez une sœur qui habitait et habite encore à Besalu...

Elle parlait en fermant les yeux, le visage crispé, comme si elle faisait un effort pour lui confier ce passé insupportable qui devait la torturer depuis longtemps.

— ... Au temps de mon arrière-grand-père, à ce qu'on dit, Can Cargol était un grand domaine avec beaucoup de terres. Il y avait des domestiques, des ouvriers agricoles et des cultures partout... Mon grand-père avait deux frères et une sœur. À la mort de leurs parents, ils se disputèrent et vendirent leur part d'héritage, c'est-à-dire presque toutes les grandes terres derrière la colline. Seul mon grand-père demeura à Can Cargol et tenta de travailler et de vivre sur ce qui restait du domaine, partageant l'ouvrage et les récoltes avec le fermier qui habitait la petite ferme à côté de la massia... Tu l'as vue cette petite ferme, non ? Un paysan doit y vivre encore. C'est peut-être le fils de celui qui y habitait du temps de mon grand-père...

Un instant, elle arrêta de parler, se releva sur un coude et le regarda avec attention, comme si elle craignait qu'il ne l'écoute plus. Rassurée, elle constata qu'il ne s'était pas endormi. Elle se remit à parler :

— ... Un jour mon grand-père tomba amoureux d'une fille du Sud... Une Andalouse très belle, dont la famille avait émigré dans la région, et qu'il avait aperçue un jour de foire à Besalu. Il l'épousa. On répète qu'il en était très amoureux. Elle donna naissance à un enfant qu'on nomma Josep. C'était mon père... Comme je te l'ai dit, celui-ci fut élevé par une sœur de mon grand-père. Dès la naissance de cet enfant, les gens prétendirent qu'on ne vit presque plus le couple. Lui venait de moins en moins à Besalu. Un jour, mon grand-père et sa femme disparurent. Personne ne sut ce qui s'était passé. Le temps passa et, ne les voyant plus, on commença à se poser des questions, à en parler. Ils s'étaient évanouis, tous les deux...

Félix s'étonna :

— Évanouis ?

— Oui, évanouis, évaporés, bref Can Cargol était apparemment désert... Ce fut le fermier qui vivait à la massia qui donna l'alerte. Il vint expliquer à la famille que, depuis des semaines, il n'y avait plus personne à Can Cargol et qu'il n'arrivait plus à s'occuper des animaux laissés à l'abandon. Les membres de la famille finirent se rendre sur place... Ils trouvèrent la maison ouverte à tous vents, fouillèrent partout et constatèrent qu'elle était déserte, abandonnée. Un désordre indescriptible régnait un peu partout. Mes grands-parents avaient vraiment disparu...

Il fit un mouvement, pour dégager son bras qui commençait à s'ankyloser. Nuria s'était tue, perdue dans ses pensées. Aussitôt, elle reprit :

— ... Pendant des mois, on les rechercha. On mobilisa des escouades entières d'hommes de la Benemerita, la Guardia civil de l'époque. En vain... Les mauvaises langues finirent par chuchoter que ma grand-mère s'était sans doute enfuie avec les Gitans qu'on avait vu errer dans le pays, à la même période, et que mon grand-père, poussé par le chagrin, avait émigré sans avertir personne. À l'époque, on n'avait pas prêté garde au message sur le mur. Peut-être, aussi, que les hommes et les femmes qui pénétrèrent dans la maison étaient tous illettrés !...

Avec sa main posée sur le torse de Félix, elle jouait distraitement avec sa toison. Ses doigts voletaient, légers et adroits, parmi les touffes emmêlées, collées de sueur.

— Ce n'est que lorsque l'Alcade de Crespia se rendit sur place pour faire les constats officiels qu'on apprit l'existence de ces mots étranges gravés sur le mur. Cette découverte mit le feu à la rumeur. Les langues s'agitèrent...

Pendant qu'elle continuait de parler, sa main descendait avec une lenteur énervante tout au long du corps de Félix. Ses doigts frôlèrent son ventre en une caresse insidieuse. Elle sentit l'émoi qui le gagnait et se serra contre son flanc, collant son ventre contre sa cuisse. Comme un foyer qui couvait sous la cendre et qui repart, le désir réapparut soudain. Apparemment, indifférente au trouble qu'elle créait, elle continua :

— ...Alors on supposa qu'il l'avait tuée dans une crise de folie ou de jalousie. La jalousie, tu comprends ?... On reprit les recherches, on fouilla les alentours mais on ne trouva rien. Ma grand-tante et son époux, qui vivaient toujours à Besalu, adoptèrent mon père qui n'était alors qu'un bébé et Can Cargol fut définitivement abandonné. Quelques années plus tard, alors que j'étais déjà une adolescente, on décida même de mettre en vente le domaine... Mais jamais personne ne se présenta pour l'acheter. La famille fut forcée de garder cette propriété sans y habiter. Les mauvaises langues du pays et leur imagination firent le reste. Ils parlèrent de crime et de fuite. Une légende maléfique entoura désormais Can Cargol. Personne ne voulut plus y séjourner et encore moins l'acquérir.

Sous la cuisse repliée de Nuria, le sexe de Félix se redressait peu à peu. Il s'en voulait un peu de sentir son désir pousser comme un arbre, au bas de son ventre, mais la caresse et la proximité insistante de la fille le rendaient, encore une fois, fou d'une envie insurmontable.

— ... Et puis tu es venu, poursuivit-elle comme si elle ne remarquait pas le trouble de Félix, et tu as dit à tout le monde que tu t'intéressais à Can Cargol... Tu étais le premier ! C'était un signe... C'est à cause cela que je j'ai accepté de te rencontrer ! Cette maison et toutes les terres qui l'entourent autour sont à moi !... À moi, tu entends !

Avec une brusquerie surprenante, gardant la main posée sur son sexe, elle s'était relevée, le serrant fort comme si elle en prenait possession. Elle le fixait, et, dans la lumière dansante des lampadaires que le vent bousculait, sur la place, il perçut encore une fois cette lueur un peu folle qui dansait dans son regard. Le visage fermé, elle paraissait brûler d'un incroyable feu intérieur.

— Tu me fais mal, Nuria ! Arrête !...

Au lieu d'obéir, elle resserra la prise de ses doigts sur son membre. Dans le même temps, elle lui imprima un léger mouvement de va-et-vient.

— ... Tout m'appartient, là-bas, gronda-t-elle agressive. Je suis la maîtresse de Can Cargol, tu comprends ça, toi, l'étranger ?...

La brutale masturbation s'accéléra. Cette caresse trop brutale arracha une plainte à Félix. Son excitation balançait entre douleur et plaisir.

— Tu veux vraiment posséder cette maison ? La légende ne te fait pas peur, à toi, comme elle épouvante tous ces couards, hein ? Tu la veux, dis-moi ? Tu la veux cette massia maudite ?...

Immergé dans un plaisir trouble, vaincu par la violence qu'il découvrait en cette fille, soumis à la perversité brutale de la caresse qu'elle lui prodiguait, anéanti par ce désir ressuscité, Félix ne put que geindre, au bord de la jouissance, les yeux révulsés, la tête rejetée en arrière.

— Je veux que tu me le dises, insista-t-elle en le masturbant de plus en plus rapidement...

Soudain, elle lâcha le sexe turgescent et, d'un coup de rein, se hissa à califourchon sur son ventre.

Elle était tellement inondée de désir qu'à peine écartelée sur lui, d'un seul mouvement de la croupe, elle s'empala au plus profond. Ce fut très bref. Ils crièrent leur plaisir en même temps. Insatiable, elle recommença Sa poitrine dessinait un rythme dans l'espace, ses hanches allaient et venaient dans une chevauchée éperdue. Elle le crucifiait sur les draps froissés, les mains crispées sur ses poignets, comme si elle voulait le terrasser.

— Tu veux Can Cargol ! Tu le veux, hein ?

Malgré le plaisir qui montait, elle gardait un masque dur et fermé, le regard fixe. Elle guettait sur le visage de l'homme tous les signes de sa victoire.

— ... Alors, écoute moi bien, toi le Français ! Si tu veux Can Cargol, et tu le veux vraiment, hein ? Et bien moi, je te le donne ! Oui, je te le donne pour rien ! Une seule condition ! Je veux que tu m'aimes !

Ce fut à peine si le cerveau de Félix enregistra ce que lui disait la fille, tellement il était noyé de plaisir.

À peine s'était-elle tue, qu'elle se remit à rouler frénétiquement des hanches sur son ventre. Une vague de jouissance le submergea. Un râle sourd et continu recommença à sourdre de ses lèvres serrées, rythmé par les coups de boutoir que lui imposaient les mouvements insistants de ce corps qui pesait sur lui.

Dans sa tête, l'univers tout entier bascula.

Chapitre 8

— Vends tout ! À n'importe quel prix !

Il y eut un long silence à l'autre bout de la ligne. Lorsque la voix de Jean-Paul lui parvint à nouveau, elle paraissait pleine d'inquiétude :

— C'est invraisembable ! Tu es devenu complètement dingue, plaidait-il... Fou à lier !...

Félix soupira. Impatient. L'avocat reprit :

— Oui, je te le répète, Félix, en vendant ton restaurant ainsi, tu vas réaliser la plus mauvaise affaire possible ! Et ce ne sera pas de ma faute. Tu es devenu dingue, tu le sais ?

Ironique, Félix l'interrompit :

— Crois ce que tu veux, Jean-Paul. Si cela peut te faire plaisir, pense ce que je suis devenu fou, je m'en fiche ! Tu peux même croire que je suis un extraterrestre, si ça t'arrange, mais je te le répète, vends tout, puisque les Américains veulent acheter !... Je leur laisse le resto, et en prime mon nom sur l'enseigne pour qu'ils puissent l'imprimer sur leurs foutues conserves et barquettes sous vide pour supermarchés, et même sur des boîtes en carton pour fastfood, si ça leur chante ! Je te le redis, je m'en contrefiche !

La ligne était mauvaise. Les mots que prononçait son avocat, Jean-Paul Silberstein, semblaient provenir de très loin, de l'autre bout de l'univers.

L'avocat capitula :

— Si c'est ce que tu veux, je le ferais... Après tout, c'est ta vie, ta carrière, ta réputation, ton restaurant et, surtout, c'est ton fric.

Félix respira.

— Hé bien voilà ! On y est arrivé ! Tu as pigé ! Avoue que tu y as mis le temps… Lorsque que les négociations seront achevées, préviens-moi ! Tu prépareras les actes de vente et, à ce moment-là, à ce moment-là seulement, je te dirai où je suis pour que tu puisses me les apporter afin que je les paraphe...

Jean-Paul se racla la gorge :

— Tu veux dire que tu ne viendras même pas à Paris pour signer ?

— Non ! C'est toi qui viendras avec le représentant des acheteurs. C'est à prendre ou à laisser… Je crois que tu n'as pas bien compris : je ne remettrai plus jamais les pieds à Paris. Jamais !

Cette conversation épuisait Félix. Il en avait assez d'insister pour que les choses se règlent comme il le voulait. Il tapota nerveusement le combiné de son index.

— Et surtout n'oublie pas, Jean-Paul !… Je veux être payé en liquide et au moment de la signature. Tu entends ? Toi, tu prélèveras ta commission et tes honoraires à ce moment-là, comme il se doit…

Il détourna les yeux. Nuria dormait encore. Elle était étendue sur le lit, bras et jambes dans tous les sens. Elle était semblable à une suppliciée dont le corps aurait été disloqué. Le drap voilait à peine sa nudité.

Tout en parlant, Félix la regardait. La chevelure sombre couvrait tout l'oreiller et la bouche, fermée sur ce pli volontaire qu'il connaissait si bien, désormais, lui donnait l'air d'une enfant boudeuse. Elle dormait comme elle vivait, avec entêtement, en lutte contre le monde entier, et pourtant tellement fragile, tellement vulnérable. Une émotion soudaine l'envahit. Dès qu'il la voyait, comme ça, cette fille suscitait en lui une émotion qu'il ne parvenait pas à contenir et qu'il ressentait toujours avec la même surprise, comme une découverte surprenante. Il détourna les yeux. Il ne voulait pas céder à ce désir qu'il sentait malgré tout renaître tout au fond de ses entrailles.

— ... Et Gillian ? questionna-t-il à voix basse, voilant le combiné de la main et jetant un regard furtif en direction du lit. Que dit-elle de mes propositions ?

À l'autre bout du fil, l'avocat hésita. Il semblait qu'il était gêné. Après un blanc, il expliqua :

— Elle s'oppose à l'idée d'un divorce. Elle parle d'abandon de domicile conjugal et de...

— Merde, interrompit Félix ! Qu'est-ce qu'elle espère de plus ? Essaye de la convaincre. C'est ton boulot, non !?

— La convaincre ? Je te jure que je ne fais que ça... Et même, je vais te dire, je crois qu'elle pense sérieusement que tu vas revenir, qu'il ne s'agit que d'un malentendu passager entre vous, un simple coup de tête...

Félix eut encore une fois l'impression que Jean-Paul interrogeait quelqu'un avant de lui parler. Ce dernier fit une pause, avant de continuer :

— Pour tout te dire, moralement, elle est dans un état lamentable. Elle fait peine à voir, crois-moi. Elle refuse de sortir de votre appartement et passe son temps à attendre, assise près du téléphone... Elle croit que tu vas l'appeler.

L'image de Gillian attendant devant le téléphone se forma dans l'esprit de Félix. Il secoua la tête, irrité. Cela sonnait faux.

— Dis-lui que ce n'est pas la peine qu'elle attende, je n'appellerai pas !

— Pourtant, il me semble que tu devrais le faire...

Refusant d'envisager ce contact, Félix coupa court. Il ne voulait pas recommencer cette discussion à propos de Gillian, de sa fuite et de l'éventualité d'un retour à Paris.

Chaque fois qu'il appelait Jean-Paul, il entendait la même litanie. Désormais, il avait besoin que tout se passe très vite. Il voulait recommencer à vivre. Il ne se sentait plus la force de parlementer à l'infini ni avec Gillian ni avec Jean-Paul. Il voulait en finir, tout simplement. Depuis qu'il s'était éveillé, après cette première nuit passée avec Nuria, encore plus qu'auparavant il avait la certitude que sa vie basculait dans une autre dimension, dans un autre espoir, un rêve différent. Can Cargol occupaient désormais toutes ses pensées. Du moins, il tentait de s'en persuader.

— ... Je ne le ferai pas et tu le sais très bien ! trancha-t-il excédé. D'ailleurs, dis-lui bien que si elle refuse le divorce, elle sera la plus emmerdée, parce que moi, je m'en fiche ! Par contre, si elle accepte, en plus d'une pension confortable, je lui ferais cadeau de l'appartement du Quai des Grands-Augustins. Peut-être que cela la décidera. Je te rappelle que, sur tes conseils, nous nous sommes mariés sous le régime de la séparation de biens. Elle ne peut donc prétendre à rien et rien exiger de plus qu'une pension alimentaire. Puisqu'elle aimait tellement son métier, elle pourra recommencer à bosser avec ces chers amis de la mode. Ça l'occupera, non ? Ce qui est sûr, c'est que ma décision est irrévocable et définitive, dis-le lui bien, répéte-le lui !...

L'avocat toussota comme s'il était gêné :

— Je le lui dirai, compte sur moi, mais tu es témoin que j'aurais tout tenté, plaida Jean-Paul. De toute manière, tu es une vraie tête de mule...

Au grand soulagement de Félix, la conversation s'achevait. Après une rapide formule d'adieu et la promesse de le rappeler sous trois jours, Félix reposa le combiné et jeta un coup d'oeil par la fenêtre.

Le soleil, revenu après les orages, grillait joyeusement les toits et les façades de la petite cité. Les trombes d'eau, la boue, l'infinie tristesse de ces derniers jours étaient effacées. La place était déserte et silencieuse, noyée sous cette chape de métal fondu. Il était l'heure de la sieste. Félix regarda sa montre. Il était tard. L'après-midi finissait. Depuis que Nuria était venue le rejoindre, ils n'étaient pratiquement plus sortis de cette chambre. Félix était descendu pour chercher de quoi boire et s'alimenter. Ils avaient passé tout leur temps à faire l'amour, à dormir et à parler.

Nuria était intarissable lorsqu'elle parlait de Can Cargol. Félix l'écoutait, fasciné. Il imaginait la grande maison qui reprenait vie. Presque malgré lui, comme si ce que lui disait la jeune femme provoquait son imagination et un nouvel espoir, il dessinait dans sa tête le plan de reconstruction de la grande massia.

Elle lui avait raconté tout ce qu'elle savait sur la grande massia et son histoire. Elle l'avait fait avec un sérieux et une retenue assez insolite, chez elle, qui lui avait donné l'impression qu'elle lui révélait des secrets et qu'il avait été « choisi » pour les entendre.

De nombreuses fois, au cours de ces conversations, elle lui répéta que, désormais, cette maison et les terres qui la jouxtaient étaient à lui. À chaque fois, elle lui demandait s'il l'aimait avec, dans le regard, une lueur étrange et inquiétante. Par pudeur, et aussi parce qu'il n'arrivait pas à mettre vraiment de l'ordre dans sa tête, il n'avait jamais répondu clairement, esquivant cet engagement, mais, peu à peu, cédant à la sensualité brutale de cette fille, il avait fini par acquiescer et avait prononcé, du bout des lèvres, les mots qu'elle voulait entendre.

Il se sentait un peu ridicule lorsqu'elle lui demandait de répéter cette formule qui, pour elle, paraissait magique. Il avait la sensation qu'elle l'obligeait, qu'elle lui faisait signer une sorte de pacte. Il trouvait cela puéril, mais n'avait pas trouvé le courage de le lui dire. Elle alla même jusqu'à lui imposer un curieux serment. Des mots naïfs et solennels qu'il dut lui répéter et par lesquels il jurait d'être à elle, rien qu'à elle et à Can Cargol, pour tout le restant de sa vie ! Avec docilité, il avait répété ce curieux jurement. Dès lors, malgré lui, il s'était senti engagé par quelque chose qui le dépassait, grotesque aussi, à devoir énoncer cette promesse pleine de naïveté.

Elle le surprenait par ce côté enfantin plein d'apparente candeur, mais pourtant rempli de cette fougue et de cette sensualité dominatrice qui émanaient d'elle lorsqu'ils faisaient l'amour. Il découvrait qu'après toutes ces années de lutte, il était agréable de savourer cet extraordinaire plaisir de se laisser glisser, de se laisser guider. Cette situation toute neuve pour lui, lui procurait une jouissance et des sensations inconnues, plus fortes, plus aiguës.

À chaque fois qu'il acceptait de jouer à ce jeu, dont les règles n'avaient pas été précisées entre eux, elle devenait plus provocante, plus attirante, plus troublante. Elle l'excitait avec une spontanéité perverse. Elle jouait de cette surprenante séduction naturelle avec une maestria qui enflammait ses sens et son esprit au point de le laisser pantelant, physiquement anéanti, prêt à tout.

Dans ces moments-là, lorsqu'elle le sentait à sa merci, elle devenait très autoritaire. C'était elle qui lui faisait l'amour avec une brutalité extrême. Elle le violait presque, et lui proposait des gestes et des attitudes que Félix n'imaginait même pas qu'elle connaisse. Quand le paroxysme de leur excitation à tous deux était atteint, magiquement, elle entrait en transe. Elle devenait alors la grande prêtresse d'un culte voluptueux.

Cette manière de faire l'amour était une découverte pour Félix qui, jusque-là, avait toujours dû prendre l'initiative avec toutes les femmes qu'il avait connues. Même avec Gillian, il avait été contraint, à chaque fois, d'imaginer, de séduire, de convaincre, pour qu'elle accepte de le suivre dans ses fantasmes et ses délires amoureux.

Nuria changea brusquement de position. Elle se mit à plat ventre, offrant son dos au regard de Félix. Le souffle coupé, il admira le grain de cette peau mate et satinée qu'il connaissait maintenant millimètre par millimètre. Un instant, il fut tenté de tendre la main et de caresser, du bout de ses doigts, cette plaine de chair. De peur de la réveiller, il retint son geste. Tout à coup, il sentit qu'il fallait qu'il bouge, qu'il sorte de ce rêve qui, depuis deux jours et trois nuits, lui avait fait perdre la notion du temps. Il avait besoin d'air. Il s'habilla et descendit faire le plein de la voiture qui, depuis plus d'une semaine, était garée sur la place, devant l'hôtel. Il revint ensuite pour chercher Nuria dans le but de l'emmener jusqu'à la massia.

À force d'entendre parler de Can Cargol, de rêver de cette maison, il avait éprouvé un urgent besoin d'y retourner, de la revoir, de nouveau toucher les vieilles pierres de ses murs. Il voulait s'assurer que ce lien incompréhensible, qui paraissait désormais les relier, était bien réel et, surtout, vérifier que l'émotion ressentie le premier jour, lors de la découverte du lieu, se reproduirait.

Et, cette fois, il voulait le faire avec Nuria à ses côtés.

Le soleil commençait à plonger vers la crête les collines. Celles-ci étaient noyées d'une brume de chaleur qui les voilait légèrement. Sur la route, à part quelques véhicules qui roulaient en sens inverse, Félix n'avait croisé personne. De chaque côté de la voiture, les broussailles et les arbres défilaient avec lenteur, comme dans un film au ralenti. Nuria était lovée en chien de fusil sur le siège du passager et regardait distraitement par la portière. Elle paraissait distante comme après une dispute. Le regard de Félix allait alternativement de la route au profil de la jeune fille. Il se demandait pourquoi elle paraissait tellement crispée. Il avait eu du mal à la convaincre de faire cette balade à Can Cargol. Pour la décider, il avait beaucoup insisté. Elle avait fini par céder, mais apparemment à contrecœur.

Il surveillait la route, car il ne se souvenait plus très bien de l'endroit où débutait le petit chemin pierreux qu'il fallait emprunter pour se rendre à Can Cargol. Tout ce qu'il savait, c'était que celui-ci prenait naissance dans un tournant. Nuria prostrée, muette, se conduisait comme si elle appréhendait cette visite. Quelque chose, dans sa position, dans son attitude, intriguait Félix. Au fur et à mesure qu'ils approchaient de Can Cargol, elle paraissait se contracter. Un instant, il eut l'impression qu'elle avait peur ou qu'elle redoutait quelque chose.

Plongé dans ses pensées, il faillit manquer l'intersection de la route et du chemin. Il donna un brusque coup de volant à droite. Il venait de reconnaître l'endroit. Surprise Nuria cria. Le véhicule se mit à cahoter dans le chemin raviné et défoncé par les trombes d'eau des récents orages. Devant le nombre de trous et d'ornières, il songea un instant à s'arrêter et à continuer à pied. Il décida de persister et d'aller en voiture jusqu'à cette esplanade qui se situait entre la petite l'église, la fermette et la grande massia. Il craignait qu'en s'y rendant en marchant, Nuria se sauve ou refuse de pousser jusqu'à Can Cargol. Il voulait absolument revoir la bâtisse avec elle. Il désirait être bien certain de son attrait pour cet endroit et de sa volonté d'y vivre.

Vingt fois, il entendit des chocs sourds sous la tôle du plancher. Vingt fois, malgré lui, il freina et roula au pas, afin de ménager son pot d'échappement.

Lorsqu'ils arrivèrent enfin, Félix soupira de soulagement. L'automobile glissa le long du mur qui bordait la vieille église. Celle-ci lui parut aussi rébarbative que lorsqu'il l'avait découverte, la première fois. Il se gara juste devant l'immense ruine et coupa le contact.

La masse imposante de la bâtisse, qu'il apercevait à travers le pare-brise, le frappa par sa hauteur et sa densité. Il se tourna vers Nuria et, surpris, constata qu'elle s'était redressée et se tenait très droite contre le dossier de cuir, dans une curieuse position. Elle semblait en alerte, aux aguets. Il remarqua qu'elle fermait les yeux, le visage crispé. Elle paraissait attendre que quelque chose se produise. Elle paraissait très tendue. Pendant qu'elle hésitait, une question virevoltait dans son esprit : que craignait-elle donc ?

Avec douceur, il posa sa main sur son bras dans un geste d'apaisement...

— Est-ce que ça va ?

Il se sentait vaguement inquiet. Ne sachant quelle attitude adopter, pris d'un élan subit, il se pencha vers elle et déposa un baiser sur son épaule. Elle tressaillit comme s'il l'avait brûlée et se retira dans un surprenant et puéril mouvement de défense.

— Je t'en prie, réponds-moi... Ça ne va pas ? Est-ce que tu te sens mal ?

Elle ne répondit pas. Son visage avait pris la dureté de la pierre. Sans prévenir, un sanglot la fit tressaillir, des larmes apparurent aux bords de ses paupières, puis roulèrent jusque sur ses joues.

Désarmé face à cette émotion soudaine et incompréhensible, Félix sortit du véhicule et en fit le tour. Il ouvrit la portière du côté passager et tenta de la rassurer en lui caressant doucement la main.

— Pourquoi pleures-tu ?... Tu me ne veux pas me le dire ?

Comme elle restait de marbre, il se redressa et jeta un regard autour de lui. Tout était comme dans son souvenir. La massia, couvertes de ronces enchevêtrées, ressemblait à un énorme paquebot échoué en pleine terre. La ruine lui parut toujours aussi mystérieuse, toujours aussi attirante. L'église, derrière lui, dressait ses murs de pierres grises. Elle paraissait irréelle dans cette atmosphère vibrante de lumière et de chaleur. La petite ferme, hormis les canards et les poules assoupis dans la poussière sous l'ombre de l'auvent de vigne, paraissait inhabitée, comme lors de sa première venue. Encore une fois, Félix eut l'impression très nette que quelqu'un les observait de l'intérieur de la masure. Il haussa les épaules.

— Tu viens ?

La voix de Nuria le fit sursauter. Il se retourna d'une pièce. Elle était sortie du véhicule et tapotait sa robe pour en faire tomber la poussière. Le souffle coupé, il ne put que constater à quel point elle était resplendissante dans cette lumière mordorée de la fin de l'après-midi. Il s'approcha d'elle. Ses yeux brillaient, encore humides. Un maigre sourire, un peu forcé, lui donnait un air tragique. Elle était pâle, presque livide, malgré son hâle naturel et la lumière incendiaire du couchant.

— Veux-tu entrer avec moi ? questionna-t-il, intrigué par ce revirement inattendu de la jeune Catalane.

Elle hocha brièvement la tête et lui tendit la main. À cet instant, elle avait l'air d'une gamine malheureuse, effrayée, et sous le coup d'une forte émotion.

— Viens, reprit-il sur un ton faussement joyeux, je vais te faire visiter « ta » maison.

Serrant sa main dans la sienne, il l'entraîna vers la voûte qui s'ouvrait dans le mur d'enceinte et par laquelle il avait pénétré dans la cour intérieure puis dans la maison, lors de sa première incursion.

Derrière l'enceinte, dans la cour intérieure, tout était exactement comme il s'en souvenait. Soudain, il eut la curieuse impression d'être venu souvent, de parfaitement connaître les lieux, et ceci de bien plus longue date que le simple souvenir de sa première visite. Tout se passait comme si une mémoire, ignorée jusque-là, se réveillait, s'activait, comme s'il avait déjà vécu à cet endroit...

Nuria le suivait en marchant à petits pas hésitants, évitant les ronces qui couraient au ras du sol et les tas de gravats qui faisaient obstacle à sa marche. Sa démarche était incertaine Elle trébuchait et s'accrochait au bras qui la conduisait.

Félix avait soudainement envie de tout revoir, de tout réexplorer une nouvelle fois, avec elle. Une sorte de fièvre le gagnait sans qu'il comprenne pourquoi. Il se sentait comme quelqu'un qui revient dans un endroit connu. Impatient, il tirait Nuria derrière lui.

Il lui fit passer cette porte à moitié éboulée qui donnait dans le grand couloir du rez-de-chaussée de la massia. Pour y accéder, il écarta d'une main une grappe de fleurs orangées suspendues à des lianes fines afin de lui frayer un passage. Tout de suite, une forte odeur de paille pourrie et de moisi atteignit leurs narines. Devant le mouvement de recul de la jeune femme, il expliqua :

— Je crois que c'était l'étable, Nuria. La paille a pourri et c'est sans doute la cause de cette odeur...

Du bras, il désignait l'immense salle voûtée dans laquelle on discernait la longue mangeoire de bois noirci, courant tout au long de la paroi.

Dans l'ombre, il ne discernait plus le visage de Nuria, mais il la sentait attentive, regardant partout avec vive curiosité. Un instant, il perçut le côté invraisemblable de la situation. Elle était la descendante de ceux qui avaient habité cette maison et c'était lui, l'étranger, lui, le nouveau venu, qui la guidait au sein même de son domaine. À la seconde où il réalisait l'incongruité de ce moment, une idée lui traversa l'esprit : « Et si je n'étais pas vraiment un étranger à Can Cargol ? » Il grimaça dans la pénombre et se traita de fou. Il avait sans doute trop d'imagination. Cette maison l'attirait, c'était un fait indéniable. Il se sentait lié à elle par des fils ténus qui appartenaient certainement à une conscience différente, à une situation altérée de son esprit et de sa mémoire. Il avait été tellement impressionné dans un moment où il était en état de fragilité psychologique, le matin de son arrivée, que, peut-être, il fallait trouver là une explication à cette étrange sensation d'être lié à cette colossale demeure, à ce lieu qui laissait suinter de ses pierres toutes les histoires de ceux qui l'avaient hantée. Peut-être aussi qu'ils en avaient tellement parlé, Nuria et lui, depuis quelques jours, qu'on pouvait raisonnablement opter pour une fantaisie de son esprit et de son imagination, tous deux imprégnés par leurs conversations récentes.

— Cette maison agit sur moi comme une drogue, comme un piège, songea-t-il fugitivement.

Il se tourna vers Nuria qui ne disait mot. Elle le regarda avec cette drôle de flamme dans les prunelles, puis, dans un élan inattendu, se serra contre lui. Il constata qu'elle s'était calmée et paraissait ne plus avoir peur. Au contraire, elle était tout à coup étrangement sereine.

Cette fille le déconcertait autant qu'elle le séduisait avec ses sautes d'humeur, ses réactions imprévisibles. Il se demanda s'il était véritablement amoureux d'elle ou s'il acceptait ses excentricités, son impudeur, ses bizarreries, à cause de cette solitude toute neuve ou du puissant désir qu'elle lui inspirait. Il était vrai que, par moments, il la désirait avec une intensité extraordinaire et, qu'à d'autres, elle le glaçait. Malgré cela, il savait que, désormais, elle était indissociable de l'image qu'il se faisait de sa vie à venir. Il n'arrivait plus à imaginer les quitter, elle et Can Cargol. Il sentait intuitivement qu'il était arrivé au bout d'un chemin et que c'était ici, et avec elle, qu'il allait vivre désormais. Cette certitude s'imposait à lui comme une évidence.

— Viens, allons par là, commanda-t-il en l'entraînant vers l'escalier, ici, il n'y a que cette étable et des espèces de cave ou réserves totalement vides. Tes grands-parents vivaient probablement là-haut, dans les étages... Viens, suis-moi, allons voir...

Il parlait avec une volubilité qui ne lui était pas coutumière. Elle suivit sans dire un mot. Dans la grande salle voûtée, il évita soigneusement l'endroit où les mots étaient gravés dans le mur. Il ne voulait pas troubler cette exploration par une vision dramatique.

Ils parcoururent toute la maison. Du bas jusqu'en haut. Ils s'arrêtaient partout, fouillaient dans un placard, dans un amas d'objets, déplaçaient une planche, poussaient des portes, riant comme des enfants curieux de tout voir, de tout découvrir.

Lorsqu'ils arrivèrent dans la pièce où Félix avait dormi le jour de son arrivée, il lui montra le lit et lui raconta son arrivée, sa fatigue, et son angoisse lorsqu'il avait été réveillé par cet inconnu bizarre.

Comme lui, elle estima qu'il s'agissait probablement du paysan qui vivait encore dans la petite ferme voisine de la massia. Nuria s'approcha de la couche, s'arrêta près du chevet, et regarda ce lit poussiéreux comme si elle ressentait une émotion particulière à découvrir cette couche abandonnée depuis si longtemps. Elle ne riait plus.

Félix se figea, conscient que, depuis tout à l'heure, quelque chose avait imperceptiblement changé en elle. Quelques secondes passèrent sans que ni l'un ni l'autre ne fassent le moindre geste. Puis Nuria se retourna comme si rien ne s'était passé en elle. Elle montrait un visage normal, peut-être juste un peu plus attentif qu'auparavant. Félix remarqua que le sourire qu'elle affichait était démenti par la lueur fiévreuse qui flambait dans ses yeux. Il n'osa la questionner. Une curieuse alchimie s'était opérée en elle et il le ressentait. Elle s'approcha de lui avec une curieuse lenteur. Elle paraissait réfléchir avec intensité. Brusquement, elle passa ses bras autour de son cou et colla son corps contre le sien, puis comme une gamine effrontée, elle se hissa sur la pointe des pieds et tendit son visage vers le sien.

— Embrasse-moi, souffla-t-elle. Embrasse-moi, vite !

Il se contracta, surpris. À chaque fois, cette fille le décontenançait. Dans la même seconde, elle passait de la plus grande réserve à la provocation la plus inattendue sans qu'il puisse le prévoir. Cette manière d'agir le mettait mal à l'aise. Il avait l'impression de ne plus contrôler la situation. Il ne pouvait s'empêcher de penser qu'il devenait le docile jouet de cette femme.

Il tenta de résister, mais, sans attendre, la bouche de la jeune femme chercha la sienne. Ses lèvres se plaquèrent aux siennes. Elle l'enserra de ses deux bras et se suspendit à son cou, le forçant à admettre à son baiser. Consentant, troublé, encore une fois vaincu, il se laissa aller. Cette langue qui s'insinuait entre ses dents, qui le pénétrait, lui enlevait toute volonté. Il répondit à son baiser. Nuria prolongea l'étreinte. Longtemps. Puis, un de ses bras glissa le long de son dos pour venir flatter ses reins en une caresse énervante. Il frissonna. La main de Nuria, qui avait hésité sur sa hanche, le frôlait au plus intime au travers de l'étoffe de son pantalon de toile. Le souffle lui manqua.

Soudain, griffant le tissu, elle empoigna son membre et l'enserra avec force. Il faillit crier. Tout doucement, avec une lenteur énervante, elle commença un mouvement de va-et-vient. Elle le masturbait. Peu à peu, elle augmenta le rythme de son poignet. Les allers-retours qu'elle imprimait à son poing devinrent rapides et violents. Il se mit à gémir. Collée à lui, elle se plaquait contre son corps avec une force surprenante, ses lèvres buvant son souffle comme si elle s'abreuvait de sa respiration, comme si elle aspirait son plaisir naissant. Il était à bout. Le désir lui griffait les reins.

Soudain, comme si elle répondait à un mystérieux signal, elle l'abandonna et dégrafa rapidement son pantalon. Elle s'empara de son sexe gonflé. Sans le lâcher, elle fléchit les jambes. Accroupie devant lui, jambes écartées, elle le prit goulûment dans sa bouche.

Ce fut comme une délivrance. Il baissa les yeux. Il ne voyait plus que la masse de cheveux noirs à la hauteur de sa ceinture. Il serra les dents sur un râle de plaisir qui remontait du fond de sa gorge et débordait ses lèvres. Rauque, violent, animal

Couchés sur le lit poussiéreux, ils restèrent longtemps étendus côte à côte. Félix regardait les traits de lumière qui passaient par les fentes des volets disjoints à l'autre bout de la pièce. Dehors, la lumière déclinait. Une atmosphère lourde et étouffante avait envahi la pièce. L'ombre qui naissait créait des formes irréelles autour d'eux. Il se demanda si, une fois de plus, il ne rêvait pas.

D'une main distraite, Nuria jouait avec son sexe amolli, comme si elle regrettait qu'il ne puisse se redresser.

— Tu sais, je ne sais pas si tu m'as vraiment crue, mais c'est la vérité vraie. Je te donne Can Cargol, chuchota-t-elle comme pour elle-même. Je te donne la maison, le domaine ! Je te donne tout ! Tu me crois ?

Félix tourna la tête, envahi par une vague de tendresse. Il passa sa main sur ses cheveux et se pencha pour déposer un baiser sur le front de Nuria.

— Tu as de l'argent, questionna-t-elle soudain ?

Il crut avoir mal entendu.

— ... Je te demande si tu as de l'argent, chez toi, là-bas, à Paris ?...

Elle le regardait à nouveau avec cet air grave et buté qu'elle prenait lorsqu'elle était confrontée à une difficulté. Impatiente, elle n'attendit pas sa réponse :

— ...Parce qu'il faudra payer les taxes en retard ! C'est obligatoire. Sinon, jamais on ne pourra habiter ici... Le notaire te dira tout ça, quand nous irons signer les actes...

Pour Félix anéanti de plaisir, tout allait trop vite. Il voulut le lui dire, mais elle ne lui en laissa pas le temps. Elle plissa le front comme si elle réfléchissait avec intensité, puis, péremptoire et entêtée, elle continua son monologue :

— ... Tu comprends, il faudra aussi de l'argent pour tout reconstruire et tout meubler, avant de nous installer.

« Nous installer ? » Il faillit éclater de rire tellement cette certitude, proclamée à cet endroit, à ce moment-là, lui parut saugrenue.

Décidément, cette fille n'était pas ordinaire. Elle avait le don de le dérouter. Avec cette manière d'être imprévisible, naïve même, elle le faisait jubiler et, dans le même instant, la même seconde, elle parvenait aussi bien à l'inquiéter qu'à lui faire peur. Tout ce qu'ils avaient échaffaudé dans leurs moments de délire commençait à prendre un tour trop sérieux. Il tenta de parlementer :

— Écoute Nuria, il nous faut un peu de temps pour parler de tout ça...

Il ne trouvait pas les mots.

— ... Je ne peux pas accepter cette maison comme ça, sans la payer, Nuria ! C'est une folie ! Je veux dire que je ne peux pas accepter cette propriété comme ça, en cadeau, plaidait-il, mal à l'aise. Tu me comprends, j'espère ?

Bondissant sur le lit, elle l'interrompit, le regard noir de fureur :

— Mais, tu m'as dit que tu m'aimais !

La voix soudain haut perchée, elle criait.

— C'est toi qui ne comprends pas ! Moi, je te donne la maison et tout le domaine de Can Cargol, pour que tu l'aimes et pour que tu m'aimes ! Pour que tu le reconstruises ! Pour que nous puissions y habiter, y vivre ! Ensemble, rien que nous deux ! Pour que Can Cargol redevienne comme il était dans le temps, pour qu'il revienne à la vie !

À genoux sur le lit, les mains posées sur sa poitrine, elle le dominait. Furie. Elle vibrait de colère et de passion. Sa respiration était devenue saccadée et sifflante. Il réalisa qu'elle se conduisait comme une vraie folle.

Mentalement, il se dit que ce projet de rester ici, d'acheter cette maison, de la restaurer, était aussi du domaine de la démence pure, et que même sa fascination pour cette ruine et pour cette fille qui en demeurait la propriétaire, l'était encore plus.

En plein délire, elle hurlait :

— Tu ne veux plus ! Je savais que tu mentais, que tu me mentais !... Je le savais !

Effrayé par cet accès de colère et de désespoir, Félix essaya de la calmer. Il l'attira contre lui :

— Nuria, je t'en prie, calme-toi ! Je vais tout t'expliquer...

Elle se rebiffa. De plus en plus furieuse :

— Laisse-moi, tu n'es qu'un menteur ! Un menteur, comme tous les autres ! Je te déteste !

— Mais, Nuria, laisse-moi t'expliquer, plaida-t-il, impuissant devant la vindicte de la fille. Ce n'est pas ce que j'ai voulu dire...

Elle frémissait. Indignée. Dans l'ombre grandissante, et qui envahissait peu à peu la pièce, elle n'était plus qu'une forme penchée au-dessus de lui. Il tenta de se faire entendre en haussant le ton :

— Écoute-moi, Nuria !... La maison, je la veux ! Je te le jure ! Et toi, et bien je te veux aussi, là, tu es contente, non ?!

Comme par magie, elle se calma.

Elle questionna :

— C'est bien vrai, ça ? Tu veux vraiment Can Cargol ? Tu me veux moi, aussi ?

Il hocha la tête.

Elle se laissa choir sur lui, écrasant sa poitrine sur la sienne, cherchant ses lèvres, les léchant à petits coups, glissant une jambe sur son ventre, se blottissant contre lui.

Un bref instant, Félix se demanda pourquoi il avait été aussi catégorique. Il avait le sentiment d'avoir commis une lâcheté. Une fois de plus, il eut l'impression de céder trop facilement à cette fille sans vraiment réfléchir, sans lui opposer de résistance, comme s'il se laissait dominer. Presque malgré lui, il poursuivit d'une voix calme et douce :

— Cette maison sera notre maison, Nuria, je te le promets...

En s'entendant prononcer ces mots, il eut la sensation de vivre deux réalités en même temps. Son esprit formulait un raisonnement et, sans qu'il sache ni comment ni pourquoi, il s'entendait dire le contraire. Il se demanda si, lui aussi n'était pas devenu complètement fou comme le pensait son avocat. Perdu dans ses pensées, il caressait machinalement le dos de Nuria. Tout lui échappait. De plus en plus, il sentait qu'il s'enlisait dans une situation qui le dépassait.

— On va rester ici, cette nuit. Je te ferai l'amour jusqu'à ce que le soleil se lève, s'entendit-il proposer sans que sa volonté y soit pour quelque chose...

À peine avait-il achevé sa phrase qu'elle bascula sur le côté dans un concert de grincements du sommier métallique, et l'entraîna dans son mouvement. Il se retrouva au-dessus d'elle. Elle s'offrait encore une fois. Félix ne put résister. Une ondulation sauvage agitait déjà ses reins.

Son esprit était déjà à feu et à sang.

Il la pénétra en hurlant comme une bête.

Plus tard, lorsque le calme revint, ils demeurèrent très longtemps soudés l'un à l'autre, comme s'ils ne voulaient pas, ni l'un ni l'autre, rompre le charme suave de leur plaisir commun qui déclinait lentement. Ils ne remarquèrent pas, près de la porte de la chambre, cette ombre courte et trapue qui, silencieuse et figée dans l'ombre, les observait depuis leur arrivée dans cette pièce.

Janvier 1936

— Je ne veux plus d'enfants ! Plus jamais !

La femme avait crié. L'homme se tenait debout devant le lit. Il la fixait, les dents serrées, en plein désarroi. Les carreaux glacés soudaient douloureusement au sol la chair nue de la plante de ses pieds. Sa longue chemise descendait jusque sur ses cuisses, masquant son excitation. La fièvre du désir faisait peu à peu place à une rage impuissante qu'il sentait monter en lui. Un froid mortel s'engouffrait sous le tissu qui battait ses jambes.

Il ouvrit la bouche :

— Pourquoi ?

La femme ne répondit pas. Elle enfonça sa tête dans l'oreiller, tirant sur elle les couvertures jusqu'à disparaître totalement.

— Pourquoi ? Dis-le moi, balbutia l'homme sur un ton plaintif...

Il regardait la masse de cheveux qui faisait une large tache noire sur le blanc de l'oreiller. La femme ne bougeait pas. Elle demeurait silencieuse. Elle se contenta de tapoter de la main, dans son dos, pour s'assurer que les draps et les couvertures, bien plaqués contre son corps, feraient une barrière entre eux lorsqu'il se recoucherait.

Il ne la comprenait plus.

Pourtant, elle l'avait accueilli avec un sourire et de bonnes paroles, lorsque, fourbu, il était rentré de la forêt de ce que l'on nommait le « Bois des Français » et qui se situait en contrebas de la massia. Les arbres de celle-ci, assurait la légende, avaient été plantés par les soldats de Napoléon, à l'époque où ils étaient en garnison dans la région. Certains racontaient qu'ils l'avaient fait pour masquer un charnier dans lequel ils avaient enterré les corps de patriotes abattus par eux. D'autres certifiaient que, plus tard, un trésor fait de lingots d'argent y avait été caché, là, afin que la mauvaise réputation du lieu protège ce butin.

Toute la journée, malgré le froid qui transperçait ses vêtements, il avait élagué les branches des pins et des chênes couchés par la dernière tempête. Les piles de fagots et de rondins témoignaient de son labeur. L'hiver avait été rude et long. La réserve de bois avait diminué. Il fallait la regarnir avant que le temps ne lui manque, avant que les travaux des champs, au printemps, ne l'accaparent totalement.

Lorsqu'il était rentré à la massia, fourbu, les reins et les bras douloureux, rien ne présageait de ce qui allait se passer plus tard, dans la soirée. Elle chantonnait en préparant le repas. Toute la maison embaumait de l'odeur du pain qu'elle venait de retirer du four.

Ce soir-là, il s'était immédiatement senti mieux. Voir que Can Cargol vivait, que Rosita vaquait à nouveau aux tâches du ménage l'avait revigoré, parce que ce n'était pas ordinaire, depuis quelque temps.

Rosita avait beaucoup changé depuis le jour de la naissance de leur fils, depuis ce moment difficile qu'elle avait si mal vécu. À partir de ce jour-là, elle ne parut plus s'intéresser à rien. Elle avait laissé la massia à un total abandon.

Lorsqu'il rentrait du travail, le soir, il avait pris l'habitude de s'asseoir devant la grande table, de tendre la main vers la cruche de vin et de boire, boire encore, pour se réchauffer, pour ne pas penser, pour ne pas se sentir seul. Elle était là, pourtant, mais ne lui parlait pas. Elle était devenue indifférente, absente, perdue dans un rêve qu'elle ne partageait plus avec personne, et surtout pas avec lui.

Il n'osait même plus la regarder.

Elle lui servait à manger le visage fermé sans lui jeter un regard. Il avalait un peu de nourriture, le nez dans son écuelle, puis emplissait son gobelet et buvait de grandes rasades de vin, jusqu'à glisser, assommé par l'alcool, le front contre le bois maculé de la table.

Il faillit s'étrangler avec la première gorgée de vin quand elle s'adressa à lui. D'abord, il refusa d'y croire.

Elle lui avait parlé !

Sur un ton presque aimable, elle lui avait demandé comment s'était passée sa journée. Surpris, il avait failli renverser le gobelet qu'elle venait de remplir au moment où il s'était assis. Incrédule, il avait levé les yeux sur elle et l'avait regardée, effaré. Il se demandait ce qui s'était passé, en son absence, pour qu'elle s'occupe ainsi de lui, pour qu'elle lui parle enfin. Cela faisait tellement longtemps qu'elle l'ignorait, ne le servait plus, ne lui adressait plus la moindre parole.

À la lueur de la chandelle posée sur la table, il avait soudain redécouvert ce visage lisse, encadré par des bandeaux de cheveux sombres bien tirés sur la nuque, qu'il connaissait pourtant si bien. Une vague heureuse l'avait submergé, comme ce premier jour où il l'avait approchée et avait osé lui parler, sur la place du marché, à Besalu.

Ce fut une impression fugitive car, déjà, elle s'éloignait en lui tournant le dos. Stupéfait, il hésita à en croire ses yeux. Il la suivit du regard pendant qu'elle vaquait près de la grande cheminée où crépitaient joyeusement les flammes d'un bon feu de sarments. Elle n'avait pas attendu sa réponse, comme si ce qu'il pouvait dire n'avait aucune importance. À nouveau lointaine, elle s'affairait devant une marmite qui exhalait une odeur de légumes et de viande de cochon.

Tout à coup, elle se remit à chantonner.

Subjugué par ce changement d'attitude auquel il ne s'attendait pas, il la suivit des yeux. Depuis des mois, elle n'avait plus parlé et, jamais, non plus, durant tout ce temps, elle ne s'était mise à chanter. Il reconnut l'air. C'était une chanson populaire qu'elle aimait particulièrement.

Il se demanda s'il rêvait.

Il se remémora le désespoir et les colères qui le prenaient devant son indifférence, sa froideur. Un goût amer lui vint à la bouche. Tout ce temps gâché par le chagrin et les rejets subis remontait à sa mémoire. Il dut lutter pour ne pas se mettre à pleurer. Maintenant qu'elle paraissait soudainement à nouveau heureuse, normale, ses souvenirs s'estompaient comme des fumées sombres chassées par le vent de la chanson qu'elle fredonnait doucement.

Il la dévorait du regard. Hypnotisé. Illuminée par le jeu changeant des flammes, elle paraissait encore plus belle, encore plus désirable que dans ses souvenirs. Son imagination, frustrée depuis trop longtemps, s'enflamma et lui restitua les images – qu'il croyait oubliées – de ce corps qu'il n'avait pourtant vu nu qu'à de très rares occasions. Plus il imaginait ses reins sinueux, ses seins lourds et gonflés, ses jambes lisses, fuselées, plus il sentait son bas-ventre reprendre vie, durcir et le tourmenter.

Bien qu'il ne comprît pas ce revirement dans l'attitude de Rosita, il était incapable de s'en étonner. Il se sentait tellement bien qu'il aurait voulu que cela ne s'arrête jamais. Il avait envie de ce corps et ne voulait plus penser à tous ces mois, si longs, où elle l'avait repoussé, ignoré. Accoudé à la table, les mains posées bien à plat sur le bois, il la dévorait des yeux comme si elle avait été une apparition. En pleine confusion, son cerveau tentait de formuler les questions qui le traversaient, fulgurantes, décousues : « Que s'était-il passé, aujourd'hui, pour qu'elle redevienne telle que je l'ai connue ? », « M'a-t-elle vraiment souhaité le bonsoir, lorsque je suis arrivé ? », « L'a-t-elle vraiment fait ou l'ai-je imaginé ? », « Comment ai-je pu vivre si longtemps sans qu'elle me parle, sans que je puisse la caresser, la toucher ? »

Pris d'un irrésistible besoin de bouger, il se leva et, d'une voix sourde, proclama :

— Je veux me laver !

Elle ne parut pas surprise.

Les hanches roulant sous la robe de coton noir qui tombait jusqu'à ses pieds, elle se pencha et, puisant avec une grosse louche de fer dans une seconde marmite, à l'arrière du foyer, le visage illuminé par les braises, elle versa de l'eau chaude dans un bassin de terre cuite émaillée qu'elle transporta ensuite sur le trépied près du four à pain. Elle fit un rapide aller-retour entre la cuvette et le gros coffre pour y prendre une serviette et un gros morceau de savon bien sec, qu'elle déposa sur l'étroite tablette de bois à côté de laquelle était accroché un miroir encadré de métal poli.

L'homme avait observé tous ses gestes avec attention. Il se sentait comme un animal guettant une proie. Il ne parvenait pas à y croire. Depuis des semaines, lorsqu'il manifestait le désir de faire sa toilette, elle ne bronchait pas. Il devait puiser son eau, trouver une serviette et le savon lui-même. Mais, ce soir tout était différent, tout semblait avoir changé...

— Merci, bredouilla-t-il, mal à l'aise, doutant encore de ce qui lui arrivait.

Il avait chuchoté et sa voix n'avait dépassé qu'avec peine le rebord de ses lèvres craquelées, fissurés, par le soleil.

Il répéta en forçant le ton :

— Merci Rosita...

Sa voix l'étonna. Elle avait résonné dans la grande salle comme s'il avait crié. Il se rendit compte, à cet instant, qu'il avait même osé prononcer son prénom tout haut. Cela ne lui était plus arrivé depuis si longtemps. Prononcer ces trois syllabes lui procura une sensation très douce, comme une caresse oubliée que l'on redécouvre, comme s'il brisait un charme malin. Une seconde il eut la sensation de prier, comme lorsqu'il était enfant. Pourtant, tapi tout au fond de lui, un animal fauve s'était réveillé et le torturait. De plus en plus rapprochées, les vagues d'ondes d'une énergie nouvelle parcourait tout son corps.

Elle lui tournait le dos, silhouette souple et vive, ombre tentante qui s'activait devant le feu. Il fit un pas, puis un autre, la frôla, respirant à pleines narines, au passage, son odeur mêlée à celles de la nourriture et du foyer. Un vertige le prit, mais il n'osa pas. Ses mains tendues en avant, retombèrent le long de ses flancs. Il baissa la tête, honteux de son désir, malheureux de l'avoir laissé voir, et se détourna vers la cuvette.

Durant un instant, son regard erra à la surface de l'eau étale dans la vasque de céramique. Soudain, comme pour se sauver d'un geste qui aurait pu rompre le charme, comme si le temps pressait, il quitta ses sabots, arracha sa chemise, son gilet de corps, déboucla sa ceinture, laissa son pantalon glisser sur ses jambes, piétina le velours côtelé, puis quitta, en se baissant, le caleçon de coton qui lui enserrait les jambes. Il se redressa. Nu. Furtivement, il jeta un regard en direction de la femme. Elle lui tournait le dos. Il ressentit un regret. Le fait qu'il soit nu, l'impudeur de la situation, provoquait un trouble dans son esprit échauffé. Il aurait voulu qu'elle le regarde.

Le liquide qui miroitait dans le bassin de céramique. Il reflétait les lueurs fantasques du foyer tout proche. Il attrapa le bloc de savon et trempa ses mains dans l'eau. La surface de l'eau creva sous la pression de ses doigts et projeta des ronds concentriques dorés et rougeoyants comme une lave en fusion vers les bords du récipient. Pour tenter de calmer la fièvre qui le consumait, il plongea la tête dans la cuvette. Lorsqu'il la releva, le reflet incertain de son visage apparut dans le miroir. Il regarda un instant cette image légèrement déformée, comme s'il découvrait un inconnu. Était-ce bien lui, cet homme hâve au visage émacié, aux prunelles ardentes, au menton couvert par cette courte barbe noire et drue qui masquait tout le bas de son visage et lui donnait une dureté qu'il ne se connaissait pas ? Lui aussi avait beaucoup changé...

L'eau chaude lui procura une brève détente. Il retint sa respiration. Écartant les jambes, il se pencha en avant et replongea la tête dans la vasque. Le contact de l'eau, sur sa peau desséchée par le vent et le soleil lui arracha un grognement de douleur. Le liquide le brûlait comme un acide. À tâtons, il attrapa le morceau de savon. Le frottant vigoureusement sur la paume de ses mains, il le fit mousser abondamment, avant de s'enduire de la tête aux pieds et de se frotter avec vigueur.

La sensation de brûlure s'atténuait peu à peu et faisait place à un picotement agréable. Une nouvelle fois, il plongea la tête dans l'eau et souffla pour empêcher le liquide de pénétrer dans ses narines. La figure et le torse ruisselants, il se rinça plusieurs fois de suite.

Les yeux toujours clos, il voulut saisir le linge sur l'étagère proche, mais ne le trouva pas. Pour y voir clair, il essora ses paupières avec la paume de ses mains, chassant les restes de savon, puis les ouvrit. Le linge s'agitait juste devant son nez. C'était Rosita qui le lui tendait. Étonné, il chercha à comprendre la signification de ce geste de sollicitude, presque tendre, devenu tellement inhabituel.

Il ne l'avait pas entendue approcher. Elle le fixait sans rien dire. Son regard était curieusement atone, inexpressif. Un étrange sourire flottait sur ses lèvres. Il remarqua que, dans ses prunelles, vacillait une minuscule lueur qui l'inquiéta vaguement. Détournant les yeux, il évita les siens, se disant qu'à force il était devenu trop méfiant, et que ce qu'il entrevoyait, n'était en fait que le reflet des dernières flammes qui dansaient encore dans le foyer.

Tout à coup, très lentement, elle abaissa son visage et lorgna vers son ventre avec insistance. Cet examen inattendu le mortifia. Le regard de Rosita qui glissait sur sa peau nue le brûlait. Il frissonna. Cette expression sur le visage de sa femme, il la connaissait, pourtant. Naguère, quand qu'elle voulait qu'il lui fasse l'amour, elle avait cette lueur dansante inscrite dans le regard. Dans ces moments-là, elle ne parlait pas, elle le fixait simplement. Cela suffisait à tout exprimer, à tout provoquer…

D'un geste puéril, il abaissa le linge afin de masquer son bas-ventre. Le visage dégoulinant d'eau, le souffle court, il se raidit et la dévisagea avec une certaine angoisse. Il avait honte de sa nudité, et du désir maintenant apparent que la proximité et l'attitude de sa femme, avaient fait naître.

Rosita insista quelques secondes encore, puis haussa les épaules et se détourna comme si elle se désintéressait totalement de lui. Elle fit trois pas et se pencha à nouveau sur le foyer, touillant dans la marmite comme si rien ne s'était passé. Toujours nu, il la regardait sans comprendre. La conduite de sa femme le décontenançait autant que ses rejets. Paradoxalement, il se sentait soulagé.

Il essuya son visage avec le torchon. Puis, se retournant, il se sécha consciencieusement avant de remettre ses vêtements. Quand il fut habillé, il passa le gros peigne de corne dans ses cheveux et se regarda rapidement dans la glace. Sa peau était rougie, mais il paraissait plus jeune, plus énergique, moins fatigué.

Un brusque reflet dans le miroir attira son attention. C'était elle qui se déplaçait dans son dos. Il l'observa, tapotant sur sa bouche le linge humide, comme s'il se séchait encore. Elle bougea à nouveau, ombre parmi les ombres qui dansaient sur les parois, derrière lui. Il se demanda ce qu'elle faisait, ce qu'elle voulait vraiment.

Depuis qu'il était arrivé, tout était devenu inhabituel, presque irréel. Il s'était tellement habitué à son indifférence et à cette chasteté forcée qu'elle lui imposait, que le moindre geste, la plus petite différence dans ses attitudes, provoquaient une tempête dans son esprit. La tête en feu, légèrement inquiet, il revint s'asseoir à sa place habituelle, au bout de la longue table.

Elle avait posé une assiette et une cuillère de métal devant lui, mais, fait surprenant, elle avait pris la peine de glisser un carré de tissu blanc par en dessous, comme elle faisait, naguère, les jours de fête.

Intrigué, il l'observa encore une fois à la dérobée.

Elle allait et venait sans s'occuper de lui. Rien dans ses gestes ni dans sa démarche ne laissait transparaître un changement dans son attitude.

Elle ne chantonnait plus.

Restait ce petit sourire énigmatique et vague qui étirait légèrement sa bouche.

À ce moment précis, il se rendit compte qu'elle avait déposé une autre assiette, juste à côté de la sienne. Cela aussi le surprit. Depuis des semaines, elle ne mangeait plus avec lui, le laissant seul au bout de cette grande table. Une fraction de seconde, il caressa l'espoir qu'elle ait enfin décidé de recommencer à vivre normalement. Ce fut comme un éclair heureux qui le transperça, mais très vite ce rêve à peine esquissé s'évanouit à nouveau. La peur d'être encore déçu l'avait repris. Il baissa la tête.

Elle portait un énorme soupière qu'elle déposa au beau milieu de la table. Un fumet de soupe chaude vint flatter ses narines. Il n'osait bouger. Il attendait la suite des évènements en se tenant coi, comme s'il avait craint de pulvériser ce qu'il croyait encore être un rêve.

Elle s'assit sur l'escabeau qui se trouvait à sa droite. Cela faisait aussi très longtemps qu'il ne l'avait pas vue prendre place à table, près de lui. Tout, à coup, elle se pencha pour saisir la cruche de vin et, ce faisant, sa poitrine, enserrée dans le corsage de tissu noir effleura l'avant-bras de l'homme qui tressaillit. Ce frôlement lui fit presque mal. Il se retint de crier. Il avait les nerfs à vif. Tout devenait confus. Ce que sa femme faisait, depuis son arrivée, lui semblait pourtant être une tentative de rapprochement, une main tendue vers lui, vers son désir et son amour pour elle. Jamais, depuis leur mariage, à part les premiers jours peut-être, elle ne s'était conduite de cette manière. Jamais, depuis des mois, il ne l'avait vue sourire comme elle souriait en ce moment même. Jamais auparavant, lorsqu'il était nu, elle ne l'avait regardé avec cette insistance !...

Il avait du mal à se l'avouer, mais il s'était senti troublé par ce regard précis qui glissait sur sa peau avec une lenteur énervante. Étrange caresse. Le sang lui monta à la tête. Il serra les mâchoires. Il hésitait entre ce désir qui le tenaillait et la crainte qu'elle l'humilie encore une fois, d'un geste, d'un mot, d'un cri. Il n'osait faire le moindre geste. Il se retenait de respirer.

Elle le frôla encore. Son avant-bras glissa sur le sien, peau contre peau, pendant qu'elle emplissait son gobelet avec du vin.

— Bois, cela te fera du bien !...

Il se demanda s'il avait vraiment entendu. Jamais auparavant elle ne l'avait invité à boire. Subjugué, il saisit le récipient et le porta à ses lèvres. Sans la quitter du regard, hypnotisé par le sourire glacé qu'elle affichait, il avala le contenu d'un seul coup. L'angoisse lui serrait la gorge. Ce brusque revirement, ces attouchements l'avaient excité et, en même temps, provoquaient en lui un véritable malaise.

Dans un silence étouffant, comme si elle ne remarquait pas le trouble qu'elle provoquait chez l'homme, elle se versa un peu de vin dans un autre gobelet. Sans le regarder, fixant un point vague en face d'elle dans l'ombre qui recouvrait le mur, elle but à petites gorgées. Elle goûtait voluptueusement la générosité du vin qui coulait dans sa gorge. Ses lèvres ne quittèrent le rebord du récipient que lorsqu'elle eut avalé la dernière goutte.

Ensuite, elle poussa un soupir, puis reposa l'ustensile sur la table et tourna la tête vers lui. Sans lui laisser le temps de réagir, elle reprit la cruche et remplit à nouveau leurs deux verres. Elle planta son regard dans le sien durant un bref instant, puis elle ouvrit la bouche et ordonna :

— Bois !

Sa voix était devenue gutturale. Il hésita, puis tendit la main vers le gobelet et le souleva.

— Vas-y, bois ! insista-t-elle, autoritaire.

Au moment où elle lui donnait cet ordre, il sentit que, sous la table, elle touchait son genou avec le sien. Il faillit retirer sa jambe. Pour masquer le puissant émoi qui le gagnait, il avala d'une large rasade et se torcha les lèvres avec son avant-bras. Le vin, rapidement bu, chargeait son sang d'une chaleur incendiaire. Il ramena son regard sur elle. Il se demandait si cet attouchement était dû au hasard ou s'il était volontaire. Il ne déchiffrait rien sur ce visage impavide. L'alcool qui envahissait son corps augmentait l'équivoque de son émotion et l'empêchait de réfléchir. Elle paraissait calme. Le vin lui avait simplement mis de la couleur aux joues et, dans la lueur dansante de la chandelle posée sur la table, sa peau avait pris une couleur dorée.

Tout à coup, sans prévenir, elle se leva. Saisissant la louche de métal, elle touilla dans la marmite et le servit. Il baissa les yeux, regarda les morceaux de légumes et de viande qui flottaient dans son écuelle. Le fumet rassurant de la nourriture parvint jusqu'à ses narines. Une faim soudaine et féroce lui tordit l'estomac. D'une main encore incertaine, il saisit la cuillère et s'apprêtait à la plonger dans la soupe brûlante, lorsqu'il sentit à nouveau la pression du genou de sa femme contre sa cuisse... Cette fois, il ne pouvait plus douter. Malgré les fumées du vin qui lui obscurcissaient l'esprit, il se laissa aller à la douce et violente impression que lui procurait ce contact extraordinaire. Jamais, auparavant, même au début de leur mariage, elle ne l'avait provoqué aussi directement, aussi clairement. Jamais il n'avait imaginé, devant son attitude de refus et de froideur de ces derniers mois, qu'elle puisse se conduire ainsi. Même en rêve, lorsqu'il était célibataire, il avait toujours imaginé que les femmes qu'on épousait devaient se montrer réservées et ne jamais se laisser aller à ce genre de gestes provocants. Pour lui, seules les femmes de la taverne, sur la place en face de l'église San Pedro, ces filles connues de tous, pouvaient se montrer aussi directes. Pourtant, ce soir-là, après ces longs mois de privation, l'impudeur de sa femme, qui succédait à une austérité qui l'avait longtemps laissé sans force, lui parut si insolite qu'il l'accepta comme un cadeau.

Plein de confusion, l'esprit dévasté par le désir, il piqua du nez sur son écuelle et se mit à manger sans la regarder. Il avait le sentiment que quelque chose qui le dépassait survenait, et il n'osait plus se poser de questions.

Sous la table, l'affolante pression se muait en une caresse régulière. Une bouffée du plaisir à venir poignarda ses reins. Il serra les dents pour ne pas laisser échapper la plainte qui montait du fond de sa gorge. Il se sentait comme un animal pris au piège.

Ce fut le moment qu'elle choisit pour poser sa main sur son avant-bras. Incapable désormais d'avaler la moindre parcelle de nourriture, il reposa sa cuillère sur la table. Elle ne le regardait pas. Ses lèvres, légèrement entrouvertes, laissaient passer une sorte de râle mélodieux.

Des frémissements irrépressibles parcouraient son dos. Le contact de cette main chaude sur la peau de son bras l'avait immédiatement mis dans un état proche de la démence. Pourtant, il n'osait encore faire le moindre geste, prendre la moindre initiative...

La cuisse de sa femme était maintenant collée à sa jambe. Au travers des tissus amalgamés, il sentait palpiter sa chair. Sur son visage, il ne voyait toujours aucun signe d'émotion. Elle était comme toujours, grave et distante, les traits lissés par une sorte de sérénité glacée. Cela la rendait plus belle à ses yeux. Plus belle et plus désirable encore.

Brusquement, les ongles de sa femme s'incrustèrent dans son avant-bras, juste à la saignée. Il faillit crier. Elle lui faisait mal. Volontairement.

Son esprit chavira. Il repoussa l'escabeau qui bascula sur le carrelage, se dressa sur ses jambes avant de se pencher sur elle. Elle n'avait pas bougé, droite et sombre comme une statue. Il hésita une seconde, s'attendant à la voir protester, puis, vaincu par la sauvagerie qui l'envahissait, il la prit par les épaules et la retourna vers lui, l'obligeant à se lever, elle aussi. À sa grande surprise, elle se laissa faire. Simplement, elle se contenta d'accompagner, sans aider, le mouvement qu'il imprimait à son corps. Lorsqu'elle fut debout, tout contre lui, il pencha la tête pour lui prendre la bouche. D'un mouvement de tête rapide, elle se refusa, détournant le visage. Comme si elle était atteinte d'une subite faiblesse, elle se laissa aller en arrière et se désarticula comme une poupée de chiffon. Elle devint pesante sur son bras...

Ils étaient comme deux danseurs qui auraient esquissé une figure compliquée et lascive. La table les arrêta. La femme se cambra, puis, encore une fois glissa en arrière jusqu'à ce que son dos touche le plateau de bois. Elle entraîna l'homme dans cette chute au ralenti. Il sentait sa poitrine renflée qui palpitait contre la sienne. Elle avait le visage dans l'ombre et il ne pouvait voir ni ses yeux ni sa bouche. Il entendait sa respiration haletante. Oppressée.

Un instant, il eut peur qu'elle se débatte, qu'elle se refuse encore, comme elle l'avait fait depuis des semaines et des semaines, mais, très vite, il comprit qu'elle l'acceptait et même qu'elle le désirait.

Ensuite, tout se déroula avec rapidité, comme dans un rêve un peu fou... Elle releva les jambes, puis les ramena avec force, l'emprisonnant entre ses cuisses ouvertes. Il la tenait aux épaules, ivre de son propre désir et de cet abandon sans équivoque. Il baisa le creux de son épaule, le seul endroit de chair qu'elle lui offrait. Il bégayait :

— Je t'aime... Je... Rosita...

L'étoffe, entre leur corps, faisait une barrière infranchissable et son membre dressé s'irritait de cette frontière. Cependant, il n'osait lâcher ses épaules. Il craignait de la voir tout à coup le regarder bien en face avec, au fond des yeux, cette indifférence qu'il connaissait si bien, cette glace mortelle qui le paralysait. Il conservait dans sa tête le souvenirs des humiliations subies et l'empreinte de cette rage qui l'envahissait à chaque fois qu'il avait tenté sa chance et qu'elle l'avait rejeté en prononçant ces mots meurtriers qui le réduisaient à une impuissance honteuse. Et là, précisemment à cet instant, il n'aurait pu le supporter...

Le désir l'aveuglait. Il respirait avec difficulté. Son cœur battait à tout rompre. Elle dut sentir qu'il n'osait lâcher prise. Comme pour le rassurer, elle se mit à onduler lentement et à presser son ventre contre le sien. Fébrile, il lâcha une des épaules qu'il clouait de toutes ses forces contre la table et tenta, d'une main malhabile, de dégrafer son pantalon et, d'un même geste, de relever la robe qui séparait encore leur chairs nues.

Les doigts de la femme agrippèrent son poignet. Surpris, il relâcha sa pression, sentant qu'elle lui écartait le bras et qu'elle glissait une main entre leur deux corps. Il recula légèrement pour qu'elle puisse passer. Ses doigts s'activèrent à hauteur de la ceinture du pantalon. Il fut tellement surpris par ce geste inhabituel qu'il la laissa faire sans protester. Très vite, elle dégagea son membre de la gangue de tissu et le guida. Au contact de la main de sa femme, un soulagement immense l'avait saisi. Une seconde, il crut qu'il allait exploser entre ses doigts.

Elle le sentit, car, cruelle, elle planta ses ongles dans sa chair. La douleur lui arracha un cri et fit refluer le plaisir qui allait déborder. Il se mordit les lèvres. Jusqu'au sang. Il ne comprenait plus ce qu'elle voulait. Il se releva, les cheveux poissés de sueur, le regard fou, mais elle l'enserra plus fortement avec ses cuisses et le retint prisonnier. Elle empêchait qu'il la quitte. Ses yeux flambaient d'une flamme qu'il n'avait jamais déchiffrée chez elle. Elle remonta le tissu de sa robe en tirant dessus comme si elle voulait tout arracher, tout déchirer.

Hypnotisé par cette géographie de chair qu'elle découvrait avec lenteur, il vit apparaître des pans entiers de peau blanche au-dessus des bas de coton noir s'arrêtant à mi-cuisses, puis il découvrit la blessure palpitante de son bas-ventre que surmontait une toison d'un noir brillant. Affolé, il poussa en avant, cherchant instinctivement à la pénétrer. D'un coup de rein habile, elle évita l'estocade. Le sexe de l'homme glissa dans le pli de cette vallée de chairs à vif.

— Pas encore, souffla-t-elle d'une voix rauque.

Surpris et désemparé, il arrêta net le mouvement à peine esquissé. Elle redressa le buste, et prenant la tête de l'homme à deux mains avec un geste plein de force et de douceur, elle le contraignit à se courber. Il se retrouva bientôt à genoux, le visage à quelques centimètres du sexe qui s'offrait. Une odeur forte envahit ses narines. La tête lui tournait. C'était la première fois... Ses mains égarées partirent en direction de son bas-ventre. À pleines mains, il empoigna sa verge qui palpitait et, à force, lui faisait terriblement mal.

— Non ! Ne te touche pas ! Lèche-moi !...

Elle ordonnait.

Subjugué, il posa sa bouche sur cette mystérieuse fissure offerte, une main crispée sur son membre nu qu'il serrait de toutes ses forces pour contraindre l'irrépressible montée de son propre plaisir. L'univers liquide, au secret de la chair de sa femme, le surprit. Il n'avait jamais imaginé, qu'un jour il poserait ses lèvres à cet endroit qu'il n'avait exploré et fouillé jusque-là – et il avait longtemps maintenant – que de ses doigts et de son sexe.

À peine les lèvres de l'homme entrèrent-elle en contact avec le sillon caché que la femme se mit à gémir. Elle s'ouvrit comme un coquillage, plaquant sa vulve contre la bouche de l'homme, l'attirant violemment à elle en le tirant par les cheveux. Malgré lui, il entrouvrit les lèvres. Avec le sentiment puissant de commettre un vrai sacrilège, il passa le bout de sa langue entre ses dents. Une douceur aqueuse, une odeur puissante et une saveur marine envahirent sa bouche. Il découvrait, avec une candeur gourmande, la subtilité d'un plaisir qu'il n'avait jamais osé imaginer jusqu'à ce moment-là… Comme une jeune chiot, il se mit à laper, sur toute sa longueur, cette fente qui suintait. Il s'abreuvait à une source mystérieuse et excitante qu'il découvrait enfin. Il n'était plus lui-même.

Lorsqu'il sentit une petite excroissance de chair qui roulait au bout de sa langue, il ne put s'empêcher de la sucer, de la caresser, la torturant avec douceur. Tout à coup, il sentit que le corps de Rosita se tendait comme un arc pendant qu'avec ses ongles elle le griffait à la nuque. Une plainte, semblable à celle que provoque une très grande douleur, naquit d'elle et se répercuta dans la toute la maison. Immédiatement après, il constata qu'elle s'amollissait, que ses mains lâchaient sa nuque.

Impressionné, il cessa de lécher. Elle le repoussa avec force. Il bascula en arrière les fesses sur le carrelage glacé. Surpris. Encore une fois il se sentit humilié et frustré. Il gronda de colère.

Lorsqu'il leva la tête, il n'en crut pas ses yeux. Elle s'était redressée et, sans le regarder, elle avait couru vers la porte de la chambre, le laissant là, assis sur le sol dans une posture grotesque.

Son ventre douloureux et la fièvre qui lui tournait la tête le poussèrent à se relever. Il piétina son pantalon qui entravait sa marche. Lorsqu'il parvint à libérer ses pieds, il n'avait plus que sa chemise sur le dos. Comme un animal affolé de désir, le ventre crispé par la souffrance, il la suivit et entra à son tour dans la pièce où elle avait disparu.

En marchant, il réalisa qu'il piétinait les vêtements épars de sa femme. Elle s'était déshabillée en courant, laissant tomber ses habits sur le sol avant de se jeter, totalement nue, sur le lit.

Il dut faire un effort pour habituer ses yeux à la pénombre. Rosita gisait, bras et jambes écartés, sur le dessus du lit. Ses cheveux épars encadraient son visage. Elle avait les yeux fermés. Il remarqua qu'elle avait les deux mains crispées sur la couette qu'elle avait roulée en polochon et qu'elle emprisonnait entre ses cuisses serrées. Elle ondulait, pressant le duvet contre son bas-ventre. Ne comprenant pas ce qu'elle était en train de faire, il s'approcha.

Jamais il ne l'avait vue ainsi. Un instant, il crut qu'elle souffrait, mais ce visage transfiguré par le plaisir le renseigna très vite. N'y tenant plus, croyant à une invite, il se glissa à côté d'elle. Un court instant, elle ne parut pas remarquer sa présence. Elle geignait et gémissait, frottant son ventre contre la masse de tissus qu'elle enfonçait entre ses jambes. C'était la première fois qu'il voyait une femme se donner du plaisir. Cette vision l'excita violemment. Au moment où elle balbutiait des mots décousus, ivre de plaisir, il repoussa draps et couette. Elle était complètement nue... Il se jeta sur elle et tenta de desserrer ses jambes. Un étrange combat silencieux débuta. Il voulait la prendre à tout prix. Elle se défendait. Il n'était plus lui-même. À genoux sur le lit, il la dominait et tentait de séparer ses cuisses qu'elle tenait serrées.

Soudain, alors qu'elle faiblissait, au moment où il pensait avoir gagné et pouvoir se glisser entre ses cuisses, il sentit qu'elle se redressait et qu'elle prenait son sexe entre ses mains. Accroupie devant lui, elle le caressa. Surpris, il stoppa net son coup de force. La montée de ce plaisir, qu'elle provoquait avec habileté, le tétanisait. Il s'offrit à cette caresse surprenante. Elle glissa une main dans son entrecuisse, emprisonnant sa chair boursouflée de désir, durcie par la contrainte et le refus. De l'autre elle lissa, habile et rapide, la hampe de chair en faisant une gaine avec la peau qui s'enroulait et se déroulait sous la pression ferme de ses doigts. Il ne put retenir plus longtemps l'éblouissement qui le gagnait. Irrésistible. Il explosa en jets longs et saccadés. De sa gorge sortit un rauquement interminable, semblable aux plaintes des tourmentés après trop de supplices, à l'instant de la mort, au moment de la délivrance. La modulation de son cri se mêla à celui de la femme qui se mit à jouir en même temps, au moment où le sperme qui jaillissait de l'homme, maculait sa poitrine et son visage, l'inondant d'une chaleur liquide.

Très lentement, la main de la femme exprima le reste de la substance qui jaillissait encore de son membre en minuscules saccades mourantes. Les muscles bandés de l'homme se relâchèrent d'un seul coup. Il bascula sur le côté et se laissa instantanément glisser dans l'abîme d'une torpeur qui l'aspirait sans qu'il trouve la force de se retenir. Rosita soupira, puis, portant sa main à ses lèvres, lécha longuement ses doigts. Les yeux luisant d'un plaisir définitivement solitaire et infiniment recommencé, elle étala lentement tout le sperme restant sur son visage, sur ses lèvres et sa poitrine, pour finalement prendre encore une fois du plaisir, serrant ses cuisses l'une contre l'autre et roulant des hanches sur le drap froissé. Les bruits de gorge, qu'elle faisait en jouissant d'une manière répétitive, tirèrent l'homme de son demi-sommeil. Hébété, il se tourna vers elle. Il la vit, toute proche, la peau luisante. Le désir le reprit. Tenace. Foudroyant. Il se mit sur un coude et se pencha vers elle. Il posa doucement ses lèvres sur cette bouche entrouverte. Elle ne fit pas un geste. Encouragé, il glissa une main vers son bas-ventre, laissant l'index fuir vers la toison et vers cette lézarde qui l'attirait. Son doigt se mit à fouir dans un univers d'humidité et de chaleur. Il retrouva la surprenante petite excroissance de chair et la flatta doucement. Elle haletait comme si, tout à coup, elle manquait d'air. Il continua son manège, lui arrachant de petits cris de plaisir. D'elle même, elle écarta largement ses cuisses, s'offrant tout entière. Prenant ce geste pour une invite, l'homme se souleva et se laissa retomber sur elle, entre ses jambes, le sexe bandé, forçant le passage. Avec une force insoupçonnable, alors que le membre de l'homme pointait à l'orifice de son ventre, elle le repoussa subitement des mains et des jambes comme pour l'expulser du lit. Elle venait d'ouvrir les yeux, et ce qu'il put y lire l'effraya. Instinctivement, il recula et se laissa pousser hors de la couche. Dompté.

Elle hurlait :

— Laisse-moi, espèce de porc ! Je ne veux pas d'enfant !... Je ne veux pas d'enfant de toi. Jamais !
Elle paraissait en proie à une crise de démence. Elle n'était que fureur et violence. La haine se lisait dans ses prunelles.

— Jamais ! Tu m'entends !

Chapitre 9

— Regarde comme elle est belle !...

Nuria, debout près de la bétonnière qui enroulait des écharpes de mortier humide et gras, battait des mains comme une petite fille. Elle regardait la maison dont les pierres s'illuminaient avec le soleil du matin qui les léchait de ses milles langues de feu.

— Can Cargol va redevenir comme avant !

Félix opina. Cette joie, que démontrait naïvement la jeune femme, le rendait heureux. Nuria avait raison. Depuis quelques semaines, tout changeait. Cette immense ruine, encore recouverte de végétation sauvage il y avait peu de temps, reprenait peu à peu son véritable aspect. La demi-douzaine d'ouvriers andalous – les *indios,* comme les appelait Nuria – que l'entrepreneur, engagé par Félix, avait mis sur le chantier, ne chômaient pas. Ils avaient commencé par déblayer les abords à coups d'engins. Par la suite, ils s'étaient attaqués au grand corps de la maison proprement dite.

— *Mira,* Félix ! Regarde comme elle devient belle, maintenant ! On dirait un de ces châteaux qu'on voit dans les livres ! s'extasiait Nuria qui, dans l'excitation, mélangeait l'espagnol et le français.

Les cheveux au vent, elle courait dans tous les sens. La masse imposante de la grande massia de Can Cargol se découpait dans le ciel éclatant du crépuscule de ce début de mois d'août. La charpente du toit, remise à neuf, lui donnait un air de navire en cale sèche, quille en l'air, et dont on pouvait découvrir la coque dénudée comme un gigantesque squelette. La couverture de tuiles restait à faire, mais, déjà, la maison reprenait son allure de forteresse comme aux plus beaux jours de son histoire.

Félix ne savait toujours pas, même en y songeant sérieusement, comment cette maison avait pris une telle importance dans sa vie. À chaque fois qu'il y venait avec Nuria, pour contrôler l'avancée des travaux, il se posait la même question. Lancinante. La seule chose qui s'imposait à lui était cette certitude absolue, irréfutable, venue des tréfonds de son cerveau, que cette nef de pierres lui appartenait de fait, et que c'était là l'endroit qu'il avait confusément cherché toute sa vie. L'étrange fascination qui l'avait saisi, dès le premier jour, devant cette immense ruine, cette sensation de paix profonde, aussi, qu'il avait ressenti ce jour-là, concouraient à signifier, pour lui, l'importance qu'avait prise le domaine de Can Cargol, dans sa vie. Il avait la nette et incompréhensible sensation, en voyant les murs réapparaître au fur et à mesure que les ouvriers arrachaient la végétation, déblayaient les gravats, remontaient les murs pierre après pierre, que son existence se reconstruisait en même temps et qu'il renouait avec quelque chose de profondément enfoui en lui. Même Nuria participait à cette renaissance. Dans le même temps, comme durant un passage initiatique, il avait le sentiment que son passé appartenait de plus en plus à un autre qu'à lui-même. Chaque matin, lorsqu'il se réveillait dans sa chambre d'hôtel, à la Curia Reale, il regardait longuement Nuria qui dormait à ses côtés, et savourait ces quelques minutes qui lui permettaient de mesurer cette paix retrouvée, cette sérénité toute neuve, cet espoir à venir.

Nuria était toujours aussi changeante et fantasque, mais elle le passionnait au même titre que Can Cargol. Il ne parvenait plus à imaginer de vivre sans elle et ailleurs que dans ce paquebot de pierres désamparé, échoué, en pleine campagne catalane.

Chaque matin, une formidable impatience le pressait de se lever et de s'en aller jusqu'à Can Cargol avec elle. Ils y passaient des heures, discutant de la répartition des pièces, des aménagements à faire. Visiblement, leur présence quasi constante agaçait l'entrepreneur et les ouvriers qui feignaient pourtant de les ignorer. Malgré ces réticences – qu'ils ressentaient – Félix et la jeune Catalane surveillaient tout. Ils voulaient voir chacun des progrès qu'accomplissaient les ouvriers. Ils exigeaient que chaque pierre, chaque moellon, chaque poutre, soient à leur juste place. Félix invoquait le respect de la tradition, mais il savait bien que c'était quelque chose de plus intime, de beaucoup plus secret, qui jaillissait des tréfonds de son être et le poussait à reconstituer la massia avec beaucoup de minutie et dans ses moindres détails. Nuria, toute à sa joie de voir le domaine se remettre à vivre, se montrait une complice-née.

Malgré ses réticences à entrer en contact avec tout ce qui représentait son passé, Félix avait accepté que Jean-Paul vienne, à une semaine d'intervalle, deux fois à Besalu. La première fois, ce fut pour conclure l'acte de vente de son restaurant, de son nom et de tout ce qui pouvait s'y rapporter. Il avait signé sans remord ni regret. La deuxième venue de Jean-Paul, avait été pour qu'il apporte à Félix, en mains propres et en espèces, une grosse somme, celle qui provenait du dessous de table conclu avec le groupe des acheteurs. Le solde de ce pactole, une petite fortune qui représentait la part officielle – la plus importante – devait rester à l'abri en France. Jean-Paul Silberstein avait été mandaté par Félix pour la placer judicieusement et faire en sorte qu'elle fructifie. L'avocat avait accepté cet engagement. En échange, Félix avait, alors, beaucoup insisté pour qu'il ne divulgue pas son adresse. À personne.

Lorsqu'il était arrivé, au volant d'une voiture louée à Barcelone, où il avait atterri, Félix lui avait raconté comment il avait découvert Can Cargol. Ensuite, il lui avait présenté Nuria et lui avait montré la maison. « Tu es complètement givré, mais je suis ton ami et si tu le sens comme ça... » avait alors commenté l'avocat. Puis il avait promis de ne rien dire à personne. Il était reparti sûr et certain que Félix était devenu complétement fou.

— Il faudra aussi acheter des meubles !...

Nuria rêvait au moment où elle pourrait enfin franchir le seuil de la maison. Félix se sentait ému par cette joie puérile. Il ne pensait pratiquement plus à Gillian. D'ailleurs, aux dires de Jean-Paul, elle devenait de plus en plus raisonnable et commençait à accepter l'idée du divorce sans poser de conditions exorbitantes. Il avait expliqué ce revirement par la réussite de son propre discours. Félix n'y avait pas cru. Il connaissait le caractère de celle qui était encore, et malgré tout, sa femme. Il savait l'orgueil qui se dissimulait sous ce visage presque parfait, au sourire figé. Gillian n'aimait pas perdre. Elle ne pouvait donc pas accepter la situation aussi facilement et sans autre contrepartie qu'une pension, même confortable. Au début de leur relation, il avait été surpris de découvrir, sous l'élégante indifférence qui lui faisait un masque, qu'elle pouvait se mettre dans des états extrêmes de fureur et de rage. Peu à peu, quand elle travaillait encore pour son agence de photo, il avait remarqué qu'à chaque fois qu'une autre fille la devançait à propos d'un contrat, sur lequel elle comptait, elle pouvait devenir méchante, venimeuse, dangereuse même.

L'annonce de la nouvelle de la surprenante docilité, de Gillian, qui survenait au moment de la conclusion de la vente du restaurant, le surprit un peu. Il se demanda si cela ne cachait pas quelques desseins de revanche ou des revendications non avouées. Pourtant, tout se passait comme si, désormais, Gillian renonçait sans combat, sans tentative de vengeance. C'était inespéré et, pourtant, plus Félix y réfléchissait, plus il se disait qu'elle devait se sentir humiliée, et cela ne lui ressemblait guère d'abandonner les hostilités sans vouloir à tout prix écraser l'adversaire.

Lors de sa première venue, Jean-Paul Silberstein avait apporté, en plus de l'argent, un paquet de journaux et de revues dans lesquels la disparition de Félix avait fait les gros titres. Celui-ci avait refusé de les lire. Il ne voulait plus rien savoir de sa vie passée. Avec le produit de la vente de son restaurant et de ses droits attachés à l'utilisation de son nom, il avait calculé qu'il disposerait de quoi vivre largement et qu'il aurait suffisamment de fonds, désormais, pour redonner vie à cette massia qui le fascinait. Il s'était dit que le solde, en fait la plus grosse partie de cet argent, qu'il confiait aux bons soins de Jean-Paul, serait une poire pour la soif, une réserve en cas de malheur. Dans l'immédiat, il n'en avait pas véritablement besoin.

Depuis le temps que le domaine de Can Cargol était abandonné, les impôts fonciers n'avaient jamais été payés, et le fisc avait, depuis longtemps, formulé une saisie qui n'avait jamais été exécutée. Félix n'arrêtait pas de se dire que c'était une vraie chance que les ragots, les rumeurs et la terrible légende de Can Cargol, aient éloigné les spéculateurs locaux et les acheteurs éventuels.

Ignorant les commentaires des gens du pays qui le prenaient pour un fou et qui, par leurs bavardages, créaient une légende sur lui, Félix avait pris en main la restauration de la massia de Can Cargol. Il traita habilement le rachat des dettes fiscales au nom de Nuria, afin de lui restituer l'entière et libre possession du domaine. Et ce fut seulement une fois ce problème réglé qu'il embaucha cet entrepreneur et lui ordonna d'entreprendre toute la réfection des bâtisses érigées sur la propriété.

Périodiquement, Nuria insistait pour que Can Cargol soit mis au nom de Félix. Finalement, sur les conseils du notaire, Félix avait accepté cette singulière donation. Ils avaient évité ainsi des taxes supplémentaires. « Cette maison est maintenant à nous », répétait-il sans cesse à Nuria, « Mais tu sais que ce sera toujours la tienne, quoi qu'il puisse arriver. « À chaque fois, la jeune femme haussait les épaules. Elle paraissait heureuse et disait simplement, en riant aux éclats :

— Quand tu m'épouseras, Can Cargol sera aussi à moi.

— Dans combien de temps pourrons-nous y habiter, demanda Nuria ? les yeux brillant de joie.

Félix lui caressa la joue.

— Si tout va bien, nous pourrons emménager vers la mi-septembre. Ça nous laissera le temps de nous organiser avant l'hiver...

Nuria cessa de sourire. Sa bouche se ferma sur un pli plus dur. Ses yeux devinrent graves.

— Et quand tu m'épouses ?

Félix était toujours déconcerté lorsqu'elle passait d'un sujet à l'autre comme ça, abrupte et volontaire. Il ne comprenait pas, non plus, comment elle pouvait, dans la même seconde, changer d'humeur, passer de la joie la plus enfantine, à la gravité la plus sévère.

— Nuria ! s'exlama-t-il, sois sérieuse ! Réfléchis ! Il faudra attendre encore un peu avant de parler de mariage et tu sais bien pourquoi...

Sans entrer dans le détail de sa vie avec Gillian, ni de ce qu'il avait été, avant, à Paris, il lui avait expliqué qu'il était encore marié et qu'il faudrait attendre que le divorce soit prononcé. Il lui avoua qu'il faudrait du temps avant qu'il puisse envisager d'accomplir la promesse qu'elle lui avait habilement arrachée une nuit de passion où, dans un élan, il avait mêlé l'attirance qu'il ressentait pour Can Cargol, et le désir et les sentiments confus que provoquaient en lui cette jeune femme.

— Attendre, protesta Nuria. Il faut toujours attendre... J'en ai assez, moi !

Elle tourna les talons et s'enfuit en courant par le petit chemin le long de l'église.

Il commençait à être habitué aux sautes d'humeur de la jeune femme. Sans s'émouvoir, il salua les ouvriers et remonta dans sa voiture. Il manœuvra et s'engagea dans la traverse caillouteuse qui menait à la route provinciale. Lorsqu'il atteignit celle-ci, il n'avait pas réussi à rattraper Nuria comme il l'avait espéré. Elle avait disparu. Il s'inquiéta, stoppa son véhicule et descendit jeter un coup d'œil dans les environs et sur les bas-côtés, il se disait que, peut-être, elle s'était cachée dans les broussailles ou derrière un arbre, pour l'obliger à la chercher. La campagne était déserte. Il appela. Sa voix s'évapora dans la chaleur de cette fin de l'après-midi. Rien ne semblait pouvoir troubler la paix et la solitude de ces collines brûlées de soleil.

Pestant contre la jeune femme qui se conduisait comme une gosse, il décida de rouler en direction de Besalu. Il espérait encore la découvrir marchant au bord de la route. Il tenta de se rassurer en se disant qu'elle connaissait tous les raccourcis et que, sans doute, elle le précédait.

Quand il se gara sur la place de la Liberté, à Besalu, il était franchement de mauvaise humeur. Il n'avait pas rattrapé Nuria et ce fut à cet instant qu'il s'aperçut qu'elle lui manquait vraiment...

Il était de plus en plus furieux lorsqu'il pénétra dans le hall de l'hôtel. Le caractère fantasque de la jeune fille finissait par l'agacer autant que cela le déroutait. Il tenta de se convaincre qu'il ne s'agissait que d'une saute d'humeur et se dit qu'elle allait réapparaître, lui sauter au cou dès qu'il franchirait le seuil de leur chambre, au premier étage...

La stupéfaction le fit trébucher sur les marches de l'entrée. Elle était là ! Blonde, élégante à l'extrême, égale à elle même...

— Gillian !

Il n'avait pu se retenir de crier son prénom. La patronne de la Curia Reale qui griffonnait quelque chose sur un registre, terrée derrière le comptoir de réception, avait sursauté. Elle avait levé la tête, surprise et intéressée par ces deux clients français qui paraissaient se connaître. Comme on était en pleine saison touristique, elle n'avait pas fait le rapprochement en voyant arriver cette cliente élégante qui avait simplement demandé une chambre. Vaguement, elle avait remarqué que c'était un taxi de Figueras qui l'avait déposée sur la place, devant les arcades. Après un bref regard sur les vieilles façades, la femme était entrée tout droit dans le hall de l'hôtel et avait demandé que l'on prenne ses bagages dans le coffre du taxi. La patronne avait appelé le commis qui lézardait dans la cour intérieure. En voyant les nombreuses valises, elle avait tout de suite compris que la femme allait s'installer pendant plusieurs jours. Elle lui avait proposé une chambre sur la façade arrière, avec des fenêtres qui donnaient sur le Fulvia et le Pont Vell. Elle s'était dit, qu'ainsi, cette nouvelle cliente serait satisfaite et resterait peut-être pour une plus longue période.

Cependant, si elle avait pu penser qu'elle connaissait le Français, elle l'aurait placée dans une chambre plus proche de la sienne… Elle avait même pensé que, peut-être, cela aurait fait cesser ce manège gênant avec cette Nuria Valls, cette sauvageonne complétement folle que le tout le monde, à Besalu, tenait pour une traînée, et qui s'était jetée à la tête du Français quelques jours après son arrivée. Pire ! Depuis quelque temps, elle avait même osé élire domicile à l'hôtel sans tenir compte de la réprobation qu'elle pouvait pourtant lire dans les yeux de la patronne, à chacun de ses passages...

— Gillian !

Le cri de l'homme, ombre chinoise qui se découpait dans l'entrée sur un fond de soleil couchant incendiaire illuminant les vielles arcades, avait surpris et légèrement inquiété la patronne. Alternativement, elle avait tourné la tête vers l'arrivant, puis vers la femme qui remplissait sa fiche. L'homme, visiblement interloqué, avait crié un prénom qui paraissait bien aller à cette grande femme très élégante et blonde comme une nordique. Elle se demanda avec curiosité quel lien pouvait bien unir ces deux-là. Intuitivement, elle subodora un drame possible qui se serait joué sans qu'elle en comprenne les arcanes. Ni le Français ni la femme, cependant, ne paraissaient inquiets ou énervés. Simplement figés, immobiles, ils se contentaient de se regarder. En quelques secondes, l'atmosphère s'était alourdie.

La patronne retint son souffle.

— Gillian, répéta l'homme d'une voix plus normale. Que fais-tu ici !?

— Je suis venue pour te voir et te parler, murmura la femme sans bouger.

— Me parler ?...

Félix essayait de réfléchir. La présence de sa femme, dans le hall de cet hôtel perdu dans cette Catalogne profonde, à des centaines de kilomètres de Paris, où il se croyait en sécurité, oublié d'elle et du reste du monde, le mettait dans un état de confusion intérieure qu'il s'efforçait de ne pas laisser paraître.

— Mais, nous n'avons plus rien à nous dire, chuchota-t-il, Jean-Paul a dû te le dire...

Gillian ne bougeait toujours pas. Elle se contentait de le regarder, un petit sourire contraint, un peu amer, étirant ses lèvres.

— ... Je veux dire, reprit le Français, visiblement mal à l'aise, que je ne veux pas te parler. Je n'ai plus rien à te dire. Jean-Paul ne t'a rien expliqué ?

Paniqué, il songeait que Nuria pouvait arriver d'une seconde à l'autre. La présence de Gillian pouvait provoquer une crise de plus. Nuria ne comprendrait pas. Elle deviendrait folle furieuse. Il la savait capable de tout. Si elle rencontrait Gillian, là, en ce moment, elle allait sûrement réagir d'une manière violente. Sans compter que Gillian, elle aussi, pouvait tout à coup devenir incontrôlable, lorsqu'elle découvrirait l'existence de la jeune Catalane. Il sentit que la situation lui échappait à nouveau.

— Il faut pourtant qu'on parle, Félix. Nous sommes bel et bien encore mariés, que je sache.

La voix de Gillian était mesurée. Elle se contrôlait. La connaissant, il savait que cela ne présageait rien de bon, qu'une tempête pouvait éclater à tout moment.

— J'ai déjà dit ce que j'avais encore à te dire. J'ai tout expliqué à Jean-Paul, plaida Félix. Il m'a juré que tu avais compris et que tu...

Il s'interrompit. Gillian avait pris cette expression glacée qu'il connaissait bien. Il savait qu'à partir de là, il était inutile d'essayer de discuter. À sa manière, Gillian était aussi entêtée que Nuria.

— Je suis venue pour parler avec toi, précisa Gillian immobile, et nous parlerons. Que tu le veuilles ou non !

C'était net et définitif. Il sut qu'elle ne céderait pas et qu'il allait devoir expliquer ce qu'il incapable d'expliquer.

— Bien, capitula-t-il, puisque c'est ce que tu veux, allons nous asseoir sur la terrasse du bar...

Très vite, il ajouta :

— C'est par là...

Du bras, il désignait la petite porte latérale qui donnait accès au bar depuis le hall d'entrée de l'hôtel.

Elle passa devant lui. Une bouffée de ce parfum charnu et poivré, dont elle usait avec une discrétion qui lui donnait toute son ampleur, toute sa magie, atteignit Félix. Malgré lui, cette fragrance familière réveilla sa mémoire enfouie. La douleur dans sa poitrine revint. Aiguë. Cruelle.

Faisant un effort sur lui-même, il la suivit des yeux. Le tailleur de soie gris perle, ajusté au plus près du corps, épousait ses formes. La courte veste et la jupe droite dessinaient en le moulant ce corps qui l'avait tellement affolé, naguère. Hypnotisé, il la détailla pendant qu'elle descendait le large escalier qui menait à l'intérieur du bar.

Les jeunes gens, d'habitude si bruyants et agités, à cette heure, se turent dès que Gillian apparut. Ils tournèrent tous la tête vers cette inconnue qui s'introduisait dans leur petit enfer banal avec une démarche de mannequin. Un étrange silence avait subitement envahi la salle. Seul le téléviseur, sur son socle haut perché sous la voûte de pierre, continuait à montrer les images niaises et à moudre la musique mécanique d'une chanson à la mode que personne ne regardait ni n'écoutait plus.

Gillian s'avança jusqu'au bar, puis se retourna en haussant interrogativement les sourcils, questionnant Félix du regard. Celui-ci désigna la porte de verre qui se trouvait sur la gauche.

— La terrasse est par là...

Le couchant enflammait le ciel. Le spectacle qu'ils découvrirent, lorsqu'ils s'assirent à une table un peu à l'écart sous les micocouliers, tout au fond de l'esplanade, était tellement beau qu'ils furent, malgré ce qui les préoccupait, contraints de l'admirer un instant. Le Pont Vell vibrait dans la coulée d'or fondu que déversait l'astre du jour qui agonisait. Avec ses tours crénelées, le vieil édifice se découpait comme une nef fantomatique dominant un champ de bataille incendié. À le voir ainsi, il paraissait plus grand, plus massif. Les arches et le tablier se dressaient, orgueilleux, soutenus par des piles énormes que léchaient les eaux couleur d'émeraude de la rivière en contrebas. La nuit catalane allait tomber bientôt. Elle allait le noyer d'ombre et de mystère. Ils s'étaient assis tous les deux et ne parlaient pas, subjugués par la beauté du spectacle. Félix dut faire un effort pour tourner la tête vers le garçon en veste blanche qui se penchait vers eux et répétait, en catalan : « *Qè vols ?* »

Gillian commanda une eau minérale, Félix demanda son habituel whisky de malt. Le garçon tourna les talons. Félix parut attentif à la démarche du serveur qu'il regardait partir, la tête ailleurs. Il faisait tout ce qu'il pouvait pour retarder le moment où il devrait se mettre à discuter.

Gillian gardait la tête droite, le menton pointé vers l'avant, dans une posture singulière, presque arrogante. Félix ne put s'empêcher de constater qu'elle était encore plus belle avec cette lumière rougeoyante et mordorée qui incendiait sa chevelure blonde. Il émanait d'elle une aura magnétique. À la voir ainsi, dans cette pose figée, avec les lèvres serrées, les yeux perdus dans une contemplation distraite du vieux pont, il comprit qu'elle était, comme lui, en plein désarroi. La situation pouvait s'éterniser. Il chercha le moyen de précipiter les évènements :

— De quoi veux-tu que nous parlions ?

Elle sursauta, comme s'il l'avait bousculée. Lentement, elle tourna son visage vers lui, laissant les ultimes rayons du soleil modeler ses traits et auréoler sa silhouette.

— Pourquoi es-tu parti ?

Il faillit éclater de rire. Amer, il songea : « Com-ment ose-t-elle poser cette question d'une façon aussi innocente et comment peut-elle lui demander pourquoi il avait fui, ce fameux petit matin où elle était revenue à l'appartement du Quai des Grands Augustins, alors que la jalousie l'avait aveuglé et ravagé ? » Il secoua la tête avec tristesse. Il ne voulait pas lui dire ce qu'elle désirait entendre ni s'abaisser à lui reprocher ce qu'elle devait savoir aussi bien que lui.

Il ne répondit pas.

— Rien ne justifiait, continua-t-elle...

Elle s'arrêta en voyant les yeux de son vis-à-vis qui s'enflammaient. En une fraction de seconde, une brusque colère l'avait à nouveau envahi. Il s'était raidi, mâchoires bloquées, comme si elle l'avait insulté.

Elle fit une nouvelle tentative :

— Tu aurais dû rentrer à l'appartement, ce matin-là, je t'aurais expliqué...

Il explosa : « Expliquer quoi ?! » Son esprit était à nouveau ravagé par cette jalousie sournoise qui l'avait déjà possédé ce matin-là. Elle sentit qu'il était au bord de l'implosion, et que, d'une minute à l'autre, il pouvait disparaître à nouveau. Elle baissa les yeux, évitant de le provoquer. Son esprit chercha désespérément les arguments nécessaires qui permettraient de le calmer. Intuitive, elle avait compris qu'il était encore blessé, meurtri.

— Je t'en prie... Écoute-moi, reprit-t-elle d'une voix vibrante d'émotion, je ne veux pas te faire mal, je suis venue parce que...

Ses yeux revinrent vers le visage de Félix. Il était blême. Elle affronta son regard sans ciller, puis acheva:

— ... parce que je t'aime !

Elle avait lâché ce surprenant aveu dans un souffle, comme si les mots avaient eu du mal à franchir la barrière de ses lèvres. Félix retint sa respiration. Il attendait que son cerveau ait fini d'enregistrer l'énormité de ce qu'elle venait de lui dire.

Un silence pesant s'installa entre eux. L'un en face de l'autre, ils s'affrontaient du regard. Le visage de Félix exprimait une méfiance extrême. Avec beaucoup d'habileté, elle précéda sa réaction :

— Cela me coûte de te le dire, mais depuis des semaines, je ne vis plus, je... je me sens mal, très mal...

Elle hésita, comme si les mots lui manquaient.

— ...Tu me manques, acheva-t-elle comme si elle avouait quelque chose de très intime.

Elle se tut et baissa les yeux. D'une main distraite, elle agitait le liquide dans son verre. Carillon dérisoire, les glaçons dansaient et tintinnabulaient, diaphanes dans le tube de verre.

Félix crut qu'encore une fois elle se moquait de lui. Ce qu'elle venait de dire provoquait une tempête instantanée dans son cerveau. Il dut faire un gros effort pour garder son calme. Il respirait avec difficulté, une intense émotion se lisait sur son visage crispé.

—... Tu peux ne pas me croire, je le sais, reprit-elle d'une voix quasi inaudible, mais je te jure que c'est la vérité. Tu me manques vraiment... Je suis très malheureuse !

Il tenta de réagir contre le trouble qui l'envahissait et submergeait la totalité de son esprit :

— Ce n'est pas possible !

Sa protestation se figea dans l'espace qui les séparait. Il luttait pour tenter d'exprimer ce qu'il ressentait.

— ... Ce n'est pas vrai, répéta-t-il ! Tu mens !

Sa voix lui parut étrangère.

Au-dessus d'eux, rapides et folles, les hirondelles accomplissaient leurs ultimes acrobaties de la journée dans un ciel orangé, semblable à un brasier en train de mourir. Bientôt, il ferait nuit.

— Je ne peux pas te croire ! Je ne veux pas te croire, tu m'as tellement menti... Et puis, il est trop tard !

Le visage de Gillian lui parut très pâle sous les guirlandes d'ampoules qui venaient de s'allumer.

Ils restèrent silencieux très longtemps.

Finalement, Gillian ouvrit la bouche :

— Comment peux-tu croire que j'ai fait le voyage de Paris jusqu'ici pour venir te dire n'importe quoi et te mentir ?... Je te le répète : je t'aime ! Tu me manques ! Je le sais maintenant et je ne peux pas vivre sans toi.

Sa voix était calme, juste un peu sourde, comme si l'intensité de l'instant lui donnait un ton plus grave.

— ...Comment peux-tu imaginer que je puisse venir jusque dans ce trou perdu pour te mentir ? Quel serait mon intérêt, dis-moi ?

Malgré sa méfiance, Félix dut admettre qu'elle avait raison. Mais il ne pouvait s'empêcher de penser qu'elle poursuivait encore quelque plan machiavélique, soit par vengeance, soit par calcul. Son esprit ne parvenait pas à formuler ce raisonnement avec suffisamment de force pour qu'il puisse s'en convaincre. Elle le faisait douter.

Il tenta de raisonner logiquement. Il savait qu'il avait donné des ordres précis à Jean-Paul afin qu'elle ne se sente pas flouée. À dessein, Félix avait signé l'abandon de ses prétentions sur l'appartement du Quai des Grands Augustins qui, dès lors, lui appartenait de plein droit. Il avait aussi accepté de payer régulièrement une substantielle pension alimentaire pour qu'elle n'ait pas l'envie de lui créer d'autres problèmes... Il estimait avoir fait tout ce qu'il pouvait, tout ce qu'il devait, pour que, désormais, elle le laisse en paix. Il coupa court à ses explications :

— C'est bon, admit-il pour couper court, légèrement agacé, je veux bien te croire...

Quelques secondes passèrent avant qu'il ajoute :

— Je veux bien te croire, Gillian, mais je tiens tout de suite à préciser que moi, je ne t'aime plus et que je n'ai pas vraiment envie de discuter avec toi...

Passant sa langue sur ses lèvres, il souleva son verre et avala l'alcool d'un trait. Il avait besoin de tout le courage possible pour le lui dire, puisque, jamais, au cours de leur vie commune, il n'était parvenu à le faire.

— ... Tu ne peux nier le fait que tu m'aies trompé, reprit-il à voix basse, et que tu te sois fichue de moi, et ça, je n'arrive pas à l'accepter ! Tu comprendras que je ne veuille pas revenir en arrière...

Gillian s'était figée en entendant cette accusation directe et précise. Elle le regardait avec une intensité extraordinaire. Félix aspira bruyamment de l'air avant de poursuivre rapidement pour l'empêcher de dire quoi que ce soit de plus :

— ... Et par-dessus tout, je tiens à ce que tu saches, que tu ne me manques pas du tout !

Gillian, immobile, lui parut d'une impassibilité qui l'agaça. L'ovale de son visage ne démontrait rien de ce qu'elle pouvait ressentir. Il avait cherché à la provoquer, il avait voulu lui faire payer le chagrin et les souffrances qu'il avait endurées durant les semaines qui avaient précédé sa fuite, mais elle paraissait ne pas être atteinte, du moins elle ne le montrait pas. Cruel, décidé à faire mal, il ajouta :

—... Et puis tu appartiens au passé, Gillian ! Et le passé, je ne veux plus en entendre parler !

Félix vit que là, il l'avait touchée. Plaisir presque malsain, il scruta son visage figé. Il voulait s'assurer qu'il avait réussi à l'atteindre. Il esquissa un sourire en croyant apercevoir un minuscule reflet cristallin qui tremblotait aux bords de ses paupières :

— Ne joue pas les femmes éplorées avec moi... Tu ne réussiras plus jamais à m'attendrir !

Gillian muette glacée, frissonna longuement. Elle essayait de ne pas lui montrer qu'elle ne supportait pas ses sarcasmes. Elle avait tellement l'habitude que son charme opère à chaque fois qu'elle le désirait, qu'elle ne parvenait pas à admettre ce rejet insultant. Elle retenait des larmes de rage qui l'étouffaient. Malgré toute sa volonté, sur ses joues légèrement colorées par l'émotion, de minuscules rigoles brillantes laissèrent bientôt des traces légères dans lesquelles se reflétaient les ampoules en guirlandes suspendues au-dessus de leurs têtes et qui déclinaient toutes les lueurs de fin de fête, de fin d'un monde.

Il voulut l'humilier encore :

— ... Arrête de chialer ! À Paris, tu ne t'es pas attendrie sur moi quand, coincé entre ma cuisine et le restaurant, je faisais le clown devant toute la galerie pour donner le change. Pour moi, c'était un enfer ! Je me levais tous les jours à l'aube pour aller à Rungis choisir mes produits. Ensuite, toute la sainte journée, j'étais rivé à ma cuisine. En plus il fallait que je sourie... Sourire, toujours sourire, même lorsque je savais parfaitement que tu passais tes soirées avec d'autres mecs, ces copains de la mode dont tu ne pouvais te passer !... Tu ne te rendais même pas compte que je souffrais. Tu ne voyais pas que j'en crevais...

Il était décidé à tout lui jeter au visage sa jalousie, à vider toute la rancœur accumulée, et qui avait empoisonné son esprit durant tout ce temps.

— ...À cette époque, tu ne te préoccupais pas non plus de moi, lorsque je rentrais éreinté, usé, puant les odeurs de cuisine. Comme un mendiant, je quémandais simplement un peu d'amour. Tu te défilais. Toujours ! Tu t'acharnais à me refuser ton lit, nuit après nuit... Pourtant, je te jure que c'était pour toi que je travaillais comme un dingue ! Tu étais mon but ! Je ne rêvais de réussir que pour que tu sois fière de moi ! Comme un con, je croyais que tu le comprenais ! Je voulais gagner le droit de vivre pour toi, avec toi, rien qu'avec toi...

Soudain, il eut un éblouissement, il eut la sensation que son cerveau se divisait. Une déchirure venait de se produire en lui. Deux êtres distincts l'habitaient, tout à coup. D'un côté il y avait l'homme qui ne voulait ou ne pouvait pardonner, celui chez qui le mal était fait, définitivement, et, dans le même instant, apparaissait cet autre qui avait besoin de dire, de crier toutes les douleurs qui avaient sédimenté en lui...

— ... Je t'aimais à en crever, moi ! À en devenir lâche. Oui, lâche ! Et alors j'ai fini par le devenir. Ensuite je l'ai été longtemps, totalement ! J'ai tout supporté, tout enduré, jusqu'à ce que je n'en puisse plus. Et puis il y a eu cette fameuse nuit où tu n'es rentrée qu'au petit matin... J'étais là, lorsque le taxi t'a déposée devant l'appartement... Je t'avais cherchée toute la nuit. J'avais passé au crible toutes les boîtes, tous les bars, où tu me disais que tu allais... J'étais comme un enfant. J'avais mal. Cela faisait des mois que je souffrais ! Des mois !... Alors, je me suis enfui. Je n'avais plus la force de me retrouver face à face avec toi. J'ai voulu t'effacer de ma mémoire, t'arracher de mon esprit, de mon cœur ! J'ai voulu me fuir moi-même, aussi. Il fallait que je me tue pour renaître à une existence qui ne serait pas l'enfer dans lequel j'avais survécu jusque-là...

Gillian avait rouvert les yeux. Elle fixait ses mains posées à plat sur la table. Elles étaient blanches et cireuses sous cette lumière parcimonieuse qui vacillait et tremblait, changeante.

— ... Je voulais faire disparaître tout ce qui avait été notre vie, tout ce qui me rappelait ton existence. C'est comme ça que je me suis retrouvé ici, en Catalogne, dans ce coin perdu, acheva-t-il dans un souffle.

L'un en face de l'autre, ils demeurèrent silencieux durant de longues secondes, n'osant se regarder. Ils réfléchissaient. Paradoxalement, Félix, encore sous le coup de l'émotion, était satisfait d'avoir pu lui dire ce qui le rongeait depuis si longtemps. Et, dans le même instant, il souhaitait qu'elle ne soit pas là, tellement il se sentait troublé par sa présence. Il avait la sensation diffuse de se laisser prendre encore une fois dans un piège. Méfiant, il la fixa longuement cherchant à déterminer l'origine de son malaise. Il la détaillait et cherchait à comprendre ce qu'elle était venue faire en faisant ce long voyage, de Paris jusqu'en Catalogne.

Malgré lui, il devait reconnaître qu'elle l'impressionnait encore. Il avait du mal à la regarder sans être ému. À la sentir si proche, il ne pouvait s'empêcher de subir ce charme indéfinissable qui amoindrissait ses capacités de réaction. Insidieuse, un vague désir larvé mêlé à une sorte d'angoisse voluptueuse, le reprenait. Il s'en voulut, se traitant de faible.

Depuis le jour de leur rencontre, cette inexplicable attirance l'avait toujours affecté lorsqu'il était en sa présence. Ce qu'il croyait brisé, enterré à tout jamais, demeurait encore vivant dans son esprit et dans sa chair. Ses yeux glissèrent sur cette plage de peau que le décolleté croisé laissait entrevoir, à la naissance des seins. Par-dessus le plateau de la table, son regard caressa un instant la ligne fuyante de ses jambes haut croisées. Il ne vit pas qu'elle l'observait.

Silencieuse, Gillian sentit qu'elle triomphait encore une fois de ses réticences, et ceci malgré tout ce qu'il venait de lui dire. Dans ses prunelles, elle avait entrevu cette petite flamme qu'elle connaissait si bien. Il cédait. La muraille, qu'il avait tenté d'édifier entre elle et lui, s'écroulait. Une fois de plus, elle constata que son charme brisait toute la résistance qu'il aurait pû encore tenter de lui opposer.

Félix s’efforçait de masquer ce qu’il ressentait. Il se sentait coupable vis à vis de lui-même. Il voulut reprendre le contrôle de la situation :

— Je ne t'aime plus, tu sais, murmura-t-il comme s’il essayait de se convaincre lui-même. Je ne veux plus te voir… Plus jamais, tu m’entends !

Sa voix sonnait faux.

Perfide, Gillian, qui savait, dissimula son triomphe. Elle n’ajouta rien. Elle savait aussi que la moindre parole, le plus petit geste d'elle, pouvaient rompre le lien ténu qu'elle avait réussi à rétablir. Elle retint son souffle.

— Je ne peux plus t'aimer, continua-t-il avec de moins en moins de conviction. Je ne peux plus…

Félix, s’interrompit. Il était mortifié de porter encore cette culpabilité et, surtout, de tenter de s’en excuser. Il venait de penser, qu’en quelques instants, à cause de la présence de Gillian, il avait tout simplement oublié Nuria, Can Cargol, et tous les rêves qu'il faisait encore, il y avait à peine quelques heures.

— Tu sais, je ne demande pas de revenir à Paris. Je suis prête à vivre ici, si tu le veux...

La voix de Gillian l'atteignit à travers un brouillard qui emmaillotait son cerveau. Surpris, il leva les yeux :

— Que dis-tu ? Tu es devenue folle, ma parole !

Le visage de la femme n’exprimait rien. Elle semblait de glace. Elle soutint son regard avant de répéter :

— Je dis que, je veux vivre où tu vis, que je suis prête à ne plus rentrer à Paris, à rester ici, avec toi...

Ces mots résonnèrent comme des roulements de tonnerre dans le crâne de Félix. Les battements de son cœur s’accélérèrent. Le sang se mit à cogner à ses tempes. Comme s’il se noyait et tentait d’aspirer de l’air à plein poumons pour échapper à l’asphyxie, il gardait la bouche ouverte,.

Il voulut protester :

— Mais tu es vraiment cinglée !

Il pensait à Nuria. Elle riposta sèchement :

— Pas plus que toi !

Il n'eut pas le temps d'insister. Un cri aigu, curieux hurlement rageur, les fit sursauter. Une ombre se tenait à deux pas de leur table. Gillian tourna la tête avec lenteur, apparemment à peine surprise. Félix, lui, se tassa sur lui-même. Il venait de reconnaître la fragile silhouette qui sortait de l'obscurité. Il murmura :

— Nuria !

La jeune fille était arrivée sur la terrasse sans qu'il la remarque parmi le va-et-vient des consommateurs. Elle avait forcément entendu leur conversation et, surtout, les dernières paroles de Gillian.

Félix se dressa sur ses pieds. Il regarda Gillian qui, elle, observait tranquillement Nuria avec un air un peu absent, comme si elle s'appliquait à contrôler toutes ses réactions, à montrer un parfait sang-froid.

La jeune Catalane tremblait des pieds à la tête. Ses yeux lançaient des flammes. Ils fixaient Gillian. Ses lèvres étaient agitées de mouvements spasmodiques. Elle retenait désespérément un sanglot.

Tout à coup, elle parut se casser, se désarticuler. Son corps tout entier diminua comme si elle craquait de l'intérieur, comme si elle se vidait de sa substance. Sa bouche s'ouvrit et d'une voix blanche, méconnaissable, pitoyablement, elle bégaya :

— Vous êtes... Vous êtes des ...

Brusquement, elle tourna les talons et s'enfuit à toutes jambes en direction de la porte donnant dans le bar. En un clin d'œil, elle avait disparu.

Il fallut quelques secondes pour que Félix réalise ce qui venait de se passer. Brusquement, il sauta sur ses pieds et, sans jeter le moindre regard vers Gillian, il se lança à la poursuite de la jeune femme.

Il venait de comprendre, en voyant Nuria et Gillian face à face, ce qui se passait dans l'esprit de la jeune Catalane. En une fraction de seconde, il prit conscience du drame qui se jouait en elle. Il sut aussi que, si Gillian l'impressionnait encore et savait réveiller, en lui, un trouble certain, il ne pouvait plus se passer de Nuria.

Les clients du bar, jeunes gens de la petite cité, le regardèrent passer avec, dans les yeux, des éclairs ironiques qui en disaient long sur l'opinion qu'ils avaient de ce Français qui courait après cette folle de Nuria Valls. Besalu était une petite ville et, comme dans toutes les petites bourgades du monde, tout se savait, tout se chuchotait. Les habitants avaient soupçonné le drame qui allait survenir, lorsqu'ils avaient vu l'étranger s'asseoir à la terrasse avec cette femme blonde, et, ensuite, lorsqu'ils aperçurent Nuria qui cherchait « son Français ». Ils avaient compris ce qui allait inévitablement se passer.

Félix grimpa quatre à quatre les escaliers qui menaient à la grande porte donnant sur la Place de la Liberté. Arrivé sous les arcades, il réalisa que Nuria ne pouvait être passée par là et avoir disparu aussi vite. Il s'arrêta et reprit son souffle. « Elle est en haut, j'en suis sûr », murmura-t-il...

La patronne de l'Hôtel se tenait sur le seuil de la porte de l'hôtel. Juste à côté, s'ouvrait celle du bar.

— Vous cherchez Nuria Valls, Señor ? questionna-t-elle, faussement serviable.

Elle désigna l'entrée de son établissement :

— Elle est montée, je crois. Elle paraissait très pressée. Elle ne m'a même pas saluée...

— Merci, souffla Félix, agacé par la mine cauteleuse de la femme qui le dévisageait sans aucune gêne.

D'un pas vif, il passa devant elle et traversa le hall. Il se dirigea vers le patio par lequel on accédait à l'escalier intérieur qui amenait aux chambres situées dans les étages. Comme un fou, il déboucha dans la cour carrée remplie de fleurs odorantes et leva les yeux vers les coursives de pierre en arcades qui couraient sur les quatre côtés des façades intérieures. Il chercha à entrevoir la silhouette de Nuria passant devant les ampoules emprisonnées dans des cages de ferronnerie et disposées près de chacune des portes.

Ses yeux parcoururent la rangée de balcons qui lui parurent totalement déserts.

En plein désarroi, Nuria devait s'être réfugiée dans le seul endroit où elle pouvait encore aller. Quelques jours auparavant, sa tante l'avait mise à la porte. Par la rumeur, elle avait appris qu'elle couchait avec cet étranger, à l'hôtel. La vieille femme avait cédé à la pression des commérages.

Lorsqu'il poussa la porte de sa chambre, malgré l'obscurité, Félix sut que la jeune femme était bien là. Quelque chose de plus dense dans l'atmosphère, à moins que ce ne soit un léger mouvement, lui avait signifié sa présence.

Il repoussa lentement le battant dans son dos.

— Nuria, tu es là ?...

Malgré son essoufflement, il essayait de parler avec douceur, comme s'il avait voulu apprivoiser un animal sauvage. La pièce était vaguement éclairée par la lueur des lampadaires de la place, dont les reflets pénétraient à travers les rideaux qui occultaient les fenêtres. Plissant les paupières, il chercha où se cachait la jeune femme.

— Je te hais !

La voix le frappa en plein visage, rageuse. Elle jaillissait de l'ombre. Il la distingua soudain. Elle était debout, plaquée contre le mur près du lit. Il fut surpris de la découvrir si près de lui.

— Je vais te tuer... Elle aussi, je vais la tuer !...

Elle respirait par petites saccades, comme si elle luttait pour aspirer l'oxygène nécessaire à sa survie. Sa poitrine se soulevait spasmodiquement sous la robe que Félix lui avait offerte un jour de marché, la semaine précédente.

— Je vais vous tuer tous les deux !

Félix se contenta de la regarder en silence. Il cherchait les mots qui pourraient expliquer sans la braquer.

— Écoute-moi, Nuria, tenta-t-il, pour l'empêcher de proférer de telles menaces.

Son esprit cherchait fébrilement comment justifier l'apparition et la présence de Gillian. Nuria était dans un tel état de jalousie qu'elle ne pourrait jamais croire au hasard. Il se découragea.

— Je vous vais vous tuer, répétait la fille qui tremblait des pieds à la tête.

Félix savait Nuria excessive, il la connaissait imprévisible. Il craignit le pire.

— Tu sais, Nuria, c'est Gillian ma femme. Enfin, je veux dire la femme avec qui je suis encore marié…

— J'ai tout de suite compris que c'était elle, ta femme, celle de Paris ! Je l'ai su dès que je l'ai vue avec toi, souffla rageusement Nuria. J'ai compris que vous aviez tout combiné dans mon dos, en vous voyant ensemble sur la terrasse. J'ai compris que tu allais te remettre avec elle !

Il tenta une explication :

— Tu te trompes, je ne m'attendais pas à la voir débarquer, ici à Besalu, bredouilla-t-il. Je ne savais pas qu'elle allait venir. Je ne savais même pas qu'elle connaissait l'endroit où je vivais.

La voix Nuria lui parvint, imperceptible :

— Tu m'avais juré que c'était fini, avec elle ! Tu m'avais promis que tu ne pensais plus à elle !

— Oui, c'est vrai, je te l'ai dit et je te jure que c'est la vérité ! Je ne pouvais savoir qu'elle se trouverait là, ce soir ! argumenta-t-il véhément. Et je te jure que je ne comprends pas, moi non plus, comment elle a su où je me trouvais ni pourquoi elle est venue…

En disant cela, il songea soudain à Jean-Paul. Ce brave Jean-Paul Silberstein ! Le copain, l'ami fidèle, son avocat !… C'était lui ! Il n'y avait aucun doute, c'était lui qui avait renseigné Gillian ! Il l'imaginait parfaitement jouant le numéro de l'ami fidèle qui ne peut trahir, mais qui finit par craquer et tout raconter, allant jusqu'à donner la route à suivre, le nom de l'hôtel et tout. Jean-Paul, il le savait, n'avait jamais su résister à une femme. Surtout pas à Gillian ! Félix se souvenait que, depuis le début, dès qu'il lui avait présenté Gillian, Jean-Paul l'avait regardée avec un air de collégien épris. Dès le début, il avait été complètement sous le charme de la jeune femme. À l'époque, ils en avaient ri ensemble. Gillian, en remarquant que Jean-Paul était amoureux d'elle, avait paru ne pas s'en soucier. Elle avait même joué l'étonnement, comme si cette idée ne l'avait pas effleurée...

— ... Mais moi, je t'ai donné Can Cargol pour que tu m'aimes, reprit Nuria en sanglotant. Je t'ai tout donné pour que tu ne me quittes plus jamais !

Touché par le désespoir enfantin de Nuria, Félix se sentit malheureux. Une seconde, il eut envie de lui crier qu'il l'aimait et que la maison n'avait rien à voir là-dedans. Une force imperceptible le retint...

Pendant une seconde, il se demanda si Gillian était encore sur la terrasse à l'attendre où si elle était montée dans sa chambre ? Il eut peur qu'elle ose venir frapper à sa porte ce qui, obligatoirement, provoquerait une irrémédiable catastrophe. Il la savait perfide, manipulatrice, capable d'un pareil sans-gêne.

— ... Tu m'avais promis !

Nuria demeurait ensevelie dans son chagrin et sa fureur. Elle poursuivait son monologue revendicateur avec la force que donne le désespoir.

Félix tendit le bras vers la forme qu'il devinait à deux pas de lui. Ses doigts touchèrent la peau du bras de la fille. Ce contact la fit tressaillir. Elle avait réagi comme un arbuste au passage d'une rafale de vent. Immédiatement après, il sentit qu'elle se crispait de nouveau et se collait encore plus à la paroi comme si elle avait voulu s'y enfouir. Son parfum de fille en sueur, cette odeur à la fois douceâtre et pointue, entêtante, parvint jusqu'à lui. Il respira avec force. Troublé. Un désir soudain ruina son esprit.

— Viens, murmura-t-il.

Elle résista, tout le corps tendu comme un arc.

— Viens, je te dis, insista-t-il en lui entourant doucement le bras avec ses doigts, l'attirant à lui. Viens, tu sais bien que je t'aime, Nuria...

Comme si elle s'abandonnait, elle se relâcha d'un coup. Il la sentit s'amollir. Elle se retrouva collée à lui. Son corps se moula au sien. Elle tendit ses lèvres vers les siennes. Silencieuse. Tremblante. Troublante.

La repoussant légèrement, il la fit pivoter sur elle-même, puis la fit basculer dans un mouvement très lent et très doux sur le dessus du lit tout proche.

S'allongeant sur elle, il dégrafa rapidement sa robe et enfouit son visage dans le creux de sa poitrine. Elle ne disait rien, comme à son habitude, mais il sentit qu'elle réagissait et poussait son ventre contre le sien dans un mouvement de flux et de reflux qui lui ravagea la tête.

Il oublia Gillian.

Il n'avait plus qu'une idée en tête : il fallait qu'il la prenne, là, sur le champ. Dans un geste plein de ferveur, elle avait saisi ses cheveux à pleines mains et l'obligeait à se redresser à demi. Lorsque son visage fut à l'aplomb du sien, les yeux rivés à ses yeux, elle le maintint dans cette posture pendant qu'il la pénétrait d'un coup de rein rageur. Elle se tendit comme un arc et cria :

— Dis moi que tu m'aimes ! Dis-le moi !

La tête en feu, le corps fauve, il ne pensait qu'à la fouir comme un animal. Il voulait s'abîmer en elle, se fondre dans sa chair. Possédé, il ne sentait plus que cette chair fondante dans laquelle il était en train de forer et de se noyer.

— Je veux que tu me dises que tu m'aimes ! Je veux que tu me le dises, là, maintenant !

Avec son ventre, elle l'aspirait pendant qu'avec ses mains elle le repoussait comme pour lire sur son visage les ravages que causait, en lui, le désir d'elle. Il serrait les dents pour ne pas crier comme un animal. Il voulait atteindre cette jouissance qu'il pressentait tapie dans les replis du sexe de sa maîtresse. Il ne pouvait plus penser. Il n'était plus qu'un corps en rut.

—Je veux t'entendre le dire... Dis-le !

Soudain, un torrent jaillit de lui, puissant, chaud. Cette trombe déferla dans le ventre de la femme. Elle cria à son tour. Longuement.

Tout se brouilla dans leur tête.

Elle le fixait avec, dans les yeux, cette lueur étrange qu'il avait déjà remarquée. Il se laissa glisser dans un abîme de plaisir.

Anéanti, la tête vide, les mâchoires crispées, il murmura enfin, à son oreille, les mots qu'elle avait exigés de lui. « Je t'aime ». Il le fit comme on chuchote une prière, laissant son corps expulser en de multiples petites contractions les ultimes étincelles de ce plaisir qu'il sentait mourir en lui. Quelques instants plus tard, il bascula à côté d'elle. Longtemps, il demeurèrent côte à côte, immobiles, leur deux corps étalés en travers du lit aux draps emmêlés. Épuisés.

La chambre était redevenue silencieuse. Soudain, alors qu'ils fermaient les yeux, Félix sursauta. Il venait d'entendre la porte de la chambre qui se refermait doucement. Se redressant sur un coude, il regarda Nuria. Elle gisait à côté de lui, écrasée de fatigue et de plaisir, respirant par à-coups, les paupières closes. Pourtant, il était certain d'avoir entendu le pêne qui s'était enclenché dans la gâche avec un claquement caractéristique.

Il se releva complétement et s'assit au bord du lit, inquiet. Il songea immédiatement à Gillian. Cela ne faisait pas l'ombre d'un doute, elle était certainement montée sur ses talons et, perfide, avait poussé la porte de la chambre. Maintenant, il en était sûr : elle les avait observés durant tout le temps où ils avaient fait l'amour.

Il voulut en avoir le cœur net. D'un coup de rein, il se mit debout et franchit le court espace qui le séparait de la porte. Doucement, il appuya sur la poignée et l'ouvrit.

Les coursives qui entouraient tout le patio, dans les étages, étaient désertes. Tout était silencieux dans l'hôtel. Pourtant, en face de lui, entre deux arcades, il crut apercevoir une forme plus claire qui ouvrait la porte d'une chambre et s'y engouffrait.

À mi-voix, il appela :

— Gillian !

Sa voix richocha contre les façades du patio. Il se demanda si c'était bien elle qu'il venait d'apercevoir furtivement...

Il revint sur ses pas et repoussa le battant derrière lui. Il prit la précaution, cette fois, de bien refermer le battant et de pousser le verrou de fer forgé.

Sur le lit, le corps de Nuria formait un contraste avec la blancheur des draps. Il resta quelques secondes immobile à simplement la regarder. Il essayait de réfléchir. L'idée que Gillian ait pu le voir faire l'amour avec Nuria, provoquait en lui une curieuse gêne qu'il ne parvenait pas à chasser. Bizarrement, il se sentait coupable.

— Tu m'aimes vraiment ?

À moitié endormie, Nuria venait de le questionner d'une voix mourante. Il ne répondit pas. Doucement, il se glissa à côté d'elle. La chaleur du corps de la jeune femme allongée contre lui raviva cet étrange sentiment qui le torturait depuis quelques instants. Il s'accota à l'oreiller et se mit à regarder les fantômes lumineux que créaient, sur les carreaux de la fenêtre, les lanternes de l'éclairage public de la Place de la Liberté

Décembre, 1935

Le vent d'hiver soufflait en tempête depuis le soir précédent. Il giflait la bâtisse tout entière et la faisait frémir. On aurait dit que les bourrasques s'acharnaient à vouloir arracher de terre cette montagne de pierres pour la projeter dans ce ciel bas et gris qui roulait un océan de nuées d'un bout de l'horizon à l'autre.

L'homme écoutait, silencieux. Seul dans la grande pièce commune. Les lamentations du vent, qui s'écorchait aux pierres angulaires et aux solives du toit, déchiraient le silence en d'interminables hurlements. Les yeux perdus dans la fournaise, il fixait, sans les voir, les bûches qui se consumaient dans la grande cheminée. Il réfléchissait.

Depuis la fin de l'été, Rosita était malade. Elle avait perdu toute cette vivacité et toute cette gaîté dont elle avait empli Can Cargol à son arrivée, juste après leur mariage, au mois de janvier de l'année d'avant.

Il était inquiet et se demandait quel mal sournois pouvait bien miner celle qui, maintenant, occupait toute sa vie, tous ses désirs. Il lui avait conseillé d'aller se faire examiner par le médecin de Figueras, mais elle avait refusé tout net. Elle avait prétendu que ce n'était rien, juste un peu de fatigue, que ça allait passer et, qu'avec un peu de repos, elle serait bientôt sur pied.

Une bûche s'effondra. Elle projeta des gerbes d'étincelles dans l'obscurité fumeuse de la grande hotte pleine d'ombres qui la surmontait.

Cela faisait maintenant des semaines qu'elle ne se levait plus que quelques heures par jour. Elle passait le plus clair de son temps dans leur chambre à dormir ou à somnoler, seule dans la pénombre. Il ne parvenait pas à comprendre. Dans son esprit, tout s'était embrouillé.

Il y avait maintenant plus d'un an qu'ils s'étaient mariés. Il gardait le souvenir de cette jeune femme discrète, qui rougissait à chaque fois qu'il s'approchait d'elle, à chaque fois qu'il lui parlait. Puis, sans que son apparente timidité diminue, elle s'était peu à peu ouverte, comme une fleur qui trouve une terre propice et s'épanouit. Une fraîcheur et une gaîté constantes avaient alors accompagné tous ses gestes au quotidien. L'homme avait reçu ce bonheur apparemment simple, manne heureuse, comme un cadeau supplémentaire. Grâce à elle, Can Cargol reprenait vie et lui découvrait l'amour et la tendresse...

Dans cette période du début de leur mariage, elle s'était soumise de bonne grâce aux tâches que lui avaient imposées la maison et la vie commune. Elle faisait la cuisine, entretenait la vieille bâtisse, nettoyait leur linge, s'occupaient des animaux avec une humeur toujours égale. Elle projetait autour d'elle une énergie toute neuve, communicative, une sorte de lumière rayonnante. Pour l'homme, la vie avait repris des couleurs. Can Cargol ressuscitait. Ne manquaient que des enfants pour que tout redevienne comme dans le passé.

Un jour, elle avait lui avait annoncé, en rougissant, qu'elle était enceinte. Au début de sa grossesse, elle garda toute cette vivacité qui la rendait si belle, si attirante. Lui était aux anges. Il imaginait déjà des tas d'enfants courant dans la vieille bâtisse. La vie, à Can Cargol, allait bon train. L'espoir était de retour.

En fait, ce ne fut qu'après son accouchement qu'elle commença à changer, après qu'elle eût inexplicablement repoussé, rejeté, son petit...

Dès que le bébé eût quitté la massia, à la fin de l'été, elle s'était plainte de maux de ventre et d'incessantes douleurs dans la tête. Elle avait commencé par se lever de plus en plus tard. Ensuite, elle n'avait plus préparé les repas ni tenu le ménage. Plus tard, elle demeura au lit des journées entières. Sur le coup, la croyant malade, il n'avait rien dit, tout accepté. Il se disait que ce ne serait que passager.

Comme à la massia plus rien ne se faisait normalement, il avait tenté de pallier ces absences comme il pouvait. Il s'était appliqué à s'occuper des bêtes en plus de son travail au champ. Manque de temps, il remettait à plus tard les travaux nécessaires pour que la maison soit propre.

Puisqu'elle ne confectionnait plus aucun repas, il s'était nourri de ce qui lui tombait sous la main, se contentant la plupart du temps de pain et de fromage, de jambon cru et de fruits, qu'il cueillait lorsqu'il rentrait des champs, le soir. Tout se passait désormais comme si cet enfant, en venant au monde, l'avait affranchie d'une pesanteur qui la rivait à la réalité commune. Elle parut soudain libérée d'un tabou de femme qui, jusque-là, l'avait contrainte à jouer un rôle. Elle était devenue une autre.

Derrière lui, la porte de leur chambre s'ouvrit sans qu'il l'entende. D'une main distraite, il remettait des bûches dans l'âtre pour que le feu mourant reprenne et le réchauffe. Le froid, qui pénétrait insidieusement au travers de ses vêtements et envahissait toute la grande salle commune, l'avait tiré de sa sombre rêverie.

Sans faire de bruit, la femme était entrée dans la pièce. Elle ressemblait à un fantôme diaphane et silencieux noyé dans l'ombre plus dense du fond de la salle. Il ne la vit pas approcher. Le feu reprenant, il s'était rassis et avait fermé les yeux en soupirant. La faim lui crispait l'estomac et le faisait saliver. Il regarda la table, puis les étagères, et finit par se retourner pour jeter un coup d'œil en direction de la cheminée où, maintenant, flambaient les quelques bûches qu'il y avait mises. Il se demandait avec un peu d'inquiétude ce qu'il allait manger, ce soir-là. Sans faire le moindre bruit, elle traversa toute la pièce, les pieds nus sur le carrelage glacé. Elle était vêtue d'une chemise de coton et portait un châle de laine noire sur les épaules.

— Tu as faim ?

Il sursauta et ouvrit les yeux. Elle se tenait debout, juste devant lui.

— Ah, tu es là ? avait-il dit d'une voix cassée. le corps figé par la température ambiante.

— Je vais préparer ton repas, reprit-elle, tu dois avoir faim... Que veux-tu manger ?

Son esprit s'affola. Il n'avait plus l'habitude d'une telle sollicitude. Pour se donner une contenance, il baissa la tête et les yeux avec l'air de vouloir l'ignorer. Son regard tomba sur les pieds de sa femme. Elle n'avait pas de chaussures et marchait à pieds nus sur le carrelage glacé.

— Tu vas prendre froid, tenta-t-il timidement.

Puis il toussa pour s'éclaircir la gorge et masquer sa gêne.

— ...Il faut que tu mettes tes sabots.

Elle se détourna comme si elle n'avait pas entendu et regarda en direction de la cheminée.

— Il reste de la soupe...

Elle ne lui laissait pas le choix. Il aurait de la soupe réchauffée de nombreuses fois et depuis plusieurs jours. Il haussa les épaules. Cela n'avait pas d'importance. Il avait tellement faim qu'il aurait mangé n'importe quoi. Malgré le feu qui avait repris et lançait des lueurs dansantes dans la pièce, créant ainsi un rond de bonne chaleur, le froid sournois commençait à le glacer tout entier. Il fallait qu'il mange. La femme allait et venait sans dire un mot et sans plus s'occuper de lui. Elle déplaçait un objet, fouillait le foyer avec un tisonnier, touillait dans la marmite posée sur le trépied qui la maintenait au-dessus du feu. Elle agissait comme dans un autre temps, une autre dimension. Il la sentait tellement lointaine, tellement différente, ombre parmi les autres ombres, qu'il ne percevait plus sa réelle présence. Une sensation de solitude absolue, montait irrépressiblement en lui et le rendait malade. De toute son âme, il aurait voulu lui parler, lui dire combien il avait besoin d'elle, de son sourire, de sa peau, de son corps, mais les mots, que formulait son cerveau s'entrechoquaient dans sa tête et ne parvenaient plus à franchir ses lèvres.

Elle se pencha sur la table et alluma la chandelle. Avec des gestes rapides et précis, elle rassembla les écuelles de terre cuite et les couverts maculés qui traînaient, puis les emporta vers l'évier de pierre. Un instant, elle disparut dans l'obscurité que ne parvenaient pas à percer les lueurs conjuguées du feu et de la chandelle posée sur la table.

Il la devinait à peine. Elle était une forme juste un peu plus claire dans la pénombre ambiante. Comme elle ne revenait pas dans le cercle de lumière, il se demanda ce qu'elle était en train de faire. Des bruits d'eau et les chocs le renseignèrent.

— Tu ne vas pas laver la vaisselle à cette heure, murmura-t-il sans conviction.

Une seconde, il pensa qu'elle devenait folle et qu'à pieds nus, les mains dans l'eau glacée, elle cherchait véritablement à se rendre malade. Il n'osait pas lui demander si sa réapparition soudaine et cette subite volonté de lui préparer à manger étaient les prémices d'une guérison, d'un renouveau de son attitude générale dans leur vie commune

— Tu vas prendre la mort...

Elle ne lui répondit pas.

Les silences de Rosita le blessaient et le diminuaient. Même respirer devenait pénible. Il avait l'impression que la vie le fuyait. Il se recroquevilla sur le banc de bois, le regard posé sur ses mains. Étrangement, il avait l'impression de s'engourdir comme si son âme était en train de geler. Son esprit s'endormait. Ses paupières s'abaissaient malgré lui, voilant le décor autour de lui. Une somnolence soudaine et étrange, irrésistible, s'emparait peu à peu de lui. Il avait l'impression d'entrer, sans qu'il sache pourquoi et sans qu'il puisse résister, dans une sorte de léthargie consciente.

Une forme vague se dressa entre lui et la cheminée... D'abord, il crut que c'était Rosita mais, très vite, il se rendit compte que la silhouette était celle d'un homme vêtu d'une ample cape de gros tissu noir.

Il le discernait mal malgré la proximité.

Le feu le découpait en ombre chinoise, mais celle-ci était légèrement brouillée. Il cilla pour tenter de le distinguer mieux. Il se demanda ce que faisait cet homme dans la pièce mais, très vite, il renonça à comprendre. L'effort qu'il faisait afin d'observer l'intrus lui prenait toute son énergie.

D'un pas glissé, le nouveau venu se déplaça sur le côté. Il tenait une longue broche sur laquelle était piquée une volaille squelettique et la maintenait au-dessus du feu.

Il constata soudain qu'il n'entendait plus Rosita. Un instant, il craignit qu'elle se soit recouchée. Il essaya de tourner la tête pour l'apercevoir, mais il se sentit trop faible pour achever ce mouvement. Malgré lui, incapable de faire le moindre geste, il observait l'inconnu qui se tenait en face de lui. Il chercha à percevoir l'odeur de la viande en train de griller, mais aucun effluve ne parvenait à ses narines. Tout se passait comme s'il rêvait tout éveillé. L'homme avait le visage tourné vers lui et il lui sembla qu'il le regardait. Ses traits étaient mis en relief par la lueur des flammes. Il ne le connaissait pas. Ça, il en était certain. De longs cheveux sombres encadraient une figure barrée d'une fine moustache que surmontait une barbiche taillée en pointe et deux yeux noirs et perçants sous des sourcils épais.

Ces détails lui parurent incongrus...

Ce faciès basané, aux traits burinés, le fit songer à ces personnages qu'il avait vus sur des gravures dans ses livres d'école naguère. C'étaient des hommes qui avaient vécu dans les temps anciens. Il se souvenait même des légendes imprimées sous les gravures : « Soldats de fortune » ou « Cavaliers au service du Roi ». À l'époque, ces images le fascinaient au point de passer des heures à les regarder.

C'était son père qui l'avait obligé à étudier. « À notre époque, lui avait-il dit un jour avec cette voix qui le terrifiait par sa tonalité basse et profonde, il faut qu'un jeune homme, même un paysan, sache lire et écrire !... Tu iras à l'école ! » Sur l'instant, l'idée de devoir quitter Can Cargol l'avait littéralement épouvanté. Sa mère, pour le rassurer, lui avait expliqué que c'était une chose nécessaire et qu'on ne pouvait aller contre la volonté du père. Il avait fini par accepter cette idée. Il s'était soumis sans rechigner à ce qu'il ressentait comme un rejet, comme un abandon.

Un matin, il était monté dans la charrette aux côtés de ses parents qui avaient revêtu, pour l'occasion, leurs meilleurs vêtements. Ils étaient passés, au milieu de la cour, entre les femmes et les hommes qui vivaient et travaillaient sur le domaine de Can Cargol. Ceux-ci leur avaient fait une sorte de haie d'honneur. Sur le moment, il n'avait pas compris pourquoi ils l'avaient salué avec gravité, comme s'ils allaient plus le revoir.

Son père avait fait claquer son fouet sur le dos de la jument blanche, donnant le signal du départ. Longtemps il avait regardé derrière lui, pendant que leur carriole s'éloignait en cahotant sur le chemin qui conduisait à la grand-route, derrière la colline. Les bâtiments de Can Cargol avaient peu à peu disparu dans le feuillage printanier, comme un paysage qui s'estompe, masqué petit à petit par un banc de brume.

L'impression qu'il quittait définitivement son territoire intime, l'univers de son enfance désormais révolue, l'avait fait frissonner de tous ses membres.

À son arrivée à Figueras, ses parents le conduisirent vers une grande demeure à la façade austère. Des religieux, vêtus d'une robe sombre, les accueillirent avec une froideur terrifiante. Une fois à l'intérieur, on les fit entrer dans une sorte de jardin, un cloître cerné sur les quatre face par des arcades en ogives.

Les religieux entraînèrent son père derrière une haute porte en demandant à sa mère et à lui-même d'attendre dans une salle attenante. Ils parlementèrent très longtemps avec son père. La pièce dans laquelle ils patientaient ressemblait à un très large et très long couloir, au plafond élevé et aux murs d'un blanc immaculé et glacial. La main dans celle se sa mère, ils marchaient de long en large, à petits pas. Ils attendaient tous deux que le conciliabule, entre son père et les religieux, se termine. À ce moment précis, il avait senti que sa vie basculait. Ce fût sa mère qui le poussa en avant, comme pour l'aider à franchir les quelques pas qui le séparaient d'un homme en robe noire qui lui souriait d'une façon inquiétante. Il avait lâché la main de sa mère, ravalant les larmes qui montaient à ses yeux. L'homme l'avait entraîné vers une grande porte bardée de fer. Il l'avait suivi. Dans sa bouche, une saveur amère et persistante avait provoqué, soudain, un violent haut-le-cœur.

Le départ de ses parents l'avait mis dans un état proche de l'évanouissement. Il se souvenait encore du visage livide de sa mère qui se retournait avant de franchir le seuil et qui ouvrait la bouche comme pour un dernier adieu qui ne vint jamais. Il revoyait aussi le large dos de son père, qui se voûtait sous le tissu noir de sa veste. Quelques mèches de cheveux gris dépassaient du chapeau et lui faisaient une frange d'argent sur la nuque.

Ils avaient disparu sans se retourner, sans lui dire adieu. Il se rappelait parfaitement de cet instant précis où il avait eu l'horrible sensation d'être emmuré vif dans un tombeau immense. Des larmes avaient alors brouillé son ultime regard d'enfant.

Plus tard, vêtu de ce tablier noir boutonné sur tout le côté et sur lequel il avait dû enfiler des manchettes de lustrine, il avait découvert son nouvel univers, le paysage de cette petite mort intérieure qu'il avait soudain ressenti, angoissé et triste, impuissant.

Par la suite, il dut affronter, sous la conduite du religieux qui l'avait pris en charge, le regard acéré de ses nouveaux camarades à son entrée en salle d'étude. On l'avait présenté en le faisant, à sa grande confusion, monter sur l'estrade devant un tableau noir couvert de signes cabalistiques, afin que tous le voient. Ses jambes tremblaient tellement qu'il avait failli tomber.

Les salles de classe avaient des proportions immenses. Dans chacune d'elles, il y avait un grand crucifix accroché au mur. Les professeurs étaient tous des religieux. Ils enseignaient à une nuée de garçons, tous habillés de serge noire, les rudiments de l'écriture et de l'arithmétique.

Le souvenir de ces classes aux plafonds si hauts qu'ils paraissaient se perdre dans la lumière qui pénétrait à flots au travers les hautes fenêtres, de ces dortoirs où il faisait toujours froid l'hiver, et de ces religieux qui le terrorisaient avec leurs visages émaciés, se mêlaient dans sa mémoire. Pour lui, malgré le temps qui s'était écoulé, ils représentaient la géographie du chagrin, la cartographie de sa tristesse.

Ces quelques années passées dans ce collège lui avaient paru interminables. Durant toute cette période, il s'était senti comme un animal pris au piège, privé de liberté et de joie de vivre. Souvent, lorsque le soleil perçait à travers les vitres, il avait regretté la belle lumière qui baignait Can Cargol et les collines de la Garrotxa, territoires de tous les rêves de son enfance.

Durant ses études, la seule chose qui l'avait un peu intéressé, avait été ce religieux, petit et sec comme une trique, aux yeux flambant d'une fièvre consumatrice, qui leur apprenait l'Histoire. Il parlait avec passion de ces Castillans rudes et fiers qui avaient rejeté les Maures à la mer, en des temps reculés. Hypnotisé par le débit mélodieux et rapide, passionné, de la voix de cet enseignant, il imaginait alors ces hommes bardés de fer et de foi qui brandissaient armes et bannières et semblaient n'avoir jamais eu peur de rien. Plus tard, lorsque le même moine avait raconté la Conquista, il avait vogué de concert avec ces capitaines héroïques vers des rivages sauvages et inexplorés.

Ce qu'il aimait par-dessus tout, c'était ces grands livres qu'ils consultaient en groupe et sur lesquels se découpaient les images gravées de tous ces conquérants intrépides, cavaliers et soldats qui partaient à l'aventure... Et le visage de l'inconnu, sa grande cape, ses moustaches fines surmontant cette barbiche en pointe, lui rappelait ces personnages entrevus entre les pages.

Soudain l'homme se mit à lui parler, mais, chose étrange, il n'entendait pas ce qu'il disait. C'était comme si une vitre épaisse les séparait. Le seul bruit qu'il percevait était celui du crépitement des bûches dans le foyer. Il se demanda encore une fois s'il rêvait.

— Mange ! La soupe est chaude...

La voix de Rosita venait de l'atteindre au plus profond de sa rêverie. Elle l'avait fait sursauter. Il mit du temps avant de pouvoir réagir. Il tenta de lever une main vers son visage pour se frotter les yeux, mais réalisa soudain qu'il en était incapable, comme si une brusque paralysie le prenait. Hébété, il fixait le bol de terre, plein d'un brouet dans lequel nageaient des légumes et des morceaux de viande, que Rosita glissait entre ses mains crispées.

— Mange donc ! insistait-elle devant l'étrange inertie de l'homme. Il ne la regardait pas, ses yeux cherchaient l'inconnu qui, quelques instants auparavant, se trouvait entre lui et la cheminée, mais il ne le vit plus. Il avait disparu.

— Mais qu'as-tu à la fin ? s'impatienta Rosita.

Sa voix lui parvenait, subitement toute proche...

Il aurait bien voulu lui répondre, mais n'y parvenait pas, tout comme ses doigts gourds qui n'arrivaient pas à saisir le récipient que, pourtant, elle lui fourrait sur les genoux.

— Es-tu malade ?

La jeune femme s'énervait. Il surprit dans ses yeux une lueur d'inquiétude qui, paradoxalement, lui causa une sorte de plaisir, comme le jour où, enfin libéré de l'internat, il était revenu à Can Cargol et que sa mère l'avait serré dans ses bras en le touchant partout comme pour s'assurer qu'il allait bien et qu'il était bien là.

— Tu n'as pourtant pas de fièvre, constata Rosita qui avait posé une main sur son front.

Le contact des doigts de la femme le fit tressaillir. Il eut l'impression de revenir à la vie. Ce fut la même sensation que lorsqu'il avait plongé dans le lac de Bagnolas, un jour d'été pendant les vacances, et qu'il s'était laissé couler pour faire peur à sa mère qui le surveillait depuis la berge.

Il revoyait cette anxiété inscrite sur le visage de celle-ci qui guettait la surface du lac et se souvenait du sentiment heureux qu'il avait ressenti en découvrant cette affectueuse inquiétude.

À cet instant précis, il avait constater qu'il existait, que quelqu'un, peut-être, tenait un peu à lui. Cette constatation lui avait donné une envie de vivre toute neuve, et la sensation de briser enfin le cercle de tristesse et de solitude dans lequel il vivait depuis son enfance.

— Je suis fatigué, expliqua-t-il. Je crois bien que me suis endormi…

Rosita, debout près de lui, parut l'observer. Dans ses yeux, l'inquiétude s'était évaporée. Subsistait une flamme sombre, inquiétante.

— Alors mange, maintenant que tu es réveillé.

Il s'ébroua et, lentement, le geste encore malhabile, il plongea la cuillère dans le bol. Il porta celle-ci à ses lèvres et avala le liquide brûlant. Avec surprise, il découvrit que le brouet n'avait aucune saveur.

Rosita s'assit, à côté de lui sur le banc de bois. Elle le toucha avec sa hanche. Ce contact dont il était privé depuis des semaines et dont il avait perdu l'habitude, le fit frémir. Une onde de chaleur le parcourut des pieds à la tête. Il se sentait bien et n'osait bouger. Il craignait qu'elle ne s'éloigne. Ses sens se réveillant, il se mit à manger. Cette fois, il ressentit toutes les saveurs de la soupe. Il mâcha avec application les morceaux de légumes et de viande. Il lui semblait qu'une énergie nouvelle s'insinuait en lui au fur et à mesure qu'il avalait. La nourriture additionnée à ce contact, à la chaleur du corps de Rosita qui, proche du sien, provoquait cette résurrection inattendue.

Il savoura cet instant.

Le foyer, en face d'eux, rayonnait d'une bonne chaleur. L'étrange sensation d'incompréhensible angoisse qu'avait imprimée, à son cerveau, l'apparition de l'étrange fantôme de cet homme, tout à l'heure, et qui avait paru lui parler, s'estompait comme se diluent les rêves, lorsque l'on s'éveille et que la réalité reprend ses droits.

La cuillère de métal racla le fond du récipient.

— Tu as encore faim ? demanda Rosita qui se redressait, le visage tourné vers lui.

— Non... J'ai assez mangé, murmura-t-il rapidement.

Il craignait qu'elle se lève, qu'elle quitte sa place près de lui. Il tendit le bol vers la niche qui creusait la muraille, à sa gauche, et dans laquelle Rosita mettait la boîte à sel. Ensuite, ils restèrent côte à côte, les yeux plongés dans l'incandescence du foyer. Cela dura longtemps. La chaleur rayonnante des braises les faisait glisser peu à peu vers un état proche de la somnolence. Soudain, sans dire un seul mot, Rosita, releva ses pieds nus et se tourna légèrement pour les poser entre eux, sur la banquette. Pour y arriver, elle se déplaça un peu et, insensiblement, son dos s'appuya contre le torse de son mari. Il se pétrifia. Il ne comprenait pas où elle voulait en venir. Peu à peu, elle se laissa glisser contre lui, puis se lova sur le placet de bois. Ensuite, sans prévenir, elle replia encore ses jambes sous elle et couvrit ses pieds d'un pan de son châle.

Le dos plaqué au dossier droit, les fesses calées sur le banc, il n'osait esquisser le moindre geste, paralysé par un bonheur qu'il estima encore incertain.

Elle soupira, puis posa sa tête sur le haut de ses cuisses. Quelques secondes plus tard, elle se serra contre son ventre comme un animal cherchant la chaleur. Il la laissa faire sans bouger.

Cela faisait des mois qu'elle ne s'était pas approchée de lui de cette manière. Depuis très longtemps, elle n'acceptait plus qu'il la touche. À chaque minute de chaque jour qui avaient passé depuis la naissance du petit Josep, il avait rêvé de la tenir à nouveau dans ses bras, de sentir son corps contre le sien, comme au début de leur mariage, quand, chaleureuse et aimante, elle se pelotonnait contre lui le soir, lorsqu'il rentrait des champs.

Il était tellement surpris qu'il n'osait même pas abaisser son regard sur elle ni faire le moindre mouvement. Il gardait les yeux volontairement fixés sur les bûches qui finissaient de se consumer dans l'âtre, comme si le simple fait de la regarder pouvait briser le charme de cet instant magique et le faire disparaître.

Son odeur provoquait en lui un émoi puissant, presque sauvage. Sans qu'il puisse s'en défendre, le désir le surprenait. Il eut peur de la choquer lorsqu'il sentit son ventre durcir contre l'épaule de la femme. Il tenta de se maîtriser, priant pour qu'elle ne prête pas garde à ce membre qui palpitait sous la toile du pantalon. Pour éviter une crampe, il dut changer de position. Il se dégagea tout doucement pour ne pas la déranger. Comme il ne savait où poser son bras droit, devenu libre, il le laissa glisser doucement sur la hanche de la femme dans un geste qu'il voulait le plus naturel possible. Lentement, millimètre par millimètre, il abaissa son regard dans la direction de ce corps qui s'appuyait contre le sien. Les yeux clos, elle ne bougeait pas. Elle paraissait endormie. Sa respiration était régulière, paisible. Ses cheveux lui faisaient une cagoule sombre et moirée qui ne laissait voir qu'une partie de son visage.

Elle avait l'air d'une petite fille.

Une émotion subite, faite de tendresse et de désir brutal mêlés, le saisit tout à coup. Ses doigts se crispèrent légèrement sur la hanche de Rosita.

Elle n'eut aucune réaction...

Le contact de cette chair élastique sous sa main l'enivrait. Sa paume effleura le tissu sur la cuisse de la jeune femme. Son audace le stupéfiait. Il retenait sa respiration. L'envie de la caresser devint plus forte que son appréhension. Dehors, le vent redoublait de violence, s'arrachant au contact des pierres angulaires de la grande bâtisse d'interminables plaintes. L'homme frissonna... Ses doigts glissèrent sur le flanc de Rosita, puis remontèrent vers le buste. Ils suivaient la courbe affolante de la taille jusqu'au pli généreux de la poitrine. Totalement immobile, elle ne faisait toujours aucun mouvement...

Rendu fou par le désir, il caressa le globe du sein qui s'affaissait un peu sous le poids de la chair. Du bout de son index, il chercha la pointe érigée.

Son bas-ventre était devenu douloureux, comprimé par le poids du corps de la femme et par le tissu de son pantalon trop serré. Il avait mal. Il se retint pour ne pas gémir. Ses gestes devinrent plus pressants, plus précis. Rosita soupira. Elle se tourna légèrement, comme pour lui permettre un accès plus aisé, libérant l'échancrure de sa chemise de coton. C'était presque imperceptible, mais il crut sentir qu'elle imprimait à ses hanches et à ses reins un infime mouvement de va-et-vient. Il glissa ses doigts dans l'entrebâillement du vêtement, touchant pour la première fois, depuis des temps infinis, la peau de sa femme.

Ce contact l'affola.

Ses doigts s'emparèrent du sein qu'il se mit à pétrir. Rosita, le visage impassible, les yeux clos, étira simplement les lèvres comme pour sourire, avant de les entrouvrir et de laisser fuir une respiration haletante, sorte de râle assourdi, de plainte heureuse qui se mêla aux lamentations du vent.

Il ne pouvait plus en douter, maintenant, elle se prêtait au jeu, elle prenait du plaisir à ses caresses...

Malgré lui, ses reins se mirent à onduler dans un mouvement instinctif. Il retira sa main de sa poitrine et la fit redescendre vers le ventre de Rosita, froissant le tissu le long de ce corps qui, lui sembla-t-il, s'offrait complètement. Il tenta, au travers de la toile, de toucher ce sexe qu'il imaginait, fièvreux, et dont il avait presque oublié, depuis le temps, l'infinie douceur liquide. Les doigts bien à plat, il suivit la vallée entre les fesses et insista pour s'insinuer entre les cuisses de la femme. Il eut l'impression qu'elle se soulevait légèrement afin que les étoffes se détendent et pour l'aider à se frayer un chemin. L'humidité qui imprégnait le tissu l'affola. Il caressa les deux bourrelets de chair qui s'écartèrent, libérant une étroite fissure de chair jusque-là emprisonnée entre les cuisses serrées. Fou de désir, il appuya fortement, pressant la chemise comme s'il allait la perforer.

Il gardait les yeux fixés sur le visage de Rosita, guettant les signes du plaisir à venir et qui briserait, il en était certain, le cercle délétère et néfaste qu'elle avait installé entre eux, depuis des semaines.

Les yeux obstinément clos, elle paraissait ne pas sentir la précision de la caresse de l'homme. Seule sa bouche, maintenant crispée, laissait passer un souffle bruyant et saccadé qui le renseigna sur le plaisir qu'elle éprouvait malgré son apparente indifférence.

Son membre palpitait contre le flanc de la jeune femme. Une douleur aigüe et fulgurante transperça son bas-ventre. Il ne put s'empêcher de crier. Au bout des doigts de sa main droite, toujours fichés dans la fente brûlante, emmêlés à l'étoffe détrempée, il perçut le les frémissements du spasme qui envahissait le corps de son épouse. Immédiatement, il sentit que, sous la toile de son pantalon, sa substance s'échappait de lui en jets spasmodiques. Curieusement, il n'éprouva pas le plaisir qui, habituellement, accompagnait les contractions de son bas-ventre, lorsqu'il éjaculait. Cette fois-ci, il eut le sentiment d'une déchirure à la limite de la souffrance, aussitôt suivie d'une immense fatigue. Il se relâcha complètement et s'affaissa un peu sur lui-même. Aussitôt, le corps de Rosita se tendit. Plusieurs fois de suite. Elle cria sa jouissance. Prise de convulsions, elle frissonna de la tête aux pieds.

Dehors la tempête s'était calmée et un grand silence, à peine écorché par le craquement des tisons dans la cheminée, s'était installé dans la massia. Can Cargol était à nouveau emmitouflé de silence et d'obscurité.

Quelques instants passèrent avant qu'il ne remarque qu'elle avait rouvert les yeux et qu'elle fixait les braises, laissant son corps s'apaiser.

Cela dura longtemps, tout comme subsista longtemps la douleur dans le ventre de l'homme qui ne parvenait plus à faire un seul geste, submergé lui aussi par une infinie et insurmontable fatigue.

Un bruit d'étoffes froissées le tira de son état léthargique. Rosita s'était levée. Une seconde, elle le fixa de ses yeux sombres et profonds sans dire un mot. Il eut l'impression qu'elle réfléchissait. Lui ne pouvait faire aucun geste, totalement paralysé, comme s'il avait été vidé de toute sa force. Il restait assis, le dos maintenu droit par le dossier du banc, dans la même position que lorsqu'elle se tenait contre lui. Elle montrait un visage totalement inexpressif et lisse, comme si rien ne s'était réellement passé.

Baissant les yeux, il regarda la grande tache humide qui maculait la chemise de sa femme au niveau du bassin. Il n'avait donc pas rêvé ! Tout ce qui venait de se passer avait réellement eu lieu ! Il se sentit soulagé. Il leva les yeux et osa la regarder bien en face pour la première fois depuis très longtemps. Elle soutint son regard sans ciller. Un instant, il crut déceler de la haine dans ses pupilles. L'angoisse survint et l'étreignit, insidieuse et empoisonnante. Il eut soudain du mal à respirer, comme si une petite mort survenait et le prenait à la gorge.

— Je vais dormir.

La voix de Rosita, égale et sans tonalité particulière, lui parvint avec un décalage. Il eut l'impression qu'une grande distance les séparait à nouveau. Sans rien ajouter d'autre, elle tourna les talons et se fondit dans l'ombre en direction de la chambre à coucher.

Il aurait voulu lui répondre, tenter de lui parler, profiter de cet instant, mais ses lèvres ne parvenaient pas à former les mots. Il essaya de se mettre debout, mais, aussitôt épuisé, il se laissa retomber sur la planche de bois.

En face de lui le feu mourait. Il sentit le froid qui montait par les jambes dans son corps tout entier. Vaguement, il eut honte de son pantalon mouillé qui collait, visqueux, glacé, à la peau de son ventre et de ses cuisses.

Dans l'ombre qui envahissait petit à petit la pièce, il lui sembla discerner une vague silhouette près de la cheminée. Il fit un effort pour mieux distinguer. Il crut devenir fou ! Il le reconnaissait ! C'était l'homme à la cape noire, celui qu'il avait cru entrevoir, comme dans une songe, au début de la soirée. L'homme riait. D'un doigt pointé, il le désignait comme s'il se moquait de lui. La main que l'inconnu tendait vers lui était gantée de cuir. Une énorme bague, surmontée d'une pierre bleue, taillée en spirale, comme la coquille d'un escargot, était enfilée à l'index qu'il tendait vers lui. Gravé dessous du symbole spiralé, il y avait un signe étrange, une sorte de trident dont les pointes étaient flammées.

L'homme eut juste le temps de se dire que cette façon de porter une bague par-dessus le gant était très curieuse et que les dessins gravés sur le chaton lui paraissait étranges et pourtant familiers, avant de sombrer dans un univers de glace et d'ombre qui chassa l'image de l'inconnu.

Chapitre 10

Nuria dormait. La forme de son corps, étalé en travers du lit, évoquait une morte par sa posture de complet abandon. Elle était plongée dans un sommeil profond. À côté d'elle, immobile, Félix fumait cigarette sur cigarette. Depuis des heures, la cervelle en effervescence, il réfléchissait, les yeux grands ouverts dans le noir.

Soudain, il en eut assez. Très lentement, avec une lenteur calculée, prenant un maximum de précautions pour ne pas réveiller la jeune fille, il se glissa hors du lit, enfila un pantalon et une chemise, puis, pieds nus, il se dirigea vers la porte. Il fallait qu'il sorte de cet endroit confiné, qu'il s'éloigne de Nuria, qu'il marche un peu pour tenter de reprendre ses esprits. Il décida de se promener dans la petite cité. Les rues seraient désertes à cette heure tardive. L'air nocturne, plus frais, lui ferait du bien, il en était convaincu. Il se glissa sur la galerie qui courait tout autour des façades intérieures. Il prêta l'oreille. Tout était silencieux dans le grand patio. Il referma la porte derrière lui en prenant soin de ne pas faire claquer le pêne dans la serrure.

Le dallage du sol, fait de grosses plaques de céramique émaillées et peintes, donnait un air mauresque à tout l'ensemble. Des pois de senteur embaumaient. L'éclairage provenait de ces petites lampes falotes qui, de porte en porte, étaient fixées aux murs, au-dessus des portes des chambres. Il se pencha par-dessus la balustrade. L'hôtel tout entier semblait dormir. Pas un bruit. Il n'y avait pas âme qui vive...

En passant devant de ce qu'il pensait être la chambre de Gillian, celle où il avait, deux heures auparavant, vu se glisser une forme indéfinie, il ralentit et s'approcha du battant. Il tendit l'oreille pour essayer d'entendre quelque chose. Soudain, il réalisa ce qu'il était en train de faire. Il se sentit ridicule et se redressa. Il jeta un regard circulaire pour s'assurer que personne ne l'avait observé pendant qu'il écoutait à cette portes. Il s'éloigna à pas furtif.

L'escalier lui parut interminable...

Dans le hall, une petite lampe éclairait le comptoir de bois ciré qui servait de réception. Là aussi, tout était désert. Il n'y avait pas de portier de nuit ni de gardien. Quelquefois, lorsqu'il lui était arrivé de rentrer tard, il avait dû sonner longuement à la porte avant que la patronne vienne en personne lui ouvrir.

La porte vitrée, qui donnait sur la place, était éclairée par les réverbères. Les feuilles des platanes s'y reflétaient et se découpaient en de multiples ombres chinoises et créaient un vitrail mouvant, un étrange théâtre d'ombres folâtres.

Il poussa le battant qui résista. Il pesta à voix basse contre cet hôtel qui gardait ses clients en otages, puis, pratique, tenta de trouver le système d'ouverture. En vain. C'était fermé à clé et celle-ci avait été retirée.

Il avisa une petite porte latérale qui devait, à coup sûr, ouvrir sur le bar attenant. Il appuya sur la poignée sans trop d'illusion. Elle était ouverte...

Puisqu'il ne pouvait accéder à la rue, il songea qu'il pourrait au moins se rendre sur la terrasse du bar et respirer un peu. Sans plus hésiter, il se glissa dans la salle. Tout était obscur. Une odeur de tabac refroidi et de marc de café ranci le prit à la gorge. Une ombre épaisse noyait le décor. À tâtons, il descendit lentement le grand escalier. L'odeur si particulière des établissement publics, la nuit, lorsqu'ils sont déserts, lui emplissait les narines. Il descendit la large rampe et traversa la salle devant l'interminable bar en inox. Il marchait lentement, en se repérant de la main sur la muraille. Cet endroit qu'il voyait habituellement peuplé et éclairé, tellement bruyant, paraissait complètement désert, abandonné, mystérieux. Il eut l'impression de commettre un sacrilège, de profaner ce lieu en le traversant.

Arrivé près de la vitrine à tapas, au bout du bar dont l'interminable plateau de métal poli luisait doucement, reflétant les voyants rouges de la machine à café, il se tourna vers la porte vitrée qui donnait sur la terrasse et se dirigea vers elle. Il appuya sur la poignée. Elle résista. Baissant les yeux, il vit que celle-ci n'était maintenue fermée que par une sorte de verrou vertical intérieur qui, sur une faible poussée, se déclencha en claquant et libéra le battant. Félix se faufila sur l'esplanade qui dominait le Fulvia.

L'air de la nuit le caressa comme vague fraîche et bienfaisante. Il respira à pleins poumons. Il voulait se libérer d'une asphyxie, d'un étouffement. Au-dessus de lui, le ciel était constellé d'étoiles qui frissonnaient, fragiles et lointaines étincelles cosmiques. Il cherchait cette fraîcheur qui calmerait la fièvre et le trouble qui l'oppressaient. Il traversa tout l'espace ouvert de la terrasse, puis, s'assit sur le parapet de briques qui dominait le Fluvia. Les eaux noires serpentaient entre les pierres avec des reflets métalliques. Elles renvoyaient à la nuit son propre spectacle.

Sur l'autre rive, des grenouilles, tapies parmi les touffes de végétation, palabraient dans une cacophonie rassurante. La nuit était belle. Tout respirait la paix et la tranquillité. Félix se laissa glisser en arrière, le dos contre les pierres du parapet, les yeux levés vers le ciel qui faisait un dais de velours au monde.

Il se sentit mieux. En lui, tout se passait comme si l'atmosphère de cette nuit féerique lui permettait tout à coup de se détendre et de réfléchir. Il ferma les yeux et laissa ce calme l'envahir.

Lorsqu'il les rouvrit, les grenouilles, de l'autre côté du Fluvia, s'étaient tues, comme si elles avaient obéi à un mystérieux signal. Avait-il dormi ? Il ne pouvait le dire avec certitude. Dans sa tête, les visages de Nuria et Gillian alternaient et se chevauchaient.

L'image de Nuria avait surgi en premier, silhouette fuyante et lumineuse avec ses cheveux sombres qui bataillaient avec la lumière. Son corps dansait nerveux et souple, désirable. Puis, Gillian, était apparue, silencieuse, allure de rêve... « Je ne l'aime plus ! », essaya-t-il de se persuader, lorsque le visage et le corps de Gillian devinrent trop présents, trop obsédants. « Je ne veux plus l'aimer ! » murmura-t-il, comme pour s'imprégner lui-même de ce qu'il disait... Cependant, le souvenir de la jeune femme, moulée dans ce tailleur qui plaquait à son corps, revint avec force. Avec une troublante insistance, son visage régulier, à la peau si fine, tellement dorée, persistait. L'évocation était tellement puissante qu'il lui sembla même qu'il respirait son odeur. Il abaissa les paupières afin de chasser ce fantôme et annihiler le trouble que suscitait en lui ce souvenir trop présent.

Il se sentait piégé. Sans être totalement certain de ses sentiments, il lui semblait qu'il éprouvait de l'amour pour Nuria... Et si ce n'était pas de l'amour, il s'agissait en tout cas d'une attirance profonde, sans doute causée par cette folie naïve, par cette spontanéité et cette fraîcheur juvénile qui provoquaient, chez lui, un élan de joie, de vie, d'enthousiasme, puis, à chaque fois, un voluptueux abandon.

Mais, depuis la fin de l'après-midi, depuis qu'il avait revu Gillian, il se rendait compte à quel point, il était encore sous son influence. Tout se passait comme s'il ne pouvait s'empêcher d'être, malgré tout, encore attiré par elle. Pourtant, à Paris, il avait réussi à la fuir afin de lui résister et pour en finir avec cette jalousie qui le tourmentait tant...

Il ne trouvait plus de points de repère et avait l'impression de ne pas comprendre quelque chose d'important pour lui, une sorte de dessein secret, de calcul caché, qui lui échappait totalement. Depuis cette période de vie avec Gillian, il sentait qu'un hiver constant lui glaçait l'âme.

Il se demanda si sa jeunesse de mal-aimé n'avait pas occulté ces sentiments dont les autres parlent sans cesse avec naturel et qui, pour lui, paraissaient toujours tellement étrangers, tellement alambiqués. Quand il songeait à l'amour, cela se traduisait toujours par une envie, un désir charnel. Toujours ! Malgré lui, tout devenait physique comme s'il ne pouvait concevoir ni tendresse ni sentiments. Et là, en ce moment précis, il n'arrivait pas à se dire que l'attirance qu'il éprouvait toujours pour ces deux femmes pouvait être d'une autre essence.

Il avait la sensation qu'il n'y avait que son corps qui parlait, que son cerveau ne pouvait secréter ce sentiment dont les autres parlaient tout le temps. Il se persuadait que c'était la face obscure de son intelligence qui occupait, dans ces moments-là, toute sa capacité à communiquer. Il se sentait dévitivement incapable d'aimer…

Soudain, il eut la sensation que l'odeur si particulière de Nuria et le subtil parfum de Gillian, se mêlaient et embaumaient la nuit autour de lui. Cette sensation entêtante persista. Elle ajoutait à la confusion de ses sens. Quelques instants plus tard, elle devint persistante, obsédante, présente. Tout à coup, il eut la franche impression qu'elles étaient proches, toutes les deux...

— Toi !?

Stupéfait, il se redressa d'un coup. Elle se tenait à un mètre de lui. Il ne l'avait pas entendue venir. Seul son parfum avait attiré son attention.

— Gillian ! Que fais-tu là ?…

Il était furieux d'avoir été surpris. Il eut soudain le sentiment très net qu'elle savait l'attirance qu'elle provoquait encore sur lui et qu'elle en jouait. Il discernait un sourire presque moqueur sur ses lèvres. À la voir ainsi sous la lumière des étoiles, les cheveux défaits tombant sur ses épaules, vêtue d'un déshabillé de soie qui flottait autour d'elle, il ne put s'empêcher de la trouver encore plus belle que lorsqu'il l'avait revue, au début de la soirée. Elle ignora sa question. Elle se contentait de se tenir debout près de lui, muette et énigmatique. Elle le regardait avec intensité, comme si elle avait voulu lui dire quelque chose, mais hésitait à le faire. Ce sourire qui errait sur ses lèvres le mettait mal à l'aise. Il ne put s'empêcher de le trouver ironique et glacé. Il eut, encore une fois, l'impression très marquée de se faire prendre dans un piège.

Au-dessus d'eux, les feuilles des micocouliers s'agitaient avec légèreté, juste bousculées par un souffle venu des Pyrénées. Par intermittence, le visage de Gillian disparaissait, se fondant dans une obscurité complice. Félix, alors, ne voyait plus que ses yeux qui ne le quittaient pas, fixes et pénétrants. Il s'énerva :

— Mais parle ! Dis quelque chose, bon Dieu ! C'est agaçant à la fin, tu restes là sans parler. Tu...

Le regard de la jeune femme le désarçonnait. Ce fut lui qui baissa les yeux le premier. Un détail l'obsédait. Il se souvint soudain que, lorsqu'il était là-haut dans sa chambre, avec Nuria, quelques instants auparavant, il avait vraiment entendu la porte se refermer. Il en était certain, quelqu'un les avait observés par l'entrebaîllement, puis avait repoussé le battant et s'était discrètement éloigné.

À voir la manière dont elle le fixait maintenant, il sut que c'était bien elle.

Cet air ambigu et vaguement moqueur en disait long sur ce qui se passait dans sa cervelle. Perverse, elle les avait observés durant leurs ébats, puis était repartie discrétement, sans dire un mot…

Un trouble le gagnait. Il avait un peu honte …

— Tout à l'heure dans la chambre, risqua-t-il, c'était toi, qui nous matais, non ?...

Il ne questionnait pas, il affirmait. En même temps, il la dévorait des yeux, soudain, curieusement excité. Savoir qu'elle les avait vus prenait, dans son esprit, une curieuse importance et provoquait une réaction physique à laquelle il ne s'attendait pas.

— C'était moi.

La voix de Gillian lui parvint grave et calme.

Visiblement, elle était en proie, elle aussi, à une très forte émotion, comme si le fait de lui avouer sa présence et son voyeurisme créait, entre eux, un lien subtil. Pourtant, elle faisait tout ce qu'elle pouvait afin de dissimuler cet émoi ambigu.

— Je le savais ! jubila Félix...

Un trouble soudain surgit en lui. Un animal sournois, tapi au plus secret de son être, se réveillait.

Gillian, sans doute aussi troublée que lui, se mit à danser sur place. Son corps ondulait avec lenteur, comme si la brise nocturne le faisait osciller. Félix eut la sensation qu'elle sacrifiait à un rituel bizarre. L'instant devenait magique.

Il ne la perdait pas du regard. Il avait la sensation de vivre au ralenti. Irréelle dans cette pénombre mouvante, la jeune femme releva les pans de son déshabillé de chaque côté de ses jambes. Subjugué, Félix vit apparaître les pans de chair que le léger tissu découvrait peu à peu. Luttant contre la tempête qui se levait en lui, il tenta de réagir :

— Ne fais pas ça, chuchota-t-il, le souffle court.

Elle ne répondit pas. Elle se bornait à ne pas le quitter des yeux. Lascive, elle ondula plus ostensiblement, écartant peu à peu les jambes. Félix aurait voulu pouvoir se lever et s'enfuir, mais un charme plus puissant que sa volonté le força à rester, assis sur ce muret de pierre, le dos à la rivière. Il dévorait des yeux cette femme qui se dénudait lentement devant lui, pour lui...

Les cuisses de Gillian apparurent, sans voile. Provocante et habile, elle maintint le tissu à hauteur de ses hanches. Malgré lui, Félix admira ces formes qu'il connaissait si bien. Un choc électrisa tout à coup son bas-ventre. Le désir, jusque-là diffus, rampant, le tortura soudain. L'image de Nuria, fugitive, passa devant ses yeux. Il aurait voulu trouver la force de se lever, de repousser cette femme et de parvenir à s'enfuir. Au lieu de cela, il se mit à trembler de tous ses membres, saisi par un soudain accès de fièvre.

Maintenant, la jeune femme était nue jusqu'au nombril. Hypnotisé, Félix fixait le triangle doré où confluaient les jambes et le bas-ventre couvert d'une toison blonde qui paraissait palpiter comme un étrange et fascinant papillon. Avec une lenteur calculée, elle s'avança vers lui jusqu'à ce que son abdomen, légèrement bombé, ne soit plus qu'à quelques centimètres de son visage. L'odeur de son corps, de son sexe, lui parvint et fit chavirer sa raison.

— Viens... Caresse-moi ! Avec ta bouche ! J'en ai tellement envie...

Il ne sut jamais si elle avait parlé ou si c'était son cerveau enflammé qui avait imaginé ces mots. Sans qu'il soit totalement conscient des gestes qu'il esquissait, il plaqua ses mains sur les hanches de la femme et tendit ses lèvres vers la toison. Mû par une force qui ne lui appartenait plus, il baisa avec ferveur cette chair qu'elle lui offrait sans pudeur.

— Viens...

Sa voix déchira le voile qui subsistait entre eux. Il frissonna. Elle répéta : « Viens, je te dis... »

C'était comme une supplication.

Ivre de désir, il prit sa chair à pleine bouche, geignant, grognant, comme s'il souffrait enfin d'une juste et imparable douleur...

Lorsqu'il rouvrit les yeux, il constata qu'il était seul. Il eut l'impression d'émerger d'un rêve fou.

Au-dessus du toit de la Curia Reale, des lueurs mauves commençaient à ourler de lumière le faîte des toits des maisons qui surplombaient la rivière. Il s'étira. Avec surprise, il s'aperçut que, maintenant, il était assis sur le sol de la terrasse, tassé dans un angle du parapet de pierre. Il était nu et ses habits traînaient un peu partout sur le dallage, comme s'il les avait jetés loin de lui.

Il passa sa langue sur ses lèvres. Elles avaient gardé une saveur légèrement salée qui le fit songer à la mer. Sa mémoire lui restituait peu à peu des images. Il n'avait pas rêvé. Gillian l'avait suivi sur cette terrasse. Après l'avoir vu faire l'amour à Nuria, elle avait sans doute guetté l'instant propice pour le provoquer. Il avait cédé et oublié la jeune catalane et Can Cargol. Confusément, il s'en voulait. Gillian lui avait fait son numéro de charme et il s'était laisser tenter. Comme elle n'avait pu savoir à l'avance qu'il descendrait sur la terrasse pour chercher peu de calme et de fraîcheur, elle avait dû l'espionner durant des heures, tout comme un prédateur guette une proie.

Encore une fois, il se sentit piègé...

Il se demanda combien de temps il avait dormi d'un sommeil comateux, nu, sur cette terrasse déserte. Incapable d'évaluer avec précision l'heure qu'il était, il ramassa ses vêtements et s'habilla rapidement.

Depuis qu'elle s'était offerte à lui, impudique et violente, depuis qu'ivre de désir, il avait cédé à sa provocation, il gardait son odeur et son goût sur les lèvres, sur sa peau. En un éclair, au moment où il l'avait touchée, tous les gestes appris, toutes les caresses sues, complices, qui les avaient unis par le passé, lui étaient revenus en mémoire. Sans défense contre lui-même, il avait encore une fois basculé dans ce plaisir retrouvé au contact de ce corps dont il n'avait rien oublié... Chaque parcelle de peau, chaque courbe, demeuraient en empreinte dans ses mains, au bout de ses doigts. Il croyait se souvenir que, la tête en feu, le délire aidant, il avait laissé sa bouche prononcer des mots qu'il pensait ne plus jamais lui dire. Fou de plaisir, il se souvenait lui avoir avoué qu'il ne l'avait jamais oubliée, qu'il l'aimait encore. C'était ce qu'elle voulait entendre, exactement ce qu'elle voulait qu'il dise… Au début, il s'en souvenait, elle lui avait laissé toutes les initiatives. Plus tard, alors qu'il était perdu dans son délire charnel, elle avait reprit le contrôle de la situation. Autoritaire, elle l'avait entraîné sur le dallage légèrement humide et frais, exigeant qu'il la possède là, sans attendre...

Félix l'avait pénétrée avec rage, surpris par sa propre brutalité. Ils avaient joui ensemble. Ils avaient gémi en accord parfait, leurs bouches soudées l'une à l'autre, leurs corps imbriqués, soudés, à même le sol. Plus tard, beaucoup plus tard, Félix, à bout de forces, s'était abîmé dans un sommeil profond qui ressemblait à une petite mort heureuse.

Il secoua la tête pour chasser les images énervantes de cette fin de nuit où il avait, encore une fois, cédé à ses démons ordinaires. Il leva les yeux sur la façade arrière de l'hôtel. Derrière le carreau, là-haut, il crut deviner la forme de Gillian qui dansait toute seule. En silence. Solitaire. Derrière lui, la rivière indifférente roulait des eaux paresseuses aux reflets de métal en fusion.

S'arrachant à l'ankylose qui le gagnait, il se leva.

Les employés de l'hôtel allaient arriver. Il ne voulait pas qu'on le trouve sur cette terrasse. Sa conduite et ses projets suscitaient déjà assez de commentaires dans la petite ville pour qu'il n'en provoque pas de supplémentaires par une conduite qui aurait pu paraître étrange. Depuis qu'il s'intéressait à Can Cargol et à la petite Nuria Valls, la « folie du Français » alimentait tous les commérages, toutes les rumeurs, tous les délires. Il se dirigea vers la porte du bar et pénétra dans le bâtiment.

Avec d'infinies précautions, infiniment coupable, il poussa la porte de la chambre. Il n'avait rencontré personne dans le patio et dans les escaliers.

Nuria était toujours étendue sur le lit. Elle avait bougé et n'occupait plus la position dans laquelle il l'avait laissée, quelques heures auparavant, pourtant elle paraissait dormir d'un sommeil confiant. Une seconde, l'impression qu'elle feignait le sommeil et qu'elle venait, à l'instant, de se jeter sur le lit, l'alerta. Il voulut s'en assurer et murmura :

— Nuria...

La fille remua la tête en murmurant de vagues paroles étouffées par l'oreiller qu'elle serrait à pleins bras contre sa poitrine.

Mal à l'aise, vaguement honteux, il décida de ne pas insister... Ne pouvant se recoucher tout de suite, il se campa devant la fenêtre et regarda la place du marché, sous sa fenêtre, où commençaient à se recréer, au fur et à mesure que le jour venait, les activités quotidiennes des habitants de Besalu. Le soleil calcinait déjà les façades et promettait encore une fois beaucoup de chaleur. Une chaleur tuante...

Automne 1935

Ce mois d'octobre était encore chaud. Le feuillage des arbres et des buissons avait pris des teintes de métal en fusion entre l'or flamboyant et le roux enflammé. L'été persistait, alors que, depuis quelques jours, l'automne s'installait. Le vent qui descendait des montagnes n'avait pas encore cette note de fraîcheur humide qui, normalement, annonce les froidures à venir.

Le soleil déversait une lumière ronde et chaleureuse sur la Garrotxa, cette campagne faite de collines, de bois immenses et de champs nichés entre les bosquets de petits chênes tourmentés et ces grands pins parasol qui assombrissaient le bleu éclatant du ciel.

Pourtant, malgré la splendeur de la saison et la température trop élevée qui perdurait, un sentiment de fin de cycle planait sur les choses et les êtres.

L'homme, qui jusque-là était resté courbé vers les sillons de pommes de terre qu'il arrachait aux mottes caillouteuses de son champ, en contrebas de la grande massia, se redressa et s'appuya sur le manche de son outil. Il respira bruyamment, essoufflé. Il épongea lentement la sueur, qui perlait sur son front et sur sa poitrine, avec un grand mouchoir écarlate qu'il avait tiré de sa poche. Mettant sa main en visière, il leva les yeux vers le ciel et évalua l'heure. La journée allait s'achever. Le soleil chutait vers les crêtes des collines qui ondulaient au lointain, houle puissante et immobile.

Un instant, il jaugea le sac à moitié rempli qui gisait près d'une petite butte de terre remuée. Il fallait qu'il achève de le remplir avant le crépuscule. Il soupira. Il se sentait fatigué. Ses yeux balayèrent distraitement le paysage, effleurant les bouquets d'arbustes dont le feuillage ressortait presque noir sous cette lumière rasante. Son regard s'arrêta sur l'église qui se dressait près de la massia. Une aura scintillante créée par le soleil couchant qui lèchait encore les vieilles pierres, la rendait resplendissante et irréelle. Les cyprès fusaient dans le ciel sans nuage comme des jets d'eau figés et sombres. Des bâtiments qui formaient le hameau de Can Cargol émanait une terrible impression de tristesse, de grande solitude et d'abandon.

La massia écrasait de sa masse titanesque tout le reste du paysage. Elle était comme un point central qui faisait tout converger vers elle. Quand on l'observait de loin, on avait obligatoirement la sensation qu'elle symbolisait son emprise sur tout ce territoire. Édifice singulier et imposant, dans cette campagne secrète, presque enfouie entre ces collines qui moutonnaient à l'infini, il devenait évident qu'elle se chargeait de toutes les énergies que dégageaient la nature, les hommes et les animaux qui vivaient alentour.

— Cette maison est trop grande, murmura l'homme d'une voix hésitante. Beaucoup trop grande pour nous deux. Et même pour nous trois...

Depuis la mort de ses parents, c'était la première fois qu'il osait s'avouer cette hantise qui le saisissait par moments. Tout se passait comme si des éclairs de lucidité émergeaient brusquement dans son cerveau, malgré l'étrange état de dépendance dans lequel cette masse de pierre le maintenait le reste du temps. De plus en plus, il avait la sensation d'être soumis à un charme puissant et indicible qui émanait de la vieille maison et le retenait prisonnier.

Dans ces moments-là, il se souvenait de son père qui lui disait, alors qu'il n'était encore qu'adolescent, que cette maison possèdait un pouvoir sur les hommes et les choses. Énigmatique, il ajoutait « qu'elle se dressait là, depuis toujours ». Un jour, il avait pris un air grave et lui avait fait jurer « de ne jamais abandonner Can Cargol, quoi qu'il arrive ». Sur l'instant, il n'avait pas compris ce que son père voulait lui signifier en lui faisant faire cet étrange jurement. Il était encore trop jeune pour mesurer le poids et la densité qu'imprimait la maison sur tout ce qui l'entourait ou la hantait. Pour lui, le monde entier se résumait à cette existence à Can Cargol avec l'agitation tranquille et laborieuse qui, en ce temps-là, existait encore sur le domaine. Les ouvriers agricoles et leurs familles étaient alors nombreux. Toute l'activité qui régnait autour de la grande massia, la présence des vaches, des chevaux et des moutons, masquaient la rudesse de l'existence entre ces murs dans cette immense maison. L'austérité transpirait de ces sévères façades. Pourtant, la vie habitait alors la demeure et le domaine de Can Cargol...

Les champs et les bois, tout autour, représentaient tout son univers de jeune garçon. Le monde, il l'avait appris plus tard, à l'internat, était bien plus vaste, mais, depuis le domaine, lui avait toujours semblé lointain, étranger, pareil à un rêve inaccessible. Lorsqu'il y songeait, les distances qui le séparaient du reste de l'humanité, lui paraissaient formidables, infranchissables. Pour lui, Can Cargol était semblable à une île au milieu de l'océan du monde.

Même lorsqu'il allait au marché de Besalu, une fois par mois, il avait l'impression qu'il s'agissait d'une expédition qui nécessitait une préparation minutieuse. Quand il y était, il regardait les gens comme s'ils étaient différents, étrangers. Cette méfiance, et le mutisme que lui avait enseignés son père ne l'avaient jamais quitté. Encore aujourd'hui, il parlait peu, prononçait un minimum de paroles, limitant ses échanges à l'indispensable, ne marchandant même pas un outil ni les victuailles. Il répondait rarement aux questions.

Il savait que les gens de la petite cité parlaient dans son dos et le trouvaient aussi bizarre que son père l'avait été, mais il ne s'en souciait pas. Son monde, sa vie, son destin, étaient à Can Cargol. Toute sa vérité se trouvait sur cette terre rude, dans cette immense maison et dans ses dépendances.

— Si Rosita me faisait d'autres enfants, sûrement que les choses changeraient. Can Cargol redeviendrait comme à l'époque du père...

Il se parlait à lui-même, les yeux toujours fixés sur le hameau. Son attention fut soudain attirée par la petite ferme basse, attenante à la grande massia. Du temps de son père, celle-ci avait servi d'habitation aux ouvriers agricoles. Maintenant elle paraissait abandonnée. Pourtant un couple de fermiers y habitait encore. Il avait accepté, un peu avant son mariage et pour éviter que cette bâtisse ne s'écroule, d'y loger un paysan et sa femme. Ceux-ci survivaient en cultivant le lopin de terre qu'il leur louait, et qui se situait derrière la maison et le long du chemin qui rejoignait la route, derrière la colline. Il ne les voyait jamais ou presque. Ces deux personnages étaient des fantômes silencieux et discrets. Souvent, il vérifiait si la cheminée fumait aux heures des repas, afin de savoir s'ils étaient toujours là. Depuis longtemps et malgré ses efforts, la vie avait fui le domaine et il se sentait impuissant à la faire revenir. Tout se passait comme si Can Cargol agonisait et mourait lentement.

Une émotion inattendue et brutale noua sa gorge.

Il se souvenait de la nuit où Rosita avait donné naissance à ce fils qu'il avait tellement espéré.

C'était au printemps dernier. L'air commençait à se réchauffer et à embaumer de toutes les fragrances végétales de cette saison de renouveau. La nature commençait à se réveiller. Une nuit, Rosita l'avait réveillé. Il s'était levé précipitamment et avait allumé la lampe à pétrole qu'il gardait à portée de main dans une des niches creusées dans le mur, à la tête du lit.

À la lueur dansante de la petite flamme vacillante, il l'avait examinée. Son visage était étrangement boursouflé et de la sueur perlait au-dessus de sa lèvre supérieure. « Il arrive », avait-elle murmuré, oppressée, comme si elle avait du mal à respirer. Bouleversé, il avait balbutié : « Je vais chercher la Vieja ! »

La Vieja était une femme qui passait pour être un peu sorcière et qui, solitaire, habitait une maison de pierre à trois kilomètres de Can Cargol, sur la route de Besalu. On la craignait. Dans toute la région, les gens racontaient qu'elle jetait des sorts au bétail et aux humains.

Malgré cela, on avait recours à elle pour soigner ou pour les accouchements. Elle connaissait les simples qu'elle cueillait dans la Garrotxa qu'elle parcourait en tout sens.

Elle fabriquait des baumes et des tisanes qu'elle vendait à ceux qui faisaient appel à elle. On venait de loin pour la consulter et pour lui acheter ses remèdes. Sa réputation avait depuis longtemps fait le tour de tout le pays. On la connaissait jusqu'à Gérone. On la nommait la Vieja, simplement, parce que plus personne ne se souvenait de son nom véritable et que cela faisait des temps immémoriaux qu'une vieille femme habitait cet endroit.

Soudain, Rosita s'était plainte :

— J'ai mal !...

Affolé, il lui prit la main. Il fut surpris par la force avec laquelle elle s'agrippa à la sienne. Elle se renversa, la tête contre les oreillers, puis son corps se tendit comme un arc. Elle projeta son ventre ballonné vers le plafond, s'arc-bouta sur les talons et repoussa les draps en les piétinant. Elle haletait, le visage congestionné par la douleur et l'angoisse.

— Je vais chercher la Vieja, avait-il redit, nerveux, pris de panique.

Il eut du mal à desserrer les doigts de Rosita qui s'accrochaient aux siens avant de se diriger vers la porte.

Il avait failli se rompre le cou dans l'escalier. Arrivé à l'extérieur, devant le portail de Can Cargol, il s'était mis à courir comme un fou sur le chemin caillouteux. En passant près de l'église, il entendit encore un cri déchirant qui venait de la massia. Il hésita et se demanda s'il devait rebrousser chemin, puis, effrayé par le mystère de cette naissance qui s'annonçait, sachant très bien qu'il ne saurait que faire, il prit la décision de couper à travers champs, malgré les broussailles, pour se rendre chez la Vieja.

Il parcourut rapidement la distance entre les deux maisons. À de nombreuses reprises, il s'était pris les pieds dans les mottes de terre ou les racines qui affleuraient. Il avait déchiré ses habits qui s'étaient accrochés aux broussailles et aux ronces.

La maison de la Vieja, située sur l'autre versant du vallon, lui était finalement apparue. Sans même s'en rendre compte, il franchit le ruisseau qui marquait la frontière entre les deux territoires.

Fou d'inquiétude, il pataugea dans l'eau glacée jusqu'aux genoux, les yeux fixés droit devant lui sur la maison de la vieille.

Une fois arrivé, il avait tambouriné contre la porte avec ses poings. Lorsque la vieille avait ouvert la porte, après un temps qui lui avait paru interminable, elle recula devant le spectacle qu'il offrait. Veste et pantalon maculés de terre, déchirés par endroits, cheveux plaqués sur le visage par la sueur, souliers et bas du pantalon trempés, il était hirsute, méconnaissable, essoufflé, proche de l'asphyxie. Il devait faire peur.

— Vite ! Il faut venir, avait-il grogné. C'est pour la Rosita ! L'enfant arrive...

La vieille l'avait calmé d'un geste autoritaire, puis l'avait forcé à entrer dans son antre en le tirant par le tissu de sa manche avec une force qu'on ne pouvait soupçonner chez une femme. Le dos tordu par l'âge, la démarche claudiquante, elle l'avait précédé avec difficulté.

— Assieds-toi là et calme-toi ! avait-elle coassé, désignant un banc de bois près de la cheminée dans laquelle mourait un feu cacochyme. Sèche-toi et raconte-moi...

D'une voix entrecoupée par l'essoufflement et l'émotion, il lui décrivit son réveil soudain et les plaintes de Rosita. Il raconta le visage douloureux et comment, alors qu'il partait pour venir la chercher, il l'avait entendue qui hurlait comme une bête blessée.

La vieille, tout en l'écoutant, avait versé un peu de liquide dans un gobelet de terre et lui avait intimé l'ordre de le boire. Le breuvage glissa dans sa gorge irritée par l'essoufflement. C'était doux et liquoreux, légèrement amer. Brusquement, un incendie ravagea son œsophage et son ventre. Une toux subite déchira sa poitrine, mais, immédiatement après, il se sentit mieux, revigoré par l'étrange mixture.

— Reste tranquille, rauqua la vieille femme dont le visage demeurait impénétrable dans la chiche lueur de l'unique chandelle qui éclairait la pièce. Nous avons le temps. Le travail vient de commencer. L'enfant ne se présentera que dans quelques heures, probablement au lever du soleil, comme toujours...

Elle paraissait si sûre d'elle que l'homme se sentit rassuré. Un brasier dévorant continuait à ravager ses entrailles.

— Je vais me préparer, reprit la vieille qui avait déposé son lumignon sur la table.

Ayant dit, elle s'était fondue dans l'ombre qui noyait toute la salle hors le cercle dessiné par le minuscule halo de lumière dispensé par l'âtre et une unique chandelle posée sur la table. Des bruits lui parvenaient depuis un couloir qu'il devinait dans l'obscurité. Dans une pièce attenante, la vieille femme bousculait des objets et grognait des choses indistinctes. Sans doute cherchait-elle quelque chose de précis qu'elle ne parvenait pas à trouver. Malgré ses tentatives, l'homme ne discernait rien dans cette pénombre.

Soudain, la vieille réapparut dans le rond de lumière. Elle portait une grande cape sombre qui tombait jusqu'à ses pieds. Il ne voyait que son visage encadré par une capuche qu'elle avait relevée. Les bords de l'étoffe mangeaient presque toute sa figure et ne laissaient apparaître que les yeux qui brillaient d'une intensité peu ordinaire, presque anormale. En la voyant ainsi accoutrée, debout devant lui, il ne put s'empêcher de songer à tout ce qui se racontait sur elle et sur ses pratiques de sorcière. Sans s'occuper de ce qu'il pouvait penser, séchement, elle ordonna :

— Viens !... Nous pouvons y aller, maintenant.

Sans attendre elle se pencha vers la chandelle posée sur la table, et la souffla. L'homme qui, péniblement, s'était mit debout fut surpris. Il ne voyait plus rien. Comme un aveugle, il tendit les bras devant lui. Ce fût le rectangle plus clair de la porte que la Vieja ouvrait qui lui permit de se guider. D'un pas hésitant, il s'avança vers cette clarté diffuse dans laquelle se découpait la silhouette de la vieille.

— Presse-toi ! grommela-t-elle.

Passant devant lui, elle le prit par le bras et le tira derrière elle comme on traîne un enfants maladroit et réticent.

Elle ordonna :

— Prends cette lampe et éclaire-moi !

L'encre de la nuit les immergeait totalement. La lanterne projetait un maigre faisceau de lumière sur le bord de la route, dessinant la bordure d'herbes folles et les caillasses sur un mètre à peine en avant de leurs pieds. La Vieja respirait fort. Elle parlait en marchant. Elle le fit tout au long du chemin. En proie à une grande agitation, elle mélangeait les imprécations contre les pierres qui lui tordaient les chevilles et les questions à l'adresse de l'homme : « Toi, tu es bien le fils de Jordi, non !?... Jordi ! Je me le rappelle bien ce fils de putain qui me battait, chaque fois qu'il pouvait me trouver seule ! » Il se gardait de faire des commentaires ou de répondre. Il se contentait de grogner des choses inaudibles, la tête en feu, l'inquiétude nouant ses tripes, l'esprit fixé sur l'image de Rosita seule dans la grande maison. « Tu le savais, toi, que ton père, ce bâtard infâme, était un méchant homme, hein ? » La femme continuait à questionner sans même attendre ses éventuelles réponses.

Son père ? Il avait le souvenir d'un homme imposant, au visage tanné par le soleil et les travaux des champs; un homme qui parlait peu, donnait des ordres brefs et autoritaires aux ouvriers agricoles qui, toujours, baissaient la tête devant lui.

« Ta mère, elle, était une vraie sainte !... Elle a supporté ce démon durant toute une vie ! » La Vieja affirmait, péremptoire, presque véhémente. C'était la première fois qu'il entendait parler de ses parents en ces termes. Jusque-là, les seuls commentaires qu'il avait pu entendre de la bouche d'étrangers relevaient toujours de la servilité la plus vile ou du respect le plus profond ; et il lui avait fallu beaucoup de temps pour arriver à faire la différence entre ces deux attitudes.

Avec les ans, il avait remarqué que la servilité était presque toujours le fait de ceux qui étaient extérieurs à Can Cargol. Il s'agissait presque toujours de ceux qui, pour une raison ou pour une autre, venaient demander un service ou un conseil à son père. Par contre, le respect, il l'avait toujours ressenti de la part des ouvriers qui vivaient sur le domaine. Et c'était pareil pour la parenté, tantes, oncles et cousins qui, à chaque date importante ou pour aider aux travaux des champs, apparaissaient comme par magie. Tous, visiblement, respectaient son père qu'il avait du mal a imaginer comme un méchant homme. Autoritaire, froid et cassant, sans doute, mais méchant, non !... Ces rassemblements familiaux étaient comme des rituels rythmés par les saisons et par les impératifs de la vie sur le domaine de Can Cargol. Son père paraissait être le grand maître de ces étranges et secrètes cérémonies. Depuis son enfance, il s'était toujours demandé pourquoi cette parenté, proche ou éloignée, mettait un point d'honneur à rallier Can Cargol trois ou quatre fois dans l'année. Le reste du temps, il n'y avait aucun échange entre eux, même pas une lettre, sauf pour les annonces de décès, de naissance, pour les plus éloignés, ceux qui habitaient Gérone ou Barcelone. Jamais, il n'avait su comptait la famille tellement les rapports, entre eux tous, étaient sporadiques. Can Cargol était une île perdue dans cette Garrotxa, un territoire hors du monde où toute cette parenté se réfugiaient dans les grandes occasions comme on revient vers un lieu d'origine, de protection, vers une forteresse tutélaire, une patrie ultime. Ceux qui arrivaient pour les moissons, la cueillette des fruits ou la récolte des légumes, s'installaient pour un temps dans la grande massia. Les chambres étaient naturellement habitées comme si un ordre secret définissait les pièces que devait occuper chacun d'entre eux. À chaque fois, le travail se faisait, comme si tout avait été décidé d'avance et depuis longtemps, comme si la maison digérait les nouveaux venus, comme si ceux-ci retrouvaient en arrivant des gestes ataviques, des marques connues d'eux seuls, qui les reliaient mystérieusement à Can Cargol.

Lorsqu'ils se trouvaient là, tous travaillaient beaucoup, tous obéissaient sans discuter aux ordres que distribuait le père, chaque matin au lever du soleil.

Le soir, malgré le nombre de convives qui s'installaient autour de la grande table, les repas étaient silencieux, presque lugubres. Personne ne parlait devant le maître de Can Cargol. Mêmes les femmes se taisaient. Ce n'était que lorsqu'elles étaient certaines d'être seules, qu'elles se mettaient à bavarder, et toujours à voix basse. En dehors d'échanges sur le temps, les maladies, les recettes de cuisine, les nécessités de la vie quotidienne ou du travail, le silence était une règle dans la grande massia. Même les enfants avaient appris à jouer sans faire de bruit.

Quelquefois, lorsqu'ils étaient certains que les adultes ne pouvaient les entendre, toutes ces cousines et tous ces cousins lui racontaient leur vie, en ville. Ils décrivaient un monde qui, à l'époque, lui paraissait fantastique et pourtant tellement étranger à ce qu'on vivait à Can Cargol. Il les écoutait toujours avec stupéfaction et gardait de ses conversations un sentiment d'irréalité et d'absence de points communs avec eux, qui ne faisait que le séparer, l'isoler, un peu plus chaque fois.

Ce sentiment de solitude, de différence, provenait, il le sentait bien, du fait qu'il était le fils du maître de Can Cargol. Il était l'héritier du domaine et les autres, sans doute inconsciemment, maintenaient, une distance avec lui. Même dans leurs jeux, les autres l'excluaient

Il avait fini par penser qu'il en était ainsi parce qu'il était celui qui serait, plus tard, à la mort de son père, le nouveau patron.

« Ton père était tellement fou, qu'il avait réussi à faire le vide autour de lui… » La voix de Vieja lui parvenait au milieu de sa rêverie comme si elle lui parlait de très loin. Le vide ? Elle avait raison, cette vieille sorcière ! Sans qu'il puisse se l'expliquer clairement, tout le temps de sa jeunesse, il avait eu l'impression d'un vide, d'une distance, immenses autour de Can Cargol.

« C'est ta mère, paix à son âme, maintenant qu'elle est morte, qui mettait un peu d'humanité dans cette maison ! » La vieille avançait plus lentement. De plus en plus souvent, elle s'accrochait à son bras, comme si elle perdait l'équilibre. Elle lui parut très essoufflée. Inquiet, il avait peur qu'elle ne puisse parvenir jusqu'à la massia. Il craignait d'arriver trop tard auprès de Rosita. Dans son cerveau, souvenirs et sentiment d'angoisse formaient un curieux mélange qui le mettait dans un état second. Il ne sentait ni le froid de la nuit ni l'humidité qui lui paralysaient les jambes. Son pantalon collait à la peau. Il n'avait pas eu le temps de le faire sécher chez la vieille.

Par moments, il revoyait le visage de sa mère, lisse, égal et sévère, mais toujours empreint de douceur. Rarement, elle avait eu des gestes tendres envers lui, mais, tout petit déjà, il avait deviné que cette retenue n'était qu'un masque.

Dès que son père avait le dos tourné, elle glissait dans sa poche un de ces gâteaux qu'elle confectionnait à chaque fois qu'elle cuisait le pain dans le four de la grande pièce commune. L'odeur caractéristique de ces journées du pain était encore présente dans sa mémoire. La maison embaumait alors jusque dans les moindres recoins, et il s'en souvenait avec émotion.

« Ta mère était une femme très bonne. Souvent, elle envoyait, en cachette de ton père, une des servantes pour m'apporter un peu de nourriture. Si ton père l'avait appris... » La Vieja, indiscernable dans l'obscurité, poursuivait son évocation sans s'occuper de lui, comme si elle parlait aux arbres et aux broussailles. Sporadiquement, il l'entendait pester et jurer contre les cailloux qui parsemaient le chemin et la faisaient trébucher, ainsi que contre ses jambes qui lui faisaient mal, contre son âge qui la mettait dans cet état. De plus en plus inquiet, il essaya de lui faire presser le pas, accélérant imperceptiblement son allure.

« Je ne me souviens plus de ton nom à toi ! Pourtant, c'est moi qui t'ai mis au monde ! » Surpris, il avait ralenti. Il avait du mal à imaginer que cette vieille sorcière avait accouché sa mère. « C'était vous qui m'avez ?... » risqua-t-il, embarrassé, comme si cette révélation le mettait dans une position incongrue par rapport à cette femme. Il se rendit compte que, même si elle faisait depuis son enfance partie du paysage, il ne savait pas grand-chose d'elle. Elle occupait un pan de sa mémoire, tout comme les champs et les collines des alentours, mais rien de plus.

Avec les années, elle était devenue une sorte légende dont on ne savait plus très bien l'origine. « Elle a souffert ta mère quand tu es arrivé, mon gars, elle a terriblement souffert... Tu es venu le cul en premier, comme tous les malvenus ! Elle a failli en crever ! »
Il s'arrêta un instant, choqué. Jamais, ni sa mère ni son père, ne lui avaient parlé des circonstances de sa naissance.

Jamais, il n'avait imaginé que sa venue au monde avait comporté une souffrance et un risque pour celle qui lui avait donné le jour.

Il se demanda si cette apparente froideur, cette distance constante, qu'elle avait toujours maintenues envers lui, ne provenaient pas de là.

« Tu l'as déchirée en passant ! Tu aurais pu la tuer... »

Il tenta d'imaginer la souffrance de sa génitrice, mais quelque chose, comme une porte murée dans les tréfonds de son esprit, l'empêchait de former la moindre image.

Rageur, il pressa le pas, forçant la vieille. Ils quittèrent la route et empruntèrent le chemin de terre qui descendait vers Can Cargol en contournant la colline. Il avait la gorge serrée. Il aurait voulu encore poser des questions à cette femme, en savoir plus, mais il se retint.

Il pensait à Rosita.

Il avait peur de provoquer le mauvais sort.

Lorsqu'ils entrèrent dans la grande bâtisse, il y régnait un silence effrayant. Même les bêtes, dans l'étable étaient muettes. Le chien n'avait pas aboyé. En passant, il l'avait cherché des yeux, essayant de discerner une forme plus claire dans l'obscurité, aux abords de la massia, mais ne l'avait pas aperçu. Il devait vagabonder comme d'habitude...

Il prit le bras de la vieille pour l'aider à monter l'escalier. Elle ne se plaignait plus. Elle aussi paraissait impressionnée par le silence. Ils débouchèrent dans la pièce commune, et regardèrent autour d'eux. Rien ne bougeait dans la massia. Sans reprendre son souffle, la vieille ordonna d'un ton plein d'autorité :

— Occupe-toi du feu et mets de l'eau à bouillir !... Beaucoup d'eau !... Et n'oublie pas de m'apporter des linges propres !

Tout en acquiessant de la tête pour montrer qu'il avait compris, du bras, il désignait la porte de la chambre à coucher. Une fraction de seconde, il avait hésité à y aller avec elle et pour jeter un coup d'œil à Rosita afin de se rassurer, avant d'obtempérer aux ordres de la Vieja.

— Fais ce que je te dis ! avait-elle rugi avant de s'engouffrer dans la pièce voisine. Tu viendras voir après, quand je te le dirais ! C'est là ?

Il avait hoché la tête. Elle avait brutalement poussé la porte de la chambre à coucher pour se frayer un passage. Mortifié par le sentiment de son peu d'utilité, malade d'inquiétude, il s'était précipité vers le foyer pour y attiser les braises moribondes. Il jeta sur elles une brassée de sarments bien secs pour les raviver. Lorsque les flammes jaillirent à nouveau, hautes et claires, il empoigna la grosse marmite de fonte noire pour la remplir d'eau. Une seconde, il se félicita d'avoir canalisé la petite source et installé, quelques mois auparavant, une pompe à bras dans la cuisine. Ce travail, il l'avait fait pour que Rosita ne soit pas obligée d'aller s'approvisionner au puits ou à la source, avec des seaux, comme sa mère et les servantes l'avaient fait durant des décennies.

L'eau qui débordait de la marmite lui arrosa les avant-bras. Il sursauta. les éclaboussures glacées l'avait brutalement tiré de sa rêverie. Il transporta le récipient vers le foyer et le posa sur le trépied de fer qui trônait en plein centre de la fournaise. Il en profita pour rajouter du bois, comme s'il avait voulu, en créant un brasier crépitant, chasser son inquiétude et combattre ce sentiment d'impuissance qui le tourmentait.

Au bout d'un moment, n'y tenant plus, il s'approcha de la porte de la chambre et colla son oreille au panneau de bois afin de tenter d'entendre ce qui pouvait s'y passer.

Aucun son ne lui parvint. Tout paraissait calme et silencieux... Hésitant sur la conduite à tenir, il dansa d'un pied sur l'autre, mal à l'aise, l'esprit plein de confusion. Le linge qu'avait réclamé la vieille se trouvait dans le grand coffre, au pied du lit, mais il n'osait entrer pour le prendre sans que la vieille le lui permette. Cette indécision le rendit nerveux. Il s'inquiétait de ne rien entendre, de ne pas savoir.

Il songea que, peut-être, ils étaient arrivés trop tard et que Rosita était morte...

Soudain, une fatigue inexplicable le terrassa. Il fallait absolument qu'il trouve un siège. Titubant comme s'il était ivre, il fit les quelques pas qui le séparaient de la cheminée et s'assit lourdement sur le banc, près du foyer. Privé d'énergie, le corps étrangement insensible, il fixa longuement les flammes et leur danse folle. La chaleur lui fit du bien. Peu à peu, il se détendit. Il allongea les jambes en poussant un soupir. Une irrésistible envie de dormir le prenait.

Lorsque les femmes vêtues de longues robes blanches passèrent devant lui, il venait de se réveiller et de rouvrir ses paupières encore lourdes. Elles avaient des fleurs piquées dans leurs cheveux et paraissaient joyeuses. Son engourdissement était tel que la scène ne l'étonna même pas.

Il les regarda longtemps s'affairer devant le foyer et nota que le jour paraissait s'être levé puisque la lumière entrait à flots par les petites fenêtres de la salle commune. Il imagina qu'il avait dû s'assoupir et qu'il venait de s'éveiller. Vaguement, il se demanda qui elles pouvaient bien être. Il ne les reconnaissait pas. Intrigué par ces inconnues qui avaient envahi la massia, il les détailla. Elles étaient jeunes et jolies et paraissaient bavarder entre elles avec une volubilité extrême.

Curieux, il tendit l'oreille pour saisir ce qu'elles disaient mais n'y parvint pas. Leurs lèvres bougeaient et s'agitaient, mais aucun son ne lui parvenait, bien qu'il ne se tienne qu'à deux mètres à peine du groupe.

Il se demanda s'il n'était pas encore en train de rêver. Des yeux, il chercha la grosse marmite noire pleine d'eau qu'il avait déposée sur le trépied. Elle n'y était plus. Le foyer était recouvert d'une grille de fer sur laquelle rissolaient des morceaux de viande. Une sensation de faim creusa aussitôt son estomac. Il tenta de respirer l'odeur de cette viande grillée, mais ses efforts demeurèrent vains. Il ne sentait rien.

Les jeunes femmes passaient et repassaient devant lui. Elles se conduisaient comme s'il n'existait pas. Il tenta de tourner la tête pour voir d'où elles surgissaient, mais ne put y arriver. Il ne pouvait plus commander à ses muscles ni à ses articulations. Soudain, les femmes se figèrent. Elles regardaient toutes dans la même direction, du côté de la porte d'entrée. Elles se serrèrent l'une contre l'autre, comme si elles avaient peur.

Sur leurs visages, une expression de terreur contrastait avec la joie et l'insouciance qui avaient précédé. Une ombre se profila sur le mur à sa droite. Il avait du mal à distinguer, mais il crut apercevoir plusieurs hommes. Vaguement, il enregistra l'image d'une main recouverte de métal qui empoignait le devant de la robe de l'une d'elles et tirait brutalement dessus. Il vit les autres se mettre à hurler, mais il n'entendait rien. La robe de celle qui avait été agressée céda d'un coup. Les épaules et la gorge apparurent, chair dénudée, laiteuse, soudain mise en pleine lumière. La fille se débattait avec l'énergie du désespoir. La main gantée de fer se posa sur l'épaule. Il remarqua les sillons rouges que les doigts couverts de métal traçaient sur cette peau blanche...

Malgré tous ses efforts, il ne parvenait pas à se lever pour se précipiter au secours de ces femmes.

Une étrange ankylose le clouait sur place.

— L'eau bout !

La voix de la Vieja le ramena à la réalité.

— Vite, prends la marmite et apporte-la moi !

Son corps soudain de nouveau mobile il sauta sur ses pieds, totalement réveillé. Inquiet, il regarda tout autour de lui et ne put que constater que les étranges jeunes femmes et leurs agresseurs avaient mystérieusement disparu. Il se retrouvait derechef dans la salle commune, assis sur le banc, devant la grande cheminée. Au beau milieu du foyer, dans la marmite posée sur le trépied, l'eau bouillonnait et débordait, faisant fuser les braises en dessous.

— Allez presse-toi, l'enfant arrive !... Ma parole, mais tu dormais ! Voilà bien les hommes...

La Vieja paraissait furieuse. Avec ses bras, elle battait l'air autour d'elle comme pour menacer le jeune homme.

L'inquiétude revint.

« L'enfant arrive ? », avait-il balbutié, faisant un très gros effort pour se s'avancer vers le foyer ?

— Je vais avoir besoin de toi !

Pour éviter de se brûler les mains, il empoigna la marmite bouillante avec des torchons enroulés puis, à petits pas, essayant d'éviter de renverser le liquide brûlant sur lui, il la suivit. Dans la chambre, il régnait une lumière inhabituelle. La vieille avait allumé toutes les chandelles qu'elle avait trouvées en fouillant dans le grand coffre où Rosita rangeait son linge et tout ce dont elle pouvait avoir besoin en cas de nécessité.

Il jeta un coup d'œil en direction du lit, mais ne put voir que la tache des cheveux épars de Rosita répandus en éventail sur la blancheur des draps et des oreillers. La marmite lui brûlait les doigts malgré les chiffons. Il s'arrêta et chercha désespérèment des yeux un endroit où la déposer.

— Pose-la par terre, imbécile ! hurla la vieille qui avait mis un genou sur le lit et se penchait en avant.

Son corps masquait celui de Rosita, et tout ce qu'il put voir fut une des jambes de Rosita dressée vers le plafond, et qui passait par-dessus l'épaule de la Vieja.

Comme s'il émergeait d'un autre monde, il prit conscience du bruit qui régnait dans la pièce. Rosita haletait comme un animal blessé. Elle aspirait bruyament de l'air, avec, venus du fond de la gorge, de petits hoquet rauques. La vieille lui parlait avec une surprenante douceur. Elle se tenait complètement penchée vers son ventre entre les jambes ouvertes en compas de la parturiente.

— Pousse ! hurlait-elle ! Tu vas avoir mal ! Pousse te dis-je !... C'est le ciel qui nous punit de toutes nos fautes. Pousse plus fort !...

La marmite fumante envoyait des bouffées de chaleur humide au visage de l'homme. Il tenta de voir ce qui se passait, mais ses yeux étaient brouillés par la vapeur d'eau et l'émotion. Il ne savait que faire. Il n'osait plus ni bouger ni faire le moindre geste. Il n'existait plus.

— Pousse, te dis-je ! criait encore la Vieja qui paraissait hors d'elle. Pousse encore, je le vois ! Il arrive le bougre ! Il est là !...

Les plaintes de Rosita avaient envahi toute la maison qui semblait vibrer au rythme de sa souffrance.

— Il vient !... Je te dis qu'il vient, grommela encore la sorcière qui, maintenant, était à genoux sur le lit et semblait tirer sur quelque chose qui était entre les jambes écartées de Rosita... Brusquement, il y eut un cri déchirant. Il eut l'impression que la vieille arrachait les entrailles de sa femme, la faisant souffrir horriblement. La plainte de Rosita monta vers les voûtes bleues, puis se répercuta tout au long des murs, parcourant l'immense bâtisse. Il lui sembla que cela durait infiniment. Puis revint le silence.

— C'est un mâle !

La Vieja, les cheveux défaits, le visage congestionné, les habits et les avant-bras ensanglantés, brandissait vers le plafond, à bout de bras, un morceau de chair maculée de sang.

L'homme était tellement subjugué par le spectacle de cette vie qui jaillissait du ventre de sa femme qu'il ne pouvait bouger.

— C'est ton fils ! grogna la vieille en tendant vers lui ce paquet indéfinissable. Passe-moi les linges propres et le petit couteau qui est posé, là, sur le bahut !...

Avec lenteur, ses yeux se détachèrent du minuscule morceau de chair vive que soulevait la vieille et se posèrent sur le gros coffre de bois ciré. Sur le couvercle, il découvrit des linges soigneusement pliés et un étrange petit couteau dont la lame triangulaire luisait avec cruauté. Bizarrement, il se dit que ce couteau ne venait pas de la maison et que c'était certainement la vieille qui l'avait amené avec elle. Il fit un pas et se pencha pour prendre les linges. Ensuite, comme elle le lui demandait, il lui passa l'étrange lame courte et affûtée comme scalpel. D'un geste vif, la vieille prit le couteau et saisit à pleines mains le cordon qui reliait encore l'enfant à sa mère. L'homme se crispa. Elle trancha l'attache d'un coup de lame précis. Du sang gicla. Elle ordonna qu'il approche la marmite d'eau jusqu'au pied du lit. Machinalement, il obéit, notant juste que la voix de la Vieja, lorsqu'elle parlait à Rosita, avait changé. Elle était devenue beaucoup plus douce. Comme si, elle aussi, s'était tout à coup rassurée. Comme si en aidant à donner la vie, elle devenait plus humaine, tout à coup.

Dans la pièce, l'atmosphère aussi avait changé. La Vieja chantonnait une curieuse mélopée tout en nouant le cordon sur le ventre du bébé. Puis elle se retourna et se glissa encore une fois entre les jambes de Rosita comme un animal fouisseur. D'un genou posé sur le bord du lit, elle retenait le nouveau-né pour qu'il ne roule pas sur le sol. L'homme détourna les yeux, vaguement écœuré, terriblement impuissant. Une inexplicable pudeur l'empêchait de regarder. Il détournait les yeux de toute cette chair à vif, de tout ce sang. Une nausée soudaine lui tordit l'estomac. Il dut tendre le bras et s'appuyer au grand coffre pour ne pas laisser ses jambes se dérober sous lui.

— C'est toujours la même chose, persifla la vieille qui, avec le linge qu'elle trempait dans l'eau, lavait le corps du bébé. C'est la femme qui souffre pour accoucher et l'homme qui se trouve mal !...

Les sarcasmes de la Vieja lui parvenaient comme à travers une cloison. Il se sentait malade, exactement comme quand il était enfant et que son père criait trop fort. Brusquement, il se demanda pourquoi Rosita ne disait rien, ne se plaignait plus. Il se demanda si elle était morte ?...

La vieille avait emmailloté l'enfant. Elle se tourna vers lui, et d'une voix ferme, lui intima l'ordre de le prendre. Il tendit les bras, mal à l'aise. Lorsqu'il sentit dans ses mains ce paquet de linge qui pesait à peine, il s'étonna de sa rigidité. L'enfant était tellement serré dans le tissu qu'il en était raide comme un morceau de bois. Même la tête ne ballottait pas, comme il l'avait craint en le prenant dans ses bras. Un instant, il crut sentir battre le cœur de son fils à travers l'étoffe. Il retint son souffle, plissant les yeux pour détailler ce minuscule visage violacé. La Vieja lavait le ventre de Rosita et jetait sur le sol les linges ensanglantés :

— Là, ma belle, c'est fini, maintenant... Tu ne souffriras plus. Tu as perdu beaucoup de sang, mais tu es jeune et forte, alors la vie te reprendra bientôt, crois-moi. La vie te reprendra, c'est obligé...

La Vieja parlait d'une voix grave et, bizarrement, très douce, presque tendre, comme si une complicité la liait, désormais, à cette jeune femme étendue sur la couche ensanglantée.

Les yeux de l'homme allaient et venaient du lit jusqu'à ce paquet blanc qu'il tenait et duquel émergeait une figure chiffonnée et rougie. Embarrassé, il le portait à bout de bras. Depuis que la vieille le lui avait mis dans les mains, une émotion curieuse, inconnue, lui nouait la gorge.

— Il t'a déchirée, ma belle, c'est pour ça que tu as eu tellement mal, continuait la vieille en arrangeant les draps qu'elle venait de remonter sur le ventre de Rosita. Mais, tu sais, j'ai vu bien pire...

Pour la première fois depuis son arrivée dans la pièce, l'homme aperçut le visage de sa femme. Celui-ci était d'une pâleur extrême. Il contrastait avec la chevelure ébène. Elle ne regardait pas dans sa direction. Sa tête était tournée vers le mur. Pourtant, il vit qu'elle avait les yeux grands ouverts. Elle paraissait absente, comme morte.

— Passe-moi l'enfant !

D'autorité, la vieille lui reprit le paquet de linge et revint vers le lit. Elle le tendit à Rosita. Celle-ci demeura immobile. La Vieja tenta de lui faire tourner la tête vers son enfant.

Rosita exsangue ne bougea pas. Devant cette inertie, la Viejà souleva un de ses bras et déposa le nouveau-né tout contre elle, dans le creux de son épaule.

— Tu ne veux pas le regarder tout de suite ? Je te comprends, ma belle. Mais patience, cela viendra...

Il n'y avait aucun reproche dans sa voix. Elle disait cela comme si elle était habituée à voir des attitudes plus curieuses encore.

— Repose-toi, ma belle, tu l'as bien mérité, fit-elle encore en se baissant pour ramasser les linges souillés. Nous allons te faire une tisane de bonnes herbes, on y mettra du miel, cela te fera du bien.

Elle fit signe à l'homme de reprendre la marmite et de la suivre. Comme un automate, il lui emboîta le pas jusque dans l'autre pièce. La vieille n'hésita pas, roulant en boule le linge ensanglanté qu'elle tenait dans ses mains, elle lança paquet dans la cheminée en plein milieu des braises qui rougeoyaient encore.

— Regarde et souviens-toi ! Il faut toujours brûler la souffrance, c'est la seule manière de la faire fuir, marmonna-t-elle avant de s'approcher de l'évier de pierre et de faire ruisseler l'eau glacée sur ses mains et ses avant-bras. Sans se retourner, tout occupée à nettoyer le sang qui maculait sa peau ridée, désignant la marmite pleine d'eau sanglante, elle commanda :

— Va la jeter ! Fais-le dehors, le plus loin possible de la massia, le plus loin possible de vous !

Subjugué par le ton péremptoire de la vieille femme, il avait obéi et s'était faufilé hors de la massia avec le récipient plein d'eau rougie à bout de bras. Il avait marché avec précaution comme s'il transportait un chaudron maléfique jusqu'à la limite des arbres qui surplombaient le vallon, le long de l'allée située à l'arrière de la massia. Il s'arrêta à un endroit retiré, rempli de hautes herbes et de broussailles enchevêtrées, où personne n'allait jamais...

Le jour commençait à poindre.

À l'Est, des lueurs d'un rouge sanglant embrasaient le faîte des arbres. Jugeant qu'il était assez éloigné de la massia, il avait renversé le récipient dans la haie qui bordait la falaise et qui donnait sur la vallée, en dessous. L'eau ensanglantée avait disparu en bouillonnant, aspirée, avalée, par la terre trop sèche. Ensuite, d'un geste large, il avait lancé l'ustensile par-dessus les broussailles, dans la direction où il savait qu'elle disparaîtrait dans l'inextricable végétation. Lorsqu'il revint à Can Cargol, il chercha la Vieja du regard dans la salle commune. Elle avait disparu. Il n'eut pas le temps de s'étonner de cette absence : un cri, qui provenait de la chambre, le fit sursauter. Il se précipita.

La vieille femme se tenait près du lit, un bol fumant dans ses mains. Elle était tournée vers Rosita qui s'était dressée sur le lit. Les deux femmes ne l'avaient pas entendu. Il s'arrêta, stupéfait. Rosita hurlait comme une folle. Son visage déformé exprimait une fureur démente.

— Non, je ne le veux pas ! hurlait-elle Je ne veux même pas le voir ! Prends-le ! Emmène-le !

Avec une lenteur calculée, la vieille posa le bol fumant sur la corniche de pierre, à la tête du lit, et se pencha pour saisir quelque chose tout près de Rosita. L'homme vit qu'il s'agissait du nouveau-né emmailloté. La vieille femme aussi paraissait hors d'elle. Insistante, elle lui tendit l'enfant encore une fois vers Rosita en lui disant :

— Tu ne peux pas le repousser ainsi ! Il s'agit de ton fils, tu entends ! Ton fils ! C'est la chair de ta chair ! Tu ne peux pas la rejeter…

— Je n'en veux pas ! Tu entends, sorcière ? Je n'en veux pas !

Pendant quelques secondes les deux femmes se turent, comme si, toutes deux, elles reprenaient leur souffle, puis Rosita rouvrit la bouche, et d'une voix blanche, presque inaudible, proféra :

— Si tu le laisses là, je le tue !

La Vieja ne répondit pas. Elle regardait Rosita et serrait l'enfant contre sa poitrine comme pour le protéger. Elle resta quelques secondes ainsi, muette, puis se détourna du lit et se dirigea vers la porte sans plus s'occuper de Rosita qui était retombée contre les oreillers, anéantie. L'homme, statufié dans l'encadrement de la porte, regardait la scène sans pouvoir dire un mot. Il n'osait comprendre.

— Ah, tu es là, toi ? Tu as vu ? Tu as entendu !? Alors viens, le temps presse ! dit la vieille femme en passant près de lui, suis-moi !

L'homme jeta un regard en direction du lit avant d'obtempérer. Rosita était allongée, le visage à nouveau tourné vers le mur. Un bref instant, il fut tenté de s'approcher d'elle et de lui parler, mais la violence qu'il percevait dans le masque ravagé de sa femme l'en dissuada. Il se détourna. Il sentait toute son impuissance devant ce rejet brutal et incompréhensible. Il se retourna encore une fois et frissonna longuement comme si, brusquement, un froid soudain, venu de nulle part, glaçait tout son corps. Les nombreuses chandelles et l'atmosphère de drame qui régnait dans la pièce, le firent irrésistiblement penser à la mort. D'ailleurs, Rosita n'avait-elle pas l'air d'une morte dans ce lit encadré de minuscules lumières vacillantes. Il courba les épaules et pénétra dans la salle commune où l'attendait la vieille femme. Il savait que le malheur était entré dans Can Cargol.

— Tu as entendu ? souffla la vieille qui tremblait encore d'indignation. Ta femme est devenue folle ! Même la pire des souffrances n'excuse pas qu'une mère refuse de prendre son enfant dans ses bras !... Si tu ne veux pas que ton fils meure dans quelques heures, attelle une bête à ta carriole et conduis-nous rapidement à Besalu...

Hébété et incrédule, il répéta :

— À Besalu

La femme s'impatienta :

— Oui, à Besalu, tu as bien entendu... Tu as une sœur qui vit là-bas, non ?... Elle fait la nourrice, à ce que je sais !

Nous allons lui apporter ton fils. Elle le nourrira comme elle en a nourri bien d'autres !... Ne discute pas si tu ne veux pas que ton fils crève comme un chiot abandonné !

L'homme sentit des larmes qui montaient à ses paupières. Il serra les mâchoires pour ne pas se mettre à hurler d'horreur et de désespoir, puis, lentement, comme si les gestes les plus simples étaient devenus difficiles à accomplir, il se tourna vers l'escalier et s'y engagea, précédant la vieille qui portait l'enfant serré contre elle.

Chapitre 11

À bout de souffle, Félix franchit les dernières marches de la volée d'escaliers et pénétra dans la salle commune. Il portait un énorme carton qui contenait des provisions qui allaient garnir les étagères qu'il avait fait construire en dessous de la rangée de fenêtres qui courait tout au long du plan de travail. Le coin cuisine ressemblait de plus en plus à la dunette d'un paquebot, avec ces ouvertures vitrées sur deux côtés, qui formaient un angle droit au fond de la grande pièce et laissaient pénétrer des flots de lumière, du levant au couchant.

Au travers de la première rangée de carreaux, on pouvait deviner la trace d'un ancien chemin très large, sorte d'avenue intérieure au domaine, et qui était envahi d'herbes sauvages. Ce tracé fuyait entre des haies d'arbres et de buissons enchevêtrés.

À partir de l'autre rangée d'ouvertures, le regard pouvait courir sur toute la surface de la cour intérieure. La vue allait du porche d'entrée, percé au travers de la muraille qui donnait sur la petite place jusqu'au bâtiment à un étage qui, à l'époque, devait être une remise ou une grange, et dans lequel Félix prévoyait de se faire aménager une bibliothèque et un bureau. De cette manière du matin au soir, la lumière du jour pouvait pénétrer dans cette pièce essentielle de la grande massia. Il déposa son colis sur la table avec un soupir .

— Ah, te voilà enfin ! clama Gillian, méconnaissable dans une robe de tissu imprimé qui lui donnait un air nettement plus jeune, plus accessible et vivante.

Cette nouvelle manière de s'habiller, depuis qu'elle avait investi Can Cargol, étonnait Félix qui l'avait toujours connue stricte et élégante. Depuis quelques jours, il découvrait une nouvelle femme.

— Nous nous demandions, Nuria et moi, quand tu allais enfin arriver.

Nuria lui tournait le dos. Elle paraissait très affairée dans le fond de la cuisine. Par-dessus son épaule, elle leur jeta un regard rapide sans cesser de laver la demi-douzaine de fenêtres en arceaux qui lui restaient à nettoyer.

Félix l'observa une seconde, alors que Gillian commençait à déballer les provisions sur la grande table. La silhouette fine et flexible de Nuria se découpait dans la lumière vive de l'après-midi qui pénétrait comme mille rivières dans la salle commune. La jeune Catalane chantonnait. À l'entendre ainsi, il se sentit heureux, sans raison, simplement parce que l'activité et la gaîté des deux femmes étaient communicatives. Une seconde, il songea que, grâce à elles, la maison reprenait vraiment vie et que celle-ci, en retour, les gratifiait d'une atmosphère heureuse.

— C'est vrai, ça, commenta joyeusement Nuria qui interrompit son ouvrage et se retourna franchement vers eux. Maintenant, je suis certaine que ce soir, nous prendrons notre premier repas à Can Cargol.

Posant son chiffon, elle désigna, sur le plan qui courait tout au long des fenêtres, une batterie de cuisine complète.

— *Mira* Gillian ! Tous ces plats et toutes ces casseroles, c'est magnifique ! Félix a choisi comme s'il était une femme… Il a pensé au moindre détail. Un vrai magicien !

Gillian et Félix, silencieux, échangèrent un regard lourd de sens. Quelques jours auparavant, et comme il n'avait toujours rien dit de sa vie professionnelle passée à Nuria, il avait demandé à Gillian de ne jamais raconter le restaurant, sa notoriété de chef, et les détails de leur vie antérieure. Il lui avait fait promettre à la jeune fille de ne jamais révéler qui il avait été, comme s'il avait craint qu'elle se détache de lui ou qu'elle ait le sentiment qu'il lui cachait tout un pan de sa vie. Il ne fallait pas que Nuria puisse penser que leur complicité, par son antériorité, puisse être plus forte que les sentiments qu'il ressentait pour elle.

Gillian, prête à tout pour que Félix ne l'empêche pas de vivre avec eux, à Can Cargol, avait promis. Elle semblait avoir compris que Félix, désormais, ne pouvait plus être l'homme qu'elle avait connu. Elle paraissait avoir admis cette situation à trois.

Félix, troublé par la présence des deux femmes, n'avait pas vraiment réfléchi plus avant. En quelques heures, il avait vu Nuria et Gillian se parler et s'entendre pour décider d'investir ensemble Can Cargol. Il n'avait pas réagi à cette métamorphose rapide et inattendue de la relation entre les deux femmes. Tout s'était passé à son insu. Un instant, il avait même eu le sentiment d'avoir été manipulé. Très vite, il avait chassé cette impression, trop heureux de ne pas avoir de conflit à gérer. Malgré l'équivoque de la situation, il se sentait soulagé, presque serein. Ne comptait plus, pour lui, que cette maison qui, de plus en plus, prenait de l'importance dans tous ses actes et occupait toutes ses pensées. Il était incapable de dire pourquoi cet endroit l'attirait autant. Il ne parvenait pas à analyser cette curieuse et incompréhensible fascination pour ce lieu. Lui, qui avait toujours affronté toutes les batailles de la vie, même les plus difficiles, ressentait étrangement une envie puissante de ne plus se battre, de laisser les choses se faire et s'accomplir sans qu'il intervienne ni n'agisse.

Même cette décision d'habiter tous ensemble à Can Cargol, ne l'avait surpris qu'à moitié. Il savait que Gillian avait provoqué cet étrange compromis. Il s'était demandé si

Nuria, qu'il croyait encore naïve, presque innocente, se doutait de la ruse et de la malignité de Gillian. Tout au fond de lui, il sentait le danger et craignait que cette relation n'explose un jour, plus tard, mais il voulait gagner du temps pour que Can Cargol ressuscite et que tout se mette en place. Désormais, tout se passait comme si la maison lui dictait sa conduite, comme s'il se soumettait à la volonté des pierres de Can Cargol.

Les deux femmes s'étaient mises d'accord sur à peu près tout, sans lui en parler. Depuis quelques jours, il observait ce qui apparaissait comme un contrat à trois qu'aucun d'entre eux n'avait stipulé ni signé. La situation ainsi créée était peu ordinaire. Quelques jours plus tôt, Nuria lui avait proposé tout à trac que Gillian vienne habiter avec eux à la massia. Elle avait fait cette peu ordinaire proposition exactement comme si elle avait effacé de sa mémoire tous les événements survenus entre eux, durant les jours qui avaient précédé. Il avait failli lui demander si elle devenait folle. Puis il avait pensé qu'elle aussi était, peut-être, le jouet du machiavélisme de Gillian. Il décida d'être prudent. Simplement, il lui demanda si elle se rendait bien compte de la situation, puis s'était contenté d'approuver sa décision sans faire de commentaire...

— On ne sera pas trop de trois pour s'occuper de la massia, avait conclut Nuria, très sérieusement.

Cette maison était devenue le pivot de tous leurs rapports, de tous leurs actes. En peu de temps, comme si elle attendait ce moment-là, comme si elle avait une vie propre qui couvait sous les pierres depuis son abandon, elle avait très vite repris vie, ressurgi du néant. Entité à part entière, elle redevenait vivante. Un rayonnement étrange émanait de ses murs. Elle complétait naturellement le groupe formé par l'homme et les deux femmes. Elle était formidablement présente. Désormais, Can Cargol paraissait posséder son existence propre.

Omniprésente, elle était le sujet de toutes leurs conversations, comme si, lorsqu'ils ne savaient de quoi parler ou que la tension augmentait, Can Cargol devenait automatiquement la soupape qui leur permettait d'exister sans conflit et sans agressivité.

— Repose-toi un peu : tu n'as pas arrêté depuis ce matin ! insista Gillian…

Cette prévenance de la part de celle qui était encore sa femme le surprit. Jamais auparavant, il ne l'avait connue sous ce jour-là. Il se disait qu'elle avait complètement changé, à moins qu'elle ne joue encore un rôle. Sans qu'il en soit conscient, sa méfiance revenait, récurrente comme une marée. Malgré tout, influence de cet amas de pierre ou abandon de sa propre volonté, à chaque fois qu'il s'étonnait ou s'indignait de ce qui se passait autour de lui, curieusement, son esprit se fermait à toute interrogation ou protestation qui auraient pu gâcher ce présent ambigu.

— Tu as raison, je suis crevé !

Nuria, qui avait suivi la conversation de loin, vint lui apporter un verre d'eau qu'elle avait soutiré au robinet de l'évier tout neuf :

— Tiens, bois ! C'est de notre eau à nous ! L'eau de Can Cargol, expliqua-t-elle en souriant. Oui, c'est l'eau de notre source...

Elle était gaie comme une gamine qui découvrait quelque chose de nouveau et de surprenant. Comme il regardait le liquide par transparence, elle s'empressa d'ajouter :

— ... Oui, la pompe marche depuis tout à l'heure ! C'est notre eau que tu vas boire…

Leurs regards étaient braqués sur lui. Elles l'observèrent alors qu'il trempait ses lèvres dans le verre. Il rejeta la tête en arrière et déglutit lentement. Il joua à goûter cette eau comme s'il s'agissait d'un grand crû. Par jeu, et pour le montrer qu'il attachait une importance à ce moment particulier, il avait pris un air inspiré, puis avait laissé dériver ses yeux sur le manteau de la cheminée, souligné par une grosse poutre patinée par les multiples feux qui avaient réchauffé les générations successives ayant hanté, depuis des siècles, cette grande nef de pierre, comme s'il réfléchissait et choisissait les mots pour qualifier la saveur du liquide.

— Hum, émit-il au bout de quelques secondes en claquant la langue. Elle est bonne et très fraîche...

Les deux femmes applaudirent joyeusement. Elles paraissaient sincèrement heureuses de le voir déguster l'eau de la source de Can Cargol.

Lui se sentait étranger à la scène. Tout se passait comme si son esprit se mettait à s'évader, fuir et vagabonder très loin de là.

Son regard glissa encore une fois sur la droite, sur le pan de mur qu'il avait fait recouvrir de plâtre frais par les ouvriers. Le blanc du revêtement resplendissait sous la lumière qui jaillissait des fenêtres. Un instant ses yeux hésitèrent. La matière immaculée était trop lisse, trop blanche. C'était pourtant là, que le jour de sa première visite à Can Cargol, il avait déchiffré l'étrange message. Il se souvenait avec précision de ces mots insolites qui résonnaient comme un cri de désespoir à travers le temps. De simples caractères gravés qui témoignaient probablement d'un drame que les murs de la vieille bâtisse avaient conservé en mémoire.

La couche de plâtre toute neuve avait apparemment effacé les lettres incrustées, cependant, dans cette lumière rasante de fin d'après-midi, Félix crut discerner comme une trace légère, un vague relief qui ressortait encore à travers l'enduit et formait un terrible et ineffaçable message. Il frissonna...

L'eau lui parut soudain plus froide, plus dure, plus minérale. Elle avait pris un goût de terre et de cendres. Il fit un effort pour dissimuler cette désagréable sensation qui prenait violemment possession de son esprit et faussait son goût. Pour essayer de changer le cours de ses sombres pensées, il reporta son regard sur la cuisine ultramoderne qu'il avait fait installer et se rassura en regardant le fourneau tout neuf qui prolongeait la table de préparation en métal. Tout ce matériel avait un aspect familier qui le rassurait. Il avait bien fait les choses. Pas une seconde, il n'avait lésiné sur les moyens. La cuisine restait un domaine où il avait encore quelques certitudes dans cet univers où toutes ses vérités l'avaient fui.

— Elle est très bonne, persista-t-il d'une voix qu'il voulait enjouée et en reposant le verre sur la table.

Il avait la sensation d'avoir du sang dans la bouche et faillit avoir une nausée. Il se reprit :

— Elle est très bonne. mais, il me semble qu'elle a un goût un peu… particulier.

Pour s'installer définitivement à Can Cargol, il voulait attendre l'automne, afin que les travaux soient terminés comme le lui avait promis l'entrepreneur.

Il avait fini par prendre la décision d'emménager sans délai, au lendemain d'une discussion avec Gillian, quelques jours après cette fameuse nuit, sur la terrasse de la Curia Real. Voyant que les deux femmes devenaient proches, il avait eu peur qu'elles se mettent à trop parler entre elles. Sans se l'avouer, il se méfiait de Gillian, de ce qu'elle pouvait dire de lui à Nuria et de l'influence qu'elle pouvait avoir sur la jeune femme. Avec candeur, il s'était dit que l'installation les occuperait suffisamment pour qu'elles n'aient pas le temps de se faire trop de confidences.

Bien qu'il n'en soit pas certain, il se demandait encore si Nuria n'avait pas, cette nuit-là, exactement comme Gillian quelques heures auparavant, observé leur manège sur cette terrasse… D'infimes détails dans le comportement de la jeune Catalane l'avaient alerté. Il ne pouvait s'empêcher de penser qu'elle avait fait semblant de dormir, lorsque, à l'aube, il avait réintégré leur chambre. Cette idée l'avait tourmenté. Il croyait avoir noté d'infimes changements dans l'attitude de la jeune fille. Elle se montrait toujours aussi amoureuse et proche de lui que par le passé, et pourtant, il lui semblait qu'elle était devenue plus évanescente, plus secrète, très différente. Il ne pouvait pas dire exactement ce qui lui donnait cette sensation, mais il ne la reconnaissait plus tout à fait. Elle vivait et agissait comme si la présence de Gillian, auprès d'eux, était normale et, ça, il avait du mal à y croire. Visiblement, elle était décidée à ne pas en parler avec lui. Les rares fois où, seul avec elle, il avait tenté d'aborder le sujet, elle avait haussé les épaules, comme si cela n'avait aucune importance.

Ce qui l'agaçait le plus, c'était de ne pas savoir exactement ce qu'elles avaient bien pu se dire durant les quelques jours passés ensemble à l'hôtel, avant de venir s'installer, tous les trois, définitivement à Can Cargol. Avaient-elles tout appris l'une de l'autre ou bien jouaient-elles à un jeu très privé, très subtil, et se cachaient-elles soigneusement certaines vérités ?...

Souvent Félix pensait à cette période étrange qui avait complètement changé leur relation, à tous les trois. Cela s'était fait naturellement. Comme il craignait d'avoir à gérer des conflits, il en avait d'abord été soulagé, et, maintenant, avec du recul, il commençait à mesurer les dangers possibles de cette entente peur commune. Par lâcheté ordinaire, il avait décidé qu'il fallait laisser le temps faire son œuvre. Puis, il avait chassé le problème de son esprit. Il ne se sentait pas capable de prendre des décisions.

Nuria semblait avoir accepter facilement – trop facilement, peut-être ? – le fait que Gillian s'installe dans l'hôtel et, au cours des jours qui suivirent leur rencontre sur la terrasse de la Curia Real, Félix, toujours sous le choc, avait vu les deux femmes qui se parlaient de plus en plus. Très rapidement, une connivence, pour ne pas dire une complicité, s'établit entre elles, ce qui lui avait mis les nerfs à vif. À partir de ce moment-là, il avait ressentit une sensation étrange de précarité. Il s'était imaginé qu'il devenait, peu à peu, le jouet d'une machination de Gillian et peut-être même de Nuria, sans qu'il en saisisse ni les mobiles ni les raisons, pas plus que le but. Ce dont il était certain, était que la situation lui avait échappé dès l'arrivée de Gillian, à partir de cette incroyable nuit sur la terrasse du bar où il lui avait encore une fois cédé.

Il avait tenté plusieurs fois d'en parler avec elle pour mettre les choses au point. Il l'avait questionnée sur ce qu'elle pouvait ou pas révéler à la jeune Catalane. Elle s'était montrée très vague sur ce qu'elle disait ou ne disait pas à Nuria. Avec insistance, elle s'était contentée de l'assurer de son amour à chaque fois qu'ils s'étaient retrouvés seuls, le plongeant, ainsi, dans une confusion totale.

Nuria, elle, ne paraissait rien remarquer. Elle ne parlait plus que de leur future installation à Can Cargol, comme s'il s'agissait de la seule chose qui lui importait, désormais.

Depuis, il passait son temps à se demander comment il devait se conduire avec elles. Il avait constaté que son attirance pour Gillian était encore très présente et, que, peut-être à cause de cette inexplicable fascination qu'exerçait Can Cargol sur son esprit, il n'aurait pu rompre avec Nuria qui l'impressionnait tout autant. Et puis, il était obligé de se l'avouer, les sentiments que la jeune Catalane démontrait à son égard lui plaisaient et le flattaient plus qu'il ne voulait bien se l'avouer. Il avait donc décidé de laisser les choses se faire d'elles-mêmes. Il se sentait lâche, mais ne voyait pas comment changer le cours des événements sans heurt, sans douleur, sans provoquer des drames incontrôlables. Fataliste, il avait décidé de se vouer désormais à la restauration de la vieille bâtisse, tout comme on s'immerge dans un profond sommeil afin d'échapper à une réalité trop pénible. Il était conscient, que cette situation dérapait complètement, mais il ne pouvait lutter contre le désir qu'il éprouvait pour chacune des deux femmes. Afin de ne pas créer de tensions, tant qu'ils vivaient tous les trois à l'hôtel, il avait fait tout ce qu'il pouvait pour éviter de se retrouver seul avec Gillian. À chaque fois qu'il sortait de sa chambre, anxieux, il regardait soigneusement si elle ne se trouvait pas dans les parages. Il avait usé de subterfuges pour éviter à tout prix un contact avec elle, pour ne pas être tenté, pour ne pas avoir à revivre une scène comme celle qui s'était déroulée sur la terrasse, cette nuit-là, et qu'il n'avait osé avouer à Nuria.

Un matin, cette dernière avait manifesté le désir de dormir jusqu'à l'après-midi. Elle se sentait fatiguée, lui avait-elle dit. Il ne s'était pas méfié car tout paraissait normal, d'autant que la jeune femme l'avait emmené, durant toute la nuit, dans une chevauchée amoureuse fantastique qui ne s'était achevée qu'avec les premiers feux hésitants de l'aube naissante.

Et, ce jour-là, tout s'était joué...

De très bonne heure, Félix était allé se promener le long du Fulvia, solitaire et désœuvré. Il avait eu besoin de respirer, de sortir de cette spirale qu'il sentait s'enrouler autour de lui et dont il ne parvenait pas à se libérer. Il avait marché des heures dans la Garrotxa à proximité de Besalu, prenant sans s'en rendre compte la direction de Can Cargol

L'air plus frais du matin et cet isolement dans la nature lui avaient fait du bien et avaient provoqué son appétit. Au moment où le soleil atteignait presque son zénith, il avait décidé de revenir sur ses pas, jusqu'à Besalu, et d'aller déjeuner seul dans le restaurant qui jouxtait le Pont Vell.

Cet endroit un peu caché appartenait à un jeune chef nommé Arturo Mercadé, avec lequel il avait sympathisé, la première fois qu'il y était allé dîner avec Nuria, un soir de désœuvrement.

La cuisine de son jeune confrère l'avait tout de suite séduit – lui qui gardait, empreintes enfouies dans sa mémoire, des milliers de combinaisons de saveurs associées, mélangées – par sa rusticité et la puissance et l'inventivité de ses inventions, basées sur les produits traditionnels de cette région. Il avait retrouvé, en dégustant les *empredats,* ou les *escalivadas*, les joies gustatives toutes simples qui lui avaient rappelé ses débuts. Il n'avait pas dit à Arturo, au cours de ces repas pris chez lui, qui il avait été avant de devenir un client de son établissement et le jeune chef, découvrant ce convive qui paraissait apprécier sa cuisine, l'avait immédiatement pris en amitié.

Ce jour-là, pour essayer d'éteindre ce trouble qui l'habitait depuis l'arrivée et l'installation de Gillian à la Curia Reale, et comme Nuria désirait se reposer, à ce qu'elle lui avait dit, il avait décidé d'aller déjeuner en solitaire chez Arturo. Celui-ci l'avait reçu avec des démonstrations amicales, lui offrant un vieux whisky de malt en guise d'apéritif et lui recommandant de goûter à son omelette aux morilles et au lard de sanglier.

Les deux hommes avaient ensuite discuté de tout et de rien dans un sabir échevelé où se mêlait joyeusement catalan et français. L'apéritif s'était forcément prolongé. En Catalogne comme partout en Espagne, déjeuner à midi précis relevait de la barbarie absolue et du manque d'éducation le plus évident. Il n'y avait guère que les touristes hollandais, suisses ou allemands qui exigeaient de manger alors que le soleil était encore au mitant du ciel... Félix, lui, sacrifiait de bonne grâce à cette coutume, ayant appris depuis belle lurette que l'attente, à table comme en amour, décuple voluptueusement la jouissance que procure, après une longue attente, le plaisir d'assouvir, enfin, tous ses appétits et tous ses désirs.

Il s'était installé sur la petite terrasse triangulaire, qui dominait le Fulvia, à l'ombre de la sixième pile du pont médiéval. C'était un endroit, qu'il affectionnait particulièrement. Pour lui, ce lieu était un havre, une garantie contre la chaleur et un moyen d'éviter les groupes d'étrangers agglutinés deux étages plus haut, et qui s'extasiaient sur les beautés de l'ouvrage. Depuis quelques instants, Arturo l'avait abandonné pour aller en cuisine. Les deux coudes sur la table, légèrement ivre, il laissait son regard traîner sur la surface de la rivière, guettant les évolutions des carpes voraces qui connaissaient l'emplacement du restaurant et stationnaient juste en dessous. À force, elles étaient presque apprivoisées. Patientes et paresseuses, elles attendaient les morceaux de pain qu'un convive, initié aux secrets du Pont Vell, allait inévitablement jeter à la surface de l'eau verte. À chaque fois qu'une bouchée crevait la surface de l'eau, une formidable ruée transformait cette rivière tranquille en un fleuve amazonien bouillonnant, peuplé de poissons affamés.

— Je peux m'asseoir ?

Gillian avait surgi de nulle part.

— Tu veux bien que je déjeune avec toi ? questionna-t-elle d'un ton neutre qui laissait deviner, cependant, une ombre de nervosité. J'ai des choses à te dire.

Félix hésita. Il se souvenait que l'autre nuit, déjà, il s'était laissé piéger et, malgré le plaisir trouble et dévastateur qu'il avait ressenti en faisant l'amour avec elle, il en avait retiré l'impression désagréable de n'être qu'un jouet sans volonté entre les mains de cette femme. Cette sensation se trouvait nettement renforcée depuis que Nuria et Gillian s'étaient rencontrées hors de sa présence et semblaient avoir créé, entre elles, une relation singulière qu'il ne parvenait pas à comprendre et sur laquelle il ne pouvaient les interroger, retenu par une inexplicable fierté. Depuis, il ne pouvait s'empêcher de penser que les deux jeunes femmes jouaient, l'une et l'autre, à un jeu dont les règles lui échappaient complètement et qu'il trouvait dangereux.

— Aurais-tu peur de moi ? fit-elle d'une voix feutrée, alors que le serveur venait mettre le couvert.

Cette question l'irrita. Encore une fois, il avait l'impression qu'elle se moquait de lui.

D'un geste de la main, il lui désigna le siège en face de lui.

— Merci, sussura-t-elle narquoise.

Résigné, il la regarda pendant qu'elle s'emparait d'un siège et s'installait en face de lui. Elle était vêtue d'un ensemble veste et pantalon de soie sauvage couleur de nacre qui mettait en valeur sa chevelure aux reflets changeants.

Elle portait de grosses lunettes de soleil et il ne pouvait voir ses yeux. Cela l'ennuya. Sous la petite veste croisée, un bustier de dentelles vieux rose laissait entrevoir la naissance de la vallée de chair qui plongeait entre les deux seins. Il observa une perle de sueur qui courait sur la peau de sa gorge, scintillante comme un éphémère et fragile bijou. Félix se passa la langue sur les lèvres. Il gardait encore le souvenir de la saveur de cette peau et le désir qu'il éprouvait pour elle se réveillait trop facilement à son goût. Il frissonna malgré la chaleur étouffante.

— Je voudrais te parler de nous et de cette fille...

Elle se tut. Le serveur revenait prendre la commande. Elle se saisit de la carte que ce dernier lui tendait, laissant sa phrase en suspens, puis commanda une salade catalane après avoir longtemps hésité et demandé conseil à Félix.

Visiblement, elle jouait à la femme qui s'en remet au jugement et à la décision de l'homme qui l'accompagne. Cela sonnait faux. Félix se sentit de plus en plus nerveux et irrité. Il répondit du bout des lèvres à ce qu'elle lui demandait, l'esprit ailleurs. Il était préoccupé.

Pour se donner une contenance, il remua sur sa chaise. Cette attitude devait forcèment cacher quelque chose, mais il n'arrivait pas imaginer quoi, et cela le troublait plus qu'il ne voulait l'admettre.

— Qu'est-ce que je disais, minauda Gillian ?... Ah oui, je me souviens ! Je voulais te parler de cette petite avec laquelle tu...

Elle hésita avant de lancer sa pique :

— ... Avec laquelle tu couches. Elle est belle, très belle, je te le concède, et je te comprends. Mais je te connais. Je sais qu'elle ne pourra te suffire. Tu as besoin de plus que ce qu'elle peut t'apporter avec sa fraîcheur et sa jeunesse...

Félix était sidéré.

Gillian étalait de la purée d'olives sur une tranche de pain catalan grillé avec une application et une concentration plus que suspectes.

— … Car tu peux bien me l’avouer, maintenant, c'est à cause d’elle que tu n'as pas voulu revenir à Paris, hein ?... Peu importe, d’ailleurs ! Et c'est aussi à cause d'elle que tu nous a joué le numéro du désespoir amoureux, de la grande évasion, et, finalement, du grand chambardement dans notre vie, non ?...

Elle se montrait sous son véritable jour, cynique et calculatrice, prêtant aux autres les desseins qu’elle formait dans sa cervelle perverse. Soudaine, la colère le submergea :

— Garce ! siffla-t-il entre ses dents. Tu peux penser ce que tu veux, mais je tiens à te dire que je ne suis pas dupe de tes manigances, cette fois-ci ! J'ai encore failli me laisser prendre à ton jeu, l'autre nuit...

Il s’interrompit soudain, comme s’il réfléchissait, puis vibrant d’indignation et de colère, reprit :

— … Oui, j'ai failli me laisser piéger encore une fois ! La petite larme juste au bon moment, le petit sourire crispé, les yeux baissés, puis la grande scène de la séduction sur la terrasse et le tout le reste, il s’agissait encore d’une de tes manigances, n’est-ce pas ?...

Elle leva la tête, surprise de sa réaction.

— Félix, écoute-moi, le coupa-t-elle, je ne jouais pas !... Tu me crois ou tu ne me crois pas, mais sache que je suis sincère ! Je te le redis : je t'aime et je ne peux pas me passer de toi…

Ses yeux étincelaient d’une émotion qui paraissait sincère. Elle poursuivit :

— … Ce que j'ai ressenti en te découvrant installé ici, dans cette province du bout du monde, avec cette fille, tu ne peux pas le comprendre ! Quelque temps après ton… départ, j’ai compris pourquoi tu t’étais enfui de Paris. J’ai compris que tu m'avais vue rentrer au petit matin, dans ce taxi. Alors tu as imaginé je ne sais quel scénario ridicule. Mais je peux te jurer que…

Craignant d’entendre encore un mensonge de plus, Félix se senti obliger d’intervenir :

— Tais-toi ! Tu vas encore mentir.

Elle secoua la tête comme s'il elle avait de la peine de le voir aussi incrédule, aussi méfiant. Elle protesta :

— Tu te trompes ! Je te jure que tu te trompes. Laisse-moi au moins t'expliquer...

Il la fixait avec des yeux pleins d'une fureur contenue. Elle venait de rouvrir la blessure.

— Je ne veux rien entendre, murmura-t-il.

Surprise par la violence retenue qu'elle sentait dans sa voix, elle hésita une fraction de seconde. Des larmes brillèrent dans ses yeux. Malgré cela, tenace et obstinée, elle rouvrit la bouche :

— ... Même si tu ne veux pas m'écouter, je le dirais ! Je parlerais même si tu refuses de m'entendre ! Tu ne peux pas savoir ce que j'ai ressenti lorsque tu as disparu !... Et c'est en arrivant ici, dans ce village, que j'ai compris que je t'aimais encore et que je me suis rendue compte que je t'avais terriblement fait souffrir.

Elle parlait avec véhémence. Poings serrés contre sa poitrine dans un geste dérisoire et enfantin, elle plaidait avec passion.

Lui, le front baissé, fixait le sol.

À bout de souffle, elle s'interrompit. Sans s'en rendre compte, elle s'était penchée en avant sur le plateau de la table, perdant sa superbe et son élégance, redevenant la fille qu'il avait connue quelques années auparavant.

— Je voudrais juste que tu m'écoutes ! Je voudrais que tu comprennes que, maintenant, je souffre exactement comme tu as souffert. Lorsque que je vous ai vus, Nuria et toi, j'ai bien cru que...

Elle s'arrêta comme si l'émotion la rendait tout à coup incapable de poursuivre. Elle respira profondément avant de continuer :

— ... Je voudrais vraiment te faire admettre que j'ai compris, que je suis prête à accepter n'importe quoi pour te garder... Je ne veux pas, je ne peux pas vivre sans toi !

Même si tu es avec une autre, je veux vivre près de toi ! Même si tu en aimes une autre, je veux pouvoir te voir, te parler, te toucher...

Elle se redressa et, dans un souffle, supplia :

— Je veux rester ici avec vous !

— Que dis-tu ?...

Félix s'était levé, suffoqué. Il doutait de ses oreilles.

Elle répéta :

— Je veux vivre avec vous deux, ici, puisque c'est elle et que c'est l'endroit que tu as choisi !

Il la regarda, stupéfait. Il ne comprenait pas où elle voulait en venir. Il cherchait le piège. Elle baissait la tête et ressemblait à une gamine obstinée. Il ne put s'empêcher de la trouver belle. Il soupira :

— Tu es complètement cinglée !... Maintenant, je suis avec Nuria et, comme je la connais... Et puis, pour tout te dire, je ne veux pas que tu restes ici pour me pourrir la vie, comme tu l'a déjà fait, à Paris.

Il s'arrêta. Il sentait l'inutilité de ses protestations. Tout ce qu'il dirait, désormais, lui paraissait ridicule, superflu, et il savait qu'elle ne l'écouterait pas.

Pour fuir le regard de Gillian qui cherchait à lire ce qui se passait en lui, il songea à cette étrange maison qui demeurait sans cesse présente dans son esprit.

Il se sentit tout à coup très faible et envisagea la vie à la massia avec les deux femmes. Il se détesta. Il était écœuré de ce que son cerveau commençait à formuler. Il s'en voulut de se montrer aussi veule et égoïste.

Malgré son trouble, il jeta un coup d'œil sur Gillian. Elle pleurait. Il ne put s'empêcher d'être ému, tout comme il l'avait été en faisant l'amour avec elle. Il se rendait compte à quel point elle restait présente dans sa tête. Une nouvelle fois, il s'en voulut. Un instant, il eut envie de se lever et de partir très loin.

— Gillian, écoute-moi, tenta-t-il d'une voix incertaine, ce que tu demandes est véritablement impossible. Je ne sais pas si tu te rends compte. Nous ne pouvons... Je veux dire... Tu ne peux pas me demander de...

Embarassé, il se sentait maladroit. Il s'empêtrait

Elle lui asséna le coup de grâce :

— Mais je ne suis pas venue te demander quoi que ce soit...

Interloqué, il la dévisagea. Il crut apercevoir une drôle de lueur dansante dans ses yeux qui n'avaient gardé aucune trace des larmes qu'il était pourtant certain d'avoir vu briller quelques instants auparavant.

— Je suis simplement venue t'annoncer ce que nous avons décidé, Nuria et moi...

Une seconde Félix avait crû qu'il rêvait encore une fois. Profitant de la stupéfaction qui le rendait muet, elle ajouta :

— D'ailleurs, elle ne va pas tarder !

Nuria arriva quelques minutes plus tard. Elle était tout sourire, tout à fait désirable dans une robe noire très ajustée. Une robe que Félix reconnut. Il l'avait vue sur Gillian quelques mois auparavant, à Paris. Félix avait regardé la jeune Catalane marcher vers eux dans un état second. Elle lui parut transformée. Plus sûre d'elle, moins fantasque, aussi. Il ne savait plus quelle attitude adopter, tellement il sentait que la situation lui échappait.

Gillian souriante, s'était retournée vers l'arrivante et lui avait fait de petits signes amicaux de la main. Nuria s'était approchée de leur table et, sans rien dire, était venue poser ses lèvres sur celles de Félix, glissant une langue légère et agaçante entre ses dents, faisant bailler largement le corsage de sa nouvelle robe lorsqu'elle se pencha. Puis, dans le même mouvement, elle contourna la table et embrassa Gillian qui tendait ses joues vers elle.

Les deux femmes s'assirent côte à côte, en face de Félix médusé. Le repas se déroula dans une ambiance curieuse. Gillian et Nuria se parlaient comme de si elles se connaissaient de longue date. Pareilles à des gamines insouciantes et heureuses, elles pouffaient, complices, et, de temps à autre, esquissaient l'une pour l'autre des gestes tendres, à la limite de l'équivoque.

La situation qu'elles créaient par leur attitude ambiguë était telle que Félix, muet, tétanisé par la surprise, eut plusieurs fois un petit pincement au creux de la poitrine. De les voir si proches provoquait en lui un sentiment diffus, irrépressible, où la jalousie et la frustration, poisons mortels, se conjuguaient intimement.

— Veux-tu encore de l'eau ?

La voix de Gillian qui se tenait debout devant lui, dans la grande salle de la massia, le tira de sa rêverie. Elle tenait une carafe à la main et se penchait vers lui. Une bouffée de son parfum l'atteignit en plein visage. Ses sens réagirent immédiatement. Un malaise le fit hésiter. Il essaya de se maîtriser avant de répondre :

— Non merci. Il faut encore que je décharge tout ce qui se trouve dans le coffre de la voiture…

Il avait dit cela sans aucune conviction, juste pour trouver un prétexte afin de s'éloigner. Cette désagréable sensation que les deux femmes lisaient dans ses pensées et s'en amusaient, persistait en lui et le mettait vraiment mal à l'aise. Cette sensation le frustrait et le plongeait dans un état de nervosité et de doute tels qu'il préférait s'éloigner pour ne pas rester à portée de leurs évidentes moqueries complices.

— Dépêche-toi ! La nuit va tomber et Nuria nous a préparé notre premier repas à Can Cargol...

Gillian, souriait, apparemment, gaie. Elle avait beaucoup changé en quelques semaines. De la femme sophistiquée qu'il avait connue à Paris, il ne restait plus rien. Transformée, elle s'habillait maintenant avec simplicité. Cette vie nouvelle, aux antipodes de la vie parisienne qu'elle avait menée jusque-là, paraissait lui réussir.

Nuria, elle aussi, s'était construite une silhouette toute neuve. Elle se coiffait avec plus de soin, et, sans doute sur les conseils de Gillian, elle avait relevé sa chevelure en chignon haut perché sur la nuque. Cela lui donnait l'air d'une jeune femme des années mille neuf cents. Sa manière de se vêtir, aussi, avait changé. Gillian, bon professeur, lui avait donné quelques vêtements de sa garde-robe. La jeune femme s'amusait à les porter. Elle était devenue plus femme...

— J'y vais, promit Félix avec mollesse, sans bouger de son siège. D'ailleurs il faut que je parle avec l'entrepreneur... Il veut encore de l'argent. Demain, nous irons tous à Gérone. Je dois passer à la banque.

Il se demanda si elles l'avaient écouté.

— Et bien, j'y vais, fit-il, encore une fois d'une voix qui manquait totalement de conviction.

Les deux femmes ne s'occupaient plus de lui. Elles déballaient les premiers paquets qu'il avait apportés en poussant de petites exclamations joyeuses. Il eut vraiment l'impression qu'elle jouaient à être des gamines insouciantes.

Félix poussa un soupir. La nuit n'était pas loin, le soleil glissait vers l'horizon, vers les collines qui cernaient la massia. Il entrait encore à flot par la rangée de petites fenêtres devant lesquelles Nuria et Gillian, qui s'occupaient de finir de préparer le repas, ombres auréolées de feu et qui dansaient un mystérieux ballet dans le contre-jour.

Félix ne parvenait pas à sortir de la curieuse léthargie qui le clouait sur place. Immobile, il observait les deux femmes. Par hasard, ses yeux effleurèrent la poutre de chêne qui servait de soutien à la grande cheminée, puis vinrent se poser sur le mur fraîchement chaulé par les ouvriers. Dans le blanc immaculé, la lumière rasante du couchant révélait des sillons à peine comblés par la nouvelle couche de chaux. Félix crut discerner encore une fois quelques lettres :

« Perdo, perdo massa pèna »

Pour lui-même, en murmurant, il se répéta la traduction que Nuria lui avait faite de cette mystérieuse inscription, la première fois qu'elle était venue : « *Pardon Pardon... trop de chagrin* »

Le message sanglant et désespéré voltigea un instant dans sa mémoire. Il dut se faire violence pour contrer l'angoisse qui l'envahissait. D'un geste brusque, il posa son verre sur le coin de la table, se leva et se dirigea vers la porte. Il descendit l'escalier de pierre en passant ses doigts écartés dans sa chevelure, comme s'il voulait arracher de son esprit cette hantise revenue comme une gifle à la vue de ces lettres gravées sur ce mur.

L'entrepreneur était un petit homme musculeux. « Un vrai Catalan », avait précisé Nuria avec une sorte de fierté lorsqu'elle l'avait présenté à Félix. Le señor Bassat affichait toujours, fiché entre les lèvres, le même cigare noir et tordu, puant. Vissé sur son crâne, un béret trop petit, qu'il gardait obstinément enfoncé jusqu'aux sourcils, rapetissait, si c'était possible, sa silhouette.

Lorsque Félix déboucha dans la cour, il l'accueillit avec un grognement indistinct qui pouvait passer pour un salut. Il repoussa son inévitable béret en arrière, sur sa nuque, découvrant un front étroit et strié de rides curieusement rectilignes. Une zone de peau plus claire délimitait le début d'une calvitie que dissimulait la galette de feutrine. Félix regarda autour de lui, surpris de ne pas entendre le lancinant grincement de la bétonnière qui, normalement, tournait toute la journée. Les ouvriers, une demi-douzaine d'hommes, étaient déjà entassés sur le pont arrière d'une vieille camionnette qui stationnait à l'entrée du chemin, devant l'église. Leur journée était achevée. Ils attendaient que le señor Bassat les ramène à Besalu.

— *Buenas tardes, Señor* Felisse, grommela l'entrepreneur qui tendait une main courte et large en direction de son client.

Depuis le premier jour, il écorchait le prénom de Félix avec une opiniâtreté toute catalane. Pour rien au monde, il n'aurait voulu parler français ; déjà que l'espagnol, comme il disait avec une note de mépris dans le ton, passait pour être une langue étrangère pour ce Catalan pur et dur.

— *Por el dineros, como hacemos ?...*

Félix fit un petit geste apaisant de la main. Il expliqua :

— *Mañana,* Moi, aller à Girona, oui à Gérone... À la banque, à la Caixa Popular...

— *Bale,* grogna le petit homme, une fois qu'il eut saisi ce que lui lui promettait son interlocuteur.

Pris d'un doute, il plissa de petits yeux mesquins et inquisiteurs. Il retira le cigare de ses lèvres et cracha par terre avant de demander :

— *Y quandos dineros...* vous donner à moi, *manana, Señor ?*

Félix réfléchit une seconde puis se dit que, dans l'état d'avancement des travaux, il pouvait faire un geste qui serait sans doute apprécié par cet homme frustre qui ne pensait qu'à l'argent.

— *Tres millionès de pesetas...* Ça ira ?

L'entrepreneur laissa le chiffre atteindre les couches profondes de son cerveau, puis, il le répéta hachant les mots, pour se prouver leur tangibilité :

— *Très milliones, señor ?*

— Si, trois millions, promit encore une fois Félix légèrement agacé par la lenteur méfiante de son vis à vis. C'est bien, non ?...

— *Claro que si, Señor Felisse, esta muy bien... Adeu Señor Felisse, Adeu...*

Content de ce que venait de lui apprendre le Français, il repartit vers sa camionnette dans laquelle les ouvriers andalous attendaient, silencieux, assommés par leur journée de travail sous le soleil d'août.

Félix leur adressa un petit signe de la main. Il avait pour eux, depuis qu'il les côtoyait et qu'il avait constaté à quel point ils étaient durs à la tâche, une espèce de sympathie respectueuse. Il avait aussi noté que, lorsque le Señor

Bassat parlait d'eux, il les nommait familièrement, tout comme Nuria, d'ailleurs, les « *Indios* ». Souvent, il s'était demandé s'il y avait un peu de mépris dans cette manière de les nommer, ou s'il s'agissait simplement d'une réminiscence populaire de la fameuse *Conquista* qui devait encore imprégner les esprits, dans cette Espagne populaire au passé fabuleux et grandiose.

Félix regarda partir la camionnette qui soulevait des nuages de poussière en brimbalant, avant d'ouvrir le coffre de sa voiture, et d'en tirer les cartons de provisions qui s'y trouvaient encore. Il fit plusieurs voyages pour le vider.

La salle commune commençait à ressembler à un véritable souk entre épicerie et quincaillerie. Dans l'excitation que provoquait ce déballage. Il constata alors qu'il avait vu grand, très grand.

— J'ai vraiment fait fort ! J'ai dévalisé le supermarché, constata-t-il devant le monceau de victuailles et d'ustensiles qui s'étalaient partout dans la pièce et donnait l'impression d'un formidable bric à brac.

Du regard, il chercha celui des deux femmes pour avoir leur assentiment. Nuria, en voyant les provisions et les ustensiles s'était mise à rire. Plus sérieuse, Gillian désigna la table qu'elle venait de débarrasser de ce qui l'encombrait :

— Mets le couvert, Félix, commanda-t-elle. Tu trouveras la vaisselle dans le grand carton près de la porte... Les couverts sont près de l'évier.

Elle paraissait très à l'aise dans ce rôle de maîtresse de maison. Elle allait et venait du plan de travail au piano, ce bloc de professionnel de la cuisine qu'il avait fait installer. Nuria s'occupait du four et des casseroles au centre du grand plan de métal, duquel jaillissaient les couronnes de flammes bleues des brûleurs à gaz.

Tout en disposant les assiettes de porcelaine blanche sur la table, Félix réfléchissait. Le crépuscule faisait son œuvre. Une pénombre bienfaisante envahissait peu à peu la grande pièce. Dans le demi-jour de ce début de soirée, le décor devenait irréel. Félix qui s'était assis en bout de table après avoir terminé sa tâche, laissait son regard errer au hasard dans la grande salle. Les deux femmes s'activaient pour finir de préparer le repas.

À les voir ainsi absorbées par leur tâche, elles semblaient faire partie d'une même famille, d'un même clan. Encore une fois, Félix eut cette impression qu'il y avait entre elles une curieuse connivence qui, désormais, l'excluait, le rejetait, le maintenait en dehors d'un cercle de vie qui commençait à s'initier dans cette immense maison. C'était diffus et fugitif, mais il avait l'étrange sentiment qu'elles étaient en train de créer des rites, des règles, desquels il serait totalement exclu. Cela l'agaçait.

Depuis qu'il avait fui Paris, il avait abandonné la maîtrise de son existence. Dès le début de cette échappée folle devant lui-même, à cause de son orgueil blessé, il savait que son destin ne lui appartenait plus. Tout avait changé dans son esprit. Désormais, il existait hors de lui-même, à côté de son corps et des actes qu'il commettait. Il se regardait vivre sans agir et s'écoutait dire des paroles qu'il ne contrôlait plus. Tout se passait comme s'il n'était plus lui-même.

C'était une situation inquiétante qui l'oppressait lorsque, par intermittence, il redevenait lucide. Il s'agissait de la même sensation, que celle qu'il avait ressentie sur la terrasse du restaurant sous le Pont Vell, chez Arturo, lorsque Gillian et Nuria lui avaient annoncé de concert leur entente et leur intention de vivre ensemble, tous les trois, dans la grande massia. Elles l'avaient mis devant le fait accompli sans se préoccuper des conséquences possibles sur leurs existences respectives.

« Tu sais, nous serons très bien tous les trois », avait prédit Gillian, très sûre d'elle comme si elle en savait plus long que lui sur leurs désirs profonds. Ces mots auraient dû déclencher chez lui un réflexe négatif. Curieusement, il s'était contenté de la regarder sans rien dire, sans faire le moindre geste. Simplement, il avait trouvé que son sourire lui donnait l'air d'un petit animal carnassier et avide. Maintenant, il s'en voulait de ne pas avoir protesté. La seule excuse qu'il pouvait se trouver, c'était qu'il se retrouvait englué par cet être nouveau et surprenant qu'il découvrait en lui. Il était devenu celui qui observait les glissements de sa propre existence comme s'il était un entomologiste qui observait un insecte se débattant dans un piège mortel.

« Oui, tous les trois », avait appuyé Nuria souriante, elle aussi. Pourtant, il lui semblait avoir repéré, dans les yeux, un curieux voile qui la rendait différente de la jeune femme qu'il connaissait jusque-là. Ce fut sans doute à ce moment-là que Félix sut avec certitude qu'il devenait le jouet d'une histoire qu'il n'était plus la sienne, d'une destinée qu'il ne pouvait même plus imaginer. Il venait de comprendre que ces deux femmes lui étaient devenues étrangères comme lui devenait étrangère sa propre vie.

Il aurait dû, et il le savait, se rebeller, s'enfuir ! Il s'était contenté de hocher la tête, approuvant avec mollesse ce nouveau plan de vie sans savoir pourquoi il agissait de la sorte, pourquoi il se sentait presque indifférent.

Tout était devenu confus dans son esprit. Et comme il ne parvenait pas à surmonter le désir violent qu'il ressentait aussi bien pour Gillian que pour Nuria, il se laissait aller, incapable de prendre la moindre décision. Il n'imaginait même pas pouvoir se détacher de Nuria, cette fille un peu folle, pleine de vie et de jeunesse, qui lui avait donné exactement ce dont il avait besoin au moment où il le fallait. En toile de fond, demeuraient présents Can Cargol et l'attirance inexplicable qu'il éprouvait pour cette maison.

Il sursauta, lorsqu'elles s'installèrent autour de la table. Chacune choisissant un côté, elles l'encadrèrent.

Les voir, en face l'une de l'autre, très proches, qui discutaient d'une manière enjouée, lui donna le sentiment d'être devenu transparent. Il sentait qu'il n'était plus qu'un prétexte entre elles, une sorte d'alibi pour un jeu qui les concernait elles seules, et dont les règles lui échappaient définitivement. Il se sentit soudain plus seul qu'il ne l'avait jamais été dans son existence.

Ce premier repas en commun dans la grande massia se déroulait comme une étrange cérémonie. Les deux femmes parlaient et buvaient sans apparemment remarquer qu'il ne touchait pratiquement pas à son assiette. Dans son esprit, il y avait toujours cette impression obsédante d'être devenu le jouet d'une manipulation dont il ne parvenait pas à comprendre les subtiles arcanes ni les finalités.

Gillian posa son verre et se leva. Elle se dirigea vers le fourneau, puis revint en portant une cocotte de fonte qu'elle déposa au centre de la table.

— Nuria a cuisiné un lapin aux escargots. C'est une spécialité catalane. Ça devrait te plaire, dit-elle en s'adressant à lui, mais sans le regarder.

Après avoir découvert le récipient qui fumait, celle-ci avait saisi une grosse cuillère de bois et la plongeait dans la sauce. L'attitude de Gillian lui parut complètement extraordinaire. Jamais, auparavant il ne l'avait jamais vue s'occuper de tâches ménagères. Jamais ! Au contraire ! À Paris, les rares fois où ils avaient mangé dans leur appartement du Quai des Grands Augustins, elle l'avait laissé faire la cuisine et servir à table. Avec pas mal de mauvaise foi, elle prétendait que sa maladresse l'empêchait d'être efficace. À l'époque, Gillian paraissait vivre à des altitudes stratosphériques par rapport aux problèmes du quotidien. Il se souvenait qu'elle se serait laissé mourir de faim plutôt que d'empoigner une casserole ou un ustensile.

Les rares fois où Félix avait réussi à la faire entrer dans la cuisine du restaurant, elle s'était tenue soigneusement à l'écart. Elle n'avait alors démontré qu'un intérêt poli et maintenu une distance vertigineuse avec tout ce qui était la passion de son mari.

Sur l'instant, Félix en avait souffert, mais il avait accepté, en lui trouvant des excuses, comme toujours.

— Tu verras, il paraît que c'est délicieux, continua-t-elle, enjouée, pendant que Nuria choisissait les morceaux qui lui paraissaient les plus appétissants et les déposait avec délicatesse dans son assiette.

Félix n'avait pas faim. Une légère nausée faisait chavirer son estomac. Il jeta un coup d'œil furtif en direction de Nuria. Elle n'était qu'une ombre parmi les vapeurs aromatiques qui se dégageaient de la casserole. Sur ses lèvres flottait un sourire énigmatique. Cette froideur, inhabituelle chez elle, Félix l'avait décelée depuis quelques jours déjà, juste un peu avant leur arrivée à Can Cargol. Peut-être l'avait-il déjà ressentie dans les heures qui avaient suivi l'arrivée de Gillian à Besalu, il ne savait plus. Maintenant qu'il investissait la grande massia, elle se conduisait comme si elle revenait chez elle, après une longue absence. C'était si manifeste qu'elle donnait l'impression que Gillian et Félix n'étaient que des invités. Jamais auparavant elle ne s'était conduite de cette manière. Tout était réglé depuis quelques jours. Les actes légaux de transmission de propriété de la massia et du domaine avaient été signés. Cela s'était passé dans les règles, chez le notaire. Pourtant, depuis que tous les papiers officiels lui étaient parvenus, Félix s'obligeait à se répéter sans cesse qu'il était le propriétaire de cet immense navire de pierre, sans arriver à s'en convaincre totalement et, bien que Nuria n'ait jamais rien dit ou rien fait de précis pour lui donner cette impression, il sentait qu'il ne possédait pas réellement ce domaine et qu'elle restait, sans le dire, la véritable maîtresse de Can Cargol.

Comme une femme capricieuse, maintenant qu'il l'avait prise en charge, cette maison se dérobait à lui. Mentalement, il ne parvenait pas à en prendre réellement possession. Tout se passait comme avec les deux femmes. Elles semblaient présentes, mais il les sentait fuyantes, de plus en plus lointaines. Le rêve de la reconstruction de cette grande maison aussi paraissait le fuir, maintenant, alors qu'il avait de plus en plus la sensation d'en être le prisonnier. Il frissonna.

Cela attira l'attention des deux femmes. Elles le regardèrent, surprises, mais ne lui posèrent aucune question. Elles poursuivirent leur bavardage et se servirent à leur tour, comme si cette réaction de Félix n'avait aucune importance. Il observait distraitement les morceaux de viande qui surnageaient dans une sauce rousse, au milieu de son assiette, sans parvenir à se débarrasser de cette impression qui lui disait que quelque chose d'important lui échappait.

— C'est Arturo du Pont Vell qui lui a donné la recette. C'est bon, n'est-ce pas ?

Gillian, très à son aise, continuait à meubler la conversation. Surmontant son écœurement, il l'observa sans rien dire. Elle portait la nourriture à sa bouche avec une sorte de voracité qu'il n'avait jamais remarqué chez elle. Normalement, elle mangeait comme un oiseau et ne portait pas de réel intérêt à la nourriture. Cette absence de gourmandise, en ce qui concernait la nourriture, l'avait souvent irrité par le passé. Durant une seconde, l'idée qu'elles jouaient toutes les deux à un jeu secret et qu'elles respectaient des règles obscures à son entendement, qu'elles créaient, ainsi, un univers qui désormais leur appartenait à elles seules, lui traversa le cerveau. Immédiatement, une bouffée d'angoisse s'insinua dans son esprit.

— Est-ce que tu connaissais cette recette, mon chéri ? demanda Gillian, doucereuse.

Il secoua négativement la tête.

Sans plus s'occuper de lui, elles se remirent à manger avec appétit et à parler entre elles avec une certaine volubilité. Une question lui vint à l'esprit, saugrenue et obsédante : « Il faudra décider, pour les lits... » Vaguement curieux, il venait de réaliser que les nombreuses chambres de la massia étaient encore en chantier. Il n'y avait que la grande pièce attenante à la salle commune qui était habitable. En plus, le marchand de meubles auprès duquel il avait passé commande était en retard et n'avait pas encore livré le reste du mobilier. Pensif, il laissa son regard dériver sur la campagne environnante qui, dorée et rougeoyante, recevait les ultimes rayons du soleil qui plongeait derrière les collines de la Garrotxa. La question revint. Donc, il n'y avait seule chambre habitable et meublée... C'était la grande pièce voûtée qui jouxtait la salle commune. C'était dans cette pièce qu'il avait imaginé prendre ses quartiers avec Nuria. Les deux jeunes femmes pouffèrent comme des gamines :

— Ne t'inquiète pas, nous avons tout prévu !

Leur gaîté soudaine lui fit réaliser qu'il avait formulé son dilemme à voix haute.

Il frissonna. Encore une fois, il se demanda pourquoi il avait soudain si froid. Cette complicité entre les deux femmes lui devenait insupportable.

— Nous avons fait venir un grand matelas depuis Besalu pendant que tu dévalisais les épiceries de Figueras, cet après-midi, reprit Nuria, et, en attendant, nous dormirons tous les trois dans la pièce à côté.

Félix tourna la tête dans la direction que Nuria indiquait. Elle désignait la porte de la salle voisine. Il pensa que cet endroit le poursuivait. Il se souvenait que le jour de son arrivée, il y avait déjà dormi. Il fit un effort sur lui-même pour revenir à la conversation :

— Nous ? questionna-t-il, vaguement incrédule.

— Oui, nous trois, sourit Gillian très sûre d'elle, le visage détendu. Après tout à la guerre comme à la guerre, comme vous dites en France !...

Elle s'était levée et, d'une main, s'était emparée de la grande cuillère tandis que de l'autre elle découvrait, d'un geste presque théâtral, le plat de fonte noire pour resservir.

— Qui en veut encore ? Et toi, Félix sers-moi du vin, poursuivit-elle avec un naturel presque provocateur. La carafe est là, devant toi ! J'espère qu'il est bon. C'est du vin qui vient de l'Ampurdan à ce que m'a dit le marchand... Mais je dois avouer qu'il avait une tête d'escroc et tu sais bien que je n'y connais pas vraiment grand-chose. Je me contente de le boire...

Nuria, la tête entre les mains observait les gestes de Gillian qui se servait copieusement de lapin. Elle touillait dans la cocotte en cherchant les petits escargots noirâtres qui nageaient dans la sauce odorante afin de les répartir dans son assiette, en nappant les morceaux de viande. Elle agissait avec des petits gestes rapides et précis. La jeune Catalane paraissait heureuse de voir que sa préparation plaisait à Gillian. Ses narines palpitaient comme si elle voulait mieux s'en convaincre en humant les arômes puissants qui se dégageaient du récipient de fonte.

Pour la première fois, depuis qu'il la connaissait, Félix eut l'impression de lui découvrir un autre visage, plus serein, moins anxieux, comme si le fait de se retrouver dans cette maison, à l'endroit où ses ancêtres avaient vécu, aimé, souffert, remodelait son esprit, la dotait d'un nouvel aspect et d'un mental tout neuf.

Gillian, enjouée, paraissait découvrir, avec un certain plaisir, les marques d'une nouvelle vie. Le fait d'être hors de Paris lui conférait, à elle aussi, une apparence et des gestes différents. Ni l'une ni l'autre ne paraissaient remarquer le tumulte qui agitait l'esprit de l'homme. Elles agissaient comme s'il n'était pas présent, comme s'il n'existait que par intermittence et, surtout, quand elles le souhaitaient. Sous la lumière tombante des abats-jour d'osier tressé, accrochés le matin même, elles ne remarquèrent pas son trouble ni son anxiété.

— Alors, comment il est, ce vin ?

Félix dut faire un effort pour s'arracher à ses sombres pensées. Il leva les yeux sur Gillian qui venait de le questionner, un verre de vin à la main. Lamentablement, il bredouilla :

— Je... Je ne l'ai pas encore goûté.

Il se sentait coupable de ne pas être capable de gérer cette situation nouvelle. Il piqua du nez vers son assiette, découpa un petit morceau de lapin avant le porter à ses lèvres. Il le fit sans grande conviction. Il n'osait pas lever les yeux vers elles, de peur de croiser le regard de Gillian. Cette dernière, penchée en avant dans le rond de lumière, l'observait avec attention. Des saveurs puissantes explosèrent dans sa bouche. Presque malgré lui, il dut reconnaître que ces parfums rustiques et torsadés, emmêlant herbes et alcool, le ramenait à la vie, lui faisait arpenter en sens inverse la distance qu'il avait laissé se créer entre les deux femmes et lui. Il but une gorgée de vin. Le liquide libéra dans sa gorge de formidables effluves de sous-bois humides et de cèpes nouveaux-nés. C'était un breuvage généreux et plein de rondeurs. Il était vivant, semblable à un animal qui allait se lover au fond de son corps à chaque gorgée, puis dispensait une chaleur bienfaisante.

— Il est... il est très bon, marmonna-t-il, piteux.

Il cherchait vainement des mots qui ne venaient pas. Emprunté, il secoua la tête pour se donner une contenance. Un mince sourire étira ses lèvres. Gillian parut satisfaite. Sans plus s'occuper de lui, elle saisit la carafe et se mit à remplir les verres.

— C'est parfait. Mangeons et buvons. Ce soir est un grand soir, n'est-ce pas ? Je propose un toast à Can Cargol qui ressucite enfin...

Elle tendit son verre dans le vide avant d'insister comme si elle voulait bien s'entendre le redire :

— Buvons à Can Cargol et à la nouvelle vie, pleine de surprises, qui nous y attend tous les trois !

Elle leva son verre et avala d'un trait. Nuria se mit à rire et l'imita. Félix, à son tour, porta son verre à ses lèvres. Puis, sans plus s'occuper des deux femmes, il se pencha vers son assiette, humant la nourriture pour tenter de retrouver cette passerelle proposée par ces parfums qui le liaient à la vie. Le thym, le laurier et les différentes herbes, que Nuria avait abondamment jetés dans la marmite, montèrent à ses narines. C'étaient des saveurs qu'il reconnaissait. Il les discernait toutes, une à une, comme au temps où il était un des meilleurs à ce jeu subtil et compliqué.

Une onde de plaisir coula doucement en lui. Il se sentait mieux d'un seul coup. Il retrouvait les marques qui le ramenaient sa conscience à la surface, et l'éloignait de ce curieux état d'engourdissement qui le gagnait, à chaque fois qu'il entrait dans la massia. Il avait en effet remarqué qu'il plongeait dans un état crépusculaire, peuplé de visions étonnantes, lorsqu'il pénétrait dans la bâtisse. Il se souvenait que, déjà, lorsqu'il avait découvert Can Cargol en ruine et y était entré pour la première fois, cette curieuse léthargie l'avait atteint. À ce moment là, il avait mis ce curieux malaise sur le compte de la fatigue.

— Est-ce que c'est bon ?

La voix de Gillian lui parvint très lointaine, presque étouffée. Il acquiesça d'un mouvement de la tête. Il se risqua à lever les yeux. Dans le rond de lumière abattue qui nappait la table d'une onde chaude, il observa une seconde les visages des deux femmes. Ceux-ci formaient deux taches dans l'obscurité qui s'installait et les enveloppait.

Nuria ne mangeait plus. Elle paraissait songeuse et le regardait fixement. Gillian, elle, portait à sa bouche des morceaux de viande dégoulinants de sauce avec une rapidité qui indiquait un extraordinaire appétit. Elle paraissait à l'aise et ne s'occupait plus que de la nourriture qui était dans son assiette.

Félix reposa sa fourchette sur la table. Il prit un morceau de pain qu'il mâcha avec application. Réflexe de professionnel, il voulait neutraliser le trop-plein de saveurs que la première bouchée avait fait imploser contre son palais. Il voulait nettoyer ses papilles des arômes vifs et prenants que la recette de Nuria avait dégagés. Tout à coup, sans qu'il ne s'en rende tout à fait compte, comme si la réalité dans laquelle il vivait se mettait à refluer, il eut la sensation physique qu'il reculait très rapidement. Pourtant, il savait qu'il était assis et qu'il n'avait pas bougé. Nuria, Gillian, la table, les murs, tout le décor, parurent diminuer, rapetisser, puis se diluer dans une sorte de brume éblouissante. La lampe elle même perdait de sa clarté au point de devenir une luminescence rougeâtre, perdue au fond d'un tunnel obscur.

Il imagina qu'il était en train de s'évanouir.

Lorsqu'il reprit conscience, il constata que les deux femmes étaient de très bonne humeur. Elles riaient. Visiblement, elles avaient beaucoup bu. Les bouteilles vides, sur la table, témoignaient de leur état. Il ne se souvenait pas de les avoir vues boire auparavant. Paradoxalement, il se mit à penser à cet étrange malaise qui l'avait soudainement pris. Il eut le sentiment qu'il s'agissait d'un de ces moments où il plongeait dans un rêve mystérieux, comme cela lui arrivait depuis quelque temps. Il se demanda si, par hasard, le magnétisme que dégageait, à l'évidence, la massia n'y était pas pour quelque chose. Il se souvenait d'avoir lu un livre sur le sujet par le passé. Dans cet ouvrage, dont il ne se souvenait plus du titre, il avait découvert que certaines maisons pouvaient avoir une influence sur les êtres vivants qui les fréquentaient. Sur l'instant, il avait noté la chose dans un coin de sa mémoire, la trouvant excitante, mais n'avait pas cherché à en savoir plus. Tout cela était tellement éloigné de ses préoccupations d'alors.

Son assiette, pleine de viande et de sauce qui s'était figée, était encore devant lui. Entretemps, les deux femmes avaient desservi leurs propres couverts et emporté la cocotte en fonte qui contenait le restant du lapin aux escargots.

La lampe était éteinte et elles avait disposé des bougies sur une assiette placée au centre de la table. Il remarqua un grand plat rempli de minuscules biscuits comme on en sert après le repas, avec le café.

« J'ai sûrement dormi », décida-t-il peu rassuré.

À la manière des Toscanes, Les deux femmes trempaient les friandises dans des verres de vin doré. Elles les avalaient en les suçotant avec des mines de chattes gourmandes. Étrangement, il ne parvenait pas à entendre, ni à comprendre ce qu'elles se disaient et qui les faisait rire.

« Elles sont complètement saoules », pensa-t-il, intrigué et pourtant totalement détaché.

Il les observa un moment. Son cœur se serra un peu en constatant que cette joie, cette ivresse, cette gaîté, faisaient naître entre elles une connivence dans laquelle il n'y avait aucune place pour lui.

« Elles agissent comme si je n'existais pas ».

Cette pensée le mit en colère.

— On a trop bu. Allons nous coucher !

La voix de Gillian lui parvint avec un temps de retard, comme si la distance qu'il avait ressentie auparavant se matérialisait d'un seul coup. Nuria, le visage déformé par un fou rire qu'elle ne contrôlait plus, tenta de se lever. Perdant l'équilibre, elle se rassit lourdement, riant de plus belle. Ses jambes ne la portaient plus. Elle ne pouvait plus se lever seule. Gillian se pencha vers elle et passa un de ses bras autour de sa taille. Grâce à cette aide, la jeune Catalane se mit enfin debout. Elle titubait.

Les femmes le frôlèrent.

— Est-ce que tu nous accompagnes ? questionna Gillian en passant près de lui.

Leurs parfums emmêlés lui parvinrent en bouffées légères. Il inspira profondément. Comme si un déclic imperceptible jouait dans son cerveau, un désir brutal et soudain, le ressucita. En même temps, il perçut le fin crissement que faisaient leurs peaux et les étoffes de leurs robes qui se touchaient. Les muscles de son ventre se crispèrent. « Je ne rêve pas... Je suis certain d'être éveillé. Tout cela est bien réel », pensa-t-il, étonné de son désir qui renaissait.

— J'arrive, répondit-il à voix haute.

Il se répéta intérieurement : « j'y vais », mais ne parvint à faire le moindre mouvement. Une paralysie inexplicable le clouait sur place.

Ensuite, vaguement curieux, il se demanda ce qui allait se passer dans cette chambre où, s'il avait bien compris, ils allaient coucher tous les trois, sa femme, sa maîtresse, et lui.

Sans qu'il puisse la contrôler, comme s'il réagissait d'une manière animale, une excitation puissante le gagnait. Son corps se mit à réagir à l'évocation de la situation.

Il sourit en se disant : « Cette fois, je suis vraiment bien éveillé... »

— Viens, nous t'attendons.

Gillian, insistait. Cela l'agaça. En écho, le rire en cascade de Nuria, augmenta sa nervosité. Elles avaient décidé de cette situation sans lui en parler et cela le frustrait à nouveau.

Devant lui la bougie vacilla, faisant danser les ombres portées sur le plateau de bois. Il la fixa. « Je vais me lever... Je vais les rejoindre et... » Son esprit refusa de formuler les images que lui suggérait sa libido. Il tenta de quitter sa chaise, mais son corps refusa encore une fois d'obéir. Devant lui, la flamme de la chandelle diminuait d'une manière étrange. L'impression de reculer dans ce tunnel plein d'ombre revenait. « Je deviens fou, ma parole... » Une barrière, sorte de distance qui s'agrandissait, se créait entre lui et les choses qui environnaient. « C'est cette maison qui me piège et me domine... »

Cette étonnante sensation d'engourdissement, d'impuissance et d'endormissement, qu'il avait déjà ressentie peu de temps auparavant, revenait. Une fatigue insolite – il le savait, maintenant – allait le terrasser peu à peu. Insurmontable. Ensuite, il allait encore faire un de ces rêves bizarres... Il eut encore le temps de penser que Can Cargol, ce piège de pierre, l'entraînait dans une mystérieuse spirale, sorte de trajectoire hors du temps, de projection dans un univers différent, une rupture avec sa propre réalité, avant de perdre totalement conscience.

Une lueur éblouissante l'obligeait à garder les yeux fermés. Il entendait des cris et des bruits de métal qui s'entrechoquait. Il tenta de voir la scène en ouvrant légèrement ses paupières, mais n'y parvint pas. Elles paraissaient soudées par une force inconnue. Il réalisa qu'il était étendu sur le dos, à même le sol. Les pierres lui meurtrissaient les reins. Il perçut une forte odeur d'herbe sèche et de poussière.

Il n'arrivait pourtant pas à savoir où il se trouvait.

Il ne se souvenait de rien.

Tout autour de lui, il entendait les cris et les hurlements d'une troupe d'hommes qui paraissaient se battre comme de beaux démons. Pris d'une peur soudaine, il fit un énorme effort pour obliger ses paupières à se soulever afin qu'il puisse voir ce qui l'entourait et où il se trouvait. Un rai de lumière vrilla ses pupilles dans une mince fente qu'il venait d'obtenir. Le soleil, qui dansait au zénith, blessa cruellement ses prunelles et l'obligea à refermer les paupières en les serrant pour contenir la douleur. Ce fut à peine s'il avait eu le temps d'entrevoir des ombres, nombreuses, qui s'agitaient en tout sens autour de lui.

— Et celui-ci, est-il mort ou encore vif ?

Une pointe de métal fouillait l'étoffe grossière de son vêtement, près de sa gorge. Surpris, il ouvrit les yeux sans effort, cette fois. Sans doute la peur avait-elle annihilé son incompréhensible paralysie…

Un homme était penché au-dessus de lui. Il portait un casque de métal et une cuirasse protégeait sa poitrine. En dessous dépassaient les pans d'une robe brune semblable à celle que portent les moines. L'homme poussait une large lame contre sa peau de son cou. Il lui apparut qu'il s'agissait une épée à large lame. Il la voyait mieux maintenant que l'étrange religieux masquait le soleil.

Dans sa tête tout s'était brouillé.

Que faisait-il là, couché sur le dos, avec cet homme qui le menaçait avec une épée ? Pourquoi ne pouvait-il se redresser ? Où se trouvait-il ?…

— Ah ! Il y a bien encore un peu de vie dans ce grand corps ! grogna l'homme casqué et vêtu de bure, dont la silhouette se découpait sur le bleu intense d'un ciel rayonnant. Il avait relevé son arme et l'agitait au-dessus du visage de son prisonnier, comme s'il hésitait à le le transpercer au moyen de la pointe affûtée de sa lame.

— Holà, compagnons ! Par ici, il y en a un qui gigote encore comme un goret !...

Il avait crié, tournant la tête vers des compagnons que le gisant ne pouvait discernevoir dans la position où il se trouvait. Tout en gardant les yeux fixés sur l'homme qui le dominait et brandissait son arme, il tenta de mouvoir sa tête à droite et à gauche. En vain.

Il était paralysé par la pression qu'exerçait sur lui le poids de son adversaire cuirassé qui avait mis un pied sur sa poitrine pour le maintenir couché sur le sol. Il se sentait emmailloté de souffrance par une intense douleur qu'il n'arrivait pas à localiser dans son corps. Celle-ci déferlait par intervalles réguliers et lui arracha une plainte qui, aigüe, jaillit soudain de sa gorge.

— Vive Dieu ! Il se plaint, le bougre, hurla l'homme penché au-dessus de lui en riant aux éclats. Il gueule comme goret qu'on traîne en boucherie, le bougre ! Et dire que j'allais le piquer...

Soudain la douleur reflua. Il respira mieux. Vaincu par l'insupportable, il sombra à nouveau dans un océan obscur. Lointaines, il entendit encore les voix. Elles lui parvenaient de plus en plus faiblement. Il sentit qu'on le soulevait avec rudesse en l'agrippant par ses vêtements et qu'on le portait... La douleur revint. Atroce. Elle le torturaitt si fort qu'il s'abandonna et se laissa glisser dans ce vertigineux gouffre sombre qui l'aspirait comme fétu...

La bougie, presque entièrement consumée, fumait et charbonnait en lourdes volutes noires. Elle dégageait une odeur écœurante. Félix toussa. Sèchement. Il expira plusieurs fois, avec force, afin de chasser les miasmes de la fumée de parafine calcinée qui irritait ses bronches. Il regarda autour de lui et constata qu'il se trouvait toujours dans la salle commune de la massia, assis devant son assiette encore pleine. Il eut l'impression d'émerger d'une torpeur profonde, d'un rêve trop puissant, trop présent. Tout à coup la mémoire lui revint. Il se rappela la douleur et cet homme penché sur lui qui le menaçait... Toute cette scène étrange ressurgissait sans qu'il puisse en trouver le sens. Un instant paralysé par l'angoisse, il guetta la souffrance qui, il s'en souvenait, irradiait alors son corps. Elle avait disparu ! Doucement, il essaya de bouger, d'abord les doigts et les bras, puis il remua la tête et, enfin, sous la table, il allongea les jambes... Il n'avait pas mal et pouvait à nouveau se mouvoir. Il eut la sensation de sortir d'un tombeau, de se mettre à revivre.

Il se dressa sur ses pieds et jeta un coup d'œil autour de lui comme s'il cherchait quelque chose ou quelqu'un. Mais il était seul dans la grande salle commune presque obscure.

— J'ai encore rêvé ! articula-t-il, soulagé.

Des rires de femmes lui parvinrent, étouffés. Il se souvint que Gillian et Nuria l'avaient laissé pour se diriger toutes les deux vers la chambre voisine.

Elles ne dormaient pas encore. Son rêve n'avait certainement pas duré. Il se pencha vers la bougie et l'éteignit d'un souffle rageur, exprimant ainsi son désarroi face à ces absences qui se répètaient et qui demeuraient pourtant inexplicables.

Une lueur chaude orangée découpait comme une invite le cadre de la porte d'entrée de la chambre, à quelque mètres devant lui. D'un pas hésitant, l'homme se dirigea vers cette chaleur qu'il devinait.

Printemps 1935

Il pleuvait depuis des jours et des jours. La température était devenue glaciale. L'humidité s'infiltrait partout. Immobile dans son lit, l'homme écoutait les trombes d'eau qui frappaient les tuiles du toit et dégoulinaient en multiples cascades le long des façades de la massia. Il n'arrivait pas à dormir. Il attendait le jour, les yeux grands ouverts dans l'obscurité.

En dehors du crépitement des rafales de pluie sur le toit et contre les carreaux des fenêtres, et qui claquaient comme des graviers jetés à la volée par la main d'un géant, la maison demeurait silencieuse. Pourtant, pour la première fois depuis des années – en fait depuis la mort de ses parents, le territoire et les bâtiments de Can Cargol étaient repeuplés. Il y avait des gens partout. Toute la famille était venue. De Barcelone, de Gérone, de toute la Catalogne. Ils s'étaient touts déplacés pour son mariage.

La première qui s'était présentée au portail, avait été sa sœur aînée, Maria. Elle était venue en voisine puisqu'elle habitait Besalu avec sa famille. Son mari y tenait un commerce de vin et d'olives. Avec ses deux filles, ils étaient ses parents les plus proches, mais durant ces dernières années, ils n'étaient presque jamais venus à Can Cargol, comme si cet endroit faisait partie d'un autre monde, comme si c'était un territoire lointain qui leur faisait peur. Cependant, Maria avait retrouvé ses marques dès qu'elle avait pénétré dans cette maison. Tout naturellement, elle avait, dès son arrivée, pris les choses en main afin de préparer la cérémonie et le repas qui suivrait.

Depuis trois jours, avec l'aide de ses filles et de ceux qui arrivaient les uns après les autres, elle nettoyait et astiquait toute la maison. Lui les regardait faire, soulagé. « Tu ne peux pas recevoir ta nouvelle femme dans une maison aussi crasseuse ! » avait commenté Maria, lorsqu'elle avait découvert la malpropreté dans laquelle il avait vécu jusque-là, sans même s'en rendre compte. Il n'avait rien dit. C'était sa sœur et il savait qu'elle avait raison. L'œil expert de Maria avait fait le tour de toutes les pièces de la massia et avaient mesuré la saleté dans laquelle vivait son frère. Elle lui en avait fait le reproche. Il l'avait écoutée, silencieux, pensif, comme un gosse pris en faute et qu'elle aurait sermoné. Il venait de se rendre compte à quel point il avait vécu solitaire et coupé de tout. Il réalisait, grâce à sa sœur, comment Can Cargol s'était mis peu à peu à mourir sans qu'il le remarque, sans qu'il ne fasse le moindre geste pour s'opposer à cette lente agonie.

Il était vrai qu'il s'était contenté de subsister au jour le jour. Il comprenait, maintenant, que la ruine, la vraie, celle qui détruit à jamais les hommes et toutes les choses qu'elle touche, l'avait frôlé de très près durant cette période et s'était même installée à demeure.

Tout avait commencé lorsque cet accident avait fauché son père, un matin de l'hiver 1928. Il avait à peine vingt-deux ans.

Depuis le lever du jour, son père « faisait du bois », comme toutes les années à la même période, lorsque les réserves de l'année précédente arrivaient à épuisement. Sa mère préparait le repas du mileu du jour et lui entassait les bûches que fendaient son son père dans la cour.

L'accident s'était produit dans la cour de la massia. Il faisait encore très froid. La sève n'était pas encore montée dans les arbres. Il fallait en profiter avant que la nature se réveille et que les travaux des champs les obligent à d'autres tâches plus urgente.

Il se souvenait parfaitement de ce matin-là.

Son père avait poussé une plainte étrange, puis s'était laissé tomber à terre de tout son poids. Une fois au sol, il l'avait vu qui serrait les mâchoires et le fixait avec, inscrite dans les yeux, une terrible souffrance silencieuse, une sorte d'appel muet qui l'avait épouvanté et dérouté.

Le fer de la hache avait ripé sur un nœud du bois et s'était fiché dans l'os en-dessous du genou. Son père n'avait poussé qu'un cri très bref avant de s'écrouler. Le visage livide, il serrait de ses deux mains sa jambe blessée. Le sang s'était immédiatement mis à sourdre formant une rigole dans la poussière et la sciure, sur le sol de terre battue.

L'image atroce de cet os qui émergeait au milieu de l'entaille, très blanc dans ces chairs ensanglantées, et le fer de l'outil, encore engagé, l'avait hypnotisé. Pendant un instant, il n'avait rien pu faire. Il n'était pas parvenu à détacher ses yeux de cette plaie ouverte. Après, tout s'était embrouillé dans son cerveau. Il ne parvenait pas à se rappeler s'il avait crié ou couru pour chercher du secours.

Les ouvriers agricoles étaient arrivés, affolés. Ils avaient arraché l'outil de la jambe de son père. Sur le coup, ce dernier avait hurlé comme une bête, puis s'était laissé aller, la tête en arrière, les yeux fermés, comme s'il s'abandonnait à la souffrance.

Le sang s'était alors étalé en une large flaque, sur le sol. Il se souvenait encore qu'une tache sombre, visqueuse et brillante, s'était formée sur le sol, sous le pantalon de son père.

Choqué, il avait pourtant réussi à aider les ouvriers à transporter le blessé à l'intérieur de la grande massia, jusque dans la chambre. Ils l'avaient placé sur le lit avec beaucoup de précaution. Le visage de son père était blafard. Il gardait les yeux clos. Pas une seule fois, depuis que les ouvriers étaient arrivés auprès de lui, il ne s'était plaint.

Sa mère était passé dans son champ de vision pendant qu'il regardait, impuissant, son père couché en travers de ce grand lit. La figure défaite, le teint cireux, elle paraissait impassible mais son regard avaient viré au sombre. Ses yeux avaient pris une teinte étrange, celle que donnent les souffrances qu'on garde pour soi, en soi, tellement elles sont indicibles. Sans émettre un son, avec des gestes précis et rapides, elle avait nettoyé la plaie avec de l'eau-de-vie, puis l'avait pansée avec des linges propres.

Ensuite, elle s'était dirigée vers la porte en direction de la salle commune et s'était mise à confectionner du vin chaud, herbes et épices à profusion, selon une recette traditionnelle que se transmettaient, de génération en génération, les femmes de Catalogne au moyen d'un cahier qu'elles appelaient « *El Tesoro del pobres* » en référence au célèbre « Trésor des pauvres », attribué, depuis le Moyen Age, au très connu Arnaud de Villeneuve, savant alchimiste et médecin réputé.

Lorsque la marmite odorante avait été bien en place, dans l'âtre, elle avait saisi un cruchon d'eau-de-vie et s'était dirigée vers la chambre où gisait le blessé. Elle avait tenté de faire boire un peu de ce cordial à son mari exsangue, l'obligeant à desserrer les lèvres et les mâchoires.

— Il faut absolument aller chercher un médecin, avait-elle chuchoté en lui essuyant doucement la bouche avec un mouchoir blanc.

À cet instant, au prix d'un terrible effort, le blessé avait rouvert les paupières. D'une voix brisée par la douleur, il avait refusé qu'elle fasse appel à un docteur. Il l'avait assurée que ce n'en valait pas la peine, que cette blessure était moins profonde qu'il y paraissait et qu'elle allait guérir rapidement. Sa mère avait baissé la tête, comme toujours. Silencieuse et consentante. Au bout de quelques minutes, elle s'était levée puis avait repoussé tout le monde vers la porte de la chambre, les obligeant à repasser dans l'autre pièce.

— Laissons-le se reposer, avait-elle ordonné d'une voix neutre.

Lorsque la porte s'était refermée, elle avait regardé ceux qui étaient présents et, dans un soupir, avait simplement lâché : « Il faut vraiment trouver un docteur… »

Quelques jours plus tard la fièvre s'étant déclarée, la plaie était devenue purulente. Malgré les protestations du père qui restait conscient malgré la forte fièvre qui le terrassait, le médecin était venu. Lorsqu'il avait découvert la jambe infectée, il avait hoché la tête. Ensuite, il avait longuement examiné le blessé, puis avait les entraînés, sa mère et lui, dans la pièce voisine pour leur expliquer que c'était très grave et qu'il fallait absolument l'emmener d'urgence à l'hôpital de Gérone. Il affirma encore que l'infection avait gagné l'os et qu'il ne fallait pas perdre de temps. Il prononça les mots de « nécrose » et de « gangrène ».

Le même soir, une voiture automobile, à la carrosserie toute toute blanche ormis deux croix rouge sang sur les côtés, s'était garée dans la cour de la massia. Des hommes en blouses immaculées, portant des calots enfoncés sur le crâne, en étaient descendus. Toute la petite population de Can Cargol s'était réunie en silence. La gravité du moment transparaissait dans l'attitude des ouvriers et de leurs familles. Personne n'était allé travailler durant cette journée.

Les infirmiers avaient étendu le père sur une civière, puis, passant entre les hommes et les femmes assemblés qui formaient une haie silencieuse, ils avaient fait glisser le brancard à l'intérieur du véhicule, par la portière qui s'ouvrait à arrière.

Sa mère s'était alors approchée de lui et l'avait saisi par les épaules. Elle l'avait embrassé en le serrant très fort contre sa poitrine et, à voix basse, lui avait recommandé de veiller sur Can Cargol durant son absence. Dans sa voix, il avait perçu un tremblement qui l'avait terriblement impressionné. Elle l'avait lâché et, d'une démarche d'automate, elle s'était éloignée en direction de l'ambulance. Elle était montée dedans et avait pris place sur une banquette près de la civière où gisait son père. Le visage de ce dernier était livide et transparent comme de la cire.

Au départ du véhicule, un brusque tourbillon avait soulevé les feuilles mortes et les brindilles. Cet appel d'air avait provoqué une minuscule tornade. Les assistants avaient machinalement suivi l'ambulance qui s'en allait au pas jusque sur l'esplanade entre la massia et l'église. Puis ils s'étaient arrêté.

Longtemps, la poussière était restée en suspension dans l'air. Peu à peu, en silence, les ouvriers et leurs femmes s'étaient détournés et étaient rentrés dans l'enceinte de Can Cargol. Après un long moment pendant lequel il avait été incapable de bouger, il s'était dirigé lui aussi vers la massia. Arrivé dans la salle commune, il avait éclaté en sanglots.

Pour la première fois de son existence, il avait senti ce qu'était véritablement la solitude. Pour la première fois de sa jeune vie, il avait eu peur.

Son père mourut deux semaines plus tard. On venait de lui couper la jambe pour la deuxième fois, chaque fois un peu plus haut vers la cuisse. Malgré tous les soins qu'on lui avait prodigués, la gangrène n'avait cessé de progresser et de le dévorer vif.

Après son décès, sa mère avait été à Gérone rechercher le corps du maître de Can Cargol. Elle était revenue le lendemain, dans une immense voiture noire pilotée par un inconnu qui portait un uniforme sombre, aussi sombre que la carrosserie de son véhicule. Des hommes en noir qui les accompagnaient, aidés par les ouvriers agricoles, avaient déchargé le cercueil. Ils l'avaient très rapidement transporté dans la maison. Cette étrange et rapide cérémonie s'était déroulée sans que personne ne dise un mot, dans un silence impressionant. Sa mère s'était approchée de lui qui regardait le spectacle, debout dans la cour, bras ballant, le cœur au bord des lèvres. Elle avait tapoté sa joue, ses grands yeux noirs plongés dans les siens. D'une voix blanche, elle avait simplement dit : « Ton père est mort. » Puis, elle avait eu une sorte d'étourdissement qui l'avait fait chanceler. Soutenue par les femmes accourues, elle était rentrée dans la massia et était allée se changer.

Elle était revenue quelques instant plus tard vêtue d'une robe noire stricte et austère. Par la suite, elle ne l'avait plus jamais quittée.

Ce même jour elle avait fait préparer le lit conjugal et y avait fait étendre le cadavre vêtu de son plus beau costume, celui qui ne servait que les jours de fête.

Depuis qu'elle était revenue avec le corps de son mari, il observait sa mère avec beaucoup d'inquiétude. Il ne la reconnaissait plus. Elle avait changé. Une immense tristesse s'était abattue sur elle. D'une manière imperceptible, elle s'était courbée et paraissait avoir perdu cette force vive qui la maintenait droite et lui donnait cet air de dignité, ce port de tête, qu'il lui avait toujours vus et qu'il aimait. Maintenant, elle paraissait vieillie, usée, courbée, vaincue, laminée, par le chagrin.

Il avait alors compris qu'elle ne supporterait pas le vide laissé par la mort du père. Il sut aussi que, désormais, plus rien ne serait pareil à Can Cargol. Durant les journées qui précédèrent l'enterrement de son père, personne, en dehors d'elle et des femmes qui l'aidaient, ne fut autorisé à pénétrer dans la chambre du mort. Elle l'avait interdit. Même lui n'avait pas été admis. Elle lui avait expliqué que le cercueil avait été fermé et qu'il ne pourrait plus le voir, que c'était mieux ainsi... à cause de l'odeur. Il fallait attendre pour l'enterrement. La famille allait venir.

Ils étaient tous arrivés le jour suivant.

Malgré la présence du mort, subitement Can Cargol avait alors retrouvé une sorte de vie. Il s'agissait d'une effervescence feutrée, d'une chaleur à la fois glacée et silencieuse. Il y avait du monde partout dans dans la massia, même à l'étage... « Tout comme aujourd'hui », pensa-t-il, prêtant l'oreille pour tenter d'entendre si les autres s'éveillaient enfin, s'ils commençaient à vivre.

En vain. Il était encore trop tôt. Il regarda en direction de la fenêtre, le ciel commençait à pâlir vers l'Est, du côté de la mer...

À l'aube du matin de l'enterrement de son père, ils se souvint qu'il avait aussi tendu l'oreille pour surprendre le bruit que feraient les membres de la famille en se réveillant. À cette période, et ceci depuis le moment où ils étaient tous arrivés à Can Cargol, il les avait observés sans rien dire. Pour lui, et comme personne ne prêtait attention au gosse qu'il était encore en ce temps-là, ils ne représentaient que des silhouettes, des ombres, qui passaient et repassaient, glissaient et chuchotaient dans l'immense maison.

Tous attendaient la cérémonie, patients et silencieux. Ils formaient un cercle étroit autour de sa mère, comme si elle symbolisait à elle seule toute la présence qui subsistait du maître, toute la survie de Can Cargol. Muette, murée dans son chagrin, droite dans sa robe de deuil, elle semblait indifférente aux marques de sympathie ou d'affection que lui prodiguait toute cette parenté.

Durant ce temps, il s'était senti de plus en plus seul, un peu comme s'il était devenu transparent depuis le décès de son père, comme si, maintenant, plus personne ne le voyait, comme si cette étrange et triste fête se passait très loin de lui, sur une autre planète, dans un autre univers.

Il avait eu la sensation de ne plus exister.

La cérémonie avait eu lieu dans l'église San Pedro, en plein centre de Besalu. Au moment d'entrer dans l'édifice, il avait levé les yeux pour regarder, un peu sur la gauche du porche, cette pierre taillée, enchâssée dans la muraille à mi-hauteur du fronton. Il s'était souvenu que son père lui avait raconté que cette sculpture grossière était de la main d'un ancêtre à eux, tailleur de pierre. Elle représentait un homme tournant le dos au monde, accroupit, en train de déféquer sur les croyants qui pénétraient dans l'église. En plus, il tournait la tête et tirait la langue, apparemment tout joyeux de sa bonne farce. Le père lui avait expliqué que c'était une image appartenant à la Catalogne médiévale et que son aïeul avait reprise pour en faire sa signature. Son père avait ajouté que cet homme, comme tout compagnon tailleur de pierre, avait fait le tour de l'Europe entière, et que, partout où il avait participé à des travaux, on avait retrouvé cette même pierre taillée, Elle était une marque très personnelle, une preuve de son origine catalane et une proclamation de son mépris pour la crédulité des croyants et pour la religion.

Après la messe, soutenant sa mère de plus en plus courbée, il l'avait raccompagnée à la massia. Tout au long du chemin, elle avait gardé les doigts crispés sur la manche de sa veste, comme si elle s'accrochait à lui, le dernier homme qui lui restait.

Sans parler, l'un supportant l'autre, ils avaient suivi jusqu'au cimetière le corbillard attelé de deux chevaux à la robe lustrée. Devant eux, comme des phares les guidant dans un océan de chagrin, ondulaient leurs croupes d'un noir profond qui reflétaient le soleil glacé de février comme un sombre et obscur miroir.

Au moment où le cortège avait pénétré dans l'ultime enclos, le vent s'était brusquement levé, violent et tourbillonnant, imprévisible. Soutane sans cesse giflée par une tramontane folle, le curé avait récité la prière des morts et prononcé quelques mots rapides, debout devant la fosse béante. Il y avait eu un moment figé, comme si la vie s'arrêtait pour communier enfin avec la mort, puis les assistants avaient défilé devant sa mère et lui. Tous avaient bredouillé d'incompréhensibles mots de réconfort que les bourrasques avaient immédiatement emportés au loin. Tous encore leur avaient serré la main après s'être signés au-dessus de la fosse dans laquelle se trouvait le cercueil du maître de Can Cargol. Durant tout ce temps, sa mère n'avait cessé de s'appuyer sur lui, pétrifiée, les yeux secs sous la voilette, prête à se laisser tomber sur le sol. La cérémonie lui avait paru longue, très longue. À force, la fatigue l'avait peu à peu atteint. Ses jambes étaient devenues lourdes et douloureuses. Au bruit sourd des premières pelletées de terre qui tombaient sur le couvercle du cercueil, il avait senti que sa mère frémissait de tout son corps, de tout son être. Sans savoir exactement pourquoi, il avait instantanément pensé à une étoffe qu'on déchire avec lenteur.

Lorsqu'ils étaient revenus à Can Cargol, une étrange ambiance les avait accueillis. Cette curieuse atmosphère, lourd silence et chuchotis hésitants, avait régné toute la journée sur la vieille maison. Personne n'osait hausser la voix. Les femmes allaient et venaient sans faire le moindre bruit. Elles avaient préparé le repas avec des gestes mesurés. Les hommes, silencieux eux aussi, buvaient assis autour de la grande table. Chacun ressentait l'absence du maître. Une atmosphère pesante régnait à l'intérieur de la massia.

Sa mère s'était assise au bout de la table, à la place qu'occupait habituellement son père, comme si elle avait voulu empêcher que quelqu'un d'autre s'y mette. Pour la première fois, elle ne s'était pas associée à la préparation du repas. Les tantes et les cousines avaient servi le vin et le pain et des tranches de jambon sec et des rondelles de *boutifaras,* saucissons de sang et de miel, et de chair de porc parfumée d'herbes et d'épices. Peu à peu, l'atmosphère s'était allégée. La nuit tombante qui envahissait la pièce avait fait naître la lumière des lampes à pétrole et des chandelles, créant une chaleur nouvelle, comme si la vie revenait peu à peu dans la maison. Les hommes, échauffés par le vin, s'étaient remis à parler. D'abord ils l'avaient fait avec retenue, presque en chuchotant, mais, peu à peu, ils s'étaient enhardis. Ils avaient raconté des histoires du passé où son père apparaissait comme une silhouette imposante et omniprésente. Les heures avaient défilé. Les conversations avaient duré.

À la nuit tombée, sa mère s'était levée et avait salué les assistants, puis s'était retirée dans sa chambre. À la voir ainsi, muette, hésitante, sans une larme dans les yeux, il aurait voulu la prendre dans ses bras et la serrer contre lui, mais quelque chose, une sorte de faiblesse inexplicable, l'avait retenu. Il avait pensé que, depuis qu'il était devenu adolescent, jamais sa mère ne l'avait consolé ni étreint.

Jamais plus, depuis qu'il avait grandi, elle ne l'avait embrassé avec cette tendresse retenue qu'elle lui avait toujours prodiguée en cachette du père, lorsqu'il était encore un petit enfant. Cette douceur, qui n'appartenait qu'à eux, paraissait s'être diluée au fil des ans, au fur et à mesure qu'il devenait plus grand, comme si elle avait considéré que, désormais, les caresses et les démonstrations n'étaient plus de mise. Il en avait souffert. En silence. Et, aujourd'hui, la découvrant désemparée, brisée par le chagrin, il ne parvenait plus à refaire ce chemin que le temps de la vie effaçait.

Il l'avait regardée. Elle s'était dirigée à petit pas vers la chambre, ombre frêle que dévorait peu à peu l'obscurité. Sans se retourner, elle avait tiré la lourde porte derrière elle, comme si elle baissait un rideau sur une scène qu'elle abandonnait pour toujours.

Depuis cet instant, elle n'avait plus quitté cette chambre. Elle s'y était enfermée pour y achever de vivre, recroquevillée sur elle-même.

Avec une précision qui l'étonnait lui-même, il se souvenait de ce moment-là pendant laquelle elle avait disparu. Longtemps, ses tantes et ses oncles et leurs enfants, ses cousins, étaient restés autour de la grande table. Dans la soirée, les femmes avaient apporté du café frais et des alcools. L'esprit ailleurs, il avait écouté toute cette parenté qui dévidait les souvenirs de plusieurs générations de la famille qui couraient sur des dizaines et des dizaines d'années, et qui racontaient l'histoire du domaine de Can Cargol.

Tout en prêtant une oreille distraite à ces évocations, il avait gardé les yeux fixés sur la porte derrière laquelle sa mère avait disparu. Malgré la présence des autres, il avait ressenti le vide sidéral dans lequel basculait désormais son destin. Il avait compris qu'à partir de ce moment-là, quoi qu'il puisse faire ou tenter, il serait toujours seul.

Le lendemain, les parents étaient repartis par petits groupes. Cela avait duré presque toute la journée Tous étaient venus, à tour de rôle, le saluer avec gravité. Il les avait écoutés poliment. Il pensait à sa mère enfermée dans cette chambre. Toutes ces paroles s'étaient diluées dans la confusion et la tristesse qui avaient envahi son esprit.

Le soir venu, seul Titan, le jeune chien jaune qu'il avait adopté quelques mois auparavant, s'était faufilé près de lui, alors qu'il s'était assis sur l'escalier pour reprendre son souffle après avoir rapidement nourri les bêtes venues se réfugier dans l'étable comme tous les soirs. L'animal l'avait regardé longuement, comme s'il comprenait son désarroi et lui signifiait sa compassion. Avec son singulier pelage clair, couleur de genêts en fleurs, et ses yeux dorés qui scintillaient dans la pénombre comme les braises d'un foyer, le chien était resté de longues minutes à ses pieds, le fixant, puis, répondant à un appel mystérieux, que lui seul pouvait entendre, il s'était dressé sur ses pattes et s'était glissé, silencieux et fuyant, hors de la massia.

Cette nuit-là, il s'en souvenait parfaitement, il n'avait pas fermé l'œil. Exactement comme aujourd'hui... La cervelle en feu, le corps sans force, inerte dans son lit, il se souvenait de cees longues heures qui avaient initié cette vie désormais enclose, repliée sur elle-même et sur Can Cargol. Et puis, il y avait eu Rosita. Elle avait été l'espoir d'une autre vie à Can Cargol. L'espoir d'un autre destin. Il lui semblait que, par son mariage avec elle, il allait enfin pouvoir rompre le cercle de son isolement .

« Il était temps que tu prennes femme », avait commenté sa cousine Montsè, venue de Ripoll le jour précédent, pour aider aux préparatifs. Un instant, il s'était demandé pourquoi elle avait dit cela. Cette petite phrase insidieuse l'avait intrigué et occupé son esprit durant une bonne partie de la journée.

Il soupira et remua sur le lit, changeant de position. L'image de Rosita vint se superposer à celle de la cousine Montsè... Rosita ! Celle qui qui allait être sa femme, celle qui deviendrait bientôt l'âme de Can Cargol ! Celle qui avait accepté de venir habiter ces murs avec lui ! Celle qui allait apporter une vie neuve dans cette maison qui, depuis la disparition de ses parents, l'avait avalé et presque entièrement digéré, l'enfermant dans son piège de pierre.

Rosita... Comme s'il pratiquait instinctivement les rites d'une puissante magie naturelle, il l'évoqua de toutes ses forces, comme s'il voulait s'accrocher à son image et à ce qu'il espérait d'elle, désormais. Grâce au désir qu'il avait d'elle, la force lui revenaient. Il se sentait revivre à cause de cet élan qui le portait vers elle.

Il l'imaginait, là, comme une peinture sur le mur de la chambre, lumineuse, rayonnante, belle à couper le souffle. Il la voyait comme si elle était présente. Elle avait sur les lèvres ce sourire triste qui l'avait attiré la première fois qu'il l'avait vue. Cela s'était passé au marché de Besalu, au mois de janvier passé, sous une pluie fine, glacée et coupante, qui cinglait les visages. Elle se tenait sous l'auvent de toile d'un marchand ambulant, une sorte de camelot, qui proposait tout un fatras d'ustensiles de cuisine et d'outils pour les travaux des champs. Il l'avait d'abord prise pour une cliente ordinaire. Elle était très belle avec cette blouse blanche et cette longue jupe noire, un châle sur les épaules. Malgré la bruine qui tombait par grands pans humides et voilait les étals, elle apparaissait pleine de clarté, alors que les gens tout autour ressemblaient à des fantômes gris et dégoulinants. Ses cheveux étaient enroulés sur la nuque en chignon, et lui donnaient un air d'élégance naturelle, que possèdent souvent certaines danseuses andalouses.

Hypnotisé, il s'était mis à l'observer depuis l'abri que lui proposaient les arcades qui surplombaient la place où s'étalaient les éventaires et les bancs de la foire. Ses yeux émerveillés ne voyaient plus qu'elle. Il ne bougeait plus. Il retenait sa respiration de peur que cette apparition ne se dilue dans la grisaille et l'humidité ambiantes.

— Elle est belle, avait-il murmuré à voix basse, se tassant sur lui-même comme un animal à l'affût.

Autour de lui des femmes, des hommes, des enfants, passaient et le bousculaient. Il ne s'en rendait même pas compte. Il était dans un état second, l'esprit bloqué sur l'image de cette jeune femme. Le corps raidi d'un froid qu'il ne sentait pas.

Dans les temps qui suivirent, il était revenu les jours de marché dans l'espoir de l'entrevoir. C'était devenu comme un rite. Même s'il ne parlait guère aux gens et que ceux-ci l'ignoraient la plupart du temps, il avait l'impression de ne pas s'isoler totalement d'une vie normale, lorsqu'il déambulait au milieu de cette foule. Il en profitait pour acheter les outils ou les provisions qui lui faisaient défaut. Toujours, il achevait cette immersion dans cette existence ordinaire, dans ce bain parmi les autres, en allant saluer sa tante Maria, à son échoppe dans laquelle son mari vendait du vin doré et de l'huile d'olive. La boutique et le logis étaient contigus. Ils se situaient dans une ruelle, proches de l'église San Pedro. L'échoppe, lorsqu'on y pénétrait, frappait par l'encombrement de tonneaux, de jarres et de cruches empilés contre les murs. Tout au fond se dressait un minuscule comptoir de bois derrière lequel se tenait son beau-frère qui présidait, de cet endroit qu'il ne quittait jamais ou presque, aux dégustations et aux ventes.

L'odeur mélangée du vin et de l'huile, ajoutée à la pénombre, donnait à cet endroit l'atmosphère d'une cave ou d'une caverne primordiale. Cela lui plaisait.

S'il y avait des clients en train de boire un verre de vin, devant le comptoir, il murmurait un salut rapide et les dépassait aussitôt pour se diriger vers la porte étroite qui donnait accès, par l'arrière-boutique, au logis où se trouvaient sa tante et ses deux filles.

Dès qu'il franchissait le seuil, le monde changeait.

La cuisine était spacieuse, pleine de lumière et d'effluves de soupes de légumes, de salaisons et de saucissons fumés, qui s'enchevêtraient avec des émanations de soude et de savon. De grandes portes-fenêtres ouvraient sur une cour arrière pleine de fleurs et de plantes grimpantes. Elles laissaient entrer, à pleins flots, la lumière du jour.

Sa tante ne ressemblait en rien à sa mère. Elle était grosse, volubile, toujours en activité. À chaque fois qu'il venait, cette différence le frappait. Elle le recevait toujours avec des exclamations de joie sincère. Ensuite, elle s'approchait de lui et plaquait sur ses joues des baisers qui claquaient, sonores. Bien que gêné par ces démonstrations, il la laissait faire sans dire un mot, se penchant avec docilité vers elle, quand elle se pendait à son cou.

À l'envers de sa sa défunte sœur, Maria se montrait volubile et bruyante, démonstrative. Elle gesticulait beaucoup lorsqu'elle parlait. Dès qu'elle en avait fini de l'inspecter pour voir s'il avait bonne mine et si son linge était propre, elle déplaçait le banc de bois qui jouxtait la grande table en chêne massif et le faisait asseoir. Selon l'heure de sa visite, autoritaire, elle lui servait une tasse de café, dans lequel il cassait de gros morceaux de sucre, ou alors un gobelet de vin qu'elle tirait d'un tonnelet juché sur un trépied, près de la porte qui donnait dans l'échoppe.

Il aimait cet endroit et ces moments-là.

Il savait qu'en venant ici, il était toujours bien accueilli. Cela lui le rassurait. Il avait le sentiment de trouver, là, cette paix et cette sécurité qu'il ne ressentait jamais au contact d'autres gens lors de ses courts séjours à Besalu.

À toutes ces effusions joyeuses, au flot de questions qui immanquablement suivait, il répondait par monosyllabes. Exubérante et curieuse, elle voulait tout savoir de lui, de sa vie, là-bas, à la massia, de sa santé, de cette solitude qui, à elle, lui paraissait insupportable, inhumaine.

Il jouissait de ces instants familiers comme lorsqu'il était petit garçon et qu'il venait, avec son père, les jours de marché. Combien de fois, n'était-il pas venu se réfugier ici, pour l'attendre ?

Aujourd'hui encore, tout comme quand il était enfant, ses yeux enregistraient chaque détail du mobilier et des objets qui encombraient la pièce. Vaguement, il suivait les mouvements de sa tante qui s'activait devant le grand fourneau de métal bruni par la chaleur.

Tout en remuant une préparation dans une casserole fumante, elle le questionnait. Il n'écoutait pas. Il se laissait aller à ce bien-être qui le prenait à chaque fois qu'il se retrouvait dans cette cuisine vivante et lumineuse.

Dès qu'il entrait dans cette pièce, tout se passait comme si on enlevait une charge de ses épaules. Il avait remarqué que lorsqu'il se trouvait à l'intérieur de Can Cargol, il sentait que la maison mettait sur lui une étrange pression qui le contraignait à être constamment aux aguets, en alerte, en lutte, sans qu'il sache exactement contre quoi.

À l'inverse, chez sa tante Maria, tout ici respirait la vie, la gaieté. L'air semblait moins dense, plus volatile. Il se sentait plus léger, comme libéré.

— Tu es bien comme ta mère et ton père, mon garçon... Tu ne parles jamais ! commentait Maria sans attendre la moindre réponse, la plus petite explication, de sa part. La bûche n'est jamais loin du tronc, à ce qu'on dit...

Dans le même instant, elle s'inquiétait :

— Veux-tu manger quelque chose ? Je suis certaine que tu dois mal te nourrir, tu es si maigre...

Il ne refusait jamais, même lorsqu'il n'avait pas faim. Il attendait patiemment qu'elle fasse glisser une écuelle devant lui, et il mangeait comme s'il sacrifiait à un rituel de vie nécessaire, comme s'il brisait un charme malin. À Can Cargol, l'envie de se préparer à manger l'avait quitté depuis longtemps. Un repas, cela se partage. La solitude propose toujours la disparition des appétits vitaux et des rites simples et essentiels de la vie.

Les yeux fixés sur la belle lumière qui entrait à flots par les portes-fenêtres qui donnaient dans la courette et le jardin, il avait le sentiment d'être en apesanteur. Il se sentait en sécurité. Lorsqu'il avait terminé son assiette, il restait là, bercé par le bavardage de Maria.

Sans jamais s'occuper de savoir s'il l'écoutait, elle déversait des anecdotes, des nouvelles, les histoires de personnes qu'il connaissait à peine. Elle décrivait de minuscules événements survenus dans la petite cité et auxquels il n'attachait aucune importance. Elle brisait le silence comme on crève l'eau dormante d'un étang en brassant autour de soi pour la faire clapoter.

Rassasié, tranquillisé, il laissait son esprit divaguer comme s'il flottait dans l'atmosphère. Cette sensation lui plaisait. Elle le reposait. Il demeurait le plus longtemps possible immobile, assis à sa place, comme s'il avait peur de déranger l'ordre parfait de ces moments privilégiés.

Lorsqu'il était encore enfant, et que son père, les jours de foire, ne réapparaissait qu'en fin d'après-midi, jamais il ne s'impatientait. Cela lui laissait le temps de goûter à cet univers de paix. Puis, lorsque son père poussait la porte, l'œil enflammé par le vin, le geste ample et brusque trahissant son ivresse, il se levait, prêt à le suivre dès que celui-ci en donnerait l'ordre.

Il se souvenait de ces odeurs de vin, de tabac et de bétail mêlées, qui émanaient encore de ses vêtements, lorsqu'il pénétrait dans la cuisine. Celles-ci rayonnaient autour de lui en une aura d'effluves torsadées.

Jamais son père ne s'asseyait. Du moins, il ne l'avait jamais vu prendre un siège. Il se campait près de la fenêtre après avoir gravement salué Maria et ses filles, puis acceptait, d'un grognement, le bol de café que lui tendait sa sœur. Il tenait un instant le récipient dans ses grandes mains, les doigts emprisonnant tout le pourtour du récipient de faïence. Alors, ses yeux faisaient lentement le tour de la pièce, s'attardaient un peu sur ceux qui étaient présents. Au bout d'un temps, comme s'il s'arrachait à un rêve, il buvait le liquide à petites lampées rapides. Ensuite, il se dirigeait vers l'évier de pierre, rinçait lui-même le bol, le déposait sur la margelle pour qu'il s'égoutte, et donnait le signal du départ d'un geste autoritaire.

À ce signal, il se levait et se préparait à partir. La lourde chape dont il s'était débarrassé en arrivant retombait alors sur ses épaules. Il courbait la tête. Machinalement, après avoir embrassé sa tante, il suivait l'ombre immense de son père. Ils traversaient l'échoppe à grandes enjambées. Son père agitait la main, dans un geste bref pour saluer le mari de Maria et les clients qui se trouvaient là, puis, ils sortaient dans la petite ruelle.

Pendant que son père détachait la bride du cheval qui était arrimée à l'anneau scellé dans le mur, et qu'il faisait reculer la jument, il grimpait dans la carriole. À chaque fois, il ressentait, toujours à ce moment précis, une étrange et soudaine fatigue qui l'envahissait. Il s'affalait sur la banquette de bois, épuisé. Lorsque le père s'installait à son tour sur le siège avant, il faisait osciller la carriole avec son poids. Tout de suite, il imprimait un léger mouvement aux brides qu'il tenait serrées entre ses doigts. La jument se mettait en marche avec lenteur comme si, elle aussi, sentait cette curieuse et soudaine langueur.

Le retour se faisait toujours à la nuit tombante. En chemin, son père ne prononçait jamais le moindre mot. Quand, enfin, se profilait l'ombre gigantesque de Can Cargol, il n'avait plus qu'une seule envie, celle de se réfugier dans sa chambre, à l'étage. Ce qu'il voulait par-dessus tout, c'était s'ensevelir dans les couvertures et s'endormir très vite.

Il devait se faire violence pour aider son père à décharger les provisions achetées à la foire, pour dételer la jument et la conduire à sa place, dans l'étable, après lui avoir ôté le harnais et l'avoir frottée vigoureusement avec un bouchon de paille sèche.

Ces tâches terminées, il montait l'escalier de pierre sous les voûtes du couloir. Lorsqu'il débouchait dans la salle commune, sa mère était toujours là à les attendre. La table était mise. Elle l'embrassait furtivement et le regardait une seconde en le tenant par les épaules avant d'effleurer ses joues de ses lèvres. Il avait l'impression qu'elle posait une question muette à laquelle il ne savait que répondre. Ensuite, elle le repoussait, l'obligeait à se laver les mains. Elle servait à manger dès que le père arrivait.

Le repas était toujours silencieux. Il mangeait sans appétit. La massia bruissait d'une rumeur diffuse, comme si elle respirait. Il écoutait de toutes ses oreilles. Inexplicablement, il se sentait attiré et inquiet tout à la fois par cette vibration, cette présence diffuse, presque magique que distillaient les pierres de Can Cargol.

— Va dormir !

La voix de sa mère le tirait de cette torpeur qui le surprenait à la fin du repas. Sensation curieuse, abandon insolite, qui le mettaient dans un état d'irréalité entre état de veille et sommeil léthargique. De nombreuses fois il avait pensé qu'il s'agissait de l'emprise que semblait avoir, sur lui, la grande massia.

— Va dormir, mon garçon si tu veux regagner des forces. Demain, il faudra se lever tôt.

La voix de sa mère, toujours, le ramenait à la réalité. Il se secouait, se dressait sur ses jambes ankylosées et chassait ces visions qui avaient, pour un instant, envahi son cerveau.

Il saluait son père, embrassait sa mère, puis grimpait l'escalier qui menait à l'étage.

Arrivé à sa chambre, il se jetait sur son lit après s'être rapidement débarrassé de ses vêtements. Très vite, il s'endormait d'un sommeil profond, peuplé de songes extraordinairement présents.

Tout se passait comme si, pendant son sommeil, il se mettait à vivre une autre réalité qui échappait à sa perception le reste du temps.

Comme quand il était enfant, par la fenêtre en arceau, les premières lueurs de l'aube annonçaient le soleil. Des formes monstrueuses apparaissaient sur la paroi. Dans cette lumière ténue, presque hésitante, les yeux ouverts, il tendait l'oreille afin de surprendre les premiers bruits qui monteraient des entrailles de la massia. Elle n'allait pas tarder à s'éveiller, elle aussi. Tout à son écoute, il se força à imaginer qu'aujourd'hui, dans quelques heures à peine, il allait enfin se marier avec la belle Rosita…

Il essaya d'évoquer le déroulement des événements qui se succéderaient toute la journée, mais son esprit s'y refusa, comme s'il s'engourdissait, comme si le sommeil revenait le prendre sans qu'il puisse s'y opposer. Il se tourna contre le mur, ferma les yeux.

Chapitre 12

La sueur coulait sur sa poitrine. Gillian prit le drap à pleines mains et l'essuya avec lenteur. Les yeux au plafond, il n'osait les baisser et découvrir ce qu'il pourrait lire dans les siens. Il savait qu'elle l'observait avec cette lueur ambiguë dans ses prunelles d'un bleu acier. Souvent, en faisant l'amour avec elle, dans le passé, il avait remarqué cette flamme, entre interrogation et constat clinique, qui allumait le regard de sa femme. Il s'était toujours demandé à quoi elle pouvait bien penser dans ces moments-là.

Il inspira profondément pour chasser l'anxiété qui, une fois l'excitation dissipée, l'avait repris et l'oppressait à nouveau. L'air lui parut poisseux, chargé de miasmes. Avec force, il expira l'air contenu dans ses poumons. Il voulait faire sortir de lui le dégoût qui, maintenant, l'avait envahi.

Dans sa tête, un flot d'images défilait. Il se revit à l'instant où il était entré dans la chambre. Les deux femmes avaient pris soin de préparer le décor. Il y avait des bougies de couleur allumées un peu partout, et leur lumière vacillante donnait à la scène un aspect irréel. Une curieuse atmosphère régnait dans la chambre. Des ombres fantomatiques dansaient, folâtres et inquiétantes, entre les arceaux du plafond voûté. Elles étaient toutes les deux couchées de chaque côté du grand lit qu'elles lui avaient fait acquérir. Félix s'arrêta à mi-chemin et se demanda si ce qu'il avait imaginé, lorsqu'elles s'étaient dirigées de concert vers la chambre, allait vraiment se passer. Une sorte de panique l'avait surpris en découvrant les deux jeunes femmes. Elles gisaient l'une à côté de l'autre et le regardaient.

— Viens !

La voix de Gillian, suave lui parvint avec un temps de retard, comme si elle s'était trouvée très éloignée de lui. Durant quelques secondes, il ne bougea pas, pétrifié par le spectacle de ces deux corps dénudés, couchés sur ce lit. D'une manière infantile, il se demanda où il allait pouvoir se mettre, Nuria et Gillian occupaient presque toute la surface du lit. Le vin qu'il avait bu durant le repas lui tournait légèrement la tête. Son imagination se mit galoper.

— Nous t'attendons...

Il reconnut la voix de Nuria. Elle était ronde, chaude, légèrement éraillée, comme si elle avait trop chanté, trop parlé. Il fit un pas vers les deux femmes qui lui souriaient. Gillian était à demi assise, le dos calé par des coussins, la poitrine presque nue sous la dentelle relâchée d'une nuisette transparente. Nuria disparaissait sous un drap tiré jusqu'à la pointe de son menton. Seuls ses cheveux apparaissaient, répandus comme une sombre auréole sur l'oreiller qui soutenait sa tête. Il savait parfaitement que, depuis quelque temps, la situation lui échappait. Cette soudaine connivence entre les deux femmes le paniquait. Déjà, durant les jours qui précédaient, leur complicité apparente l'avait fortement troublé. Il avait fini par admettre le principe d'un accord équivoque, non-exprimé, entre Gillian, Nuria et lui, mais, jusqu'à cet instant, jamais, même s'il y avait pensé par instants, il n'avait imaginé une relation physique entre les deux femmes et lui. La jalousie naturelle de la jeune Catalane lui avait paru une barrière infranchissable pour que ce genre de situation ait une chance d'aboutir. Par contre, il connaissait le caractère manipulateur de Gillian et, surtout, son goût pour les situations ambiguës, et son attitude ne le surprenait qu'à demi.

— Dépêche-toi, reprit Gillian qui laissait traîner sa voix sur les mots, accentuant ainsi son léger accent, nous avons envie de toi, Nuria et moi...

Elles s'offraient toutes les deux. Impudiques ! Provocantes ! Il ne pouvait plus en douter, elles avaient tout manigancé dans son dos sans qu'il se doute de rien. Aussitôt, son cerveau explosa. Éxcité par la perspective de les posséder toute les deux en même temps, il fit quelques pas rapides et s'approcha de la couche en ôtant ses habits.

Nu, il se glissa entre elles...

— Tu as aimé ?

Il ne répondit pas tout de suite. Il venait de réaliser que, quelque part sous le drap, Nuria abandonnait son sexe et remontait le long de son corps en le parsemant de baisers légers. Sa tête émergea au niveau de son épaule. Elle repoussa doucement la main de Gillian qui épongeait toujours le torse de Félix, et s'installa sans dire mot au creux de son épaule. Gillian s'était redressée. Elle cherchait ses yeux.

— Pourquoi ne réponds-tu pas ?

Instinctivement, il baissa les paupières afin d'échapper au regard inquisiteur de sa femme. Il essayait de réfléchir en dépit de son cerveau saccagé.

Il en était certain, les deux femmes, depuis quelques jours déjà, avaient préparé ce qui venait de se passer. Maintenant qu'il y songeait, les sens calmés, l'esprit plus libre, à la Curia Real déjà, il lui semblait avoir remarqué des comportements, des gestes qui auraient dû l'alerter. Depuis qu'elles s'étaient rencontrées, elles avaient passé beaucoup de temps ensemble. Elles s'étaient même enfermées des soirées entières dans la chambre de Gillian.

Lorsque Nuria venait le rejoindre, au milieu de la nuit, elle était très parfumée et, souvent, très excitée. Il avait forcément pensé à des relations troubles entre les deux femmes, mais avait rangé toutes les images que lui suggérait son cerveau au rayon des fantasmes. D'ailleurs, ces rencon-tres et ces conciliabules entre elles ne lui plaisaient guère et, même s'il avait le sentiment d'être exclu, il ne voyait pas ce qu'il pouvait faire pour empêcher que se développe cette situation qu'il jugeait anormale et dangereuse.

Lorsqu'il questionnait Nuria sur cette soudaine amitié, sur ces heures passées dans la chambre de Gillian, la jeune Catalane se contentait de rire, puis détournait les yeux et la conversation, mais ne répondait jamais avec franchise.

— Tu ne peux pas comprendre. Ce sont des histoires entre femmes, affirmait-elle le plus souvent. Nous parlons de vêtement, de parfums, de...

Jamais, elle n'achevait sa phrase...

Il ne se l'avouait pas, mais l'ardeur amoureuse de Nuria, qui redoublait dans ces moments-là, le plongeait dans une nébuleuse de plaisirs qui le laissaient sans défense. Il alla même jusqu'à penser que ces contacts entre Nuria et Gillian provoquaient quelque chose de très secret, d'enfoui au plus profond de sa libido et que cela l'excitait d'une manière extraordinaire. Naïvement, il voulut penser que Nuria se montrait peut-être plus libérée, plus experte, plus gourmande, à cause, justement, de la proximité de l'autre...

— Oui ...

À force de le presser, Gillian avait réussi à lui faire desserrer les dents.

— Avoue que tu ne t'y attendais pas ? insista Gillian provocatrice.

Il ouvrit les yeux. Ceux de Gillian se trouvaient à l'aplomb des siens. Soulevée sur un coude, elle le fixait avec intensité, cherchant à déceler le degré de son excitation, la force de son plaisir. En la voyant ainsi, penchée sur lui, il eut un choc. Il décela immédiatement de la glace dans ses prunelles. Il pensa à un reptile. Un sourire carnassier découvrait ses dents, fines crénelures de nacre entre des lèvres gonflées, presque tuméfiées par la jouissance, écarlates. Il frissonna.

— J'étais certaine que cela te plairait, souffla-t-elle, tentatrice et sûre d'elle.

La lueur dans ses yeux fit place à une petite flamme enjouée et victorieuse. Il sentit qu'elle se déplaçait un peu sur le côté, qu'elle glissait doucement contre son flanc. Elle appuyait ostentiblement sa poitrine contre son torse. Elle agissait avec une lenteur calculée. Dans une reptation savante, ses seins effleuraient la peau de Félix qui ne put retenir un nouveau frémissement. Tout en poursuivant son mouvement, elle ne quittait pas ses yeux. Visiblement, elle guettait ses réactions. Soudain, sa main glissa et, passant au-dessus de lui, elle se mit à caresser l'épaule dénudée de Nuria. Félix, immobile, retenait sa respiration. Son dos dégoulinait de sueur. Il se sentit prisonnier d'un piège de chair. Son esprit s'enfiévrait à la vision des gestes de plus en plus précis de Gillian en direction de Nuria. Toute à sa caresse, elle repoussait peu à peu l'étoffe qui recouvrait la jeune Catalane, dévoilant ainsi la peau de la jeune fille. Malgré lui, Félix regardait, la tête ravagée par le désir qui, de nouveau, lui tordait le ventre. Il ne voyait pas le visage de Nuria, sa chevelure le masquait. Plus bas, à l'endroit que la main de Gillian atteignait maintenant, il vit la courbe de la hanche et du haut de la cuisse. Une seconde, il souhaita que la Catalane se redresse et proteste contre le geste qu'osait Gillian. Il pensait la connaître et savoir la simplicité apparente de ses appétits. Jamais auparavant, il n'avait imaginé qu'elle puisse apprécier et accepter une caresse d'une autre femme.

Tout à coup, alors qu'il était plongé dans ses pensées, Nuria émit un son étrange, une sorte de râle, une plainte à peine audible. Les doigts de Gillian glissaient sur son ventre et s'insinuaient vers le triangle que dessinait sa toison. Félix la sentit se tendre comme un arc. Elle plaquait sa peau contre la sienne et initiait un lent mouvement de va-et-vient extrêmement suggestif. Sans qu'il puisse le contrôler, son propre corps se réveillait. Une puissante contraction au bas de son ventre effaça d'un coup toutes les questions, toutes les surprises. noyé dans cette mer de délices, il sombra dans un univers fiévreux, fait de caresses, d'images provocantes et voluptueuses.

— Laisse-nous !

La voix de Gillian était douce, mais ne permettait aucun doute. Elle lui demandait de quitter le lit. Il hésita, mortifié. Puis, piqué au vif, il se releva d'un coup de reins rageur, malgré la fatigue qui le mettait dans un état second.

— Pourquoi ? tenta-t-il...

— Assieds toi dans le fauteuil, et regarde nous !

Stupéfait, il jeta un coup d'œil sur Nuria qui gisait écartelée, dans une posture d'obscène abandon, au beau milieu du lit dévasté. Félix glissa hors de la couche. Il ressentait, comme un rejet humiliant, la demande autoritaire de Gillian, mais ne se sentit pas la force de protester. Même excité à en avoir mal, il était épuisé. Ses poumons ne parvenaient plus à aspirer l'oxygène nécessaire. Son bas-ventre était à vif.

Les jambes molles, il se dirigea vers un gros fauteuil couvert de tissus à grosses fleurs que les deux femmes lui avaient fait acheter dans une brocante, quelques jours auparavant. Les mains crispées sur les accoudoirs, il s'y laissa tomber. Malgré lui, il leva les yeux vers le lit. Les dernières chandelles vacillantes tentaient de repousser l'obscurité. Gillian et Nuria s'étaient rapprochées l'une de l'autre. Dans un geste commun, leurs doigts couraient, habiles, sur la peau de chacunes d'elles. Gillian souriait. Visiblement elle cherchait ses yeux, elle voulait s'exiber, elle voulait qu'il voie. Tout ! Mal à l'aise, il avait la nette sensation d'être encore une fois piègé. Pourtant, par bravade, il les se mit à les regarder fixement.

Nuria baissa les paupières la première. Le visage sans autre expression que celle du plaisir qu'elle prenait à ce jeu. S'il n'y avait eu le cerne profond qui creusait ses joues et cette bouche entrouverte aux lèvres gonflées, rien n'aurait laissé deviner le trop-plein de jouissance qui la ravageait.

Brusquement, Félix eut un éblouissement. Sa vision se brouilla. Des larmes embuèrent ses paupières. Il se crispa, muscles noués, avant de se relâcher complétement. L'engourdissement qu'il connaissait si bien rampait dans tout son corps malgré le désir qui le brûlait. Un instant, il eut la sensation de rêver tout éveillé, de ne plus être certain de la frontière qui pouvait exister entre la réalité et ces songes étranges qui le surprenaient toujours lorsqu'il s'y attendait le moins. Il perdait alors toute notion du temps et de lieu.

— *Mira, hombre !*

Les mots lui parvenaient, déjà étouffés, lointains.

— *Mira,* répéta Nuria en enfouissant sa tête entre les cuisses de Gillian qui s'était mise sur le dos et qui avait replié ses jambes en un compas grand ouvert.

Les cheveux de la Catalane masquèrent l'entrejambe de Gillian. Elle s'était accroupie entre les jambes écartées de Gillian, son dos luisant de sueur. Il pensa à une officiante pratiquant une cérémonie barbare, prosternée rituellement contre le bas-ventre de son amante. Celle-ci, la tête relevée par des coussins, observait Félix avec une sorte d'avidité ironique dans les yeux. Un instant, il pensa qu'elle se vengeait et tentait de le pousser dans ses derniers retranchements. Il repoussa cette idée. Gillian était égoïste, orgueilleuse et intelligente, mais il refusait de lui prêter un machiavélisme qui aurait fait de lui le simple jouet d'une stupide rancœur.

Il l'observa un instant, essayant de mettre de l'ordre dans son esprit. Par intermittence, de légères crispations contractaient son visage encadré par la cascade de ses cheveux blonds qui lui faisaient une auréole étincellante. Lèvres entrouvertes, elle passait lentement sa langue sur les commisures, et aspirait l'air à petits coups, en poussant de légères plaintes inarticulées, minuscules spasmes provoqués par des ondes de plaisir en ressac que Nuria provoquait par sa caresse. Grimaces de jouissance, ces mimiques brouillaient le sourire gelé qu'elle gardait plaqué sur ses lèvres. Enfin, elle devenait plus humaine.

Une pesanteur insolite, faite de vergogne et de dégoût, le clouait dans ce fauteuil. Malgré cela, il ne pouvait s'empêcher de les regarder, fasciné.

Dans sa tête se mélangeaient désir larvé, abandon de toute volonté, et détestation de lui-même. Tout au fond de lui, il en voulait aux deux femmes de s'être découvertes l'une et l'autre dans un plaisir auquel il n'avait aucune part.

Il ressentait une puissante frustration et constatait, qu'avant cette nuit, elles lui avaient caché cette relation qui, désormais, les liait. Et comme on l'empêchait de jouer un rôle dans cette scène, il s'en voulait de se sentir aussi faible, aussi lâche, aussi impuissant, face à cette surprenante situation.

Le sentiment d'avoir été floué grandissait dans sa cervelle embrumée. La colère le gagnait peu à peu. Il se remémora la voix suave de Nuria. « Regarde ! » avait-elle murmuré alors qu'elle se glissait entre les jambes de Gillian. Le souvenir du regard acéré de cette dernière mêlé à la conduite provocatrice de Nuria induisaient, dans tout son être, une fureur corrosive et brûlante comme de la lave. « Tout était prémédité ! », songea-t-il.. « J'aurais dû m'en douter », se reprocha-t-il, vaguement écœuré. Il détourna les yeux et renversa la tête contre le dossier du fauteuil. Il ne voulait plus les voir se donner ainsi du plaisir, impudiques et folles.

Félix se contracta. Il refusait que le désir le reprenne et luttait contre lui-même. Il plaqua la paume de ses mains sur ses oreilles pour ne plus entendre leurs gémissements et leurs respirations mêlés, qui annonçaient des orgasmes répétés, infinis. Dévoré par son orgueil blessé, il serra les dents sur un cri de révolte qui montait du fond de ses entrailles.

De toutes les forces qui subsistaient en lui, il luttait contre son désir qui ressurgissait malgré ses efforts, sauvage et indomptable. La houle de son sang surchauffé se remit à battre à ses tempes.

Irrésistiblement, il se mit à chuter dans un abîme sans fond. Ses doigts glissèrent vers son bas-ventre

Il n'avait pas bougé…

Il se trouvait toujours dans la salle commune. Assis. Les fesses plaquées au bois mal équarri et rugueux du banc. Les ustensiles qui auparavant encombraient le large plateau de bois s'étaient métamorphosés. Le repas venait de s'achever, mais la vaisselle et les verres avaient disparu. Ils étaient remplacés par des bols de terre cuite grossièrement façonnés. Il n'y avait plus de couverts en métal argenté, ne subsistaient qu'une grossière cuillère de bois et un couteau trapu muni d'un manche de corne et d'une lame de fer oxydé et taché. Dans le bol des morceaux de légumes surnageaient dans un jus couvert d'yeux de gras. Il frissonna. Il ne sut si cela provenait d'un dégoût ou de ce froid qui l'enveloppait et le transperçait soudain. Plissant les paupières, il essaya de discerner, dans la pénombre, le restant de la pièce. Une brume inexplicable l'en empêchait. Au bout d'un moment, très vaguement, il distingua quelques flammèches qui bondissaient encore vers le grand conduit de la cheminée. Il se détourna et regarda ses mains posées sur le bois poisseux de la table. Elles étaient violacées par le froid. Ses ongles très sales et ses doigts tachés, comme s'ils étaient enduits d'une crasse noire et grasse.

Il songea : « Ce ne sont pas mes mains… »

Une ombre le frôla. C'était une femme. Il lui sembla qu'il ne la connaissait pas. Elle était vêtue de tissu noir. Un foulard sombre cachait sa chevelure et masquait son visage. Elle se pencha vers la table, à côté de lui. Il tenta d'apercevoir ses traits. Elle paraissait jeune. Des bandeaux de cheveux enserraient la figure, puis disparaissaient dans les plis du tissu comme s'ils étaient tirés en arrière.

Il remarqua qu'elle se tenait courbée, comme une vieille ou comme quelqu'un qui cherche à se dissimuler. Afin de la voir mieux, il fit une torsion du torse et pencha la tête. Ce fut rapide et fugace. Il discerna une bouche bien ourlée crispée sur un sourire figé par une tristesse infinie. L'homme se redressa et réfléchit à voix haute : « On dirait qu'elle souffre... » Puis, une question lui vint à l'esprit : « Qui est-elle ? »

Tout se passait comme dans un rêve. Il avait la nette sensation d'être présent, de vivre cette scène, sans pourtant y avoir une matérialité. « Je suis mort, à moins que je ne sois en train de rêver », songea-t-il soudain, curieux et surpris de cette pensée inquiétante. Intuitivement, il pressentait que cette inconnue, tout de noir vêtue, silencieuse et fuyante, était proche de lui. Sans qu'il sache pourquoi, il avait l'impression qu'elle représentait quelque chose dans sa vie. Malgré cela, il en était certain, il ne la connaissait pas ! « Je deviens fou ! » Sans qu'il puisse lui résister, comme s'il tentait d'échapper à cette situation insolite et de reprendre pied dans sa propre réalité, une puissante émotion, venue du fond de son être, des recoins les plus reculés de sa cervelle, se mit à l'étreindre. Une vague de panique le submergea. À haute voix, pour conjurer le sort, il essaya de définir ce qui l'inquiétait : « Je ne connais pas cette femme ! Je sais que je suis à Can Cargol, mais tout est changé ! Je ne reconnais rien... même pas mes mains ! »

Malgré ses efforts, aucun son ne sortait de sa gorge. Il aurait voulu pouvoir crier, hurler, entendre le son de sa voix... Il finit par se dire qu'il était encore en train de faire un de ces cauchemars où les gestes, les paroles, les mouvement sont rendus impossibles par une paralysie incompréhensible. « Je suis sûr que c'est cette maison : elle me rend fou !... » Il se répéta cette formule comme une incantation, pour se donner l'impression d'avoir une explication à toutes ces choses ce que son esprit ne pouvait comprendre ni admettre.

Autour de lui, les objets et les murs avaient des contours mal définis, comme si un brouillard léger les effaçait peu à peu. Il aurait voulu se frotter les yeux, mais ses membres n'obéissaient pas aux ordres de son cerveau, comme s'il n'existait pas, comme s'il n'avait aucune matérialité, qu'il soit à l'intérieur d'un autre être, et qu'il voie par les yeux de celui-ci. La femme, toujours aussi silencieuse, prit une grande cuillère de bois à long manche et la plongea dans une marmite de métal noirci par la fumée et les flammes qu'elle venait de poser sur la table. Avec des gestes d'une lenteur exaspérante, elle se mit à puiser la nourriture et à la verser dans un bol de terre cuite, devant lui, avant de faire la même chose dans un second récipient qui se trouvait tout à côté. Curieux, il l'observa sans bouger, s'attendant à tout moment à la voir disparaître, comme disparaissent, dans les songes, les créatures engendrées par son imagination. Sans lui accorder le moindre regard, il s'assit sur un escabeau. Les deux coudes sur le plateau de bois, elle se mit aspirer le liquide en tenant le récipient à deux mains. Son visage disparaissait derrière l'arrondi du rebord de ce bol. À aucun moment elle ne parut se préoccuper de lui.

De plus en plus abasourdi par cette scène irréelle, il tendit l'oreille. Il venait de songer qu'il allait entendre les bruits qu'elle devait obligatoirement faire en avalant de cette manière. Il écouta longuement, la tête un peu penchée. Aucun son ne lui parvint. Cette angoissante sensation d'être présent dans cette pièce glaciale, qu'il reconnaissait comme étant la pièce commune de la massia de Can Cargol mais qui, dans le même temps, était différente par de multiples détails, le rendait malade.

La femme ne le regardait pas. Son visage, qu'il voyait mieux maintenant, était encore jeune. Il paraissait marqué par une grande lassitude, une souffrance, ou un chagrin, indicibles. « Elle est belle. », constata-t-il, en oubliant son malaise. Il la regardait avec une sorte d'avidité. « Elle est même très belle. »

Soudain, il en eut assez de ce rêve idiot. Il tenta de s'ébrouer, de sortir de cette gangue cotonneuse dans laquelle il se trouvait emprisonné et qui le paralysait. Il fallait qu'il parvienne à faire un mouvement ! Il fallait qu'il provoque la réalité pour se réveiller de ce qui, il en était maintenant certain, n'était qu'un rêve. Il essaya de soulever son avant-bras pour le tendre vers la femme. Un éblouissement le foudroya et brisa net sa tentative. Il sentit que son esprit vacillait, au bord de la perte de conscience...

Les chandelles étaient entièrement consumées. Les premières lueurs du jour, qui pénétraient par les interstices des persiennes, éclairaient toute la chambre d'une lumière progressive et mouvante.

Nuria dormait à plat ventre la tête posée sur l'abdomen de Gillian. Félix, immobile, regardait le lit complétement dévasté et, dessus, les corps emmêlés des deux femmes. Sa tête était vide. Le visage Gillian, tache plus claire dans la pénombre, dessinait un ovale encadré de cheveux dorés. Comme une empreinte qui subsistait, une expression étrange, entre douleur et extase, étaient encore gravée sur sa figure. Elle avait les yeux grands ouverts, mais ne cillait pas. Dormait-elle ? Félix hésitait... Un instant, il crut qu'elle l'observait. Il faisait un très gros effort pour réfléchir. L'ombre de la femme en noir et de l'étrange scène qu'il venait de vivre – ou de rêver ? – lui encombrait encore l'esprit. Il se leva, le regard toujours fixé sur Gillian. Ses jambes flageolèrent sous lui. Il avait l'impression d'être sans force, à demi paralysé. Titubant, il s'avança jusqu'au pied du lit.

Les deux femmes ne bougeaient toujours pas.

Les yeux de Gillian fixaient toujours le point qu'il venait de quitter.

— Elle dort les yeux ouverts...

Son cerveau engourdi ressentait encore ce froid glacial qui l'avait accompagné durant tout son rêve et avait glacé tout son corps. « J'ai froid » dit-il à haute voix. L'écho de celle-ci, qui se répercutait contre les parois de la chambre, le fit sursauter. Sans le vouloir, il avait crié. Ses yeux ne quittait pas le lit. Les deux femmes n'avaient fait aucun mouvement. Pour rien au monde, il n'aurait voulu qu'elles se réveillent. Il avait besoin de temps pour remettre de l'ordre dans sa tête.

Depuis quelques heures, les évènements avaient pris une tournure qui le dépassait, et faisait sourdre dans son cerveau, le mortel poison de la rancœur à l'égard des deux femmes. Il avait de plus en plus l'impression d'avoir été floué, de n'être que l'objet d'un dessein qu'il ne parvenait pas à concevoir ni à imaginer. Les deux femmes l'utilisaient, se jouaient de lui, afin d'accomplir un projet dont il ne parvenait pas à saisir les finalités.

« Que veulent-elles ? »

Encore une fois, il fut surpris parce qu'il avait prononcé ces mots à haute voix.

« Que me veulent-elles, à la fin ?... »

Pivotant sur ses talons, il se détourna et, comme un somnanbule, il se dirigea vers la salle commune.

À peine eut-il franchi la porte de communication et pénétré dans la grande pièce, qu'il regarda vers la grande table. La vaisselle et les restes du repas du soir précédent, étalés sur le plateau de chêne, faisaient un tableau compliqué et désordonné. La lumière du jour révélait les formes et les contours des objets.

Il marcha jusqu'au siège le plus proche et s'y laissa choir. Ses yeux errèrent un moment sur les couverts sales. Un soupir de soulagement creusa sa poitrine. Dans la grande pièce, les rayons du soleil levant créaient une atmosphère différente, plus chaude, plus vivante. Le carrelage, sous ses pieds nus, était devenu tiède, agréable. Aucune ombre, aucun fantôme ne subsistait dans la grande salle.

Chapitre 13

— Señor Félisse !

La voix de l'entrepreneur, qui l'appelait depuis la cour, le tira de cette torpeur qui l'engluait. Il fit un effort pour s'extraire de son fauteuil et sortit dans la cour.

Le señor Bassat se tenait devant la porte et l'attendait bien campé sur ces courtes jambes écartées. Lorsqu'il l'aperçut, il s'écria, joyeux :

— Travaux finis, Señor Félisse. Nous partons, maintenant...

Le petit homme abritait ses yeux avec la main. Très fier de lui, il regardait alternativement le visage de Félix et la haute façade de Can Cargol, comme s'il voulait prouver la véracité de son affirmation en obligeant son client à admirer les murs ravalés et les encadrements de fenêtres tout neufs. « Enfin, c'est fini. Can Cargol est réhabilité », pensa Félix. Derrière lui, il remarqua les ouvriers qui achevaient de charger les outils dans la vieille camionnette de l'entrepreneur avant d'y grimper à leur tour. Les traces du chantier avaient disparu.

—*Vuelvo manana por el dineros, Señor Félisse. De accuerdo ?*

Le Catalan avait fait l'effort de parler en castillan. En matière d'argent, les gens de Catalogne, pourtant extrêmement jaloux de leur idiome et de leur autonomie culturelle, avaient compris depuis longtemps que le castillan était beaucoup plus rapidement compris de leurs interlocuteurs étrangers argentés.

Distraitement, Félix approuva. Il songea que le temps avait filé sans qu'il s'en aperçoive. Cela faisait des mois, maintenant, qu'ils étaient arrivés dans la région, Gillian, Nuria et lui, des mois...

Le petit homme s'éloignait en gesticulant. Il grimpa dans son véhicule surchargé, apostrophant une dernière fois les ouvriers, assis sur le pont arrière, silencieux comme toujours. Seuls leurs yeux racontaient les humiliations et les brimades subies sans jamais protester, afin de gagner de quoi faire subsister une famille.

Félix regarda la camionnette partir avant de relever les yeux vers le bâtiment principal. La façade, maintenant, ressemblait au visage souriant d'un enfant qu'on vient de débarbouiller. Il se souvenait de la ruine couverte de ronces géantes et de végétation folle qu'il avait découverte par hasard, il y avait environ un an.

Il se sentit soudain plus tranquille, plus serein et complètement soulagé. Une sensation d'ordre rétabli gagnait peu à peu son esprit. Il savait qu'il avait accompli quelque chose d'indéfinissable, mais qui le mettait en paix avec lui-même, comme si les pierres de Can Cargol le remerciaient d'une manière mystérieuse de cette volonté qu'il avait eue. Pour la première fois depuis des semaines, il se sentait en paix avec lui-même. Il se dirigea de l'autre côté de la cour intérieure, vers ces anciennes remises qu'il avait fait transformer et qui étaient devenues un lieut privilégié dont il avait souvent rêvé. Il voulaient que cela devienne, désormais, son domaine particulier.

De ces petits bâtiments sans âme, il avait fait un lieu qui ressemblait à une maisonnette accueillante. Au niveau du sol, il avait abattu toutes les cloisons, créant une surface pour, disait-il, travailler, lire et écouter de la musique. Il avait réservé un des locaux pour s'en faire un lieu de vie, une sorte de laboratoire de sa nouvelle existence.

À l'étage, dans les anciens fenils dans lesquels on engrangeait, naguère, du foin, de la paille et des sac de grains, il avait fait aménager des galeries et des pièces pour stocker du matériel qui lui servirait plus tard. Pour l'instant, tout était encore vide, puisque sa vie recommençait et qu'il avait rejeté tout ce qui était son passé, mais il savait intuitivement, qu'un jour, il aurait besoin de cet espace.

Au rez-de-chaussée, qui communiquait par de larges portiques voûtés, il avait entassé des choses hétéroclites. Bibelots, objets singuliers ou exotiques, qu'il avait achetés chez des brocanteurs pendant tout le temps qu'avait duré la restauration de Can Cargol. Par jeu, il avait prospecté toute la région. À chaque fois qu'il découvrait, lors d'un périple à Olot ou à Gérone, à Figueras ou à Barcelone, dans une échoppe ou sur un marché, des choses insolites ou extraordinaires, il les avait achetées avec une curieuse frénésie. En quelques mois, il avait ainsi accumulé un bric-à-brac invraisemblable. Cela allait de poissons-lune momifiés à des portulans ou de vieux plans de cités jusqu'à des tableaux religieux. Cette récolte comprenait aussi une collection de cristaux, le pied d'une momie égyptienne recouvert de bandelettes ornées de hiéroglyphes, des livres aux reliures rongées, sans parler de vieux meubles aux origines diverses. Dans un angle, suspendu à un portant de bois d'olivier qu'il avait fait construire, un scaphandre avec son casque de métal et sa combinaison de toile goudronnée, trouvés sur le port de Barcelone dans la boutique d'un vendeurs de curiosités. Dressé contre une des parois de pierres apparentes, un faux sarcophage, d'une facture grossière, bariolé, sans doute un accessoire de théâtre, montrait le hideux et grostesque visage d'un pharaon imaginaire. Des boîtes vitrées accrochées à une des parois laissaient voir des collections d'araignées géantes naturalisées. D'autres contenaient de curieux insectes provenant des quatre horizons de la planète.

— C'est mon château de Moulinsart à moi, disait-il en riant comme un gosse. C'est ma nostalgie à moi...

Il ne savait pourquoi, mais depuis les lectures de son enfance, il gardait comme une empreinte profonde dans sa mémoire les images des caves de ce mystérieux château où pénétraient Tintin, Milou et le capitaine Haddock, après avoir démasqué les frères Loiseaux, ces antiquaires véreux qui avaient voulu s'approprier la carte du secret de Rackam le Rouge, et par conséquent le fameux trésor de la Licorne. C'était puéril, il le savait, mais il s'agissait de la seule nostalgie qui lui restait de son enfance. Tout ce qui était maintenant accumulé dans cette petite bâtisse, attenante à la massia, reproduisait ce désordre jubilatoire qui l'avait tellement fasciné, lorsqu'il parvenait à s'isoler pour lire avec passion un de ces albums de bandes dessinées qui le faisaient rêver et oublier l'existence au quotidien. Quand il avait commencé à accumuler tout ce fatras, les deux femmes l'avaient traité de fou. Elles avaient tenté de le dissuader d'acheter et d'entasser toutes ces vieilleries. Il ne les avait pas écoutées. Elles s'étaient moquées de lui. Il ne s'en était pas formalisé.

— J'ai réussi à récréer mes caves de Moulinsart, murmura-t-il, avec satisfaction en jetant un coup d'œil circulaire dans la pièce.

Il se glissa derrière l'immense table massive qu'il s'était faite construire par un menuisier d'un village voisin. À cet artisan, il avait donné des indications précises sur le choix du bois et les dimensions peu usuelles. L'homme avait hoché la tête avec gravité, mais n'avait fait aucun commentaire sur ce qu'il pensait être une folie de ce Français bizarre.

Quelques semaines plus tard, comme promis, la table avait été livrée, . Il avait fallu six hommes pour la descendre du camion qui l'avait amenée et la faire entrer dans la pièce. Le plateau avait l'épaisseur d'un bras d'homme, et les six pieds étaient tournés en torsades sur le modèle de colonnes baroques. Elle était comme il l'avait désirée, immense, large et imposante.

Félix, lissant la surface de bois de la paume de la main d'une caresse pleine de sensualité, poussa une soupir de satisfaction, puis se laissa aller dans le fauteuil qu'il avait fait placer derrière cette table, juste au point central de l'énorme plateau. De cet endroit, il pouvait voir tout l'espace autour de lui. Il jeta un coup d'œil circulaire. Visiblement satisfait, il décréta :

— Je suis bien.

Il éprouvait une sensation d'intense jubilation à sentir qu'il disposait enfin de cet endroit fantasmatique qu'il avait mille fois imaginé. Les cartes anciennes le faisaient rêver. Il importait peu qu'elles fussent bien dessinées ou véritablement authentiques. Ce qu'il recherchait, c'était les noms des lieux et les inscriptions *Terra incognita,* calligraphié au beau milieu d'un blanc mystérieux à souhait. Ces dernières lui permettait d'arpenter des continents vierges et inexplorés. Les noms d'îles exotiques, comme la mythique Ponan, ou celui de Candy, le faisaient s'aventurer au-delà de sa réalité, plus loin que tous ses horizons intérieurs. Il pouvait, alors découvrir des paradis perdus, ou aborder des rivages inexplorés. Il imaginait des quêtes nouvelles. Il s'installait dans des univers à créer. Il rencontrait des humains différents. Il parlait des idiomes inconnus qui, par magie, lui venaient des lobes secrets de son cerveau. Alors tout lui était permis. Ses gestes devenaient neufs, sa vie différente, à chaque nom de contrées lointaines, de villes mystérieuses, de pays exotiques prononcés. Avec cette musique des sonorités dites, il se mettait en marche dans son rêve, voyageur sédentaire, arpenteur de tous les possibles. Il se sentait libre, enfin…

Ouvrir les yeux !…

C'était impératif ! Dans son sommeil, il avait pris conscience de cet irrépressible besoin de soulever ses paupières et de regarder autour de lui. Il ne savait pas exactement d'où ça lui venait, et pourquoi il devait le faire, mais il se sentait contraint par une force qui émanait du fond de son cerveau.

Une impression pénible, presque douloureuse, l'avait réveillé et ramené dans cette zone crépusculaire dans laquelle il se trouvait maintenant. Près de lui, très près de son oreille, il entendait une respiration régulière. Avec netteté, il sentait courir sur sa peau le courant léger que provoque le souffle d'une personne qui dort près de soi. Ses paupières étaient de plomb. Ouvrir les yeux ! Il le fallait absolument !...

La première chose qui le frappa, lorsqu'il y parvint enfin, fut qu'il faisait encore sombre dans la pièce dans laquelle il se trouvait. Le jour ne s'était pas tout à fait levé. Au travers de la petite fenêtre en ogive, une frange colorée commençait à border les crêtes des Pyrénées. Les petites heures de l'aube esquissaient une frange lumineuse tout juste perceptible, un minuscule liséré lumineux qui annonçait le lever du soleil.

Il tourna la tête sur sa gauche et sursauta.

Le visage de la femme était proche du sien. Une masse de cheveux noirs se répandait sur la toile bistre et grossière du drap renflé par la bourre de paille qui faisait office d'oreiller. Cette femme ? Il la reconnaissait ! Il en étais sûr... Ce n'était pourtant ni Gillian ni Nuria ! Malgré cela, il avait la certitude de la connaître sans parvenir à lui donner un nom. Traits après traits, du front bombé à la bouche aux lèvres bien dessinées, il la reconnaissait sans pouvoir lui associer un prénom ou un nom. Il la détailla longtemps, sans bouger, paralysé par l'étrangeté de la situation. « Je suis en train de dormir, donc je rêve », se finit-il par se dire pour tenter de se convaincre. Peu à peu, pourtant, son esprit se mit à réagir. Il en était maintenant vraiment certain, il s'agissait de la femme entrevue la veille au soir, dans cet autre songe surprenant qui l'avait saisi lorsqu'il se trouvait encore à table, alors que Gillian et Nuria venaient de se diriger vers la chambre à coucher et qu'il était resté seul. « C'est elle !... Je rêve tout éveillé une fois encore. » Presque soulagé de parvenir à remettre bout à bout les morceaux de sa vision, il détourna les yeux vers la fenêtre. Les premières lueurs du jour faisaient naître des teintes dans les tons roses et jaunes sur les murs chaulés de la chambre.

« Chaulés ? »

Son cerveau enregistra ce détail au moment même où il se disait que ce n'était pas les teintes qu'il avait commandées à l'entrepreneur afin de repeindre les murs des chambres du premier étage.

Préoccupé, il avait le sentiment qu'il mélangeait de plus en plus ces songes étranges, qui le surprenaient à tout moment, et la réalité. Il se sentait de plus en plus comme un funambule qui balancerait entre deux univers distincts. Il se redressa sur un coude, faisant crisser la paille du grabat et regarda avec attention la pièce dans laquelle il venait de dormir. Tout lui parut différent. Les murs, le carrelage, même la fenêtre, semblaient appartenir à une autre époque, tout paraissait plus grossier, plus rustique.

Il tourna la tête…

La femme était toujours allongée près de lui, plongée dans un profond sommeil. Elle respirait avec régularité.

« Mais qu'est-ce que je fais, couché à côté de cette femme, sur cette paillasse, dans cette chambre ? » Les questions se bousculaient dans sa tête.

Ce fut à cet instant précis qu'en plus des détails différents repérés dans la pièce, il prit conscience que ses doigts se crispaient sur un drap de toile dont l'épaisseur lui parut inhabituelle. Il baissa les yeux et regarda longuement la toile râpeuse. Elle était d'un blanc grisâtre et formée d'une trame grossière, rugueuse.

« Ce ne sont pas les draps que Nuria a achetés, l'autre jour, lorsque je l'ai conduite tout exprès à Gérone !… »

Il commençait à prendre conscience de toutes ces petites différences qu'il constatait autour de lui. Son esprit s'emballait : « Je rêve, mais ce qu'il y a d'étrange, c'est que tout me paraît aussi réel que lorsque je suis éveillé ! » Il avait parlé. Il en était sûr. Pourtant, aucun son n'avait résonné dans la chambre. « Je n'entends pas, c'est donc que je dors encore... » La femme ne bougeait toujours pas. Il essaya de reprendre son calme et de raisonner avec logique. « Je suis au premier étage de Can Cargol... Ça, au moins, j'en suis certain ! » Il venait de réaliser qu'il s'était couché dans la grande chambre voûtée, attenante à la salle commune, à l'étage d'en-dessous, et, qu'il se retrouvait curieusement dans une des chambres du haut, à côté de cette femme, dans ce lit qu'il ne connaissait pas. La petitesse et la forme de la fenêtre au linteau arrondi, les murs hauts et en carré, les poutres qui soutenaient directement les tuiles peintes de motifs géométriques et les laissaient apparaître dans les intervalles, tout le renseignait sur l'endroit où il venait de se réveiller. À travers les carreaux, le paysage emmenait le regard au-delà des crêtes des arbres, jusqu'aux montagnes, ce qui n'était possible que depuis le haut de la massia. Tout, dans ce qu'il percevait, lui paraissait décalé, insolite. Il se souvenait pourtant de s'être assis derrière sa table, dans son son bureau, en plein milieu de son capharnaüm, et il n'arrivait pas à comprendre comment, tout à coup, il se retrouvait allongé sur cette paillasse en compagnie de cette femme déjà entrevue lors d'un autre rêve, quelques temps auparavant. « Je deviens complètement dingue !... Cette femme, que je rêve et que j'ai l'impression de bien connaître, sans savoir qui elle est réellement, fait sans doute partie de l'histoire de Can Cargol. Mais qui est-elle et pourquoi est-ce que je rêve d'elle ?... Ma parole, cette maison me parle comme si elle était vivante et puisse entrer en communication avec moi !... »

Une angoisse soudaine le poussa à se lever. Il se dressa avec précaution pour ne pas réveiller l'inconnue qui gisait dans le lit, à côté de lui. « Il faut que je sache, que je comprenne ce qui se passe entre cette massia et moi ! » Une fois debout, il fit les quelques pas qui le séparaient de la porte donnant sur le grand couloir central. Une longue chemise battait ses jambes nues. Avec d'infinies précautions, il tira le battant vers lui pour l'ouvrir. Il maintint la clenche de métal levée et se glissa sans faire de bruit jusque dans le couloir. Ce qui le surprit tout d'abord, ce fut de constater que les murs étaient gris de poussière, et que la chaux qui les recouvrait s'écaillait par plaques comme si elle était vieille et usée par le temps. Rapidement, il fit quelques pas et poussa la porte de la pièce voisine, puis les autres... Partout régnaient désordre et poussière. Toutes les choses étaient dans un état semblable à celui où il les avaient trouvées, lors de ses premières inspections. Avec minutie, il examina chacune des pièces de l'étage. Il poussa chacune des portes. Toutes ces chambres paraissaient être à l'abandon depuis longtemps. Elles étaient remplies de détritus et d'objets démantibulés. Il eut l'impression que les oiseaux y nichaient depuis des années. La poussière recouvrait en couches épaisses les tomettes de terre cuite qui formaient le carrelage du sol.

« Ce n'est pas possible ! »

Glacé par le froid qui montait du sol, de la maison elle-même, il s'empressa de revenir dans la première chambre. La femme y dormait toujours. Elle n'avait pas bougé et, s'il n'y avait eu sa poitrine qui se soulevait régulièrement au rythme de sa respiration, il aurait pu penser qu'elle n'était qu'un produit de son imagination en délire, un fantôme que créait son cerveau enfiévré. « Cette femme !? La maison dans cet état !? » Il ne comprenait plus rien à ce qu'il voyait et ressentait. Malgré son angoisse, il avait très envie de tendre la main pour toucher ce visage, mais une peur indéfinissable l'en empêchait.

« Je suis dans mon bureau et je m'endors, ça je m'en souviens parfaitement... Je ne peux donc pas être ici, au premier étage de la massia, dans cette chambre, avec cette femme imaginée dans un rêve quelques jours auparavant ! C'est impossible ! Rien de tout cela ne peut être réel !... » Les lueurs de l'aube qui augmentaient et passaient à travers les vitres, matérialisaient de plus en plus précisément les détails que la pénombre lui avait cachés jusque-là. « J'ai froid. » Il ne s'étonna même pas de cette sensation ressentie comme si elle était bien réelle. Avec des gestes prudents, il souleva le drap de toile qui la recouvrait. Le corps de la femme apparut. Elle était enveloppée d'une ample chemise de coton et ses jambes étaient enserrées dans un étrange collant noir. Il se glissa lentement dans le lit, auprès d'elle, pour tenter de se réchauffer. Il demeura longtemps sans bouger, cherchant un peu de chaleur. L'impression de froid subsistait à lui faire mal. Il ne parvenait pas à trouver un peu de cette chaleur animale qui l'aurait rassuré. C'était comme s'il s'était glissé dans la couche d'une morte. Il frissonna longuement et bascula sur le côté.

« C'est peut-être cela, la mort ?... »

Il ferma les yeux, serrant les paupières dans un geste dérisoire pour tenter d'échapper à cette funeste idée. Au bout de quelques instants, le dos complètement glacé, il n'y tint plus. Il repoussa le drap et se remit debout. Du regard, il chercha ses chaussures et ne vit rien d'autre que des sabots de bois qui portaient des traces de terre. « Ce ne sont pas mes baskets ! Et je n'ai jamais porté des sabots !... » Il hésita. Mais le sol était si froid, qu'il les enfila sans plus se poser de questions. Un gémissement, qu'il n'avait pu retenir, jaillit de sa gorge. Son dos était travaillé par une douleur qu'il n'identifiait pas. Il songea à des courbatures qu'il n'avait jamais ressenties jusque-là. « Ça me fait mal comme si j'avais travaillé aux champs durant des journées entières ! Exactement comme si j'étais une autre personne, dans un autre temps, dans une autre époque, avec d'autres fatigues, d'autres sensations... » De plus en plus malade et pétrifié par ce froid qui l'avait envahi, il se mit grelotter. Pour s'obliger à bouger, il fit les quelques pas jusqu'à la fenêtre et jeta un regard dans la cour. Le soleil venait de se lever. Ses premiers feux remodelaient les murs de la petite maison en face de la massia, cet endroit où il se souvenait d'être entré tout à l'heure, où, normalement, il devrait se trouver assis derrière sa grande table au milieu de ses objets entassés. « Je suis là-bas, je me souviens bien ! Comment puis-je aussi être ici, à l'étage de la massia dans le même temps ? » Son esprit refusait d'envisager une réponse logique à cette interrogation angoissante. Il reporta son attention sur l'espace entre les deux bâtiments. La cour était déserte...

Ses yeux errèrent un instant au hasard. Soudain, quelques détails incongrus l'affolèrent. À l'endroit où normalement devait se trouver le tas de sable et les briques que les ouvriers avaient laissés sur place pour d'éventuelles retouches de travaux à faire, il n'y avait que des touffes d'herbes folles qui parsemaient une esplanade de terre battue. Contre le mur d'enceinte, un très grand tombereau, aux gigantesques roues cerclées de fer, dressait ses brancards vers les nues comme pour implorer le ciel. Tout paraissait normal, paisible, et, en même temps, tout était si différent. « C'est cette maison qui me fait rêver, c'est elle qui me prend au piège de sa propre histoire... »

Il tressaillit comme s'il avait émis un blasphème, comme si les pierres de Can Cargol pouvaient lire dans ses pensée ou entendre ce qu'il disait.

Cette idée le tourmentait depuis quelque temps déjà. Il avait toujours eu l'impression que Can Cargol avait une emprise sur lui, mais, aujourd'hui, il avait la sensation qu'il se débattait de plus en plus dans un piège de pierre. Tout se passait comme si l'énorme bâtisse, d'une manière diffuse, à un rythme étrange, lui parlait, l'entraînait dans un univers entre réalité et magie, tout comme s'il avait été choisi. Cependant, jamais encore comme en ce moment, il n'avait ressenti cette peur essentielle qui s'insinuait comme un venin mortel dans son esprit. « C'est Can Cargol qui me prend la tête et me bouffe ! C'est cette maison qui me fait rêver. On dirait que la maison me parle, qu'elle veut me transmettre quelque chose... » Brusquement, il se retourna. La femme était réveillée et le fixait. Elle ne disait rien, ne faisait aucun mouvement. Simplement, elle le regardait d'un air grave et triste, allongée sur ce grabat. Elle demeurait muette et mystérieuse. Son visage était impénétrable.

« Je la connais ! Je l'ai déjà vue... », se répétait-il, énervé et inquiet. « Qui êtes-vous ? » Il avait crié, mais aucun son n'était sorti de sa gorge.

Un étourdissement le prit soudain, suivi d'une violente douleur à l'arrière de la tête. Il se contracta et mit les mains sur son visage pour masquer son visage crispé par la souffrance. Lorsqu'il découvrit ses yeux, la femme, comme une brume que le vent emporte, se diluait dans une ombre qui, soudaine, envahissait la chambre. Il eut juste le temps de penser encore une fois qu'il devenait vraiment fou, avant que le décor se mette à tourner autour de lui.

De plus en plus vite...

— Félix !

Il sursauta et remua dans son fauteuil. Ébloui par la lumière du soleil qui pénétrait à flots par la porte grande ouverte, il cilla et mit sa main gauche en visière pour se protéger les yeux.

Il discerna deux ombres qui dansaient devant la table, incertaines et pourtant insistantes.

— Ma parole, mais tu dormais ?

C'était Gillian qui l'apostrophait d'un ton moqueur.

— D'ailleurs depuis quelque temps, je trouve que tu dors beaucoup. Tu dois te faire vieux !...

Nuria se tenait à ses côtés, silencieuse. Son visage exprimait une certaine gravité. Elle fronçait les sourcils et jetait un coup d'œil circulaire comme si elle inspectait les lieux. Gillian revint à la charge et persifla :

— C'est vrai, ça. Quand tu ne dors pas seul dans un coin de la massia, tu nous fuis et cela dure depuis des semaines ! Tu ne veux même plus coucher avec nous. Tu préfères passer tes nuits seul dans ce bric à brac insensé, à dormir tout habillé sur ce vieux canapé défoncé.

Elle avait raison, après la surprise et les sentiments mélangés qu'il avait ressentis, et malgré les moments d'excitation que leurs exploits nocturnes provoquaient dans son esprit, Félix passait son temps dans ce bureau. Il y vivait ses journées et ses nuits comme pour éviter le contact avec les deux femmes. Leurs rapports s'étaient peu à peu dégradés. Lorsque la nuit était très avancée et qu'il se sentait rassuré par l'heure tardive, lorsqu'il était certain que plus personne ne viendrait le déranger, il s'assoupissait sur un vieux canapé en cuir qui provenait de chez un antiquaire de Barcelone. Un drôle de type qui tenait boutique près des Ramblas, dans une ruelle adjacente, juste à l'entrée de ce qui restait du vieux Barrio Chino après le passage des bulldozers qui avait tout saccagé à l'époque des Jeux Olympiques. Son échoppe se situait juste derrière le marché couvert. Félix se souvenait très bien de ce singulier bonhomme. Ce qui l'avait frappé, c'était qu'il ressemblait à une barrique d'où seraient sortis deux bras et deux jambes minuscules. Il avait le cheveu incolore et filasse, le teint bistre des traîtres de cinéma. Lorsqu'il était entré dans son antre et qu'il avait paru s'intéresser précisemment à ce canapé, l'étrange marchand s'était déplacé avec une stupéfiante agilité au milieu de sa boutique encombrée du sol au plafond.

Avant que Félix ne dise le premier mot, il s'était mis à parler en français, comme s'il avait su, à l'avance, sa nationalité. Il lui avait assuré que Salvador Dali avait fait de nombreuses siestes inventives, allongé sur ce meuble avachi. Le bagout du vendeur l'avait amusé et l'idée que le célèbre moustachu y avait peut-être conçu certaines de ses géniales folies l'avait convaincu de payer le prix prohibitif que lui demandait ce drôle de gros homme. En très peu de temps, ce meuble sans style, vaguement anglais par sa facture, lui était devenu indispensable et avait évoqué dans son esprit une sorte de refuge imprégné de rêves.

— Ne proteste pas ! Tu nous évites, tu nous fuis, continuait Gillian souriante et ironique, nous l'avons constaté. Peut-être que notre rythme de vie t'a épuisé et qu'après ces quelques petites nuits que tu as daigné nous consacrer, juste après notre installation ici, tu as flanché lamentablement…

Perdide, elle essayait de l'humilier en frappant en-dessous de la ceinture. Il haussa les épaule. Il ne pouvait s'expliquer avec précision ce qui lui arrivait, mais depuis la première et surprenante nuit passée avec les deux femmes et les quelques-unes qui avaient suivi, il avait petit à petit ressenti le besoin de ne plus participer à leurs jeux ambigus.

Il ne savait pourquoi il s'était mis à réagir de cette manière, mais il sentait qu'il devait mettre une distance entre elles et lui, ne plus se laisser entraîner dans ces délires libidineux, et cela malgré les fantasmes que déclenchaient chez lui les propositions répétées et sans limite des deux jeunes femmes.

Au fil des jours et des nuits, tout cela était devenu une sorte de rituel avec ses contraintes. La sensation de n'être que le jouet d'un dessein qu'il ne parvenait pas à comprendre, le dérangeait. Ces nuit échevelées l'avaient amené au bord de l'écœurement. La seule solution qu'il avait imaginée alors avait été cette retraite au milieu de tous ces objets insolites qui, finalement, le rassuraient.

— Nous sommes venues pour te parler, termina Gillian qui voyait bien que ses allusions n'atteignaient plus aussi facilement Félix, visiblement préoccupé par d'autres choses.

— Me parler ?

Une vague curiosité l'anima. Il continuait à se demander ce qu'elles pouvaient bien avoir à lui proposer, compte-tenu de la glaciation de leurs relations.

— Oui, nous avons à te parler, reprit Gillian. Te parler de Can Cargol...

Soudain tous les sens en alerte, Félix se redressa dans son siège. Que lui voulaient-elles ?

— Les ouvriers sont enfin partis, ce qui revient à dire que les travaux sont terminés, non ?

Il hocha la tête en signe d'assentiment.

— ... Nuria et moi avons pensé qu'il fallait fêter ça.

Silencieux, il les observait avec méfiance. Il se demandait où elles voulaient en venir.

— Nous avons décidé d'organiser une fête pour la résurrection de Can Cargol. Je pense que tu es d'accord ?

Il laissa l'idée faire son chemin. Une fête ! Il n'y avait pas pensé. Tout ce qu'il voulait, maintenant que Can Cargol était remis à neuf, c'était en profiter au maximum et y vivre en paix. Pas une minute, il n'avait songé à partager Can Cargol avec d'autres.

— Une fête, murmura-t-il avec une hésitation dans la voix.

Soudain, Gillian, qui n'attendait que ce moment-là, devint volubile :

— Oui, une grande fête, avec tous ceux que l'on connaît et qu'on inviterait. Les amis de Paris et les gens d'ici qui n'en reviendront pas de voir Can Cargol restauré et plein d'une nouvelle vie... Nous avons fait du bon travail et toute personne normale a le droit d'être fière de ce qu'elle a réussi à bâtir, à reconstruire, à...

Devant la stupéfaction et le visible manque d'enthousiasme de Félix, elle hésita. Elle cherchait ses mots, elle voulait le convaincre :

— ... Ne refuse pas ! Nous savons que tu ne sais pas vivre ! Tu as d'ailleurs toujours été comme ça. Un vrai sauvage ! C'est à se demander comment tu as pu monter ton restaurant avec un caractère de chien comme le tien !...

Félix n'avait pas du tout songé à l'éventualité d'une inauguration de Can Cargol. Sa jeunesse recluse ne lui avait pas appris ce genre de comportements. Durant toute son existence à Paris, il s'était fait violence à chaque fois qu'il avait fallu participer à des manifestations de relations publiques. Pour lui, Can Cargol appartenait à une histoire vraiment très intime, très profonde, très égoïste. Il se sentait inexplicablement lié à cet endroit, à ces bâtisses, à ses secrets. Il ressentait un lien magique avec ce monceau de pierres qu'il avait découvert, un beau matin, ivre de fatigue, de chagrin et de désespoir. L'emplacement retiré, la masse hors du commun de cette demeure, et cette présence magnétique qui suintait de tous les bâtiments du domaine, n'incitaient ni à la fête ni à l'ouverture sur le monde. C'était peut-être pour cela que cet endroit l'avait tellement attiré. Maintenant qu'il se sentait en paix avec cette immense nef de pierre, il ne parvenait pas à comprendre ce besoin de faire découvrir cet endroit à d'autres.

Réticent, il murmura :

— ... Avec des gens ?

Incrédule, il répétait ce que disait la femme, qui, maintenant, se tenait devant lui de l'autre côté de la grande table, avec un tel air d'incompréhension qu'elle haussa le ton :

— Mais, tu es ivre !... Est-ce que tu as bu ?

Il secoua négativement la tête.

— Si tu n'es pas ivre, c'est que tu deviens complètement idiot à rester seul, enfermé dans ce foutoir !

Nuria, qui avait suivit Gillian, demeurait muette. Elle se tenait bien droite, le ventre appuyé contre le rebord de la table. Ses yeux lançaient des flammes en le fixant.

Un instant, il se demanda pourquoi elle paraissait être en colère contre lui. Gillian, de plus en plus nerveuse, continua :

— ... D'ailleurs, Nuria et moi ne sommes pas venues pour te demander la permission d'organiser cette fête, mais pour t'annoncer que nous allions le faire, que tu sois d'accord ou pas.

Elle paraissait hors d'elle. Elle se tourna vers Nuria, cherchant son approbation :

— D'ailleurs, nous sommes assez grandes, l'une et l'autre, pour nous débrouiller, et nous refusons de nous laisser enfermer, isoler, cloîtrer dans cette maison comme tu es en train de le faire ! Dis-le lui, toi, Nuria !

La Catalane ouvrit la bouche sur un mince sourire. Sa voix tremblait. Elle était en proie à une incompréhensible fureur qu'elle semblait à peine contenir :

— Gillian a raison ! Nous allons faire venir des tas de gens pour leur montrer que Can Cargol est à nouveau en vie. D'ailleurs, nous sommes la vie Gillian et moi... Toi, tu sens la mort ! Oui, tu es la mort !

Piqué au vif, Félix se dressa sur ses jambes. Une bouffée de colère venait de l'envahir. Son visage, devenu blafard d'un seul coup, exprimait une violence et une brutalité inhabituelles. Les deux femme reculèrent précipitamment vers la porte qui donnait sur la cour. Elles avaient senti que cette fureur n'était pas feinte. Subjuguées par la force qui émanait de lui, elles refluèrent, battant prudemment en retraite.

— Nuria a raison, cria encore Gillian, qui se retourna sur le pas de la porte après avoir fait sortir Nuria avant elle. Tu pues la mort, et nous, nous voulons vivre ! Pour te le prouver, que tu le veuilles ou non, cette fête, nous allons la faire coûte que coûte, espèce de cinglé !...

Chapitre 14

Il y avait du monde partout. Ils étaient arrivés par couples, par groupes. Les deux jeunes femmes avaient fait les choses en grand. Elles avaient invité le ban et l'arrière-ban des connaissances de Paris et d'ailleurs. Il y avait aussi des gens de la région. Pour ces derniers, malgré tout ce qui avait, naguère, été colporté sur Can Cargol, la curiosité avait été la plus forte et des familles entières avaient fait le déplacement. Et, comme la réputation de Félix était encore intacte dans le milieu très restreint de la grande cuisine, des célèbrités avaient fait le voyage. Sans compter que sa brusque disparition avait suscité une curiosité et justifié, pour certains, ce voyage jusqu'en Catalogne. Une cohorte d'anciennes relations, clients et connaissances, étaient venus tout exprès pour le revoir.

Cela avait commencé le jour précédent. Des groupes entiers arrivaient de Paris ou d'ailleurs. Ils débarquaient de la frontière proche ou à la gare de Figueras. Gillian avait tout organisé. Des jeunes bénévoles faisaient la navette avec des voitures.

De Besalu et de la région avoisinante, de nombreux curieux s'étaient aussi déplacés. Can Cargol avait pris l'aspect d'une foire de pays circonscrite entre l'église, la ruine de la Maison des Pèlerins, et la grande massia.

Après quelques hésitations, les gens s'enhardissaient. Ils allaient et venaient dans la cour et s'introduisaient jusque dans les combles de la massia. Ils glissaient comme un troupeau d'ombres. Impressionnés, ils chuchotaient entre eux ou se taisaient, pénétraient partout, regardaient tout, s'enhardissant, ils s'infiltraient dans les moindres recoins comme une marée envahissante. Cela donnait à ce cortège erratique et à tout le décor un air de fête triste.

Félix se sentait sans défense. Il avait l'impression que tous ces gens violaient son intimité et fouillaient dans ce qu'il avait de plus secret. Il ne savait comment se défendre contre cette horde. Malheureux, il divaguait lui aussi. Il cherchait désespérément un endroit où il pourrait se réfugier, échapper à cette cohorte de curieux. Naïvement, il était entré dans son lieu protégé, la maisonnette au fond de la cour. Il croyait y trouver un peu de paix, un peu de solitude. Mais, là aussi, des groupes de personnes étaient venus le déranger. Certains, qui le reconnaissaient, le saluaient et allaient même jusqu'à lui toucher la main. Il répondait machinalement, faisait semblant d'entendre les commentaires, les compliments, avec l'impression de vivre un cauchemar éveillé. D'autres, l'observaient sans rien dire, avec dans le regard, une touche de méfiance due, sans aucun doute, à cette réputation maléfique qui collait à la massia et qui avait nourri tant de légendes, depuis des décennies. Ces gens devaient se demander qui était véritablement cet étranger au regard triste, qui parlait peu et paraissait les fuir, alors qu'on les avait invités à venir assister à la renaissance de ce domaine qui passait depuis longtemps pour définitivement maudit. Finalement, ils étaient aussi mal à l'aise qu'il pouvait l'être lui-même.

Les deux femmes avaient prévu que la vraie fête aurait lieu le lendemain soir. Elles avaient tout réglé. Ceux qui venaient de loin dormiraient dans les hôtels des alentours. Les chambres disponibles dans la massia étaient réservées aux amis et proches.

D'après le plan de Gillian, la journée du lendemain allait être consacrée à la visite du domaine et des bâtiments, aux promenades et à la découverte du *Conjunto Medieval* de Besalu. Elle avait décidé que ce serait la journée des discussions et des repas pris en commun qui seraient suivi d'un bal dans la cour. Félix avait découvert ce programme, lorsque Gillian lui avait fourré dans les mains un feuillet rédigé en trois ou quatre langues qui l'expliquait. Très organisée, elle en avait distribué à tous ceux qui se présentaient.

C'était ainsi que Félix avait découvert qu'il y aurait des musiciens gitans et un orchestre local qui animeraient le bal après le repas dès la tombée de la nuit. On y célèbrerait un étrange mariage entre flamenco et sardane, entre Andalousie et Catalogne.

— Un bal ! avait murmuré Félix, sidéré.

Au début de la soirée, Can Cargol s'était illuminé. Des centaines d'ampoules en chaînes donnaient un air de kermesse aux vieux murs de la grande massia. Félix avait regardé tous ces préparatifs avec une vague curiosité, mais sans faire le moindre commentaire ni participer. Son esprit balançait entre plusieurs sentiments mêlés. Il en voulait aux deux femmes de lui avoir forcé la main, mais, curieux, il voulait savoir ce qui allait se passer. Tous ces arrivants l'effrayaient, mais il ne pouvait s'empêcher de tendre la main à ceux qui la sollicitaient, de les saluer et de faire visiter Can Cargol à ceux qui le demandaient.

À un certain moment, alors que Gillian avait pourtant tout prévu avec un traiteur de Gérone, il n'avait pu s'empêcher d'aller à la cuisine pour voir ce qui se préparait. Même s'il s'en défendait, toutes ces préparations, leurs odeurs, leurs saveurs, et leur présentation, l'attiraient. Il ne pouvait voir des produits, légumes, viandes, poissons ou épices, sans ressentir au fond de lui le désir de les triturer, de les arranger, de laisser agir ses diables ordinaires. Il avait fait plusieurs fois le tour de la pièce, goûtant, discutant, commentant, donnant un coup de main ici et là. Le traiteur et tous ses employés n'avaient pas protesté ni même fait de réflexions. Gillian devait sans doute leur avoir dit qui il avait été, qui il était encore. Apparemment, son nom possédait encore une charge de respect dans la profession des métiers de bouche. Ce constat lui fit plaisir, même s'il s'en défendait. Un instant, il s'imagina à nouveau derrière des fourneaux, mais très vite, il chassa cette idée. Maintenant, qu'il vivait à Can Cargol, cette maison qu'il avait choisie, il savait qu'il ne pouvait plus faire marche arrière. Il avait fait un choix de vie. Une idée bizarre lui vint à l'esprit. Il songea que c'était peut-être cette maison, ce lieu, Can Cargol qui l'avait choisi sans qu'il s'en rende compte. Une vague angoisse monta soudain en lui et le mit mal à l'aise. Penser qu'il était sous l'emprise de cette maison, lui faisait peur. Il demeura longtemps dans la grande cuisine à humer les arômes, à inspirer les effluves. Il se sentait en sécurité au milieu de ces plats préparés qui s'étalaient en longues files ordonnées sur des tables à tréteaux recouvertes de nappes blanches. Il observait le traiteur et ses aides qui s'activaient. L'ambiance de ruche le replaçait dans un univers qui lui était familier. Cela le soulagea de l'anxiété diffuse et du malaise qu'avait provoqué en lui l'arrivée de tous ces inconnus sur le territoire de Can Cargol.

Toute la fin de l'après-midi, il avait erré au milieu de cette foule, avec, au fond de lui, le sentiment d'un viol brutal, d'une intrusion outrageante. Il s'en voulait d'avoir cédé aux exigences de Gillian et de Nuria, mais ne voyait pas comment il aurait pu faire pour annuler cette invasion. Il avait fini par se réfugier dans cette cuisine qui le rassurait par son ambiance. Il s'aperçut qu'il gênait par sa présence et que personne, parmi le personnel, n'osait le lui dire. Le service commençait. La nuit était tombée et, par les fenêtres qui donnaient sur la cour intérieure, il vit que les guirlandes d'ampoules qui s'allumaient, initiaient cette fête qu'il n'avait pas voulue. Des bribes de musique montaient maintenant jusqu'à la cuisine. Les accords des guitares, tragiques et pleins d'une tristesse infinie se mirent à déchirer l'air ambiant.

Il décida d'aller voir.

Des tables étaient dressées dans la cour et jusque sur la petite place entre l'église et la massia. Près de son bureau, on avait construit une estrade où les musiciens gitans caressaient leurs instruments. Une femme d'âge mûr, resplendissante de dignité, qui portait la robe traditionnelle, le chignon relevé et fixé sur la nuque par un peigne en éventail, traçait avec ses mains les arabesques compliquées et secrètes d'une *sevillana* traditionnelle. Fougueuse et élégante, elle martelait les planches de l'estrade. D'autres femmes, jeunes et vieilles, vêtues, elles aussi de robes colorées à la mode andalouse, étaient assises sur des chaises, de chaque côté des musiciens. Elles frappaient dans leurs mains en cadence, libérant une *contra* au rythme calculé et savant.

Les visiteurs, attirés par la musique, s'étaient agglutinés autour des tréteaux. Félix hésita. Il ne pouvait plus accéder à son refuge. La porte de son bureau était bloquée par les spectateurs. Il ne se sentit pas le courage de fendre cette foule et d'affronter tous ces inconnus. Une seconde, il regarda vers la droite de l'entrée, et pensa se glisser du côté du castrum et des broussailles qu'il devinait plus qu'il ne pouvait les discerner, mais des tables, occupées par de nombreux convives qu'il ne connaissait pas, barraient le passage. La mort dans l'âme, il renonça.

— Félix !

La voix ne lui était pas inconnue. Il se retourna avec lenteur, presque à contrecœur, comme si ce mouvement lui était pénible.

— Je suis content de te voir…

Un homme se dressait devant lui. Il mit un instant à reconnaître celui qui l'interpellait et qui, dos à la lumière, n'était qu'une encore silhouette.

— Jean-Paul ?

— Ne me dit pas que tu ne l'avais pas reconnu !...

Gillian venait de surgir. Ses yeux reflétaient les mille lumières qui coloraient la cour. Elle paraissait très excitée.

Félix regardait alternativement Jean-Paul Silberstein et Gillian qui se tenaient l'un à côté de l'autre, comme si une séquence de sa vie d'avant surgissait soudain devant lui. Il ne put s'expliquer pourquoi il trouvait que leurs voix sonnaient faux. Même leur attitude, à tous les deux, générait un malaise qu'il ne parvenait pas à s'expliquer. Il n'avait qu'une envie, celle de se retrouver ailleurs, loin d'eux, de ces gens, loin de cette fête qui n'était pas la sienne.

— Ne fais pas attention, Jean-Paul, maugréa Gillian, légèrement grinçante malgré le ton qui se voulait enjoué. Depuis que nous sommes venus habiter cette maison, monsieur est devenu... extrêmement bizarre. Il se conduit de plus en plus comme un ours, il joue les solitaires et, apparemment, il nous a prises en grippe, Nuria et moi.

Félix baissa les yeux. Le malaise prenait de l'ampleur. Il se sentait vraiment pris au piège et avait conscience qu'il ne pourrait échapper à cette discussion. Jean-Paul était tout de même son avocat et son conseiller juridique.

— ...Tu vois, regarde-le ! Il voudrait ne pas te parler, même à toi, ne pas te voir même toi !

Gillian devenait agressive. Dans ses yeux brillait une lueur de mépris. Jean-Paul Silberstein sentit qu'il fallait qu'il intervienne avant que la discussion ne tourne à l'aigre.

— Laisse-le tranquille, Gillian ! Je m'occupe de lui. Va t'en, je te dis ! Laisse-nous !

La jeune femme haussa les épaules et s'éloigna en se frayant un chemin dans la foule. Félix la regarda partir, muet. Jean-Paul le prit par le bras :

— Viens, allons boire un verre, rien que toi et moi... Viens, te dis-je, le buffet et le bar sont là-bas près du porche, on y trouvera de quoi nous satisfaire.

Il montrait la porte cochère qui perçait le mur d'enceinte et ouvrait sur la petite place devant l'église. Résigné,

Félix se laissa entraîner. Dans son dos résonnait le rire aigu, presque forcé, de Gillian.

« Elle se fiche de moi ? » se demanda-t-il, plus curieux qu'énervé, en suivant son ami avec docilité.

— Tiens, prend cette coupe de champagne…

Félix tendit la main sans bien réaliser. Son esprit vagabondait. Sans attendre que son avocat se soit servi à son tour, il la porta à ses lèvres et but le contenu d'une seule lampée, renversant la tête en arrière. Le liquide frais qui coulait dans sa gorge, lui procura un certain bien-être.

Jean-Paul s'étonna :

— Et bien mon vieux, quelle descente ! Tu aurais tout de même pu m'attendre pour trinquer, reprocha-t-il, moqueur, lorsqu'il découvrit que Félix avait vidé son verre d'un seul trait.

— Tiens prends la mienne, je vais me resservir une autre… Mais cette fois, tu m'attendras pour trinquer, n'est-ce pas ?

Félix opina vaguement de la tête, l'esprit engourdi. Une brume obscurcissait son cerveau. Les sons et les images de la fête qui l'entourait ne parvenaient jusqu'à lui, que très assourdis, comme s'il se trouvait très loin de l'endroit où il se tenait avec Jean-Paul.

— Ce n'est pas pour t'inquiéter, commenta l'avocat, mais il faut absolument que je te dise des choses sur ta situation…

Il s'interrompit comme s'il était gêné, comme s'il cherchait les mots qui lui permettraient d'énoncer quelque chose de difficile. Il débuta par une diversion :

— Tu sais, depuis que je suis arrivé, je t'observe en douce et je te trouve une mine de déterré.

« Des choses sur ma situation ? » Jean-Paul allait lui donner de mauvaises nouvelles de ses finances. Il le sentait ! Fataliste, il haussa les épaules et, pour masquer son trouble, il porta la coupe, à nouveau pleine, jusqu'à ses lèvres. Une deuxième fois, il la vida d'un seul coup.

— Et en plus, tu bois comme un trou, s'étonna l'avocat. Toi qui ne picolais pas, dans le temps, je ne te reconnais plus... Gillian a raison, tu as changé. Tu es sûr que ça va ?

Félix se força :

— Ça va, ne t'inquiète pas... J'avais soif, simplement, et je suis un peu fatigué.

L'avocat le scrutait d'un œil inquisiteur.

— Tu es certain de ne pas être malade ?

Mal dans sa peau, à la limite de l'écœurement, Félix ne parvenait plus à parler ni à regarder son vis-à-vis. Il secoua la tête en signe de dénégation. Le champagne le grisait légèrement. Jean-Paul le regardait avec attention, comme s'il se faisait véritablement du souci pour l'état de santé de son interlocuteur. Il paraissait subitement très inquiet du mutisme de Félix.

— Bon, accepta-t-il, l'air peu convaincu. Je voulais te parler sérieusement, mais je constate que ce n'est ni le lieu ni l'heure...

Ses yeux quittèrent Félix pour jeter un regard circulaire sur les gens qui les pressaient de toute part, mangeant et buvant avec insouciance.

— De toute manière, biaisa-t-il en parlant vite sans le regarder, je l'ai déjà annoncé à Gillian, je vais rester quelques jours. Je vais prendre des vacances en quelque sorte ! Nous aurons ainsi l'occasion de trouver tout le temps de nous parler...

Il posa sa coupe sur une table, derrière lui, et reprenant le bras de Félix, soudain pressé de passer à autre chose, il l'entraîna vers l'estrade et la foule des spectateurs qui frappaient dans leur mains afin de soutenir les accords des guitares qui s'affolaient.

— Allez viens ! Pour ce soir, on va se contenter d'écouter la musique, de nous amuser et de faire la fête, comme tout le monde.

Pour Félix, ce moment devenait étrange. Il se sentait à la fois présent dans la fête et, en même temps complétement absent. Il avait le sentiment d'aller et de venir dans une sorte de songe éveillé. Les gens passaient, le croisaient, l'environnaient, et semblaient appartenir à une autre histoire, une autre réalité. Ils étaient devenus les images fugitives d'un théâtre d'ombres.

La musique était soudain devenue très forte. Jean-Paul se retourna et dut crier pour se faire entendre :

— Ils sont bons, n'est-ce pas ?...

Félix ne répondit pas. Il n'était plus totalement présent. La tête écharpée, il se laissait entraîner vers l'entrée.

— ... J'ai réfléchi. Il faut absolument que je te parle, hurla-t-il à son oreille, et tout de suite. C'est très important. Viens, on va se trouver un coin tranquille. Suis-moi !

Au moment où Jean-Paul disparaissait dans la massia, Félix remarqua, appuyée contre le mur de la grande maison, une vieille femme habillée en gitane, robe longue et corsage aux couleurs criardes, la tête couverte d'un foulard serré. Une chaînette, à laquelle étaient accrochés des sequins d'or et d'argent, barrait son front. La rangée de pièces de métal soulignait les rides profondes qui cernaient les yeux maquillés de larges traits noirs. Elle avait un regard incandescent et le fixait avec une telle intensité qu'il s'arrêta juste devant elle. D'une main décharnée, aux ongles trop longs, taillé en pointes comme des griffes, et à la peau couverte de dessins au henné, elle lui faisait signe de s'approcher. Sans trop savoir pourquoi, il obliqua dans sa direction. Plus il s'approchait d'elle, plus il avait l'impression de s'isoler, de perdre le contact avec la fête et les gens qui se diluaient très rapidement dans un brouillard dense, presque poisseux. La musique résonnait encore à ses oreilles, mais de plus en plus lointaine. Il ne voyait plus que les yeux et le visage de la vieille gitane qui avaient envahi tout son champ de vision...

Le rire de la vieille le fit frémir. Fasciné, il regardait cette bouche ouverte, semblable à un gouffre obscur qui béait au milieu des ravins innombrables que formaient, géographie fantasttique, la peau parcheminée de ce visage hors d'âge. Ses cheveux étaient cachés par le foulard d'un rouge sanglant, serré sur le devant et attaché sur la nuque. Elle ne le quittait pas des yeux. Félix imagina un serpent. L'expression funeste de ces prunelles sombres démentait ce rire qu'elle lui jetait au visage comme une provocation. À ses oreilles pendaient deux grosses pièces d'argent, et sur la poitrine dégoulinait une cascade de douros en métal doré, cousus en cote de mailles qui masquait tout le corsage, véritable cuirasse de monnaies tintinnabulantes. Soudain, avec une agilité et une force qu'il ne pouvait soupçonner chez cette vieille femme, elle saisit sa main gauche et l'emprisonna dans les siennes. Il eut un mouvement instinctif de recul, mais ne put se retirer, car la Gitane l'agrippait avec une poigne surprenante, comme si elle voulait l'empêcher de de s'éloigner, de s'échapper.

— Ah ! Rien qu'en te regardant, je le savais ! Tu souffriras ! Il y aura du sang ! Beaucoup de sang !...

Elle n'était plus qu'une grimace faite femme. Sa voix ressemblait à son rire. Les sons qui jaillissaient de sa gorge paraissaient provenir directement du fond d'elle-même. Cela commençait par un feulement fauve, pour se transformer en une formidable cataracte grinçante et s'achever par une série de hoquets profonds.

Lorsqu'elle parlait, les mots débordaient de ses lèvres minces avec une puissance que ne laissait pas présager ce corps minuscule et décharné. Elle scruta encore une fois la paume de sa main.

— ...Tu vivras longtemps comme les pierres de ta maison. Mais tu vivras seul, comme l'escargot...

Adossée au mur de la maison, elle le retenait. Son regard aiguisé passait de la main de Félix à ses yeux, exactement comme si elle fouillait alternativement la surface de sa peau et le fond de son esprit. Subjugué, il se sentait incapable de réagir. Une faiblesse soudaine et insolite le terrassait, le paralysait, l'empêchait de s'en aller.

— ...Je te le redis, *hombre,* tu es marqué par le signe et jamais tu ne pourras quitter cette maison. Elle est tienne et tu es elle !... Tu es le « cargol », l'escargot ! C'est ton signe. Celui-ci est sur toi, et jamais tu ne pourras le quitter.

La voix de la vieille s'était éteinte, tout doucement comme la flamme d'une chandelle qui s'abaisse et meurt. Sans raison apparente, elle s'était mise à chuchoter. Il dut tendre l'oreille pour entendre ce qu'elle disait encore :

— Ce signe, tu n'as jamais réussi à le fuir. Il est gravé au plus secret de ton être comme il l'est dans la pierre de cette maison. Tu le portes sur toi, en toi. Il est autour de toi.

Brusquement, elle planta ses ongles dans le creux de sa main, lacérant profondément la peau de Félix. Il serra les dents pour ne pas crier. Les prunelles sombres ne lâchaient toujours pas les siennes, comme si elle voulait mettre au jour tous les secrets de son âme, comme si elle voulait lire en lui des choses qu'il ne pressentait pas, qu'il n'imaginait même pas.

— Ce signe t'apporteras le chagrin et le tourment, la peur et l'horreur. Tu voudras l'ignorer, l'effacer, mais tu ne pourras jamais t'en débarrasser... Puis, avec le temps, ce vieux compagnon des hommes, tu comprendras et tu feras tout le chemin nécessaire pour trouver la voie afin de sortir du labyrinthe et de la spirale...

Félix l'écoutait sans comprendre. Il se demandait si cette vieille existait réellement ou si elle n'était qu'une création de son esprit. Soudain, comme une mélopée qu'elle ne pouvait retenir, elle chantonna :

— Cargol - cargol - cargol, tu es l'escargot. Il ne peut quitter sa maison sans risquer la vraie mort ! Il devra parcourir le chemin de la vie, de la mort, dans les deux sens. Cargol - cargol - cargol, tu es l'escargot...

Comme s'il s'agissait d'un scalpel, elle se servait de l'ongle de son pouce, démesurément long et acéré, pour labourer la chair de sa main. Elle dessina, rapide et habile. Sur la paume. Le sang se mit à perler. Il se mordit les lèvres pour ne pas crier. Lorsqu'il regarda la face interne de sa main, un sillon rouge esquissait une spirale grossière.

— Maintenant le signe est gravé dans ta chair ! Pour que tu saches, pour que tu te souviennes.

De son doigt décharné, prolongé par cet ongle taillé en pointe, affûté comme la lame d'un scalpel, elle désignait l'éraflure qui sanguinolait. Puis, brusquement, elle lâcha sa main et se détourna de lui.

Félix la regarda s'éloigner sans bouger. Elle traversa l'espace entre les bâtiments. Rapide et fuyante, elle louvoyait entre les invités et se dirigeait vers le portail de la massia. Elle avançait dos courbé sans se retourner. Soudain elle disparut, engloutie par la foule dans les éclats des lumières multicolores qui jaillissaient des guirlandes.

Il ferma les yeux, au bord de l'étourdissement.

— Ho, Félix, qu'est-ce que tu fous, bordel ! Allez viens ! Il faut vraiment que je te parle.

La silhouette de Jean-Paul réinscrite dans l'encadrement de la porte d'entrée de la massia. Les yeux de Félix effleurèrent le montant gauche de cette dernière. Sur le linteau de pierre, révélé par la lumière rasante, apparaissait un signe gravé dans le calcaire.

C'était une marque à demi effacée qu'il n'avait jamais remarquée auparavant. Son regard détailla la spirale creusée dans la pierre. Son cerveau explosa. « Le signe de l'escargot, la marque de Can Cargol », pensa-t-il en serrant le poing pour empêcher que le sang s'écoule et ne goutte le long de ses doigts.

— Ma parole, mais tu es blessé, tu saignes ?! s'exclama Jean-Paul qui regardait sa main.

Félix bredouilla une vague explication. Il ne voulait pas raconter ce qui venait de se passer, ne sachant plus s'il avait encore eu une vision ou s'il avait encore une fois rêvé.

— Je me suis écorché sur une pierre, fit-il en cachant sa main blessée derrière son dos.

L'avocat hésita, observa le visage livide de son vis-à-vis, avant de constater, vaguement inquiet :

— Tu es blanc comme un linge, mon pauvre vieux. Viens, je vais désinfecter et panser cette plaie, là-haut, je te dirai ce qu'il faut que tu saches.

Il le prit par le bras et l'entraîna au plus profond de l'ombre qui noyait le couloir, à l'intérieur de la grande massia, bizarrement déserte et silencieuse, à présent que la fête battait son plein au dehors.

Le sillon en spirale était très net. C'était une étroite plaie qui se détachait sur la blancheur de la peau. Jean-Paul la nettoya avec l'alcool dont il avait imbibé un tampon de coton hydrophile.

— Il n'y a vraiment que toi pour te faire une coupure aussi bizarre. On dirait que tu as mis la main sur une lame en emporte-pièce qui aurait dessiné cette espèce de spirale.

Avec un linge, à petit coups précis, il épongea le sang qui perlait et dégoulinait.

— Tu es certain que tu ne t'es pas fait ça avec une tige de fer ou un vieux clou rouillé ? insista-t-il.

Il se penchait pour examiner la plaie avec une sollicitude inhabituelle chez cet homme plus habitué aux dossiers et aux négociations, qu'à donner les premiers soins à un blessé. Attentif et presque sentencieux, il continua :

— Il ne faudrait pas que cela s'infecte ou pire, que tu chopes le tétanos ou une saloperie du même genre !

Avec des gestes adroits, il appliqua un pansement adhésif qu'il avait préparé et posé sur la table, à côté de la boîte de premiers secours découverte dans un placard de la salle de bain attenant à la salle commune.

— De toute manière, dès demain matin, il faudra que tu ailles voir un toubib pour qu'il te fasse une piqûre antitétanique.

Autour d'eux, les derniers employés du traiteur emportaient des plats couverts de victuailles vers l'extérieur, dans la cour où se dressait le buffet. D'autres rapportaient des couverts salis et les déposaient vers deux femmes qui œuvraient devant l'évier de pierre. Personne ne disait mot. Les accords de guitares parvenaient jusque dans la pièce Une atmosphère curieuse s'était crée. Félix eut la sensation que la massia vibrait.

— Puisque que je suis certain qu'on aura du mal à trouver un endroit pour parler dans ce foutoir, avec cette maison complètement envahie, je vais te dire ici et maintenant ce que j'ai à te dire...

Il avait baissé la voix, comme s'il s'apprêtait à lui révéler quelque chose de grave. Il jeta un coup d'œil autour de lui. Personne parmi ceux qui allaient et venaient dans la grande pièce ne semblait prendre garde à eux. Brusquement, il se décida :

— Tu sais qu'il y a trois mois les Américains ont payé ce qu'ils devaient encore sur l'achat du restaurant et de l'utilisation de ton nom dans leurs histoires de merchandising ?

Il se tut. Il examinait avec une insistance insolite le visage de Félix. Ce dernier paraissait absent, comme si son esprit vagabondait ailleurs, loin d'eux. Presque rassuré, l'avocat reprit son explication en se demandant si son interlocuteur l'écoutait vraiment :

— C'est justement à propos de cet argent, qu'il faut que je te parle. Tu te souviens que tu m'avais donné mandat pour m'en occuper, pour le gérer et le placer, et le faire fructifier au mieux des possibilités du marché actuel...

Il aspira à plein poumon comme si, soudain, il manquait d'oxygène.

— C'est ce que j'ai fait.

Embarrassé, il cherchait ses mots :

— Comme nous en avions convenu, cet argent, je l'ai placé. En bourse, évidemment !... J'ai misé pratiquement la totalité ce que tu possédais. J'ai fait acheter des paquets de titres par mon courtier, Jonas... Tu te souviens de lui, n'est-ce pas ?... Je te l'avais amené plusieurs fois au restaurant...

Bref, on a tout mis sur les actions de compagnies d'aviation qui nous paraissaient sûres et rémunératrices. Que des sociétés bien cotées, qui passaient pour des épées, des cadors, comme Swissair, Sabena, et j'en passe... J'avais pris aussi des participations dans des groupes de tourisme, dans des hôtels et chez des voyagistes. Bref, je croyais avoir assuré. Tout le monde nous disait que c'était du béton. L'Eldorado, qu'ils nous promettaient tous !...

Félix sans en avoir l'air, l'écoutait dans dire un mot, les yeux fichés dans le vague. La manière compliquée dont Jean-Paul abordait le sujet, laissait entrevoir, la pire des nouvelles. De plus en plus mal à l'aise devant l'apparente apathie de Félix, Jean-Paul se pencha vers lui et lui souffla à l'oreille, comme s'il s'agissait d'un horrible secret :

— Tu comprends, mon vieux, rien ne laissait présager de ce qui allait se passer...

L'avocat, se tut soudain comme s'il ne trouvait plus ses mots. Il dansait d'un pied sur l'autre comme un gamin pris en faute. L'œil rivé au visage de Félix, il guettait une réaction. Ce dernier demeurait impassible. La main blessée, ouverte et posée sur le genou, il gardait les yeux rivés sur le pansement qui barrait l'espace de la paume de sa main.

— Nous ne pouvions prévoir les attentats de New-York et toutes ces histoires de terrorisme, et puis cette putain de guerre, là-bas ! Tu comprends ?... Nous ne pouvions nous douter du bordel que ça allait foutre dans l'économie mondiale, et en particulier dans l'industrie du tourisme et des voyages.

Félix soupira. Il avait conscience que cela pouvait paraître curieux et dérisoire, mais il avait eu besoin de libérer la boule d'angoisse qui s'était nichée au creux de sa poitrine et qui l'oppressait depuis que cette vieille Gitane l'avait coincé devant la porte de la massia.

Jean-Paul, tout à ses explications, n'avait rien remarqué. Sur le même ton larmoyant, il continuait son ignoble et pitoyable confession :

— Rien ! On ne pouvait rien prévoir ! Tu comprends, mon vieux ? La chute du marché qui a suivi nous a pris totalement au dépourvu. Les cours se sont cassés la gueule d'un seul coup ! On ne parlait plus que de plans de restructuration, de délocalisation, de faillites et de vertigineuses banqueroutes. Je n'ai pas osé donner l'ordre de vendre assez vite. Après, ce n'était plus la peine... Les cours étaient tombés si bas. Bref, je ne veux pas t'alarmer, mais il ne reste que très peu de disponible sur ton compte...

Félix ne cilla pas. Il affichait un calme étrange, comme s'il n'était absorbé que par l'étrange blessure au creux de sa main. Les propos de son avocat n'atteignaient même plus son cerveau. Profitant de cette singulière apathie, Jean-Paul enfonça le clou :

— J'ai un peu tardé à te l'annoncer, parce que je ne voulais pas gâcher votre fête, tu comprends ?... Ça n'a pas l'air, comme ça, mais moi aussi j'y ai laissé des plumes. Comme toi, j'ai personnellement perdu gros dans cette affaire, tu sais... Mais, encore une fois, qui pouvait prévoir, qui pouvait savoir ?

— Ce n'est pas ma fête !... C'est celle de Gillian et de Nuria, pas la mienne !

La voix de Félix fit sursauter l'avocat. Depuis un moment, la pénombre s'était installée dans la pièce et quelqu'un avait allumé les lampes.

— Alors, si j'ai bien compris il ne me reste rien ?

L'avocat secoua la tête, incapable de dire un mot tellement il craignait une explosion de la part de Félix.

Ce dernier, d'une voix lisse et neutre qui impressionna son vis-à-vis, interrogea avec simplicité :

— Alors, tu est venu me dire que je n'ai plus d'argent du tout, c'est ça, hein ?

Jean-Paul, de plus en plus surpris par le calme de Félix, détourna les yeux avant d'avouer :

— Presque plus rien, mon vieux. Autant dire que tu n'as plus rien...

Chapitre 15

Depuis des heures, il était resté accroupi dans cette pièce où il avait trouvé refuge après sa discussion avec Jean-Paul. Le fait que son avocat lui annonce la perte de son argent dans des spéculations hasardeuses ne l'avait pas vraiment étonné. Paradoxalement, il s'était senti soulagé d'apprendre qu'il ne lui restait pratiquement plus rien.

Dans sa tête, tout se passait comme s'il n'était pas concerné, comme s'il vivait, désormais, dans une autre dimension. « Je n'ai plus un rond », s'était-il répété des dizaines de fois, pendant qu'il rôdait dans la fête, ombre au milieu d'autres ombres. « Plus un sou », avait-il psalmodié pour tenter de se convaincre que cette situation était inquiétante. Il n'y était pas parvenu. Désormais, une cloison invisible le séparait du monde. « Fauché, je suis fauché », martelait -il sans arriver à prendre en compte cette notion abstraite. Normalement, il le savait, cet état de fait représentait une menace pour l'avenir, pour lui d'abord, mais aussi pour Can Cargol. Son esprit, cependant, refusait d'envisager cette nouvelle donne. Pire ! Il se sentait presque joyeux, plus libre, ou du moins plus léger.

Il avait tenté de se réfugier dans son bureau, afin de réfléchir à la situation. Lorsqu'il avait entrouvert la porte de son bureau et découvert, stupéfait, des inconnus visitant sa bibliothèque comme s'ils se trouvaient en territoire conquis, il s'était enfui, épouvanté.

Choqué par ce sans-gêne, il s'était détourné. La cour était noire de monde. Agglutinée devant l'estrade sur laquelle les musiciens gitans tourmentaient leurs instrument pour leur arracher des flamencos lancinants, la foule des invités stationnait, compacte, effrayante. Les gens battaient des mains au rythme de la tragédie déclinée par le chanteur. En plein centre de cette scène rudimentaire, éclairée par des projecteurs déployés sur la rambarde de pierre de la terrasse située sur la façade de la massia, une femme en robe traditionnelle, chignon tiré, taille cambrée à l'extrême, les bras voltigeant autour d'elle, sculptait l'invisible autour de son danseur longiligne, fesses moulées dans un pantalon noir, dos corseté d'un gilet de soie.

Finalement, devant cette invasion, il était revenu vers la massia et y était entré. Il cherchait un endroit dédaigné par tous ces curieux. Discrètement, il avait gravi les marches de l'escalier qui menaient à l'étage. Personne n'avait fait attention à lui. Il n'était plus qu'une silhouette parmi toutes les autres. Il sentait que la séparation entre ces gens et lui s'était encore agrandie.

Sans doute initiée par les propos énigmatiques de la vieille Gitane, l'idée que la maison l'aspirait dans une sorte de nasse en spirale et l'éloignait de la réalité, était devenue obsédante. Il y avait, aussi, ces pertes d'énergie et ces torpeurs inexpliquées et inexplicables qui le surprenaient quand il ne s'y attendait pas.

Lorsqu'il avait traversé la grande salle commune, il lui avait semblé que ses pieds s'enlisaient dans le carrelage. Et quand, pour se reprendre, il s'était s'appuyé au chambranle de la porte de la chambre à coucher voisine, il avait eu l'impression très nette qu'il touchait sa propre chair. La pierre du montant était chaude, vibrante. « Jean-Paul a raison, je deviens dingue ! Cette maison est vivante et je suis en train de me transformer pour devenir partie d'elle... » s'était-il dit, légèrement effrayé. « La vieille Gitane a raison ! Je suis prisonnier de cette maison, je suis l'otage de Can Cargol ! Le signe est sur moi ! »

Il fit deux pas pour rompre ce contact étrange avec cet amas de calcaire vibrant d'une vie incompréhensible. Il entra dans la pièce, espérant chasser de son esprit cette sensation qui le dérangeait. Il songea que, pour la première fois de son existence, il ressentait une appartenance, des racines, une identité inscrite à la fois dans la matière minérale de la massia, mais aussi dans sa chair.

La pièce dans laquelle il venait de pénétrer était éclairée par les lampes de chevet disposées des deux côtés de la tête du grand lit. La niche, au-dessus de la couche, était elle aussi illuminée. Les deux femmes y avaient déposé, dans un but presque mystique, des objets insolites, incongrus. Quelque chose de faux, d'artificiel émanait de cet étalage. Il avait sûrement été constitué en prévision de ceux qui allaient venir visiter la massia.

Surpris par cette décoration inattendue, surtout de la part de Gillian et Nuria, il découvrait une représentation de Ganesh, le généreux dieu-éléphant, qui voisinait avec une reproduction de la Dame d'Elche. Les deux statuettes étaient posées juste devant une gravure représentant la déesse Ishtar et une autre de la Vierge Marie. « Chambre de femmes et qui veulent démontrer quelque chose », soliloqua-t-il en détournant les yeux, mal à l'aise.

Un couple l'avait frôlé. Sans aucune gêne l'homme et la femme entreprirent de visiter la pièce. Ils s'extasièrent sans retenue sur le décor, sur la voûte bleutée du plafond, sur les tapis et les meubles. Félix, dégoûté, les regarda un moment se livrer à cet inventaire malsain. Il avait la sensation que les visiteurs profanaient l'endroit. Les deux femmes avaient donné une atmosphère spéciale, presque sacrée, à cette chambre en l'ornant de cette manière hétéroclite, et cela aurait dû, normalement, provoquer le respect, au moins un semblant de réserve chez les invités. Même l'éclairage très indirect renforçait cette impression de sanctuaire païen. Un groupe bruyant arrivait et se dirigeait vers lui. Il reflua, revint dans la salle commune avant de se glisser vers le trou noir de l'étroite cage d'escalier qui menait à l'étage. Il voulait s'isoler, ne les plus voir.

Il avait débouché sur le palier du couloir du premier étage. L'étage était désert. Il y régnait un silence presque total, excepté quelques éclats sonores qui montaient de la cour. Un instant, il prêta l'oreille. Les musiciens gitans étaient en pleine frénésie, en flagrant délire. Le large corridor qui transperçait la bâtisse de part en part n'était éclairé que par les rejets de lumière qui provenaient des projecteurs installés sur la terrasse située à l'étage en dessous. La voûte blanche et le carrelage rouge, ainsi que les embrasures des portes successives qui ouvraient sur des chambres adjacentes, créaient un décor presque monacal. Félix hésita un instant avant de se diriger vers le fond du couloir. Il savait que, derrière l'ultime porte, il trouverait une pièce où personne ne viendrait le déranger. Cette chambre n'était pas encore restaurée et il s'en était servi comme débarras pour y ranger les meubles à réparer et quelques outils.

Il poussa la porte et pénétra dans le réduit. Une odeur de poussière le prit à la gorge. Immédiatement après avoir repoussé le battant, il se relâcha et sentit la fatigue qui l'envahissait. Il se laissa glisser vers le sol, le dos collé au mur, et s'assit sur ses talons, les bras enserrant ses genoux repliés.

Ce fut un bruit sourd, une sorte de grondement qui provenait du sol, qui attira d'abord son attention.

Il tendit l'oreille, tous les sens en alerte…

« Des chevaux ! »

Pourtant, vaguement inquiet, il pensa que personne ne venait jamais à Can Cargol. À part quelques muletiers qui empruntaient des raccourcis, à travers la Garrotxa pour gagner quelques heures sur le voyage. Il y avait aussi quelquefois des bergers transhumants qui faisaient paître leurs moutons en bordures des bois et des chemins et passaient par là. À part ceux-là, jamais personne ne s'aventurait dans la campagne, loin de la grande route. Les muscles de son ventre se crispèrent. Il avait peur.

Il écoutait, tous les sens en alerte. Les sabots des chevaux martelaient la caillasse qui affleurait dans la poussière sur le chemin qui descendait de la colline vers le hameau. Celui-ci était formé par l'église et la Maison des Pèlerins, qui faisaient face au groupe des bâtiments de Can Cargol, avec, sur le dernier côté, fermant ce rectangle séculaire, la ferme basse qui servait de grange à blé et de logis pour les ouvriers de passage lors des moissons ou de la vendange.

Le bruit était maintenant tout proche. Il leva la tête, sur le qui-vive et abandonna la charrette de foin tirée par un bœuf qu'il convoyait vers l'étable. Il mit sa main en visière pour abaisser la lumière et mieux discerner les arrivants inattendus. Une sourde angoisse creusait sa poitrine. La venue de quelqu'un représentait, presque à coup sûr, un risque, un danger. Il se souvenait des vieux qui racontaient de terribles histoires qui seraient arrivées aux habitants de Can Cargol au cours des siècles, et que les générations successives faisaient revivre, le soir, à la veillée.

Tueries, viols, mises à sac, et agressions, constituaient le fond de ces récits effrayants, de cette mémoire du domaine. Il y était toujours questions d'hommes d'armes, de soldats errants ou de bandits sanguinaires, qui, toujours, apportaient ruines, malheur et douleur. Il serra dans sa main le manche de la fourche qu'il avait instinctivement empoignée. Le contact avec l'outil lui redonna un peu d'assurance et dilua légèrement sa peur. Deux silhouettes dansaient dans la fulgurance de la lumière qui tombait du ciel sur le chemin creux entre l'église et la massia. Les chevaux s'arrêtèrent, piaffant sur la caillasse, renâclant avec force. Les cavaliers, ombres chinoises dans la lumière, ne faisaient pas mine de descendre de leur monture. Il les regardait, sa fourche bien assurée dans ses mains, dents pointées en avant, vaguement levée dans la direction des intrus. Il attendait, muet, dos à sa carriole, prêt à se défendre.

— Hé, l'homme ! À qui appartient cette maison ?

La voix était basse, profonde, vibrante. Toujours sur la défensive, il ne répondit pas. Il attendait pour se faire une opinion sur les intentions de ces étrangers. Maintenant, il les discernait mieux. Ils ne paraissent pas vraiment menaçants, mais, détail inquiétant, chacun d'eux portait une large épée et une dague accrochées à la ceinture. Il observa, aussi, qu'ils étaient habillés comme ces soldats qui parcouraient, en bandes, toute la province. Pourpoint poussiéreux et hauts-de-chausses usés, tachés, apparaissaient sous la culotte à crevés bouffante que masquaient, partiellement, de grandes bottes de cavaliers qui leur montaient jusqu'à mi-cuisses. Leurs chapeaux à larges bords étaient ornés de plumes de faisans et dissimulaient leurs yeux sous une bande d'ombre portée. Inquiet, il hésitait à répondre. Il cherchait à se donner une contenance, à masquer sa peur. L'air de rien, les paupières abaissées, il détaillait les deux arrivants, sa fourche toujours en évidence. On racontait dans le pays que des bandes de mercenaires parcouraient toute la contrée avoisinnante. Ces rumeurs, racontaient les rapines et les brutalités que ces soldats de fortune commettaient à l'encontre des habitants. Personne ne savait d'où ils venaient ni à quelles armées ils appartenaient, mais tous les craignaient.

Immobiles et silencieux, les deux cavaliers observaient les alentours, comme s'ils évaluaient les défenses que pouvaient receler les bâtisses. Ils ne descendaient pas de cheval, mais ne se montraient pas vraiment menaçants non plus. Ils se contentaient de scruter la place et les maisons qui la cernaient, le visage impénétrable, l'œil fureteur.

— Es-tu sourd ou bien complétement idiot ? insista celui qui avait déjà parlé, d'un ton ironique, inquiétant, la main sur le pommeau de sa longue rapière.

L'homme se décida. Farouche, il martela :

— Ici, c'est chez moi !...

Il avait parlé d'une voix cassée par l'émotion, les genoux à demi pliés, sur la défensive.

— Que chantes-tu là, *hombre ?* s'irrita le questionneur, sans doute agacé par l'attitude de ce paysan qui lui paraissait trop arrogant.

— Je dis qu'ici, c'est ma maison, mon domaine...

Il se demanda s'il devait ajouter un « Seigneur » ou un « Messire » à sa réponse, pour que le nouveau venu rengracie et devienne moins inquiétant.

Dans sa tête, il cherchait comment, il pouvait vaincre sa crainte et ce qu'il pouvait faire pour amadouer les cavaliers. Mal à l'aise, il tentait de se rassurer en se disant que, pour l'instant, les deux étrangers ne se montraient pas vraiment agressifs. Pourtant quelque chose d'insidieux dans leur comportement l'effrayait. Sans doute que cette tranquillité étrange, cette apparente ironie dans leurs propos, instillaient une menace diffuse que l'homme ressentait...

— Nous avons soif et faim, reprit le premier cavalier, en se penchant sur l'encolure et en flattant du gant le col de sa monture.

— ... Eux aussi, d'ailleurs, sont affamés et assoiffés, continua-t-il presque distraitement. Aurais-tu de l'eau et un peu de fourrage pour eux ?

Le paysan ne répondit pas. Un long silence s'installa, pesant, tout juste troublé par les chevaux qui renâclaient et piaffaient sur place.

— ... Je te parle, *hombre,* s'impatienta celui qui avait parlé, découvrant, d'un large sourire, des dents fulgurantes de blancheur au milieu du cuir brûlé de la peau de son visage.

— Je vais apporter du fourrage et de l'eau pour vos montures...

Il hésita quelques secondes avant d'ajouter :

— ... ensuite, j'irai vous chercher de quoi manger et boire. Vous n'avez qu'à rester là, près du mur de la massia qui vous abritera et vous donnera de l'ombre.

Les bruits de la fête lui parvenaient par intermittence. Remugles d'une vie qui n'était plus la sienne. Personne ne viendrait. Il se savait. Accroupi, le dos soudé au mur, il laissait son esprit divaguer. Un peu de la lumière lunaire passait par les minuscules carreaux et illuminait vaguement la pièce, autour de lui, découpant les contours des vieux meubles et des ustensiles rangés le long des murs.

Surpris, il releva la tête. Il venait d'entendre des pas qui résonnaient dans le couloir. Il prêta l'oreille, attentif. Quelqu'un s'approcha de la porte qu'il avait soigneusement repoussée derrière lui. Aussitôt, une voix prévint :

— Non pas celle-ci, Jean-Paul ! C'est un débarras plein de poussière, fit une voix de femme. Viens, allons à côté, c'est une chambre qui est meublée...

Il hésita à reconnaître la voix de Gillian s'adressant à son avocat. Il se demanda ce qu'ils venaient faire, là, tous les deux...

Il entendit la porte de la chambre voisine qui grinçait. La curiosité le tira de sa torpeur. Il hésita avant de s'agenouiller et de traverser la pièce pour aller coller son oreille à la paroi. De l'autre côté de la cloison, il perçut le grincement des ressorts du sommier de ce lit métallique ancien qu'il avait lui-même réparé, et installé là, il y avait quelques semaines.

Puis ce fut le silence.

Tout à fait éveillé, l'oreille plaquée contre le mur, il essaya de percevoir la conversation. Seul un faible murmure lui parvenait, sans qu'il puisse discerner le sens des paroles. Cela l'énerva. Il se leva. Précautionneux, il se dirigea vers la porte, appuya sur la poignée et poussa le battant. Il agissait avec le sentiment de commettre une indiscrétion, mais la curiosité le poussait et fit refluer ses derniers scrupules. Que pouvaient se dire Gillian et Jean-Paul de tellement secret, qu'ils ne puissent le faire sans s'isoler ? Laissant la porte entrouverte, il se glissa dans le couloir. Celui-ci était désert. Dans une posture grotesque de conspirateur d'opérette, il s'approcha. Retenant sa respiration, il mit son oreille contre le bois fraîchement repeint de la porte. L'odeur légèrement âcre de l'enduit monta à ses narines. Il faillit tousser.

— C'est comme je te le dis, il m'a regardé comme un abruti, les yeux vides, et n'a rien dit !

Il reconnut la voix de Jean-Paul.

— Mais es-tu bien certain qu'il a bien saisi ce que tu lui disais ? reprit vivement Gillian.

Une note d'inquiétude perçait dans sa voix. Il y eut un court silence, puis elle insista :

— Est-ce que tu lui as bien dit qu'il n'y avait plus un centime sur ses différents comptes ?

L'avocat s'énerva :

— Tu me prends pour une bille, ma parole ! Je lui ai raconté exactement ce que nous avions convenu. Je lui ai déballé tout le scénario : la bourse, les placements dans des actions de Swissgroup et autres sociétés vouées au tourisme. Je lui ai expliqué que tous ces placements devaient normalement être solides et fiables et que personne n'avait prévu que tout cela se casse pareillement la gueule, après les attentats de New York et de Washington. Je te le répète, je lui ai tout servi tout le film que nous avons mis au point ensemble !... Je lui même ai spécifié que, désormais, il était fauché, ratiboisé, bref qu'il ne lui restait plus une thune...

Félix, l'oreille toujours collée contre le bois de la porte, sentit un étrange soulagement l'envahir, comme si, ce qu'il entendait, loin de l'humilier et de le mettre en colère, le libérait d'un poids qui l'étouffait depuis trop longtemps.

Jean-Paul reprit :

— ... Heureusement, j'avais mis l'argent de Félix à mon nom, il y a quelques semaines. Je ne sais pourquoi, je l'ai fait à ce moment-là, mais je l'ai fait !... Et j'ai eu fin nez, crois-moi, parce que, finalement, le portefeuille et les comptes apparents ne représentent plus rien du point de vue financier, mais le solde, c'est-à-dire la presque totalité du résultat de la vente de tout ce qui lui appartenait est en sécurité.

— Tu as senti venir le vent, mon chéri, tu es tellement instinctif, tellement habile.

La voix de Gillian étonna Félix par sa gravité. C'était celle qu'il lui connaissait lorsqu'elle avait envie d'être caressée, aimée. Presque surpris, il remarqua qu'il ne ressentait rien. Il se sentait protégé par une sorte de carapace d'indifférence qui le mettait hors de portée de ses propres émotions, de sa fierté d'antan et de cette jalousie qui l'avaient tellement torturé, il y avait encore peu de temps. Dans sa tête, tout se passait comme s'il était soudain devenu incapable de ressentir le moindre trouble, le plus infime sentiment de révolte en apprenant les trahisons conjuguées de Gillian et de celui en qui il croyait pouvoir avoir confiance.

— Et ce dernier règlement des Américains, reprit la voix de Gillian, quand se passera-t-il ?

— Dans trois jours, reprit Jean-Paul très à l'aise, c'est pour cela que je rentre à Paris dès demain matin. Il faut que je sois à pied d'œuvre pour prendre le chèque certifié chez mon confrère qui les représente et que je l'encaisse à la place Félix avant de faire virer immédiatement cet argent sur mon compte, et surtout avant que Félix ne s'aperçoive et comprenne l'histoire de notre plaquage financier. L'Île de Man, les Bahamas, le Liechtenstein et, finalement, la Suisse, un plan d'enfer ! Un circuit imparable pour qu'on ne puisse jamais remonter jusqu'à nous ! J'en sais quelque chose puisque tous les maffieux de la Terre l'utilisent pour blanchir leur argent sale et que les juges ne parviennent jamais à les coincer. Et ce n'est pas faute d'essayer, crois-moi… La plupart des petits juges de France ont tenté de remonter ces filières, mais n'y sont jamais parvenus tant les législations, en matière de banque, de finance et de justice, diffèrent d'un pays à l'autre. Tout cela pour te dire que l'argent est et sera en sûreté dans quelques jours à peine, et alors tu pourras…

Gillian le coupa :

— Partir ! Enfin !… Je pourrais enfin m'échapper de cette maison et, surtout, je ne serai ne plus être obligée de jouer cette comédie à ces deux imbéciles que je déteste plus que tout, à force...

Elle laissa sa phrase en suspens, comme si elle ne trouvait pas de mots assez forts pour dire son aversion, son dégoût, pour Nuria et Félix.

Un instant ce dernier se demanda comment cette femme qu'il connaissait pourtant si bien pouvait avoir pû jouer cette ignoble farce depuis des mois ausi bien à Nuria qu'à lui-même.

— Il faut que tu tiennes le coup encore quelques jours, ma chérie, seulement quelques jours...

Jean-Paul essayait de calmer Gillian. Une surprenante douceur faisait vibrer sa voix.

— C'est dur, Jean-Paul, c'est très dur, crois-moi...

— Mais tu sais bien que j'ai besoin de toi ici, afin de me tenir au courant des faits et gestes et des éventuelles intentions de Félix. Tant que tout l'argent ne sera pas en totale sécurité, il faut que tu tiennes le coup ! Tu es mes yeux et mes oreilles auprès de lui, rappelle-toi. Il ne faut pas que tu craques maintenant, alors que nous sommes à deux doigts de réussir.

Le silence revint, à peine troublé par les échos lointains de la musique. Félix, toujours très calme, n'entendait plus rien. Il se demanda ce que pouvaient bien faire les deux complices.

— Prends-moi !

La voix de Gillian percuta ses tympans alors qu'il était encore en train de réfléchir à ce qu'il venait d'entendre.

« Ainsi, c'était Jean-Paul... » Étrangement calme, il faisait défiler dans sa tête les images de tous ces moments où la jalousie l'avait rongé, alors qu'il cherchait sa femme dans Paris. « Elle était avec lui et ils se préparaient tous les deux à me dépouiller ». À son grand étonnement, il ne parvenait même plus à ressentir de la colère. Cette neutralité mentale l'agaça. Il aurait voulu sentir gronder, au fond de son être, cette révolte brutale, violente et meurtrière, qui l'avait, il y avait quelques mois encore, si souvent hanté au point de le rendre furieux, fou de chagrin, prêt à tout.

— Baise-moi !

Gillian, la voix cassée par le désir, suppliait et ordonnait tout à la fois.

— Baise-moi, je te dis !...

« ... Lorsqu'elle est venue ici, ce n'était que sur l'ordre de Jean-Paul afin de me surveiller et de me contrôler ! Tout ce qu'elle m'a dit sur la terrasse de la Curia Reale, cette fameuse nuit, n'était que mensonge et comédie préparés par eux deux ! »

Le panneau de bois laissait filtrer des râles.

« Même sa passion soudaine pour Nuria n'était donc qu'une feinte de plus ?! » s'étonna Félix qui avait du mal à admettre autant de duplicité, chez cette femme qu'il avait aimée, et chez celui qu'il avait toujours pensé être un véritable ami.

Il posa sa main sur le sol du couloir. Il lui sembla que la massia tout entière se mettait à vibrer et entrait en communication avec toutes les fibres de son corps, avec les plus intimes parties de son cerveau...

Un léger bruit de pas, derrière lui, l'alerta. Il venait d'ouvrir la porte à ferrure qui donnait dans la salle commune. Il voulut se retourner, immédiatement sur la défensive, mais les deux cavaliers fondaient déjà sur lui avec la rapidité d'un éclair. Il tenta de crier pour donner l'alerte à sa femme pour qu'elle se barricade à l'intérieur, mais une main gantée de cuir le bâillonna. Il vit briller le pommeau d'acier d'une rapière avant qu'elle ne s'abatte sur sa tempe et qu'un voile noir ne fasse disparaître l'univers tout entier.

Lorsqu'il revint à lui, le sang battait douloureusement à ses tempes. Il eut l'impression d'avoir retenu son souffle très longtemps, jusqu'à faire éclater ses poumons. Il ouvrit les yeux. La douleur le fit crier. Le monde avait basculé. L'image fugace de ses agresseurs qui bondissaient sur lui revint. Il cria encore. De rage et d'impuissance... Furieux et inquiet, il essaya de se relever. Un instant, il crut avoir les jambes brisées, puis il se rendit compte qu'il était couché tête en bas le long de la rampe d'escalier. Il fit un effort terrible pour rouler sur lui-même, passant ses jambes au-dessus lui afin de se retrouver à genoux sur les marches. Il avait mal partout.

Son corps était meurtri comme si on avait voulu lui briser les os. L'impression d'étouffement se dissipa. Le sang qui avait submergé sa tête refluait. Il respira avec plus de facilité et l'affreuse impression d'étouffement diminua.

Malgré l'intensité des douleurs qui le torturaient, poussé par une formidable inquiétude, il donna un coup de reins, se redressa, puis se mit à gravir les marches à quatre pattes, comme un animal.

Lorsque ses yeux arrivèrent au niveau du palier, il jeta un regard circulaire. Le spectacle qu'il découvrit lui glaça le sang. Un désordre indescriptible régnait dans la pièce. La vaisselle brisée jonchait le sol et le grand coffre avait été vidé de son contenu. Une fumée noire stagnait dans toute la pièce.

L'homme se hissa à la force des poignets et tenta de voir ce qui brûlait. Des cendres étaient répandues partout sur le carrelage. Les agresseurs avaient même vidé le foyer de l'âtre, cherchant sans doute une cache, un magot.

À cet instant, ses yeux, qui s'habituaient à la pénombre découvrirent sa femme. Elle gisait à l'autre bout de la grande table massive. Ses jambes dénudées pendaient dans le vide. Ses habits étaient lacérés, déchirés, maculés de sang. Il sut tout de suite qu'elle était morte.

D'abord pétrifié de douleur, il se redressa lentement en s'aggripant au montant de pierre de la porte palière. Du fond de son ventre, une vague montait dans sa gorge. Lorsque cette marée amère atteignit ses lèvres, elle éclata, violente et irrépressible, en un interminable hurlement de douleur qui se répercuta longuement dans toute la massia...

Félix porta ses mains à ses oreilles. Il ne pouvait en entendre plus. Dès qu'il avait entendu les râles insupportables que poussait Gillian, en pleine furie amoureuse, il était revenu dans l'autre pièce. Assis sur ses talons, il avait encore une fois basculé dans un de ces étranges songes qui s'incrustaient dans sa tête jusqu'à lui faire perdre tout contact avec la réalité. Il ne savait d'où ces rêves provenaient ni comment ils se généraient en lui, pas plus qu'il n'arrivait à les relier ensemble, mais il avait la nette sensation que c'était la maison qui lui parlait de tous les drames, qui avaient, depuis des siècles, imprégné ses pierres. Il commençait sérieusement à croire que la massia non seulement lui prenait toute son énergie vitale, mais l'emmenait dans une spirale diabolique. L'angoisse poignarda son estomac. Il essaya de se remettre debout, mais n'y parvint pas. Il manquait de force, de souffle, épuisé par des émotions et des douleurs qui n'étaient pas les siennes et qui pourtant l'affectaient complétement, comme si c'était lui qui les vivait.

Le claquement des talons aiguilles de Gillian, dans l'autre pièce le ramena à la réalité. Ils martelaient le carrelage. Il tendit l'oreille, aux aguets. Attentif. Il entendit le murmure d'une conversation qui reprenait. Puis la porte grinça et enfin le bruit des pas de Gillian qui s'éloignait, battirent le carreau du couloir, staccato déclinant qui s'atténuait. Un instant, il imagina Jean-Paul, épuisé, gisant sur le lit dans la pièce voisine, au milieu des draps chiffonnés.

Une dernière fois, il essaya de se mettre en colère, mais ce fut au-dessus de ses forces.

Chapitre 16

— Pauvre type !

Un rictus méprisant déformait la bouche de la jeune femme. L'insulte l'avait atteint comme une gifle en pleine figure. Malgré cela, il ne fit aucun mouvement. Il se sentait très protégé. La maison faisait corps avec lui. Il avait l'impression que les pierres des murs l'enserraient, l'enfermaient dans une coque protectrice. Can Cargol se faisait forteresse pour mieux le défendre et l'isoler.

— Tu n'as plus un centime ! Tu es fichu !

Elle crachait comme une chatte en furie. Elle s'arrêta, soudain pour reprendre son souffle. Les cheveux en désordre, elle le fixait avec des prunelles qui avaient perdu toute clarté, brouillées par la haine et la violence. Son visage s'était métamorphosé. Elle n'était plus qu'une face de gargouille grimaçante. Une seconde, il la découvrit vieille et déformée.

— Il ne te reste que ce tas de pierres !

Félix regardait Nuria, s'étonnant lui-même de son calme à la limite de l'apathie. Il venait de découvrir la jeune femme dans la chambre à coucher, alors qu'il rentrait plus tôt que prévu d'un rendez-vous avec le banquier à Figueras. Il l'avait surprise en compagnie d'un homme. Il avait cru reconnaître un des musiciens qui avait joué durant la fête, deux mois auparavant. Lorsqu'il était arrivé, marchant à pas de loup, pour lui faire une surprise, le paquet contenant la robe qu'il lui avait achetée bien serré sous son bras, il l'avait d'abord cherchée dans la salle commune avant de pousser doucement la porte de la chambre à coucher, pensant qu'elle s'était endormie. Nuria était là, à moitié nue, agenouillée entre les jambes de l'homme, lui-même à demi couché sur le grand lit.

Surpris, Félix était resté longtemps à regarder la jeune femme s'acharner sur le ventre de l'inconnu. Ce dernier, les yeux révulsés, n'avait pas vu Félix arriver. Il grognait de plaisir, les mains crispées derrière la nuque de Nuria. Celles-ci disparaissaient dans une cascade de cheveux. Nuria avait remonté sa jupe jusque sur ses reins et Félix entrevoyait ses doigts qui caressaient la fente mise à nu entre ses cuisses.

Pétrifié par le spectacle qu'il découvrait, Félix n'osait ni bouger ni parler. Il s'étonna encore une fois de la distance que son cerveau mettait entre le moment présent et ses émotions. Il ne ressentait rien sinon une surprenante et légère érection et une vague gêne causée par ce réflexe mécanique. « Je suis un monstre », formula son esprit. « Je ne ressens même plus ni jalousie ni colère. Tout se passe comme si je n'étais plus là, comme si je n'existais plus. »

Ce fut le jeune musicien qui l'aperçut le premier. Il venait, après un dernier râle plus puissant, d'éjaculer dans la bouche de Nuria. Celle-ci prit du plaisir dans le même instant. Ses hanches ondulèrent plus fort et ses genoux s'écartèrent comme si elle voulait se fendre en deux. Félix reconnut cette plainte rageuse qu'il avait entendue des dizaines de fois. Après un long spasme, sa tête pivota légèrement et se posa sur la cuisse de son partenaire. Ce fut à ce moment précis que ce dernier ouvrit les paupières, redressa la tête, et aperçut Félix immobile. Ses yeux coururent sur le corps de la femme qui s'imbriquait entre le ciseau de ses jambes puis revinrent se poser sur la silhouette près de la porte d'entrée, comme si un instinct revenu l'avait prévenu d'une présence, mais qu'il voulait s'en assurer. Il avait sursauté. Il fixa, un instant, Félix avec, dans le regard, une lueur étrange entre doute, panique, et provocation. Puis, sans rien dire, il repoussa Nuria qui bascula en arrière, les fesses sur le carrelage.

Félix n'avait toujours pas bougé. Cette attitude dut inquiéter le jeune homme qui se dressa sur ses jambes sans quitter Félix du regard, comme s'il craignait une agression. Bizarrement, il répéta, plusieurs fois :

— *Madre de Dios !...*

Avec des gestes rapides, il réajusta son pantalon de toile et s'énerva longuement contre la boucle de sa ceinture qui refusait de s'accrocher.

À cet instant Nuria, à son tour, découvrit l'intrus. Elle hésita, le visage défait, puis, d'un geste vif, comme une petite fille prise en faute, elle rabattit les pans de sa jupe sur ses cuisses avant de s'accroupir. Dans cette position, elle semblait prête à bondir. Ses prunelles étincelaient, un rictus déformait sa bouche. Elle aspira de l'air, puis feula :

— C'est toi ? Tu es déjà revenu ! Je croyais que tu rentrerais beaucoup plus tard...

S'aidant du bras, elle se remit sur pied tout en tapotant les pans de sa jupe d'une main pendant que de l'autre elle réajustait sa blouse.

— Tu es là depuis longtemps ? demanda-t-elle naïvement, les yeux fixés sur Félix toujours immobile et muet, son paquet à la main.

Puis, avec une soudaineté insolite, elle attrapa le bras de son amant et, presque brutalement, le repoussa vers la porte.

— Va-t'en ! Mais va-t'en, te dis-je !...

Le jeune homme, stupéfait, initia alors un étrange ballet. Poussé par Nuria qui le bourrait de coups de poings dans les reins, il se mit en marche, se déplaçant de côté. Il fit un léger détour pour contourner Félix qui ne faisait toujours aucun mouvement. Ce dernier entendit les pas rapides du jeune homme dans la salle commune puis la porte d'entrée qui claquait. Il n'avait pas quitté Nuria des yeux, comme s'il découvrait une inconnue. Elle s'était arrêtée à quelques pas de lui et soutenait son regard. Un instant, il eut le sentiment qu'elle le bravait, le menton légèrement pointé en avant.

— Parle ! Dis quelque chose ! cracha-t-elle en s'avançant à le toucher. Crie ! Gifle-moi ! Ne reste pas là comme une pierre !

À la limite de l'hystérie, elle criait et poussait sa poitrine contre lui, exaspérée.

— Insulte-moi ! Bats-moi !...

Il sentait les pointes durcies de ses seins qui effleuraient sa chemise. Dans sa tête, tout devint confus. Il laissa tomber le paquet sur le carrelage et, la saisissant par la taille, il la souleva avec une force dont il ne se savait plus capable. Il eut juste le temps d'apercevoir, dans le regard de Nuria, une petite flamme d'angoisse. Elle ouvrit la bouche pour hurler, mais aucun son n'en sortit. Les narines de Félix furent envahies soudain par les effluves que dégageaient sa peau. Il crut y déceler l'odeur de l'autre encore présente. C'était à la fois âcre et doucereux. Une brume sanglante voila son regard. Subit, un incendie étrange et inattendu embrasa tout son corps, ses veines charrièrent un fleuve de lave incandescente. Sans savoir ce qu'il faisait véritablement, il emporta la jeune Catalane à travers la pièce. Sa bouche était à quelques millimètres de la sienne et l'effleurait d'un baiser à peine esquissé. Il bascula ce corps qui ne pesait presque rien sur le dessus du lit et, d'un bras, la maintint en la tenant par la gorge. De son autre main, le torse redressé, il la dominait. Tout en luttant avec elle, il la força à écarter les cuisses, puis il dégrafa la ceinture de son pantalon et fit jaillir son membre.

Lorsqu'il s'enfonça dans son ventre d'un violent coup de rein, elle cria, puis il eut l'impression de basculer dans un univers oublié, fait de sensations puissantes, d'odeurs enivrantes, de profondes douceurs liquides. Une houle puissante bouscula son ventre. Le dos droit, la main toujours crispée sur le cou de la fille, il desserra son étreinte. Nuria se mit à gémir au rythme des coups de boutoirs que lui imprimaient les hanches de l'homme fou de désir.

Lorsqu'elle s'agrippa à ses épaules, lacérant l'étoffe de la chemise, il redoubla. Mue par la brutalité mécanique des mouvements, elle leva les jambes et s'ouvrit comme un fruit trop mûr, puis l'emprisonna avec une force que décuplait la jouissance.

Ils crièrent en même temps...

Chapitre 17

La vie à Can Cargol était devenue un enfer. Seule la grande massia semblait rayonner d'un éclat morbide et malsain. Félix était à bout de nerfs, car, depuis que Gillian avait disparu, Nuria n'était plus la même.

Un matin, ils avaient constaté, tous deux, qu'elle n'était plus là. Dans un premier temps, Félix avait dit qu'elle se promenait sans doute, quelque part dans la nature. Les heures passant, sans nouvelle d'elle, Nuria avait commencé à poser des questions.

Dans la soirée, elle avait constaté que tous ses vêtements était encore dans la petite pièce aménagée en penderie. Tout y était vêtements, bijoux, et même les papiers personnels. Gillian avait tout simplement pris la fuite sans rien emporter. Nuria devint méfiante.

À partir de ce jour, Félix avait imaginé pouvoir reprendre le cours d'une vie normale avec Nuria. Mais à chaque fois qu'il avait tenté de lui parler, elle l'avait fui. Pire elle refusait qu'il l'approche. Le soir, elle s'en allait dormir dans la grande chambre, prenant soin de refermer et de verrouiller la porte derrière elle. Au début, il avait pensé que, troublée par la disparition de Gillian, la jeune femme avait du mal à retrouver ses marques. Il s'était dit que le temps panserait cette blessure et que Nuria retrouverait bientôt son calme. Il espérait qu'elle redevienne celle qu'il avait connue, à Besalu, au début.

Il se rendait compte à quel point l'arrivée de Gillian avait pulvérisé et détruit leurs rapports. Souvent, il s'accusait d'avoir laissé aller cette situation peut-être par faiblesse, ou par égoïsme. Il faisait tout ce qu'il pouvait pour tenter de briser cette muraille glacée que, désormais, la jeune Catalane dressait entre eux.

Un jour, il lui avait raconté ce qu'il avait appris lors de la fête qui devait marquer la résurrection de Can Cargol. Il lui avait expliqué ce que Jean-Paul Silberstein lui avait annoncé et comment, caché dans cette chambre, au premier étage, il avait découvert que Gillian et lui étaient amants et avaient concu un plan diabolique pour le dépouiller. Il lui avait dit, aussi, à quel point il s'était senti sans force et sans énergie face à cette désillusion. Avait-il ressenti le besoin de se confier ? Il lui avait longuement parlé de cette vacuité insolite qui le gagnait, de ces songes et de ses visions étranges qui le surprenaient toujours sans qu'il s'y attende et qui encombraient son esprit, ruinaient son envie de vivre. Il lui expliqua qu'il avait l'impression très nette que Can Cargol agissait sur lui comme une sorte de piège et l'enfermait peu à peu dans un univers irréel. Il avait même été jusqu'à lui demander son aide.

La jeune femme l'avait écouté, le regard fixe, les lèvres pincées. Elle s'était enfermée à double-tour, comme tous les soirs, le laissant seul, désemparé, devant cette attitude incompréhensible.

Le lendemain, il avait fait une autre tentative et lui expliqué que, devant cette situation nouvelle dans laquelle le mettait la félonie de Gillian et de Jean-Paul, il devait aller discuter avec le banquier pour obtenir du crédit. Il lui assura que la situation n'était pas forcément désespérée et qu'il avait une bonne chance de sauver Can Cargol. Pour la rassurer, il lui avait décrit le projet qu'il avait imaginé et qui consistait à créer un restaurant sur la propriété, en redressant la ruine de la « Maison des Pèlerins », qui se situait juste à côté de l'église. « Ma réputation de cuisinier est intacte, et je suis certain qu'en peu de mois, l'endroit deviendra le rendez-vous de nombre d'amateurs de bonne cuisine », avait-il conclu. Nuria avait esquissé une grimace ambiguë et, sans rien ajouter, l'avait encore une fois laissé seul pour la nuit.

Malgré le peu d'enthousiasme de Nuria, il avait pris rendez-vous avec le banquier bien décidé à trouver les moyens de faire survivre et de faire exister Can Cargol. Encore une fois, il avait espéré que la jeune femme l'accompagnerait dans ce nouveau projet.

Le rendez-vous avait eu lieu. Il s'était bien passé. Le banquier lui avait dit que, vu l'état nouveau du domaine de Can Cargol bien restauré, cela ne poserait aucun problème pour que sa direction, à Barcelone, donne son feu vert à un prêt commercial à destination d'un projet tel que celui que Félix envisageait. Heureux de cet espoir nouveau, il avait acheté cette robe qu'il savait plaire à Nuria, et était revenu au plus tôt pour lui annoncer la bonne nouvelle : sans doute trop tôt, car c'était là qu'il l'avait surprise avec cet inconnu.

Depuis cette fin d'après-midi, tout avait empiré. La vie était devenue un enfer. Nuria avait abandonné le silence et saisissait n'importe quel prétexte pour l'agresser verbalement. Un flot d'injures pleuvait sur lui à chaque fois qu'elle ouvrait la bouche. Il se disait qu'elle était ainsi parce qu'il l'avait pratiquement violée, perturbé par ce désir fou et incontrôlé, cet après-midi où il l'avait découverte avec son jeune amant. Il tentait de se rassurer, de vaincre sa culpabilité. Malgré lui, il se remémorait ce trouble étrange, puis cette fièvre démente qui les avait emporté tous les deux dans un tourbillon vertigineux, fait de jouissance brutale, de plaisir retrouvé et de désespoir mêlés.

Quelques temps après, un soir, un fait curieux était survenu. Après un repas silencieux, Nuria s'était levée de table à peine son repas terminé, comme tous les soirs, puis s'était dirigée vers la chambre. Il l'avait suivie des yeux, contrôlant mal le désir renouvelé qu'elle lui inspirait. Et là, il avait remarqué qu'elle n'avait pas fermé la porte de sa chambre à clé comme elle avait pris l'habitude de le faire, à chaque fois qu'elle allait se coucher. Ostensiblement, elle avait laissé le battant grand ouvert…

Il avait beaucoup hésité avant de pénétrer dans la chambre, attiré malgré lui par ce trou d'ombre qui le fascinait et l'attirait. Son sang bouillonnait et il ressentait puissamment la nécessité de retrouver cette force vive avec laquelle il avait renoué en la violant.

L'obscurité était totale. Nuria avait certainement clos les volets de bois. Il fit un pas, puis un autre… Il s'attendait, à tout moment, à l'entendre hurler et l'abreuver d'injures. Il fut surpris de ne déceler, lorsqu'il prêta l'oreille, que le faible bruit de sa respiration légèrement saccadée.

Soudain, son genou buta contre le lit. Lentement, poussé par le désir qui le menait irrésistiblement vers cette couche, il tâtonna avec ses mains en courbant un peu le buste et vint se positionner vers la tête du lit. Il s'arrêta un instant pour écouter. La respiration de Nuria s'était légèrement accélérée. Malgré cela, elle n'avait toujours aucune réaction. Une seconde, il songea qu'elle était peut-être endormie, mais quelque chose, comme une tension presque palpable emplissait l'atmosphère de la pièce et lui disait qu'il n'en était rien. Elle écoutait. Il en était certain. Elle attendait. Il se déshabilla, laissant tomber ses vêtements sur le sol. Puis, avec beaucoup de précautions, il mit un genou sur le lit. Il avait l'impression de participer à un étrange cérémonial. De se sentir nu, le sexe ballant, dans le noir, sachant qu'elle était là, toute proche, le fit frémir. S'enhardissant, il se glissa à côté d'elle, se couchant à son côté. Elle ne faisait toujours aucun mouvement. Plusieurs fois, il s'arrêta pour l'écouter. Il ne percevait même plus sa respiration, comme si elle retenait son souffle. Bouleversé, une érection torturant son bas-ventre, il chuchota :

— Nuria, c'est moi. Je voudrais que tu comprennes que tout ce qui s'est passé depuis...

Il voulait lui dire ces mots qui rassurent, essayer de communiquer avec elle, se retenant de se jeter sur elle comme lui commandait son cerveau incendié. Il tenta :

— Nuria, je voudrais te...

Il n'eut pas le temps d'achever sa phrase, elle s'était soudain redressée dans le lit, et, le plaquant aux épaules, elle l'avait renversé avec une force qu'il n'imaginait pas chez elle. Il faillit basculer hors du lit et se retrouva la tête pendante, le long du matelas. Surpris, il tenta de se retenir aux draps. L'étoffe se déroba et il n'eut pas la force de surmonter la pression des deux mains qui appuyaient sur sa poitrine. Profitant de sa faiblesse, elle l'enfourcha et s'empala sur son membre dressé. C'était elle qui le prenait. Il s'abandonna. Elle besogna longtemps en silence, se retirant plusieurs fois lorsqu'elle décelait, chez lui, la moindre montée du plaisir. Cavale habile, elle le chevaucha longtemps, puis elle le laissa venir. Libéré, d'un coup de rein puissant il s'enfonça au plus profond de son corps. Elle cria comme s'il la blessait. Il éclata en elle, serrant les dents sur un râle qui hésitait entre douleur et plaisir.

Durant les jours qui suivirent, il tenta plusieurs fois d'entamer une conversation avec elle. En vain. Parfois, et sans qu'il sache pourquoi, elle demeurait prostrée et silencieuse, le regard perdu dans un univers qu'il ne parvenait pas à entrevoir, à percevoir. D'autres fois, pour le moindre geste de lui, à la plus minuscule phrase qu'il prononçait, elle éclatait et devenait une véritable furie. Elle hurlait, le menaçait, le maudissait, mêlant catalan et français.

À chaque fois, il restait silencieux, se contentant de se taire. Il pensait encore qu'avec du temps, elle redeviendrait celle qu'il avait connue. Il faisait le gros dos et attendait, qu'épuisée par sa propre violence, elle retrouve le calme. Ces crises brutales le stupéfiait et le laissait sans force, à la limite du désespoir. Il ne comprenait pas pourquoi, la nuit, elle acceptait sa présence et, le jour, se conduisait comme si elle le haïssait avec une brutalité extraordinaire.

Entre eux, désormais, tout se passait comme si elle vivait deux vies emmêlées inextricablement, comme si elle n'arrivait plus à contrôler ni ses sentiments ni sa sensualité. Leur vie était devenue un véritable enfer…

Chapitre 18

Les jours passaient sans changement. Dès les petites heures de l'aube, il se levait, prenant bien garde de ne pas réveiller Nuria. Il s'habillait dans la salle commune en faisant vite, puis quittait la maison. Il n'arrivait plus à supporter les cris et les injures que lui lançait la jeune femme. Il se réfugiait dans son bureau, mais, comme elle finissait toujours par venir le provoquer jusque-là, il avait fini par s'enfuir pour aller marcher dans la campagne jusqu'à en être épuisé. Lorsqu'il n'en pouvait plus, il se laissait choir au pied d'un arbre et s'abandonnait à une délectation morose proche de la dépression totale. Il finissait souvent par s'assoupir à l'endroit où il se trouvait.

Dans ces moments-là, il avait la sensation d'être englué dans une zone crépusculaire, hors du temps et de la réalité, sans qu'il puisse rien faire pour s'en échapper. Il avait alors des visions étranges. À chaque fois, il était un personnage du rêve et il avait le sentiment que tout se passait dedans ou autour de Can Cargol, comme s'il ne parvenait pas à détacher ses pensées de la massia, comme si elle avait le contrôle de son cerveau, comme s'il était devenu sa proie.

Le soir, alors que le soleil déclinait, revigoré par ces heures passées dans le calme de la nature, il reprenait le chemin de Can Cargol. S'il arrivait trop tôt, il se dissimulait derrière un arbre ou des broussailles et attendait. Il ne rentrait qu'à la nuit tombée.

Quelquefois, Nuria l'attendait. Si elle avait préparé de quoi manger, alors elle le servait sans mot dire. Ensuite, elle le regardait avaler les aliments comme s'il s'était agi d'un enfant ou d'un animal familier, puis allait se coucher. D'autres soirs, elle ne l'attendait pas et était couchée bien avant qu'il ne revienne. Mais, à chaque fois, la porte de la chambre restait ouverte. Il surmontait, alors, son anxiété et se dirigeait vers cette ouverture béante qui l'attirait comme un puits de lumière noire.

Malgré ces invites sans équivoque, jamais, depuis la première fois, elle n'avait rompu le silence, et jamais non plus Félix n'avait pu s'approcher du lit sans avoir les tripes nouées par l'appréhension. Jamais, elle ne le laissait prendre l'initiative. Elle ne bougeait pas jusqu'à ce qu'il se glisse entre les draps et là, brutalement, c'était elle qui prenait le commandement. Complètement subjugué, traqué par ce désir fou qui lui ravageait le cerveau, il se finissait toujours par se laisser faire. Tout se passait sans qu'une parole ne soit prononcée ni par elle ni par lui. Seuls les soupirs et les gémissements de leur formidable jouissance commune, troublaient le silence de cet insolite combat.

C'était elle qui décidait du moment de leur plaisir. C'était elle, encore, qui, par son attitude, en décidait et en obligeait son achèvement lorsqu'elle le repoussait et se dégageait de lui avec brutalité.

Au début, il avait essayé de revenir à la charge, tentant de la caresser avec le plus de précaution et de douceur possibles. Mais, lorsqu'il sentait la froideur de sa chair, il comprenait qu'il valait mieux ne pas insister. Il ressentait cette densité haineuse qui émanait d'elle et dressait une muraille entre leur deux corps. Il retirait alors sa main et déplaçait son corps pour l'éloigner du sien. Longtemps, il cherchait le sommeil sans le trouver. Écœuré, il finissait par glisser lentement dans un marécage entre sommeil et cauchemar.

Ce jour-là, absorbé par ses pensées, il avait marché très longtemps. Sans s'en rendre compte, il était allé jusqu'au rio qui roulait des eaux paresseuses, d'un méandre à l'autre, dans une vallée voisine du domaine de Can Cargol.

Harassé, il avait fait halte au bord du chemin, près des ruines d'une bergerie. Il s'était assis sur le talus d'herbes sèches et en avait profité pour reprendre son souffle, les yeux fixés sur le paysage qui s'étendait à ses pieds et se perdait dans une brume de chaleur qui montait de la rivière.

Longtemps, il avait regardé des paysans qui entassaient du foin sur des charrettes, en contrebas du chemin. Les heures avaient passé sans qu'il s'en aperçoive. À mi-parcours de sa parabole, le soleil commençait à devenir brûlant. Pour éviter de se retrouver en pleine fournaise, il avait fini par aller se réfugier dans la pinède toute proche. Il cherchait un peu fraîcheur.

Assis au pied d'un tronc, à la lisière du petit bois, il s'était endormi, bercé par les stridulations des cigales énervées. Lorsque, bien plus tard, il avait rouvert les yeux, la nuit était tombée et la lune avait déjà parcouru une bonne partie de sa trajectoire nocturne. Il se sentait calme et reposé. Après un dernier coup d'œil sur la vallée en contrebas et le ruban métallique de la rivière sur lequel des éclats de lune, fragments épars et scintillants, donnaient l'illusion d'un miroir serpentin brisé en mille morceaux, il avait repris le chemin de la massia.

La masse sombre de Can Cargol apparut au fur et à mesure qu'il avançait sur le chemin qui se hissait sur la dernière colline qui faisait barrage entre le marcheur et le groupe de bâtisses. Il aimait ces instants, lorsqu'il revenait vers Can Cargol et où apparaissaient peu à peu, le clocher-mur de la petite église et les pointes noires des trois ifs plantés près d'elle. Puis, tout de suite après, émergeaient les immenses pans du toit de la massia. Vue de loin, elle paraissait encore plus vaste, plus imposante.

Lorsqu'il débouchait au sommet de cette levée de pierre et de terre, il savait qu'il marchait déjà sur les terres appartenant au domaine. Il en concevait une sorte de fierté inavouée et allongeait le pas avec la nette conscience d'arpenter ces derniers hectomètres de chemin en sachant qu'il en était le propriétaire.

Nuria avait raison, dans ses moments de furie quand elle lui jetait à la figure, comme une insulte, qu'il ne lui restait rien en dehors de ce domaine. Elle croyait le blesser, or il n'en était rien. Il en retirait, malgré son désarroi, une sorte de confiance diffuse qui lui redonnait un peu de cette envie de vivre qui lui faisait si souvent défaut.

Quelques instants plus tard, la grande ombre de la massia était devenue visible dans sa plus grande partie. Il s'arrêta net en voyant que la lumière d'un lampadaire, embryon d'éclairage public qu'il avait fait installer sur la petite place, se reflétait sur le toit d'une voiture garée devant le portail de Can Cargol.

Il était encore trop éloigné et la lumière trop parcimonieuse pour discerner la marque du véhicule. Mais la présence de cette voiture, juste devant la massia, l'inquiéta. Une chape d'angoisse s'abattit sur ses épaules. Il ne se sentait pas en état d'affronter une discussion avec quelqu'un qui serait venu sans prévenir. Son pouls s'accéléra, le sang vint battre à ses tempes. Il hésita longuement. Puis, il se raisonna. Il n'osait s'avouer que cette visite l'ennuyait surtout, parce que, depuis des jours et des jours, il attendait avec impatience que la nuit survienne, afin de se glisser dans ce lit où il avait la sensation de retrouver un peu d'amour et de vie, un peu d'espoir.

Si des gens étaient arrivés, cela signifiait qu'il faudrait parler, que le malaise entre Nuria et lui pouvait, à tout instant, dégénérer en une de ces scènes atroces qui le laissaient dans un état de prostration extrême. Tout le bénéfice de cette journée passée à se recomposer dans la nature allait disparaître. Peut-être que Nuria s'enfermerait à nouveau.

Cet idée le fit souffrir. Il ne supportait d'imaginer cette porte close et une nuit sans chaleur, sans ce plaisir violent dont il avait tellement besoin, comme on a besoin d'une drogue qui lui permettait de supporter cette vie sans relief, sans but qui était devenue la sienne depuis des mois.

Il toussa, contrarié et irrité. Malgré tout, il se remit à marcher. Une foule de questions se bousculaient dans son esprit enfiévré. Qui pouvait bien avoir éprouvé le besoin de venir à cette heure à Can Cargol ? Amis ? Importuns ou simples visiteurs ?...

Lorsqu'il fut à quelques dizaines de mètres de la place, instinctivement, il se rapprocha des broussailles qui bordaient le chemin de pierres afin que leur ombre le dissimule. Il venait d'apercevoir une silhouette qui faisait les cents pas devant le véhicule.

Il essaya de discerner l'intrus.

Il continuait à avancer à pas comptés, tous ses sens en alerte, se fondant dans l'obscurité, retardant l'instant où il faudrait marcher en pleine lumière. Ce fut à ce moment qu'apparut une deuxième silhouette. Elle sortait de la massia et se dirigea sans hésitation vers le véhicule. La lumière du lampadaire éclaira d'un jet soudain, le visage de l'inconnu. Félix reconnu le jeune homme qu'il avait surpris avec Nuria. Immédiatement, il découvrit que l'autre personne, celle qui s'approchait de la voiture avec un gros paquet qu'elle portait à bout de bras, n'était autre que la jeune Catalane. Un cri de rage jaillit de sa gorge sans qu'il puisse le retenir :

— Non !...

Un éclair éblouissant incendia son cerveau. Il venait de comprendre ! L'homme était venu chercher la jeune femme. Ils partaient tous les deux. Nuria s'en allait ! Nuria le quittait !... Il franchit la distance qui le séparait des jeunes gens sans même se rendre compte qu'il courait. Il se retrouva entre eux et la voiture. Il cria :

— Non !...

Le jeune homme s'était ramassé sur lui-même dans une posture de défense. Prêt à bondir, il avait l'aspect d'un félin acculé par un chasseur.

— Ne pars pas ! Nuria, ne pars pas !...

La jeune femme, tout d'abord surprise par l'apparition soudaine de Félix, avait lâché le paquet fait d'un drap dans lequel elle avait sans doute emballé quelques vêtements et les menus objets qu'elle voulait emporter. Félix vit qu'elle avait peur. Une lueur inquiètante voila son regard. Ses lèvres s'étirèrent sur ce rictus de mépris qu'il connaissait si bien. Ses prunelles flambèrent de ce feu mauvais et glacé qui, à chaque fois qu'elle s'en prenait à lui et se mettait à l'insulter, le paralysait.

— Pauvre type, cracha-t-elle, grinçante...

Elle paru chercher au fond de son être assez de haine et suffisamment de violence pour éructer les mots qui allaient, à coup sûr, le blesser

— Tu n'es plus qu'une loque ! Regarde-toi, tu ressembles à un mort-vivant !... Et tu crois peut-être que je vais rester avec un mort, hein ?

Elle reprit son souffle avant de faire un petit geste de la main en direction du jeune homme qui demeurait sur place, pétrifié par la brutalité de la réaction de la jeune femme. Elle se tourna vers lui :

— Vas-y Paco, frappe-le ! Fais lui du mal, comme il m'en a fait à moi !

L'homme hésitait. Elle le houspilla :

— Frappe-le, je te dis ! Il ne se défendra même pas, c'est un lâche ! Il n'a plus de sang dans les veines !

À contrecœur, le jeune homme s'avança et voulut prendre Félix par l'épaule pour le repousser. Un voile sanglant descendit devant les yeux de Félix. Fou de douleur, il poussa un hurlement et se jeta sur Nuria, bousculant le jeune homme au passage. Il agrippa le cou de la Catalane qui se mit à crier de plus belle. Le trio se retrouva à terre. Les mains de Félix s'incrustèrent dans la chair du cou de

Nuria. Il eut envie de la détruire, de l'anéantir, de la faire disparaître, pour ne plus jamais entendre les invectives méprisantes qui s'échappaient encore de sa bouche, malgré la pression de ses doigts qui l'étranglaient. Un coup violent résonna dans la boîte crânienne de Félix. Il n'avait pas vu la grosse pierre que le jeune homme avait ramassée et avec laquelle il l'avait frappé à la tête pour lui faire lâcher prise. Un voile sanglant brouilla sa vision.

Il hurla et, sans lâcher la gorge de Nuria, il attrapa le bras de son agresseur. Avec une force décuplée, il l'attira au sol, le faisant tomber à côté de la jeune femme. Celle-ci avait le visage totalement violacé, ses lèvres découvraient les dents sur un rictus macabre. Délaissant sa victime, il saisit la pierre que l'homme avait lâchée dans sa chute et le frappa à la tête. Plusieurs fois. Comme s'il s'appliquait à achever une tâche importante.

Lorsqu'il reprit conscience, il était debout, seul devant la massia. La voiture et les deux jeunes gens avaient disparu sans qu'il se souvienne de quoi que ce soit.

Sa tête résonnait d'un étrange tintamarre. Il tituba jusqu'au portail. Réunissant tout ce qui lui restait de forces, il referma derrière lui les deux lourds battants, puis fit glisser la grande barre de bois dans les ferrures prévues à cet effet afin de bloquer l'entrée. Ensuite, il pénétra dans la massia, ferma la première porte à clé avant de monter jusqu'à la salle commune et de s'y enfermer à double tour. Il se traîna jusqu'à la table, essuyant d'un revers de manche le sang qui dégoulinait de ses cheveux, et s'assit. Il redressa la tête, regarda longuement autour de lui et comme une bête blessée, et, à la cantonnade, se mit à crier :

— Saloperie de maison, tu as gagné !… Tu m'as tout pris ! Tout !…

Chapitre 19

Le petit bouquet de feuilles, pourvues de minuscules griffes tout au long de leurs bordures, faisait comme une tache sur la vitre. Les premières ronces reprenait possession des murs de Can Cargol. Dans quelques semaines, l'infime et pourtant irrésistible pression de ces plantes perforerait le ciment joignant les moellons et pénétrerait à l'intérieur de la massia. Félix le savait. Il était assis sur une chaise, immobile, et regardait sans la voir la pousse qui oblitérait le carreau en face de lui.

Depuis des heures, il était resté figé au bout de la grande table encombrée de vaisselle sale. La pièce était à peine éclairée par une lumière verte, sorte de pénombre glauque. La lumière du jour pénétrait de plus en plus mal à travers ce feuillage qui masquait, peu à peu, les fenêtres. Les ronces dévoraient à nouveau Can Cargol. L'esprit engourdi, l'homme, comme pour lui-même, murmura :

— C'est fini, plus rien n'existe ... Je ne sais même plus si je suis encore réellement vivant...

Depuis des mois et des mois, il errait dans l'immense maison. Les images de Gillian et de Nuria s'estompaient dans le brouillard qui avait envahi sa tête. Tout lui paraissait irréel, fantamagorique. Il avait la troublante sensation d'évoluer dans un rêve qui ne prendrait jamais fin.

Lambeaux de souvenirs qui s'accrochaient encore à sa mémoire, par intermittence, il revivait des moments de sa vie. Ces images en loques lui venaient comme un ressac, puis se retiraient et le laissaient pantelant. Une terrifiante angoisse crispait alors son estomac. Puis elles revenaient le tourmenter. Il revoyait Paris, son restaurant, l'arrivée à Can Cargol. Presque aussitôt, la brume et la grisaille reprenaient possession de son esprit. Il en perdait la notion du temps.

Il ne sortait plus de la massia, ne se nourrissait presque plus, dormait beaucoup. Il restait là, anéanti, errant d'une pièce à l'autre, sans force, sans désir.

C'était toujours la même chose. Inattendue, l'image de Gillian surgissait. Elle paraissait heureuse, vivante, puis elle se brouillait, s'évanouissait comme une fumée dissipée par le vent. Souvent, le visage de Nuria se superposait, vision fugace qui, elle aussi s'évaporait très rapidement. Ensuite, il y avait tout ce sang, toute cette violence, ces tombes creusées partout sur la colline, cette voiture qui brûlait dans la carrière, près du Bois des français, puis plus rien. L'obscurité dans sa tête.

Sa mémoire agissait comme si elle ne parvenait plus à garder une seule empreinte de tout ce qu'il avait vécu. Il errait dans un étrange crépuscule morose qui brouillait le temps et le décor.

— Cette maison m'a pris. Elle me tue, aussi, murmurait-il alors, avant de sombrer à nouveau dans cet univers gris qui était devenu toute sa vie depuis que Gillian et Nuria n'étaient plus là.

Achevé d'imprimer le 10 octobre 2004
par les Presses Centrales SA, à Lausanne,
pour le compte
des Editions de l'Aire SA, à Vevey (Suisse)